mtb

Zum Buch:

Endlich scheint Emma angekommen zu sein. Sieben Jahre ist es jetzt her, dass Luke gestorben ist. Ihr Verlobter, der Mann, mit dem sie den Rest ihres Lebens verbringen wollte, ihre große Liebe. Damals ist sie vor ihrer Verzweiflung geflohen und in Warkton-by-the-Sea gelandet, einem kleinen Ort an der Küste Englands. Hier hat sie neu angefangen, neue Freunde gefunden und eine neue Bestimmung: die kleine Chocolaterie am Meer. Und plötzlich steht ein Fremder vor ihr und küsst sie, dabei hat Emma diesen Mann noch nie zuvor gesehen. Trotzdem weiß sie: Diese dunklen grünbraunen Augen kann sie so schnell nicht wieder vergessen. Doch die unerwartete Begegnung wühlt auch all die Gefühle wieder auf, die Emma so lange versucht hat zu vergessen …

»Eine entzückende, lebensbejahende Geschichte. Schon nach dem ersten Kapitel hätte ich mich am liebsten in ein gemütliches Cottage am Meer zurückgezogen!«

Ali McNamara

Zur Autorin:

Caroline Roberts lebt mit ihrem Mann in Northumberland im Norden Englands und ist der Überzeugung, dass jeder für seine Träume kämpfen sollte. Sie liebt es, emotionale Geschichten über Liebe, Verlust, Verrat und Familie zu schreiben, die zeigen, wie kompliziert, aber trotzdem wunderschön die Liebe sein kann. Die Sandstrände, Schlösser und grünen Hügel inspirieren sie zu ihren Geschichten.

Lieferbare Titel:

Rosen, Tee und Kandiszucker
Cottage mit Meerblick

Caroline Roberts

Die kleine Chocolaterie am Meer

Roman

Aus dem Englischen von
Christian Trautmann

mtb

MIRA® TASCHENBUCH

1. Auflage: September 2019
Deutsche Erstausgabe

Originaltitel: »The Cosy Christmas Chocolate Shop«
Erschienen bei: HarperImpulse,
an imprint of HarperCollins *Publishers*, UK

Published by arrangement with
HarperCollins *Publishers* Ltd., London

Umschlaggestaltung: bürosüd, München
Umschlagabbildung: www.buerosued.de
Lektorat: Sophie Hofmann
Satz: GGP Media GmbH, Pößneck
Printed in Germany
Dieses Buch wurde auf FSC®-zertifiziertem Papier gedruckt.
ISBN 978-3-7457-0040-4

www.mira-taschenbuch.de

Die kleine Chocolaterie am Meer

Caroline Roberts lebt in der wundervollen Landschaft Northumberlands zusammen mit ihrem Ehemann. Sie lässt sich von den Sandstränden, Schlössern und Hügeln um sie herum zum Schreiben inspirieren. Sie schreibt gern über Beziehungen, kreiert Geschichten, die von der Liebe, Verlusten und der Familie handeln und deren Mittelpunkt es ist, wie wundervoll und manchmal kompliziert die Liebe sein kann. Ein Stück Kuchen, ein Glas Champagner und eine Tasse Tee machen sie glücklich – am liebsten natürlich zusammen mit Freunden genossen! Sie ist fest davon überzeugt, dass man nicht aufhören soll, an die Verwirklichung seiner Träume zu glauben. Dieser feste Glaube brachte ihr nach vielen Jahren des Schreibens einen Vertrag mit einem Verlag ein. *Die kleine Chocolaterie am Meer* ist ihr fünfter Roman.

Wenn ihr wollt, erfahrt mehr über Caroline und folgt ihr bei Twitter, Facebook sowie auf ihrem Blog – sie würde sich freuen, von euch zu hören!
Twitter: @_caroroberts
facebook/CarolineRobertsAuthor
carolinerobertswriter.blogspot.co.uk

Für Richard

All you need is love.
Aber ein bisschen Schokolade dann und wann
schadet auch nicht.

Charles M. Schulz

TEIL EINS

1. Kapitel

Silberfarbene Christbaumkugeln, von der Decke baumelnde Sterne, Lichterketten und Schokolade, ein ganzes Meer aus Schokolade, füllten das Geschäft.

»Hi, wie kann ich Ihnen helfen?«

»Ich wurde mit der Aufgabe betraut, mich um die Süßigkeiten für die Weihnachtssocken der Kinder zu kümmern – irgendwelche Vorschläge?« Der Mann lächelte hoffnungsvoll. Er musste so um die dreißig sein.

»Selbstverständlich. Wir haben Schokoladenlollis in Form von Rentieren, Wichteln und Engeln – die eignen sich hervorragend für den Weihnachtsstrumpf. Darüber hinaus gibt es natürlich Weihnachtsmannfiguren, außerdem Schneekristalle in einer hübschen Tüte – kleine Mädchen lieben die, meine Nichten jedenfalls. Und dann hätten wir auch noch mit Schokolade umhülltes Karamell.«

»Na ja, es sind drei Kinder, die beschenkt werden müssen, zwei Jungen und ein Mädchen. Könnte ich dann am besten eine Auswahl bekommen? Oh, und ich sollte wohl auch eine schöne Packung Pralinen für meine Ehefrau mitnehmen.«

Emma zeigte auf drei verschiedene Größen goldfarbener Schachteln, die oben auf der Kühlvitrine mit den Trüffeln und der Ganache standen. »Groß, mittel oder klein?«

Die immer länger werdende Schlange hinter ihm und sein Kopf voller Gedanken an Weihnachtswünsche ließen ihn sich für die große Schachtel entscheiden.

»Bevorzugt Ihre Frau eine bestimmte Sorte?«

»Hm, sie mag Champagnertrüffel und Karamell, glaube ich, aber eine gemischte Schachtel wäre gut.«

»Ausgezeichnet. Ich werde ein paar Champagnertrüffel hineingeben und Karamell, dazu eine bunte Mischung. Geben Sie mir einen Moment Zeit, dann mache ich alles für Sie fertig.« Mittels Schachteln, Schleifen sowie Silber- und Goldbändern verwandelte Emma jedes Geschenk in ein Kunstwerk.

»Wow, das sieht ja großartig aus. Vielen Dank. Was bin ich Ihnen schuldig?«

Emma tippte alles in die Kasse ein. »Zusammen macht das fünfzehn Pfund dreißig, bitte.« Vorsichtig legte sie ebenfalls eine ihrer *Chocolaterie am Meer*-Visitenkarten in die Tüte.

»Danke.«

»Gern geschehen. Ich wünsche Ihnen ein wunderbares Weihnachtsfest«, sagte Emma lächelnd.

Vier Uhr nachmittags am Heiligabend, die Kasse klingelte, das Glöckchen der Ladentür bimmelte, und die Schlange der Last-minute-Einkäufer wurde länger und länger. Emma war die stolze Besitzerin des hübschen kleinen Schokoladengeschäfts in dem Hafenstädtchen Warkton-by-the-Sea, Northumberland. Ihre Assistentin Holly und sie waren geschäftig wie Weihnachtselfen. Tatsächlich sahen sie auch aus wie Elfen in ihren Festtagspullovern: Holly mit einem Plumpudding auf der Brust und Emma mit einem rotnasigen Rentier. Ihre Ohrringe in Form kleiner roter Weihnachtskugeln rundeten den Weihnachts-Look ab. Jetzt wünschte sie jedoch, sie hätte sich leichtere Sachen angezogen. Ein T-Shirt wäre gut gewesen, denn es wurde einem ziemlich warm beim Hin- und Hereilen hinter dem Tresen, auf beengtem Raum und in Winterwolle gekleidet.

Holly bediente gerade einen älteren Kunden aus dem Ort.

»Hallo Stan. Wie geht es Hilda?«, erkundigte Emma sich.

»Ganz gut, danke, Emma. Den Husten, den sie letzte Woche noch hatte, ist sie inzwischen losgeworden. Aber ich fand, sie sollte heute lieber noch zu Hause bleiben. Ich habe schnell ein paar Lebensmittel besorgt – wir hatten keine Milch und keine Teebeutel mehr –, und da dachte ich mir, es wäre doch nett, sie mit Ihren reizenden Coffee Creams aufzumuntern.«

»Klingt nach einer guten Idee. Sie wird sich bestimmt freuen.«

Holly gab ihm ein hübsch verpacktes Zellophantütchen mit seiner Schokolade darin.

»Bitte sehr, Stan. Ich habe noch eines dazugetan, als Glücksbringer.«

Emma warf ihrer Assistentin einen gespielt schockierten Blick zu, dann lächelte sie.

»Dann mal alles Gute, Mädels, und frohe Weihnachten.«

»Das wünschen wir Ihnen auch – und beste Grüße an Hilda. Frohe Weihnachten!«

Emma konnte ein wenig durchatmen, während Holly sich um den letzten wartenden Kunden kümmerte. Ihre Füße pochten, obwohl sie ihre bequemsten Turnschuhe trug, und ihre Finger taten weh vom vielen Zubinden dünner Geschenkbänder sowie dem Verpacken von Schachteln und Geschenktüten. Außerdem war sie seit sechs Uhr morgens auf, um zusätzliche Bleche an Trüffel und Schokolollis zu machen, damit sie genug für den Verkauf hatten. Sie sah aus dem mit Weihnachtskugeln und Schneeflocken dekorierten Schaufenster hinaus auf die Straße. Die Lichterketten spiegelten sich im Glas. Draußen war es bereits dunkel an diesem kurzen Dezembertag. Im Schein der Straßenlaternen konnte sie allerdings sehen, dass es noch nicht gefroren hatte. Es war noch kein glitzernder Frost auf den Gehsteigen zu erkennen. Vielleicht würde sie es noch schaffen, mit Alfie, ihrem Springer Spaniel, nach Ladenschluss einen kurzen Spaziergang zum Hafen hinunter zu machen. Er war oben den ganzen Tag eingesperrt gewesen, da hier unten so viel zu tun gewesen war.

Jemand lief am Schaufenster vorbei und kam herein, was die Türglocke erneut läuten ließ. Es war Danny, der als Barchef im Fisherman's Arms arbeitete, dem Pub am Ende der Straße.

»Guten Tag, Ladys. Ich brauche eine Schachtel Pralinen für meine Freundin. Etwas schick Aussehendes.«

»Hi, Danny«, begrüßte Emma ihn.

»Welche meinst du denn?«, erkundigte Holly sich vorwitzig. Tatsächlich hatte er sechs Freundinnen in den vergangenen sechs Monaten gehabt.

»Die wundervolle Helen – und mal nicht so vorlaut, junge Dame«, konterte er.

»Dann eine große Schachtel, Danny? Ich werde sie für dich einpacken, ja?« Em fragte gar nicht erst, welche Sorten die Freundin wohl am liebsten mochte, weil er sie wahrscheinlich noch gar nicht gut genug kannte.

»Ausgezeichnet. Wie geht's, wie steht's denn so, Holly?«

»Viel zu tun, oder, Em? Jetzt ist es gerade ein bisschen ruhiger.« Kaum hatte sie das gesagt, kam eine ganze Familie herein, offenbar ein Vater mit seinen zwei Kindern, die gleich anfingen, die Regale zu durchstöbern. »Tja, und schon geht's wieder los«, bemerkte Holly.

»Ja, ich glaube, wir werden im Fisherman's auch ordentlich zu tun haben heute Abend. Heiligabend ist es immer brechend voll. Kommt ihr auch, Mädels?«

»Nee, ich mache mir einen ruhigen Abend«, sagte Emma. Sie konnte sich nicht vorstellen, den heutigen Abend inmitten einer lärmenden Menschenmenge zu verbringen.

»Was ist mit dir, Hols?«

»Nein, meine Mum und mein Dad wollen, dass ich heute zu Hause bin. Weil morgen doch Familientag ist und so.«

»Na ja, wir sehen uns. Vielleicht ja zu Silvester.« Er bezahlte und nahm die in feines Sternenpapier eingepackte und mit einer pinkfarbenen Schleife versehene Pralinenschachtel von Holly entgegen.

»Vielleicht«, antwortete Em bewusst vage. »Tschüs, Danny. Oh, und da ist noch ein Geschenkanhänger zum Ausfüllen an der Schachtel«, fügte sie hinzu, als er sich schon zum Gehen wandte.

»Ich werde versuchen, mich zu erinnern«, erklärte er grinsend.

»Fröhliche Weihnachten!«, riefen die beiden Frauen.

»Euch auch!«

Auch um fünf Uhr schlossen sie noch nicht wie sonst üblich den Laden, denn es kamen weiterhin Kunden, und Emma wollte sich das Geschäft nicht entgehen lassen. Sie brauchte jede Einnahme, also machte sie unaufhörlich weiter. Sie bot Holly an zu gehen, doch ihre wunderbare Mitarbeiterin wollte bleiben, bis der letzte Kunde gegangen war. Holly war fast siebzehn, eifrig, übersprudelnd und freundlich zu den Kunden. Seit sie vor einigen Wochen angefangen hatte, an den Samstagen sowie gelegentlich in den Ferien zu arbeiten – da sie noch zur Schule ging –, war das junge Mädchen ein Geschenk des Himmels gewesen. Bis zu dem Zeitpunkt hatte Emma ihren Laden allein geführt, um die Kosten möglichst gering zu halten. Doch als ihre Schokolade immer beliebter wurde und der Laden immer bekannter, wurde es schwierig, die Schokoladen weiterhin selbst herzustellen und gleichzeitig hinter der Theke zu bedienen. Abgesehen davon war es schön, im Laden Gesellschaft zu haben.

Die Heiligabend-Schlange riss nicht ab. Der Andrang in letzter Minute war schon verrückt. Als würden die Feiertage einen ganzen Monat andauern, oder als könnte man danach nie wieder Schokolade kaufen. Dabei würde der Laden schon in ein paar Tagen wieder geöffnet sein! Natürlich wollte sie sich nicht beklagen. Auch wenn es ermüdend war, so viele Stunden zu arbeiten, mochte Emma den zusätzlichen Rummel rund um Weihnachten. Sie liebte es, Schokolade herzustellen und sich weihnachtliche Geschmacksrichtungen auszudenken, die sie zusammen mit den herkömmlichen beliebten Schokoladen anbot. Außerdem brauchte sie jeden Penny. Sie hatte in diesem Jahr kaum Profit gemacht, auch wenn der Laden jetzt allmählich besser lief. Ständig schienen die Kosten zu steigen, und im Januar war deprimierend wenig los. Deshalb musste sie sich mit den Einnahmen aus Dezember bis zum Valentinstag über Wasser halten.

Es war zwanzig vor sechs, als die letzte Kundin, eine Frau in den Zwanzigern, die mit Freunden hier Urlaub machte, ihre Tüte mit Festtagsschokolade nahm, sich bei Holly und Emma bedankte und ihnen einen schönen Feierabend sowie frohe Weihnachten wünschte.

»Schönen Urlaub noch und fröhliche Weihnachten!«, rief Holly.

Emma folgte der jungen Frau zur Tür, bedankte sich und steckte den Kopf nach draußen, um zu sehen, ob auch niemand mehr unterwegs zu ihnen war. Die Straße war leer, nur die Winterkälte wehte herein. Sie machte die Tür zu und drehte das kleine Schild um: »Geschlossen«. Dann lehnte sie sich zum Verschnaufen gegen die Tür.

»Gut gemacht, Hols. Das war vielleicht eine anstrengende Schicht. Ich danke dir. Ohne dich hätte ich das nie geschafft.«

Sie nahm den Lohn des Mädchens für den heutigen Tag aus der Kasse und gab ihr eine Zwanzigpfundnote extra.

»Oh, vielen Dank!« Holly umarmte ihre Chefin kurz und innig.

»Warte.« Sie lief nach hinten in die Küche, um das Weihnachtsgeschenk für ihre Assistentin zu holen, ein Schaumbad mit dazu passender Bodylotion und eine Schachtel handverlesene Pralinen, die Holly am liebsten mochte.

»Ach, Emma, danke. Ich habe gar nichts erwartet, weil ich doch auch noch nicht so lange hier arbeite. Ich fühle mich schrecklich, weil ich für dich nichts gekauft habe.«

»He, mach dir keine Gedanken. Es ist ein Dankeschön, weil du hart für mich arbeitest. Du hast dich sehr gut eingewöhnt.«

»Danke, Em, und ich bin ehrlich sooo glücklich, hier zu sein. Dass ich diesen grässlichen Imbiss in Seahouses verlassen habe, war das Beste, was ich je hätte tun können. Ich roch ständig nach Frittierfett, und meine Haare waren immer schmierig. Hier dagegen herrschen himmlische Arbeitsbedingungen. Der reinste Schokoladenhimmel. Der beste Job aller Zeiten.«

Alles war ruhig. Holly war gegangen, und Emma machte die Kasse. Sie hielt einen Moment inne, um ihren kleinen Laden in seiner ganzen funkelnden, behaglichen Weihnachtspracht zu bewundern: die zwei Erkerfenster, die zur malerischen Dorfstraße mit ihren Steinhäuschen hin lagen, die hübsch bestückten Holzregale, das beruhigende Summen des Kühltresens, die Reihen von Schokoladen, an deren Kreationen sie hart gearbeitet hatte ... Wenn man sich überlegte, dass sie vor sieben Jahren noch überhaupt keine Ahnung davon gehabt hatte, wie man einen Trüffel herstellte oder Schokolade temperierte. Damals hätte sie geglaubt, dass es etwas mit Temperament zu tun hat – was in gewisser Weise auch stimmte, da ihres beim Temperieren der Schokolade gelegentlich immer noch mit ihr durchging.

Sie liebte ihr kleines Schokoladengeschäft, ihr Unternehmen, ihr Leben hier. Es hatte sie wirklich gerettet und ihrem Leben wieder einen Sinn gegeben, als sie ganz unten war.

Ja, damals. Sie schüttelte diese Gedanken ab, denn sie durfte sich ihnen nicht hingeben, da oben ein Spaniel darauf wartete, nach draußen gelassen zu werden.

Emma lehnte an der Steinmauer im Hafen und beobachtete das sich im Wasser spiegelnde Licht der Straßenlaternen, das sanfte Plätschern der Wellen gegen die vertäuten Boote. Es war nur ein kleiner Hafen, der seit Jahrhunderten zum Fischen genutzt wurde. Jetzt lagen nicht mehr so viele Boote hier wie früher, hatte man ihr erzählt, doch einige fuhren immer noch täglich hinaus, wenn das Wetter es zuließ, um ihren Fang an Heringen anschließend in der Räucherei abzuliefern. Dort wurden sie dann zu Kippers, einer lokalen Spezialität. Oder sie fingen Dorsch, vielleicht auch mal Krebse. Von Juli bis September fuhren sie raus zu den Hummerkörben, die jetzt auf dem Kai neben einem Fischerboot aufgestapelt waren, zusammen mit bunten Bojen, dicken Tampen und Netzen.

Eine kleine Gruppe von Leuten ging vorbei. Alfie schaute auf, um sie zu begrüßen, und Emma lächelte. Die Gruppe nahm den kurzen Aufgang in Richtung Pub. Kurz darauf ging die schwere Holztür auf, und Emma konnte das Stimmengewirr von drinnen hören, ebenso die Musik, während das Licht auf den Gehsteig fiel. Sie spürte den lebhaften Betrieb; die Kamine würden brennen, die Weihnachtsdekoration leuchten, und Einheimische wie auch Urlauber würden, sich laut unterhaltend, zusammensitzen. Sie liebte den Gemeinschaftssinn dieses Ortes, doch heute Abend war ihr nicht danach.

»Na komm, Alfie.« Sie gingen in die entgegengesetzte Richtung, vorbei an einer Häuserreihe und hinunter zum Strand. Es war dunkel, doch das Mondlicht genügte, um den Weg durch die Dünen zu finden, ans Wasser, wo sie dem leisen Rauschen der Brandung zuhörte. Sie fürchtete sich nicht im Dunkeln, denn sie war schon an vielen solcher Abende hier gewesen. Die Erinnerung ließ sich nicht aufhalten, aber das war in Ordnung. In gewisser Weise war sie ja genau deswegen hier. Es machte auch nichts, falls sie weinen musste oder seinen Namen in den Sand schrieb. Oder die Möwen anschrie, das Leben sei verdammt ungerecht. Alfie liebte die Freiheit am Strand, wo er wie verrückt rennen und nach Seetang schnappen konnte. Aber es war kalt. Emma sah ihren Atem dampfen und war froh über ihren dicken Wollmantel, ihre Mütze und Handschuhe. Sie würde nicht lange bleiben. Es war ein anstrengender Tag gewesen, und sie war bereit für ein frühes Abendessen. Anschließend würde sie sich irgendeinen weihnachtlichen Film im Fernsehen anschauen und zeitig ins Bett gehen. Sie wollte Alfie noch fünf Minuten gönnen.

Als sie zurück Richtung Hafen gingen, kamen sie an einem Pärchen vorbei, das Arm in Arm unterwegs war und sie freundlich grüßte. Emma stieg den kleinen Hügel hinauf und erreichte kurz darauf die Schaufenster ihres Chocolate Shops. Am Ende einer Häuserreihe gelegen, befand er sich in einem sandfarbenen Steinhaus, das vor vielen Jahren zu einem Laden umgestaltet worden war. Der Laden hatte zwei Erkerfenster und dazwischen eine Holztür. Emma blieb für einen Augenblick stehen und betrachtete ihren Laden. Sie hatte die Lichterketten angelassen, und mit all den festlichen Dekorationen wirkte er im Dunkeln wie verzaubert. »Es war der Abend vor Weihnachten ...« Sie dachte an die magischen Geschichten und die Aufregung zu Heiligabend in ihrer Kindheit, die ihr jetzt sehr weit in der Vergangenheit zu liegen schien.

Morgen war der erste Weihnachtstag, da würde sie zu ihrem Bruder James fahren, um Zeit mit ihm und seiner Familie zu verbringen. Sie hatten sie freundlicherweise zum Weihnachtsessen eingeladen. Natürlich wird es schön zu sehen, wie ihre Nichten, die Zwillinge, ihre Geschenke auspackten. Es wird wundervoll, mit ihnen zusammen den Zauber dieses Tages zu erleben. Ihre Schwägerin Chloe bereitet einen traditionellen Truthahn zu, mit allem Drum und Dran, und Emmas Eltern werden auch kommen. Es wird schön, sie alle wiederzusehen, besonders da Emma in letzter Zeit so viel im Laden zu tun gehabt hatte.

Und doch war es nur ein weiteres Jahr, in dem jemand fehlte.

2. Kapitel

Zweiter Weihnachtsfeiertag

Emma hüllte sich noch fester in ihren Mantel und den rot karierten Schal.

Wellen brandeten weiß schäumend an den Strand, ein über Nacht noch kälter gewordener Wind hatte das Meer aufgewühlt. Hin und wieder sprühte ihr feine salzige Gischt ins Gesicht. Das war erfrischend und belebend. Sie hatte nicht besonders gut geschlafen und deshalb unbedingt nach draußen gemusst, um den Wind in ihren Haaren zu spüren. Und wieder einmal lockte der Strand.

Sie war die Einzige an diesem gesamten Strandabschnitt. Na ja, sie und Alfie, der neben ihr im Sand lief. Alle anderen lagen vermutlich noch kuschelig im Bett und verdauten ihr Weihnachtsessen und schliefen den Kater aus. Emma hob einen ledrigen Strang braunen Seetangs auf, den man mit seiner dicken Wurzel gut als Stöckchen werfen konnte. Alfie rannte begeistert los. Emma lächelte.

All dieses Was-wäre-wenn und Wenn-doch-nur ließ ihr nach wie vor keine Ruhe, ließ ihr *nie* Ruhe. Doch es änderte nichts. Eine ganze Zukunft, einfach weggewischt. Ihre *gemeinsame* Zukunft. Sieben Jahre war das her. Und sie vermisste ihn noch immer so sehr …

Ja, sie hatte ihr Leben weitergeführt, sich etwas aufgebaut. Es blieb einem ja auch nichts anderes übrig. Sie war vor sechs Jahren hierher nach Warkton-by-the-Sea gezogen und hatte ihr Schokoladengeschäft eröffnet. Das war eine große Veränderung, nachdem sie zuvor Lehrerin für Lebensmitteltechnik an einer weiterführenden Schule am Stadtrand von Durham gewesen war. Wenn große Dinge geschehen, verschiebt sich alles, und man denkt darüber nach, was man wirklich vom Leben will. Emma hatte einfach einen ihrer liebsten Urlaubsorte besucht, den ein wenig heruntergekommen aussehenden Laden mit dem Zu-vermieten-Schild davor in der kleinen Hauptstraße entdeckt und nicht mehr zurückgeschaut. Und so war »Die Chocolaterie am Meer« entstanden.

Einst war es offenbar ein Spielzeugladen gewesen, der schon seit einigen Jahren nicht mehr existierte. Etwas liebevolle Zuwendung war also vonnöten. Er war klein, auf eine altmodische Art hübsch und sehr gemütlich. Der Verkaufsbereich befand sich im ehemaligen Wohnzimmer. Ihr Dad, ein eifriger Hobbyhandwerker sowie ihr Bruder James, hatten ihr bei der Renovierung geholfen.

Oben befand sich ihr und Alfies Wohnbereich. Die Küche im unteren Bereich nutzte sie für ihre Schokoladenkreationen. Das Leben war besser geworden. Die Zeit hatte den Schmerz gelindert, wenn auch nicht geheilt. Sie war sich nicht mal sicher, ob sie davon geheilt werden wollte; auf jeden Fall wollte sie nicht vergessen. Warum sollte sie jemanden vergessen wollen, der etwas so Besonderes gewesen war? Wie dem auch sei, ihr neues Leben war gut, und sie hatte sehr nette Freunde in der Gegend gefunden.

Eine Bewegung in den Dünen riss sie aus ihren Erinnerungen. Dort stand jemand in einer dunklen Jacke, ein Mann. Er schien allein zu sein. Er war früh auf den Beinen. Dann waren es jetzt eben nur sie beide an diesem Strand. Allerdings war sie ein wenig genervt, dass noch jemand da war. Na gut, es gab ungefähr eine Meile weit nur Sand hier, das musste sie einräumen, und schließlich handelte es sich um einen öffentlichen Strand.

Sie schlenderte weiter, spielte mit Alfie und warf den Seetangstock. Der Hund sah auf, wachsam, die Ohren gespitzt, als auch er den Mann bemerkte. Emma schaute kurz den Strand entlang. Verdammt, der Typ ging in ihre Richtung, in einer normalen Geschwindigkeit. Warum konnte er denn nicht in die andere Richtung gehen?

Eine Windbö kam plötzlich auf. Als Emma sich bückte, um das Stöckchen für Alfie wiederholt aufzuheben, erwischte der Wind irgendwie ihren Schal, wickelte ihn ihr vom Hals und trieb ihn über den Sand. Sie rannte hinterher und hatte ihn beinah zu fassen bekommen, als ein noch stärkerer Windstoß den Schal erneut wegwehte, außerhalb ihrer Reichweite. Er wurde in rotierenden Bewegungen über den Strand getrieben. Emma setzte ihm nach, denn sie mochte diesen Schal wirklich sehr. Er war aus feiner kuscheliger Wolle, und sie besaß ihn seit Jahren … Luke hatte ihn ihr zu ihrem ersten gemeinsamen Weihnachten geschenkt. Sobald sie sich ihm näherte, erwischte der verdammte Wind den Schal schon wieder und wehte ihn weiter.

Der Mann am Strand musste ihr Dilemma erkannt haben, denn er joggte auf das abgängige Kleidungsstück zu. Er schlug einen Haken, sprintete ein Stück und hatte den Schal kurz darauf unter seinem Stiefel zu fassen bekommen.

Er lächelte in Emmas Richtung, als er ihn aufhob und ausschüttelte. Sie blieb, wo sie war, während er auf sie zukam. Er war groß und breitschultrig unter seinem Mantel. Sein Gesicht war freundlich, er hatte dunkles Haar und ein nettes Lächeln.

»Danke.«

»Gern geschehen. Ganz schön stürmisch, was?«

»Ja, ein bisschen.« Ihr Ton war ironisch. »Sie sind aber auch früh unterwegs.«

»Ja.«

»Wir müssen verrückt sein.« Es war noch nicht mal acht Uhr und gerade erst hell geworden.

»Wahrscheinlich.« Er lächelte sanft.

Oder traurig … oder einsam, dachte Emma.

Sie gingen nebeneinander her.

Alfie drängelte sich zwischen sie, er pochte stets auf seine Aufmerksamkeit.

»Und wer ist das?« Der Mann streichelte den Kopf des Spaniels, und der Hund wedelte noch heftiger mit dem Schwanz.

»Alfie. Er ist ein guter Begleiter. Durch ihn komme ich raus und bewege mich.« Na klasse, sie hörte sich an, als führe sie eine Existenz in altjüngferlicher Abgeschiedenheit mit ihrem Hund. Tatsächlich war das von der Wahrheit gar nicht so weit entfernt. Nun, sie hätte fast geheiratet, wäre ihr das Schicksal nicht so grausam dazwischengekommen.

»Aha.«

»Kommen Sie von hier?« Sie hatte ihn noch nie gesehen. Andernfalls hätte sie sich bestimmt an ihn erinnert. Seine großen grünbraunen Augen, die auf ihr ruhten, wären nicht leicht zu vergessen. Er hatte kurz geschnittenes dunkelbraunes Haar und einen Stoppelbart, was gut zu ihm passte. Gleichmäßige weiße Zähne, die hervorblitzten, wenn er sprach. »Nein, ich wohne nur für ein paar Tage in einem Ferienhaus an der Straße dort hinten.« *Hübsche Augen.*

»Ah, verstehe.«

»Und Sie?«

»Ich?«

»Sind Sie von hier?«

»Oh ja, ich lebe im Dorf. Seit sechs Jahren.«

»Sie Glückliche. Es ist ein wirklich schöner Ort. Bisschen rau heute, aber mir gefällt es.«

Sie versuchte, seinen Akzent einzuordnen. Eine Spur North Eastern Geordie, also aus der Gegend um Newcastle. Wusste sich jedoch auszudrücken.

»Ja, der Winter meldet sich mit aller Macht«, bestätigte sie.

»Aber ich mag es auch. Wenn das Meer aufgewühlt ist, die Wolken blaugrau sind und der Sturm weht.«

Alfie rannte los, um einen Klumpen Seetang an der Flutlinie zu untersuchen. Inzwischen befanden sie sich wieder fast an den Dünen, hinter denen der Ort lag und wo Emma für gewöhnlich den Rückweg einschlug. »Ich gehe hier entlang.«

»Ich auch – ich habe meinen Wagen dort geparkt«, erklärte er.

Sie lächelten einander höflich an, und sein Lächeln erreichte seine intensiven dunklen Augen. Wenn Emma nicht alles täuschte, gab es da ein leichtes Knistern zwischen ihnen. Aber sicher war sie sich nicht. Seit Luke hatte ihr niemand mehr gefallen. War es das? Gefiel er ihr? *Oh wow.*

»Versuchen Sie, einen klaren Kopf zu bekommen heute Morgen?«, erkundigte sie sich.

»Ja, könnte man so sagen.« Er wirkte nachdenklich, als verberge sich noch mehr dahinter, worüber er jedoch nicht sprechen wollte.

Das piksige Dünengras begann, und Emma ging den sandigen Weg hinauf. Sie war sich der Gegenwart des Mannes dicht hinter ihr bewusst, und als der Pfad vor dem Strandparkplatz breiter wurde, schloss er zu ihr auf. Sie warf ihm verstohlen einen Blick von der Seite zu. Er sah ziemlich gut aus mit seiner athletischen hochgewachsenen Statur, soweit sie das beurteilen konnte, denn er trug eine Barbour-ähnliche Jacke und eine Jeans. Viel zu schnell erreichten sie den Parkplatz in den Dünen, und er sagte, es sei nett gewesen, sie kennenzulernen und nun müsse er los.

Eigenartigerweise wurde ihr klar, dass sie das nicht wollte, als gebe es da bereits eine Verbindung zwischen ihnen. Er stand nur da und sah sie einige bedeutungsvolle Sekunden lang an, und sie vermutete, dass er ebenso empfand wie sie.

Dann trat er auf sie zu und nahm ihre Hand in seine, die sich warm, glatt und sanft anfühlte.

»Danke«, sagte er. »Ich glaube, Sie haben mir dabei geholfen, eine Entscheidung zu treffen.«

Und dann kam er noch ein bisschen näher, sah sie mit diesen tiefen, dunkelgrünen Augen an und küsste sie sacht auf den Mund. Er duftete wundervoll, nach Cool-Citrus-Aftershave. Sein warmer Körper war ihrem sehr nah, er war stark und echt. Seit sehr langer Zeit war sie einem Mann nicht mehr so nahe gekommen. Es war so überraschend, und doch kam es ihr ganz natürlich vor. Der Kuss wurde leidenschaftlich, er hatte jetzt die Arme um sie gelegt. Sie legte ihre Hand in seinen Nacken, streichelten seinen Haaransatz, während sie ihre Lippen fest auf seine presste, seinen offenen Mund fand, seine Zunge. *Oh Mann.*

Dann hörte er auf, trat zurück, mit einem erstaunten Lächeln auf den Lippen. »Verzeihung, ich hoffe …«

»Alles in Ordnung. Es war schön.« Plötzlich war sie befangen.

»Hören Sie, es tut mir leid, aber ich muss wirklich los.« Er wandte sich zum Gehen und steuerte seinen Wagen an, einen Jeep. Kurz bevor er einstieg, hielt er noch einmal inne. »Wie kann ich Sie finden?«

»Das Schokoladengeschäft im Ort.«

»Okay. Alles klar.« Er verarbeitete diese Information, lächelte sie an und setzte sich dann in sein Auto.

»Ihr Name … ich kenne nicht einmal Ihren Namen«, rief Emma. Doch die Worte wurden fortgeweht vom Wind, denn der Mann hatte bereits die Wagentür geschlossen.

Sie schaute ihm perplex hinterher, während er ihr noch einmal zuwinkte und davonfuhr.

3. Kapitel

Und was tut man, nachdem ein ziemlich attraktiver Mann einen aus heiterem Himmel auf einem Parkplatz in den Dünen geküsst hat? Nun, man geht einfach nach Hause. Zugegeben, ein wenig benommen fragt man sich währenddessen, ob das a) gerade wirklich passiert war und b) er vielleicht ein Verrückter war, möglicherweise auf Drogen oder ein Irrer mit einer Axt im Kofferraum. Man geht jedenfalls erst mal nach Hause und kreiert ein paar Schokoriegel.

Na ja, das tat man, wenn man ein Schokoladengeschäft führt. Emma ging die Wynding entlang, einen schmalen Weg, der vom Strand durch den kleinen Hafen führte. Dort lagen die Fischerboote vertäut am Ufer. Sie passierte die Steinhäuschen in der Main Street und kehrte zurück zur Chocolaterie am Meer.

Sie hielt vor dem ersten Fenster, das sie vor einigen Wochen schon liebevoll weihnachtlich dekoriert hatte. Es gab einen kleinen echten Weihnachtsbaum mit Kugeln in Rot und Gold, dazu gleichfarbiges Lametta und funkelnde Miniaturlichter. Ein Flechtkorb mit ihren besten Schokoladengeschenken nahm den Ehrenplatz ein. Dort drin zu finden waren Schokoladenschnee- und -weihnachtsmänner, alle handgefertigt, außerdem mit Alkohol gefüllte Trüffel, kandierte und mit dunkler Schokolade überzogene Orangenstücke und noch so einiges mehr. Schon bald würde sie das Schaufenster räumen und sich für Januar etwas Neues einfallen lassen müssen. Wieso machte dieser Gedanke sie missmutig?

Emma ging an der Vorderseite ihres Ladens vorbei und bog in den schmalen Durchgang direkt daneben ein. Dieser führte zur

Rückseite der Häuserreihe. Immer wenn Alfie besonders nass und sandig war, benutzte sie diesen Weg, um nicht durch den Laden zu müssen. Sie schloss die Tür auf, ging hinein und auf direktem Weg die Treppe hinauf, da die untere Küche ausschließlich der Schokoladenherstellung vorbehalten und aus hygienischen Gründen haustierfreie Zone war. Sie rieb Alfie oben mit seinem alten Handtuch ab und brachte ihn zu seinem Korb in der kleinen Küche im oberen Stockwerk. Anschließend wusch Emma sich gründlich die Hände, band sich die Haare zu einem Pferdeschwanz zusammen und lief hinunter in die Küche des Ladens, um einen Schwung dunkle Chili- und Limonenschokoriegel herzustellen. Sie wollte außerdem Schokoriegel der jüngsten Geschmacksrichtung machen, die sie kurz vor Weihnachten kreiert hatte: Ingwer und Zimt, perfekt für einen kalten Wintertag.

Weihnachten war die geschäftigste Zeit des Jahres für das Schokoladengeschäft, weshalb die Vorräte langsam zur Neige gingen. Naturgemäß würde die Zeit nach Neujahr ruhiger werden. Es würden die paar Wochen lauen Umsatzes folgen, in denen Schokolade zum Feind erklärt wurde und alle ins Fitnessstudio rannten. Emma würde wieder mehr Jogger am Strand treffen – bis zu dem Zeitpunkt, an dem diese Leute erkannten, dass sie an einem kalten grauen Januartag lieber gemütlich auf dem Sofa sitzen wollten, vor dem Kamin, mit einem Stück Schokolade und einem guten Buch.

Sie hatte sich für Weihnachten ein paar Tage freigenommen, den Laden geschlossen und auch Holly eine Woche Urlaub gegeben. Das junge Mädchen wollte ihre freie Zeit mit Freunden verbringen und zweifellos ihr neues iPhone vorführen, das sie sooo sehr hoffte, von ihren Eltern zu Weihnachten geschenkt zu bekommen. Außerdem wollte sie von ihrem Samstagsjobgeld neue Outfits und Schuhe kaufen. Der Ausflug mit ihren Freundinnen zum Schlussverkauf ins Metro Centre stand für heute auf dem Programm.

Der Tag verging rasch und ruhig für Emma. Sie lauschte dem Radio, während sie ihre Schokoladen herstellte. Ihre Gedanken schweiften immer wieder zu der merkwürdigen Begegnung am Strand ab, während sie Trüffelfüllungen zwischen den Handflächen rollte. Sie fragte sich, ob der Mann in ihrem Laden auftauchen würde … blieb er vielleicht sogar im Ort? Und was war das für eine Entscheidung, die zu treffen sie ihm geholfen hatte? Ständig lauschte sie auf ein Klopfen an der Tür, jedes Geräusch blieb jedoch eine Einbildung ihrer Fantasie. Sie beschloss, es als Erfahrung abzuhaken und sich wieder auf die Arbeit dieses Tages zu konzentrieren. Es galt, Trüffel herzustellen, zu verpacken, die Auslage zu dekorieren und eine Liste der Zutaten zu erstellen, die nachgekauft werden mussten. Es gab immer etwas zu tun, etwas, um das sie sich gerade kümmern musste. Ihr kleines Schokoladengeschäft und Alfie füllten ihr Leben schon genug aus.

Mal abgesehen davon, dass dieser Typ sonst wer sein könnte. Wer küsste denn eine vollkommen fremde Person auf einem Parkplatz?

4. Kapitel

Silvester nahte schnellen Schrittes – nicht gerade Emmas Lieblingsabend. Sie fühlte sich genötigt, sich zu amüsieren und »Spaß« haben zu müssen, wo sie doch am liebsten daheim bleiben würde. Einen heißen Kakao mit einem Schuss Baileys in der Hand, in Pyjama und Hausschuhe gekleidet, würde sie mit Alfie gemütlich aufs Sofa gekuschelt einen Film anschauen. Dann könnte sie früh zu Bett gehen, Mitternacht verpassen und müsste nicht darüber nachdenken, dass ihr ein weiteres Jahr allein bevorstand.

Stattdessen hatte sie sich von ihren besten Freundinnen Bev und Joanne, beide aus dem Dorf, zum Ausgehen überreden lassen. Und so war sie jetzt im Fisherman's Arms gelandet. Bier schwappte ihr gegen den Rücken und mit Konfetti in der Hand wartete sie darauf, von irgendeinem fremden Kerl geküsst zu werden, der ihr damit ein frohes neues Jahr wünschen wollte. Erneut musste sie an den Mann am Strand denken – immer wieder tauchte er uneingeladen in ihrem Kopf auf. Sie fragte sich, was er wohl an Silvester machte. Lieber hätte sie jetzt *Mr. Kiss*, wie sie ihn bei sich nannte, an ihrer Seite gehabt. Das wäre doch gar nicht schlecht. Besser jedenfalls als der stämmige Fischer mittleren Alters, der nach Bier und altem Hering stank und ihr absichtlich zu nahe zu kommen schien. Rasch kippte sie einen großen Schluck Weißwein hinunter, als Big Ben im Fernsehen auf voller Lautstärke zu läuten begann. Es gelang ihr, geschickt nur die Wange hinzuhalten, als sich der Fischer für den unvermeidlichen Kuss näherte.

»Frohes neues Jahr, Süße!«, lallte er.

»Frohes neues Jahr«, erwiderte sie mit einem aufgesetzten Lächeln.

Dann fanden Bev und ihr Mann sie, die ihr mit Umarmungen und Küsschen alles Gute wünschten.

»Hab ein gutes neues Jahr, Em.« Bev legte den Arm um sie.

»Das hoffe ich. Du auch, meine wunderbare Freundin.«

Obwohl Bev fast zehn Jahre älter war, war der Altersunterschied nicht zu erkennen. Die beiden hatten sich bei einem Sommerfest unten im Hafen kennengelernt, kurz nachdem Emma nach Warkton gezogen war. Bev hatte hallo gesagt und ihr einige Leute aus dem Dorf vorgestellt. Später hatten sie angeregt miteinander geplaudert. Bev war fasziniert gewesen von der Eröffnung eines Schokoladengeschäfts im Ort. Sie scherzten immer darüber, dass nur das Gerede über Schokolade sie auf Emma aufmerksam gemacht und ihre Freundschaft besiegelt habe, nicht Emma selbst.

Joanne und weitere Bekannte aus dem Ort bahnten sich ihren Weg jetzt durch das dichte Gedränge auf sie zu. »Hey! Glückliches neues Jahr!«, riefen sie, während Emmas Sektglas aufgefüllt wurde. Danny kam hinter dem Tresen hervor, um die Chance zu nutzen, gleich eine ganze Menge Damen zu küssen. Er gab Emma einen liebevollen Kuss auf die Wange, bevor er mit den anderen weitermachte. »Frohes neues Jahr, ihr wundervollen Ladys!«

»Hey, Em, du tolle Chefin. Frohes neues Jah-har!«

Da war Holly, in einem leuchtend roten Kleid und offener, nun brauner Mähne, die ihr bis auf die Schultern fiel. Sie lallte schon und schwankte ein wenig in ihren High Heels. »Neue Schuhe – sind die nicht schick?« Sie hob ein Bein und zeigte dabei zu viel Schenkel, was Danny jedoch, seinem Grinsen nach zu urteilen, nicht zu stören schien. An den Füßen trug sie ihre neuen schwarzen Killer-Stilettos.

»Erstaunlich – ich glaube, ich könnte in den Dingern nicht

mal laufen«, kommentierte Emma lächelnd. »Dir übrigens auch ein glückliches neues Jahr, Hols.«

»Ja, hoffen wir das für uns. Was das neue Jahr wohl bringen wird? Ich halte Ausschau nach dem Mann meiner Träume ... na ja, Tom geht auch.« Sie kicherte, voller Hoffnung und Erwartungen, genau wie es mit sechzehndreiviertel sein sollte.

»Ich hoffe, es wird ein besonderes Jahr für dich, Holly.«

Es folgten weitere Umarmungen und Begrüßungen aus Hollys Gruppe junger lebhafter Freunde.

Neujahr: ein neues Kapitel, eine Zeit für Hoffnungen und Träume, Wünsche und Entschlüsse. Emma konnte nur daran denken, diesen Abend irgendwie zu überstehen. Schon der morgige Tag war zu viel, ganz zu schweigen von einem neuen Jahr. Sie fühlte sich immer noch aufgeschmissen. Sicher würde es auch glückliche Momente geben. Sie hatte großartige Freunde, eine wundervolle Familie und außerdem ihr eigenes, ganz besonderes Schokoladengeschäft. Für das alles war sie auch sehr dankbar, und doch blieb diese Traurigkeit stets in ihrem Herzen haften.

Lächeln, plaudern, noch eine Runde Drinks, ein weiteres Glas Sekt, und endlich, kurz nach eins, bekam Emma die Chance, in ihr kleines Häuschen zurückzukehren und ins Bett zu gehen.

Am nächsten Abend war alles ruhig in Emmas kleinem Wohnzimmer. Silvester war überstanden, und ein weiterer Neujahrstag vergangen – na ja, fast. Puh, sie hatte die Feiertage mal wieder hinter sich gebracht und konnte es in den nächsten Wochen entspannter angehen lassen im Laden. Doch das hielt nie lange an. Wer wollte denn auch in einer Welt ohne Schokolade leben?

Em kuschelte sich auf ihr Sofa, zusammen mit Alfie, der zufrieden neben ihr lag.

Für eine Sekunde kehrten ihre Gedanken zurück zu dem Mann am Strand, den sie am zweiten Weihnachtstag dort getroffen hatte. Würde er zurückkommen? Würde er sie hier in ihrem kleinen Schokoladengeschäft aufsuchen? Eine Woche war inzwischen vergangen seit ihrer Begegnung, und nach wie vor kam es ihr alles ein bisschen zu bizarr vor. Wie würde sie sich überhaupt fühlen, wenn er wirklich auftauchte? Hätte das nicht etwas von Stalking? Möglicherweise lag hinten in seinem Jeep eine Axt. Vielleicht hatte Emma sich aber auch bloß eingebildet, er sei attraktiv, und nun käme er mit schiefer Nase, zusammengekniffenen Augen und gelben Zähnen bei ihr an. Nein, das Bild in ihrem Kopf war sehr weit davon entfernt. Trotzdem, Fremde küssten einen nicht einfach so auf einem Parkplatz. Ganz sicher nicht *so*. Und schon verlor sie sich wieder in ihren lebhaften Erinnerungen. Wow, es kribbelte bis hinunter in die Zehen.

Sie lächelte und dachte an ein Sprichwort ihrer Großtante Emily, das Emma als Teenager oft zu hören bekommen hatte: »Nur weil seinetwegen deine Zehen kribbeln, bedeutet das noch lange nicht, dass er der Richtige für dich ist.«

Luke hatte ihre Zehen kribbeln lassen. Viele Male.

Seufzend streichelte sie Alfies weichen Kopf. Obwohl er schlief, klopfte er daraufhin mit dem Schwanz glücklich auf das Sofapolster.

»Wir kommen klar, was, Alfie?«

Es sollte eine Feststellung sein, doch es klang tatsächlich eher wie eine Frage.

5. Kapitel

Obwohl der Laden noch einen weiteren Tag in diesen Weihnachtsferien geschlossen blieb, war Emma früh in der Küche und bereitete eine Charge Whiskytrüffel vor. Sie arbeitete gern und wollte die freie Zeit zur Vorbereitung auf die nächsten Wochen nutzen. Wärmende Whiskytrüffel verkauften sich in den Wintermonaten immer gut.

Sie schmolz die dunkle Schokolade und erwärmte dann den Whisky bis zu dem Punkt, an dem er ganz leicht zu dampfen begann. Als Nächstes vermischte sie beides. Der Duft war herrlich, selbst am frühen Morgen. Sie freute sich schon darauf, einen davon später bei einem Becher Kaffee zu probieren. Der Ganache-Mix, so nannte man die Schokoladen-Whisky-Mischung, musste mindestens vier Stunden lang abkühlen, bevor sie kleine Füllungen daraus rollen konnte. Anschließend würde sie diese Miniaturkugeln dann in geschmolzene dunkle Schokolade tauchen. Himmlisch.

Es klopfte an der Tür, dann waren Schritte zu hören und ein Kopf lugte hervor, voller dunkelbrauner Locken und einem fröhlichen Grinsen.

»Oh, hi, Holly. Schön dich zu sehen.«

»Hey, Em. Frohes neues Jahr! Ich war gerade im Dorf, Milch holen und die Zeitung für Mum. Dachte, ich schau mal rein und sag hallo.«

»Dir auch ein frohes neues Jahr. Aber wir haben uns doch Silvester gesehen.«

»Ach ja, stimmt, jetzt fällt's mir wieder ein. Ich war ein bisschen beschwipst zu dem Zeitpunkt. Sorry. Na, jedenfalls wollte ich hören, wann du mich wieder brauchst.«

»Hm, in den nächsten Wochen wird es ein wenig ruhiger werden …« Emma bemerkte Hollys Enttäuschung. Zweifellos hatte sie ihren letzten Lohn für ihr Silvester-Outfit ausgegeben. »Aber du könntest jeden Samstagnachmittag für ein paar Stunden aushelfen. Dann bereite ich in der Zeit Schokolade zu. Tut mir echt leid, Holly. Ich wünschte, ich könnte dir mehr Stunden geben, aber der Januar ist keine gute Zeit.« Sie musste selbst sehr auf ihr Geld achten. »Im Februar wird wegen des Valentinstags wieder mehr zu tun sein. Da werde ich dich viel häufiger brauchen, und natürlich vor Ostern.«

»Okay, gut.« Das junge Mädchen lächelte, obwohl sie immer noch ein bisschen enttäuscht wirkte.

Emma fühlte sich schrecklich, denn sie hätte ihr wirklich gern mehr zu tun gegeben. Holly war eine großartige Hilfe und reizend zu den Kunden, plauderte gern und war freundlich hinter dem Tresen. Emma empfand sie auch als nette Gesellschaft. Nur warf das Geschäft nicht genug ab, um Holly zusätzliche Stunden zu bezahlen. Wahrscheinlich könnte sie den ganzen Januar ohne das Mädchen auskommen. Schokolade konnte sie auch abends machen, da sie genug Zeit hatte. Jedoch wollte sie Holly gern helfen, und Emma würde sie auch für die Zeiten im Frühling brauchen, in denen das Geschäft wieder anzog. Vielleicht schnappte irgendein anderes Unternehmen ihr Holly sonst weg, und das wäre schade, sowohl für Emma als auch für den Laden.

»Wie ich sehe, machst du schon Nachschub.«

»Ja, Whiskytrüffel aus dunkler Schokolade.«

»Mmh, die liebe ich.«

»Ich brauche nur noch zwei Minuten für diesen Mix. Möchtest du noch auf einen Kaffee bleiben?« Em hatte Lust auf Gesellschaft, denn gestern hatte sie überhaupt niemanden gesehen.

Kurz darauf saßen sie auf Hockern in Emmas Küche, jede von ihnen einen dampfenden Kaffeebecher vor sich. Die

Whiskytrüffel waren noch nicht fertig, aber es waren noch Orangenschokoladentrüffel übrig, die Emma kurz vor Silvester gemacht hatte.

»Ah, danke. Em, das ist so nett. Ich bin schon immer gern hergekommen, auch bevor ich den Job hatte. Es ist ein magischer kleiner Laden. Ich stand vor den Regalen, schaute mir alles an und wählte meine Lieblingsschokoladen aus. Oder ich probierte etwas Neues, weil du so fantastische Geschmacksrichtungen hast. Und dann dieser Duft …« Holly lächelte. »Diese vielen leckeren Kakaosachen, einfach toll.«

Eines Tages hatte Holly das Schild im Schaufenster entdeckt, auf dem Emma eine Aushilfe suchte. Sie war direkt hineinmarschiert und hatte sich vorgestellt, weil sie sich diese Gelegenheit nicht entgehen lassen wollte. Die Arbeit war ideal für Holly, passte zu den Schulzeiten und Hausaufgaben und bot darüber hinaus ebenfalls eine willkommene Abwechslung dazu.

Emma hatte versucht, ihr das Gefühl zu vermitteln, herzlich willkommen zu sein, und sie verstanden sich trotz des Altersunterschieds sehr gut. Emma ließ sich Zeit bei der Einarbeitung. Sie erklärte dem Mädchen ausführlich, wie man am besten mit den Kunden umging und ließ sie bei der Herstellung der Schokoladenspezialitäten zuschauen, damit sie auch dafür ein Gefühl bekam. Gelegentlich fragte sie Holly sogar um Rat bei neuen Geschmacksrichtungen und unterhielt sich mit ihr über neue Ideen. Während der Weihnachtsvorbereitungen war ein Cranberry- und Pistazientrüffel entstanden, der bei den Kunden ein echter Hit wurde. Hollys Selbstbewusstsein war enorm gestiegen, seit sie hier arbeitete, und es war schön, dass sie beide sich so gut verstanden. Der Altersunterschied betrug beinah zwanzig Jahre, weshalb Em sich auch ein bisschen wie die mütterliche Freundin fühlte.

»Du scheinst ja Silvester einen tollen Abend verbracht zu haben«, vermutete Emma.

»Ja, im Fisherman's Arms war ganz schön was los, nicht? Wir waren vorher auf einer Party bei meiner Freundin Laura.«

»War Tom dort?«

Holly schwärmte seit Jahren von Tom und hatte Emma ihre romantischen Träume und Liebeshoffnungen anvertraut. Holly und Tom waren seit der Schule befreundet, doch mit sechzehn hatte sich für Holly die Sache allmählich geändert. Ihrer Meinung nach könnten sie mehr sein als nur Freunde. Bis jetzt hatte Tom sich eher als begriffsstutzig in dieser Hinsicht erwiesen und ihr in letzter Zeit kaum Beachtung geschenkt.

»Ja-ha«, kam die zurückhaltende Antwort. »*Er* war da, aber *ich* hätte ebenso gut nicht da sein können, denn er unterhielt sich ständig nur mit dieser blöden Kirsty Chase. Na schön, sie ist die beste Korbballspielerin der Schule. Außerdem ist sie groß und langbeinig, mit seidigen, langen blonden Haaren. Nur ist sie nicht immer die Hellste.«

»Ah, ich verstehe. Mensch, das tut mir leid. Klingt ja nicht, als sei das dein Abend gewesen.«

»Nicht so richtig. Aber was soll's. Und wie war dein Abend? Ich dachte schon, du würdest mit Alfie zu Hause bleiben.« Holly sah entsetzt aus, doch für Emma klang das ganz und gar nicht nach einer schlechten Option.

»Ach, ein paar Freunde habe ich schon, weißt du«, erwiderte Emma lachend.

»Oh, so meinte ich das gar nicht!«

»Ich weiß. Nun, ich hatte ein frühes Abendessen mit Bev und Pete, anschließend haben wir uns mit Joanne und einigen anderen getroffen, um etwas zu trinken, bis wir schließlich im Fisherman's gelandet sind, wie ihr auch. Es war ganz nett.«

In Ordnung, angenehm, amüsant. Aber eben nicht berauschend.

»Ja, es war ein ziemlich guter Abend. Am nächsten Tag ging es mir allerdings nicht so gut.«

»Kann ich mir vorstellen.«

»Ich komme dann also nächsten Samstag vorbei. Um wie viel Uhr?«

»Gegen eins.« Emma machte ein bedauerndes Gesicht, weil sie Holly nicht mehr Stunden geben konnte. »Sagen wir von eins bis drei. Wenn nicht viel los ist, können wir das Schaufenster neu gestalten, vielleicht mit etwas Hellem und Fröhlichem für den Januar.«

»Oh ja, ich werde mir etwas einfallen lassen. Ich bin gern kreativ.«

»Noch einen Orangenschokoladentrüffel, Hols? Sie schmecken wie die edlere Version von Terry's Schokoladenorangen.«

»Ach, ja, ich nehme noch einen.«

»Wir müssen schließlich Qualitätskontrollen durchführen.« Em grinste.

»Natürlich.«

Am Ende waren es für jeden drei, nur um auch ganz sicher zu gehen, was die Qualität des Produkts anging. Mit ihren Mündern voller Schokolade grinsten sie einander an.

»Die haben den Geschmackstest definitiv bestanden. Wow!« Holly strahlte.

Oh ja. Dies gehörte zu den besten Aspekten ihrer Arbeit – die Schokoladenverkostung!

6. Kapitel

»Der Januar macht mich fertig.«

»Hallo Bev.« Emma erkannte die Stimme ihrer besten Freundin. »Was gibt's?«

»Es ist so grau und trist. Weihnachten ist vorbei, und ich habe kein Geld mehr, und Partys gibt es auch keine, auf die man sich freuen könnte.«

»Tja, und es ist erst eine Woche rum.«

»Ich weiß, das macht es ja noch deprimierender.«

»Wir könnten einen kleinen Frauenabend organisieren. Das kostet uns nicht mehr als eine Flasche Prosecco.« Emma hatte eine zu Weihnachten geschenkt bekommen – das war also noch besser.

»Gute Idee.«

»Genau, einen Filmabend. Wir können uns was auf Netflix anschauen. Lustig oder traurig?«

»Weiß nicht. Ich glaube, ich brauche etwas Aufheiterndes. Aber ich mag auch romantische Sachen, bei denen man eine ganze Packung Taschentücher braucht.«

»Hm, ich überlege mir was. Ich besorge auch Popcorn. Wir machen einen richtigen Filmabend.« Das klang nach viel Spaß. Sie könnten plaudern und es sich gemütlich machen. Vielleicht war es auch genau das, was Emma brauchte.

»Schokolade hast du keine, oder?« Sie hörte Bevs Belustigung.

»Nee, die hält bei mir nicht lange vor.«

Darüber mussten sie beide lachen.

»Ich habe meinen ganzen Weihnachtsvorrat aufgefuttert,

Em. Na ja, um ehrlich zu sein, Pete war derjenige, der alles aufgefuttert hat. Die wundervollen Trüffel, die wir von dir bekommen haben, waren an einem Tag weg. Es sind noch ein paar Mini-Milky-Ways in der Hereos-Dose, aber das war's.«

»Möchtest du dir im Laden eine Tüte zusammenstellen, bevor wir den Film ansehen?«

»Oh wow, du kennst mich wirklich zu gut, Emma Carter. Darf ich wirklich? Das wäre himmlisch. Ich kann einen Schokoladen plündern, Prosecco trinken und mir irgendeinen toll aussehenden Typen in einem Film anschauen – alles an einem einzigen Abend. Das klingt echt gut. Mir geht's gleich besser, allein schon bei dem Gedanken daran. Danke, Em.«

»Gern geschehen. Dafür sind Freunde schließlich da.«

Sie konnte ein bisschen Schokolade aus dem Laden entbehren. Zugegeben, in den nächsten Monaten würde sich ihr Konto zusehends leeren, aber sie hatte immer noch Weihnachtseinnahmen. Außerdem würde sie ihrer Freundin die Weihnachtsschokoladen geben, denn bis zum nächsten Weihnachtsfest würde ohnehin niemand Rudolph-Schokolollis oder Schokoweihnachtsmänner kaufen.

»Wann machen wir es?«, wollte Bev wissen.

»Hast du Freitag Zeit?« Das war in zwei Tagen.

»Ja. Das passt bestimmt. Wie ich schon sagte, ich habe nichts vor.«

»Also dann abgemacht.«

»Super. So machen wir's.«

Freitagmorgen machte Emma sich an die Arbeit, die Weihnachtsdekoration aus dem Schaufenster zu nehmen. Das Lametta, die Kugeln und der kleine Weihnachtsbaum, den sie im Garten wieder einpflanzen wollte, verschwanden. Sie stellte den letzten Schokoladenweihnachtsmann auf den Tresen, zusammen mit ein paar Rudolph-Lollipops, Sternen aus weißer

Schokolade und Weihnachtspralinen. Die über den Tresen und die Regale laufende Lichterkette ließ sie jedoch noch dort, weil sie so ein einladendes Leuchten im Laden verbreitete.

Sie hatte an einem kleinen Baum in ihrem Garten eine wunderschöne Zaubernussblüte entdeckt – ein untrügliches Zeichen für den bevorstehenden Frühling – und sie zusammen mit Schneeglöckchen in ein altes Marmeladenglas gestellt. Abschließend hatte sie eine grüne Seidenschleife darumgebunden. Da die Kunden die Weihnachtsfeiertage sowohl auf ihren Hüften als auch in ihren Portemonnaies spüren würden, hatte sie angefangen, kleine Tütchen mit Karamell und Trüffeln zu packen, die sie zusammen mit den Blumen aufstellen wollte. Perfekte kleine Mitbringsel. Es gab immer noch Urlauber um diese Jahreszeit, zu denen auch diese abgehärteten Wanderer gehörten, die jedem Wetter trotzten, oder Paare, die im Hotel am oberen Ende der Straße wohnten.

Es war ein ruhiger Tag gewesen. Im Laden waren bisher nur zwei Leute aufgetaucht, als sie plötzlich eine vertraute Stimme vernahm.

»Hallo! Die Weihnachtsdekoration verschwindet, was?« Es war Holly, die ein wenig mürrisch aussah.

»Ja, ich hasse diese Arbeit … aber sieh mal, ich dekoriere das Fenster mit leuchtend gelben Blüten und Schneeglöckchen neu. Was meinst du? Du kannst mir morgen mit weiteren Ideen helfen.«

»Das ist wirklich sehr hübsch. Soll ich hier weiter Schokolade verpacken? Ich habe eine halbe Stunde Zeit. Denn entweder ich mache das oder ich muss mich wieder an meine Hausaufgaben setzen. Und um ehrlich zu sein, ich brauche eine kleine Pause. Ich bin gerade erst aus dem Schulbus ausgestiegen.«

»Das wäre großartig … danke, Holly. Wie läuft es in der Schule?«

»Ganz okay. Viel Arbeit, besonders jetzt in der Oberstufe,

da ist der Druck besonders hoch, gute Noten zu schreiben, denn das Zeugnis ist wichtig für die Uni oder was immer ich sonst machen werde … ah, ich weiß noch nicht mal, was ich danach machen will.«

»Arbeite weiter hart, Holly, dann wird das schon. Mehr kannst du ohnehin nicht tun.« Das war so ziemlich Emmas Mantra an diesem Punkt in ihrem Leben.

»Ja, vermutlich.«

Em dachte daran zurück, als sie achtzehn gewesen war. Ihr hatte die Schule Spaß gemacht, doch war auch sie sich nicht sicher gewesen, was sie beruflich machen wollte. Zu unterrichten schien ihr damals eine vernünftige Option zu sein. Also hatte sie die Uni in Durham besucht, das Studentenleben genossen und nach dem Studium sowie der in England üblichen einjährigen Lehrerausbildung eine Stelle als Lehrerin angetreten. Sie hatte schon immer gern gekocht und sich daher auf Lebensmitteltechnik spezialisiert. Nur waren ihre Realschüler nicht besonders motiviert und hielten das Fach für »überbewertet«, was für die Lehrerin frustrierend sein konnte. Allerdings wurde sie gut bezahlt. Außerdem hatte sie Luke kennengelernt, der ein Jahr nach ihr an derselben Schule anfing zu arbeiten. Wahrscheinlich wäre sie bei diesem Job geblieben, wäre alles nicht spektakulär aus dem Ruder gelaufen. Es hatte sie dazu gebracht, darüber nachzudenken, dass das Leben zu kurz war, um einer Arbeit nachzugehen, die sie nicht mit Leidenschaft betrieb.

Zum x-ten Mal fragte sie sich, wie Luke wohl darüber denken würde, dass sie eine Chocolatière geworden war.

»Alles in Ordnung mit dir?«

»Oh, klar, ich war nur für einen Moment in Gedanken. Möchtest du einen Tee? Ich bin durstig.«

»Gern.«

»Ich setze schnell Wasser auf.«

Sie ließ Holly weiter Trüffel und Karamell einpacken. Das junge Mädchen war damit beschäftigt, Bänder aus hellem Rosa, Gelb und Grün zu binden, als Emma mit zwei Bechern zurückkehrte. »Hier, bitte.«

»Danke.«

»Die sehen hübsch aus.«

Holly kräuselte die Enden der Bänder, indem sie sie zwischen Daumen und Schere hindurchzog.

»Die Farben werden wirklich gut zu den Blüten im Schaufenster passen. Wirkt fröhlich. Du bist ein richtiger Sonnenstrahl hier, Holly«, fügte Emma hinzu.

Genau in dem Moment war das Klingeln der Ladentür zu hören. Die beiden Frauen schauten auf. Holly stand bereits hinter dem Tresen, daher hielt Emma sich im Hintergrund, als ein blonder junger Mann hereinkam. Er musste um die Zwanzig sein und lächelte ihrer Assistentin schüchtern zu, bevor er sich den Regalen zuwandte.

»Kann ich Ihnen helfen?«, erkundigte Holly sich, und ihre Wangen färbten sich fast so rosa wie das Band in ihrer Hand.

»Ähm, ja. Ich brauche ein Geschenk.«

»Okay, und was für ein Geschenk? Zum Geburtstag?«

»Nein, nein, kein Geburtstagsgeschenk. Eines ohne besonderen Anlass.«

»Na schön ... also wir können nach individuellen Wünschen Geschenkboxen zusammenstellen. Sie können sich die Geschmackssorten sowie die Menge selbst aussuchen.«

»Oh, aha.«

»Für eine Dame?«

»Ja.«

»Na gut. Also, wir haben Trüffel, Ganaches, Fruchtgeschmack, Alkoholfüllungen, Nussfüllungen – Sie haben die Wahl. Wenn Sie sich hier die Vitrine im Tresen anschauen wollen.«

»Ach, eine Auswahl wäre ganz gut. Egal welche. Suchen Sie aus.«

Holly nahm eine mittelgroße goldfarbene Geschenkbox sowie eine Zuckerzange und fing an, verschiedene Schokoladen aus der Tresenvitrine zu nehmen und auf die Waage zu legen. Bei acht Stücken hörte sie auf und erklärte, diese Menge koste knapp unter fünf Pfund, einschließlich Box und Verpackung als Geschenk.

»Das ist okay. Können Sie noch zwei dazutun? Danke.« Er zog seine Brieftasche aus der Hosentasche.

»Gut, das wären dann alles zusammen fünf Pfund achtzig. Wenn Sie mir einen kleinen Moment Zeit geben, werde ich Ihnen das als Geschenk einpacken. Rosafarbenes, rotes oder goldenes Geschenkband?«

»Ist mir egal. Suchen Sie eines aus.«

Emma beobachtete, wie er Holly erneut anlächelte.

»Dann rosa.« Das war Hollys Lieblingsfarbe. Hell, frech, lebhaft, genau wie sie. Holly zauberte mit Schleifen und Kringeln, legte die Geschenkbox in eine weiße Papiertüte und eine Visitenkarte des Ladens dazu.

Als Holly dem jungen Mann das Wechselgeld zurückgab, trafen sich ihre Blicke. Hollys Wangen schienen fast brombeerfarben anzulaufen. Em musste grinsen und tat, als sei sie mit ihrem Schaufenster beschäftigt.

Der junge Mann verabschiedete sich mit einem höflichen: »Danke schön.«

Nachdem sich die Tür bimmelnd geschlossen hatte, sagte Emma: »*Der* sah aber gut aus.«

»Ja«, bestätigte Holly, wobei ihre Stimme eine Tonlage höher klang als sonst. Sie beobachtete, wie der Mann am Fenster vorbeiging, schenkte ihm noch ein kurzes freundliches Lächeln und machte sich wieder an das Verpacken der kleinen Mitbringselboxen.

Emma sah sie belustigt an. Es war vielleicht ganz gut, dass jemand anderes, außer diesem offenbar so gleichgültigen Tom in der Schule, die Aufmerksamkeit ihrer Mitarbeiterin erregt hatte.

7. Kapitel

Es klopfte an die Hintertür. Emma stand auf, um zu öffnen, doch sobald sie die Türklinke in der Hand hatte und den Gast oder besser, was er anhatte, zu Gesicht bekam, prustete sie los.

»Ich wär dann so weit.« Bev grinste und betrat Ems Küche im hinteren Teil des Ladens.

»Ich kann nicht glauben, dass du in diesem Aufzug draußen herumgelaufen bist.«

Bev wohnte zehn Minuten Fußweg entfernt auf der anderen Seite des Dorfes.

»Tja, warum denn nicht? Die Grenze habe ich bei meinen Hausschuhen gezogen – die sind in der Tüte, zusammen mit einer Flasche Prosecco und Käseknabbereien.« Sie hielt Emma die Tragetasche hin.

»Du siehst aus wie eine durchgeknallte Obdachlose.«

»Vielen Dank.«

Bev stand in einem Zebra-Onesie vor ihr.

»Tja, dann sollte ich mir meinen lieber auch gleich anziehen. Was du kannst, kann ich nämlich schon lange! Zwei Gläser stehen schon bereit, also mach den Prosecco auf und schenk ein. Bin gleich wieder da.«

»Darf ich immer noch den Schokoladen plündern, wie du versprochen hast?«

»Ja-ha«, rief Emma, schon auf dem Weg nach oben. »Aber warte, bis ich zurück bin.«

»Gemein.«

Em fand ihren Onesie mit Giraffenmuster auf dem Stuhl in ihrem Schlafzimmer, wo sie ihn gestern Abend abgelegt hatte.

Sie zog Jeans sowie Pullover aus und fühlte sich gleich behaglicher, kaum hatte sie den Onesie übergestreift. Ach ja, jetzt fehlten nur noch die Hausschuhe und sie war bereit für ihren »großen Abend daheim«.

»Kann ich jetzt meine Bonbontüte füllen?«, fragte Bev mit leuchtenden Augen, als Emma wieder die Küche betrat.

»Ja, nur zu.« Emma ging voran durch die Tür des hinteren Flurs nach vorn in den Laden und schaltete das Licht ein.

»Yippiee!«, rief Bev hinter ihr.

»Man könnte dich glatt für vier halten, nicht für über vierzig«, bemerkte Emma grinsend.

»Ich weiß, ich weiß. Ich komme immer noch nicht ganz damit klar, dass meine beste Freundin tatsächlich ein Schokoladengeschäft besitzt. Womit habe ich denn dieses Glück verdient?«

Emma musste zugeben, dass ihr Laden an diesem Abend, an dem es draußen besonders dunkel war, aussah wie die Schokoladenversion von Aladins Höhle. Sorgfältig aufgestapelte Trüffel, täuschend echt aussehende Edelsteine aus Ganache, gold- und silberfarben eingeschlagene Schatzkisten, bunte Bänder und Verpackungen sorgten für diesen besonderen Auftritt.

»Hier.« Emma gab ihrer Freundin eine Zellophantüte. »Los, füll sie dir. Aber nimm die Weihnachtstrüffel und die Schneesterne, falls es dir nichts ausmacht, die sind nämlich noch übrig geblieben. Das wäre meiner Vorratssituation dienlich, denn die müssen in der nächsten Woche gegessen werden, sonst verderben sie.«

»Kein Problem, die nehme ich dir gern ab. Welche willst du, Em?«

Emma hatte in den vergangenen Wochen so viel mit Schokolade zu tun gehabt, dass sie gar nicht genau wusste, worauf sie Lust hatte. Aber für ein Karamell mit weicher Füllung hatte sie immer etwas übrig.

»Bloß ein paar von den salzigen Schoko-Karamell-Teilchen – die dort drüben. Das genügt mir.«

Kurz darauf hatten sie es sich oben gemütlich gemacht, mit einem Glas Prosecco in der Hand und einer Schokoladentüte zwischen ihnen, die in Hausschuhen steckenden Füße auf dem Couchtisch platziert.

Sie lachten sich schlapp, während sie *Bridget Jones' Baby* schauten, und weinten, als *Wie ein einziger Tag* seinen Höhepunkt erreichte. Sie hatten einen romantischen Klassiker und eine Romanverfilmung gewählt, beide Filme hatte Emma schon immer geliebt. Mal abgesehen davon, dass es bis auf die Tränen nicht schlecht war, zwei Stunden mit Ryan Gosling zu verbringen.

»Mensch, bei dem Ende kriege ich direkt Lust, nach Hause zu gehen und mich an Pete zu kuscheln. Wäre es nicht schrecklich, wenn jemand einfach so aus deinem Leben verschwindet?« Bev hielt inne und sah Emma an. »Oh, Mist! Tut mir leid, Em. Solche Filme müssen ziemlich hart sein für dich, oder? Ich weiß ja, dass es schon lange her ist und so, aber …«

»Ist schon in Ordnung.« Emma lächelte traurig, unfähig, ihre wahren Gefühle in Worte zu fassen.

»Dir muss diese Art von Nähe fehlen. Verspürst du nie den Wunsch, auszugehen und jemanden kennenzulernen? Ein Date zu haben? Du hattest seit Ewigkeiten keines. Von gutem Sex mal ganz zu schweigen.« Der Prosecco hatte offenbar Bevs Zunge gelockert. Inzwischen hatte jede von ihnen fast eine Flasche getrunken. »Oder vielleicht hattest du ja welchen und erzählst es bloß nicht.« Bev hob die Brauen.

Emma dachte an den attraktiven Mann am Strand, sagte jedoch nichts. Das behielt sie lieber für sich. Die Chancen waren gering, dass sie ihn jemals wiedersehen würde, und vielleicht war es das Beste so. Vermutlich war das ohnehin alles illusorisch. Niemand war je herangekommen an …

»Ha, es ist Alan aus dem Dorf, nicht wahr?«

Em schlug die Hände vors Gesicht, und dann jaulten sie beide vor Lachen, bis erneut die Tränen flossen. Der gute Alan musste über siebzig sein, mit fleckigen Zähnen vom jahrelangen Rauchen selbst gedrehter Zigaretten sowie einer gewissen Neigung zum Lustmolch, um es milde auszudrücken. Er war zweifellos einsam, da er vor einigen Jahren seine Frau verloren hatte. Er stand stets einen Tick zu nah bei einem in der Schlange vor dem Postschalter, berührte einen an der Schulter, wenn er sich erkundigte, wie es einem denn gehe, und ließ seine Hand dann immer etwas zu lange dort ruhen. Em war sich ziemlich sicher, dass er ihr einmal sogar auf den Po geklopft hatte. Doch das geschah so verstohlen, und als sie sich umdrehte, war er schon zwei Schritte weiter am Zeitungsstand, ganz vertieft in die *Northumberland Gazette.*

Emma seufzte. Würde sie auch so enden? Würde sie sich die Ryan-Gosling-Filme oder *Die Frau des Zeitreisenden* immer wieder anschauen, einsam, sich nach einer Liebkosung sehnend?

»Pete bekommt übernächstes Wochenende Besuch von einem Freund. Warum kommst du nicht einfach vorbei?«

»Was denn? Ein Blind Date? Auf keinen Fall! Ich erinnere mich noch sehr gut an das letzte Mal, als du mich mit jemandem verkuppeln wolltest. Alles, worüber der reden konnte, war blödes Computerprogrammieren und Fitnessgewichte. Hat mich nicht die Bohne interessiert, ob der nun Zehn-Kilo-Gewichte oder ein Auto heben konnte.«

»Ja, stimmt, der gehörte definitiv nicht zu den interessantesten von Petes Freunden, das muss ich zugeben. Aber Nigel habe ich kennengelernt, und der ist echt nett.«

»Nigel? Es gibt noch Leute, die Nigel heißen? Du machst Witze, oder?«

»Misch dich doch einfach mal wieder unter Leute.«

»Ich bin ausgegangen. Silvester.«

»Und davor?«

Emma konnte sich nicht erinnern. »Hör zu, ich brauche deine Ratschläge nicht, und auch nicht deine Versuche, mich mit jemandem zu verkuppeln.« Sie merkte, wie sie gereizt wurde. »Ich komme bestens klar. Ich bin gern allein. Wieso müssen wir alle verliebt in einer Partnerschaft leben? Das ist ein Mythos.«

»Es ist nichts falsch daran, glücklich sein zu wollen. Jemanden finden zu wollen, den man liebt.«

»Das hatte ich. Ich hatte das alles, okay?« Jetzt klang Emma angespannt.

»Und willst du es nicht wieder?«

»Nein, mir geht's gut. Es wäre ohnehin nicht dasselbe. Könnte es gar nicht sein.«

»Dann wirst du nie wieder mit jemandem ausgehen? Das ist einfach verrückt.«

»Nein, ist es nicht.«

»Es ist, als würdest du sagen, dass du nie wieder Schokolade essen willst.« Bev griff in die Schokoladentüte, holte einen Trüffel heraus und schob ihn sich komplett in den Mund. Es entstand eine Pause, während sie aß. Dann machte sie weiter: »Eines Tages wird es dich überkommen, und dann verschlingst du einen ganzen Riegel.« Bev musste natürlich einen Schokoladenvergleich ziehen. »Und dann gefällt es dir vielleicht sogar!«

»Nein.«

»Was ist das denn für eine Antwort? Komm schon, Em. Woran liegt es? Hast du Angst?«

»Na schön!« Sie erhob die Stimme und spürte, wie ihr Hitze den Hals hinaufkroch. »Ja, ich habe eine Heidenangst … besonders davor, dass niemand jemals wieder zu mir passen wird. Wie soll das auch gehen? Und sollte dieser unwahrscheinliche Fall doch eintreten, in irgendeinem Fantasieuniversum, was dann, verdammt noch mal? Was, wenn demjenigen dann etwas zustößt? Das will ich nicht noch einmal durchmachen, Bev. Ich will nicht einmal in die Nähe solcher Gefühle kommen, nie wieder! Also ja, ich habe Angst. Bist du jetzt zufrieden?«

»Nein. Oh, Em …« Bev legte den Arm um sie. »Hey, es tut mir leid. Unendlich leid. Mir war nicht klar, wie schwer es nach wie vor für dich ist. Ich weiß, du hast mir von Luke erzählt und was passiert ist. Aber sieben Jahre, Em. Es ist sieben Jahre her.«

»Ich weiß.«

»Verdammt, damals kannte ich dich noch nicht mal. Ich habe nicht mitbekommen, wie sehr es dich verletzt hatte. Aber ich sehe dich jetzt, stark und unabhängig und wunderschön.« Sie strich über Emmas gewelltes rotes Haar. »Und es kommt mir wie die reinste Vergeudung vor. Aber verzeih mir, ich bin bloß ein dummes Huhn, das zu viel Prosecco getrunken und keine Ahnung davon hat, wie hart es für dich sein muss. Woher soll ich wissen, wie es sich nach sieben Jahren anfühlt?«

»Stimmt, du bist ein dummes Huhn.« Emmas Mundwinkel hob sich ganz leicht. »Ein richtig dummes Huhn in einem Onesie mit Zebramuster.«

Und dann schlangen sie die Arme umeinander, um sich zu drücken.

Zwei Tage später wählte Emma eine Nummer und wartete, bis abgehoben wurde.

»Okay, ich gehe hin.«

»Bist du das, Em? Äh, und wovon redest du? Wohin gehen?«

»Na zu diesem Date, das eigentlich kein Date ist. Zu diesem Kinobesuch oder was immer du vorhattest mit Petes Kumpel irgendwann in den nächsten Wochen. Wie hieß der noch mal?«

»Du kommst? Das ist großartig! Wow, das ist ja eine Kehrtwendung … klasse, du! Und er heißt Nigel.«

»Nigel, ach ja, wie konnte ich das vergessen. Kann ich doch noch einen Rückzieher machen?«

»Ha, urteile nicht nach dem Namen. Er sieht eher wie ein Brent aus.«

»Und wie sieht ein Brent aus?«

»Blond und amerikanisch?«, schlug Bev vor.

»Ich denke an Brent aus dieser TV-Serie ›Das Büro‹, und das löst überhaupt nichts in mir aus.«

»Ha, der sieht nicht schlecht aus, also Nigel. Man kann sich gut mit ihm unterhalten.«

»Na gut, das reicht ja schon. Ich habe gesagt, ich mach's, also mache ich's auch. Aber erwarte nicht zu viel von mir. Es ist nicht mehr als ein Treffen unter Freunden, okay?«

»O-kay. Es wird Spaß machen.«

Emma war sich da nicht so sicher. Doch selbst sie sah ein, dass es an der Zeit war, mal wieder auszugehen. Sie konnte sich nicht ewig hinter der Schokolade verstecken.

8. Kapitel

Emma hatte den Januar gut überstanden und den Trübsinn erfolgreich durch Spaziergänge am Strand zusammen mit Alfie in Schach gehalten. Aber auch nach drei Wochen täglichen Ausgangs war ihr Mr. Kiss noch immer nicht begegnet. Vielleicht war er ja wirklich nur eine Illusion gewesen. Ein sehr sinnliches Produkt ihrer Einbildung.

Sie verbrachte einige Zeit mit ihrer Familie und spielte oft mit ihren Zwillingsnichten, wenn sie bei ihrem Bruder und seiner Frau Chloe war. Sonntags war der Laden im Winter ohnehin geschlossen. Und sie besuchte ihre Mum und ihren Dad. Die Vorräte für ihren Laden hatte sie inzwischen aufgestockt, allerdings nicht zu viel, denn im Januar verkaufte sie am wenigsten. Holly kam an den Samstagnachmittagen vorbei, obwohl Emma sie eigentlich nicht brauchte, da stets nur eine Handvoll Kunden kamen. Doch es war ganz nett, jemanden zum Plaudern zu haben.

Bald würde der Februar kommen, dann konnten sie beide das Schaufenster für den Valentinstag dekorieren. Sie würden sich mit einer Menge Pink, roten Herzen und Bändern aller Art sowie verlockenden Boxen mit Ganache und Karamell austoben können. Und Emma konnte hoffentlich wieder mit mehr Einkünften rechnen. Das Weihnachtsgeschäft war gut gelaufen, und sie hatte es sogar geschafft, den Großteil dieses Geldes zu sparen. Aber es gab Rechnungen, die bezahlt werden mussten, wie beispielsweise die Miete und Gewerbesteuer, und sie brauchte Zutaten. Der qualitativ hochwertige Kakao, den sie aus Belgien bezog, schien ständig im Preis zu steigen.

Emma saß in der Küche, wo sie Schokoladenganache in Herzförmchen goss. Es war Samstag, deshalb stand Holly hinter dem Verkaufstresen. Allerdings hatte Em die Türglocke innerhalb der letzten Stunde nur ein einziges Mal gehört. Das Bimmeln ließ sie aufblicken, und dann hörte sie die Stimme der alten Mrs. Clark, eine ihrer Stammkundinnen, die bestimmt ihre wöchentliche Süßigkeitenration in Form einer Tüte Schokonüsse abholen wollte. Emma beendete das Füllen der Förmchen und ging nach vorn in den Laden, um kurz hallo zu sagen.

Hollys enttäuschter Miene nach zu urteilen, hatte sie darauf gehofft, dass der junge Mann von letztem Freitag den Laden erneut aufsuchen würde. Obwohl sie und Emma sich natürlich hervorragend mit Mrs. Clark verstanden. Tatsächlich war der junge Mann unter der Woche da gewesen, aber Holly natürlich nicht.

»Hallo, Emma, meine Liebe. Womit haben Sie sich heute beschäftigt?« Mrs. Clark war in einen dicken Wollmantel gehüllt und trug eine Regenhaube aus Plastik auf den grauen Locken.

»Mit Schokoladenherzen für den Valentinstag.«

»Oh ja, für die jungen Leute, was?« Sie deutete auf Holly, und Emma hatte den Eindruck, sie selbst zähle schon zu den *älteren* Leuten.

»Sie könnten einen kleinen Stuhl hier drin gebrauchen, Emma. Wäre nett, wenn ich mich setzen, verschnaufen und ein bisschen plaudern könnte. Diesen Hügel hinaufzukraxeln, das ist scheiße anstrengend.«

Die Frauen grinsten über den ungezwungenen Gebrauch des Wortes »scheiße«. Allerdings war es das einzige Schimpfwort, das Mrs. Clark überhaupt benutzte, was es eher amüsant als obszön klingen ließ. Die alte Dame war ein richtiges Urgestein und hatte ihr ganzes Leben in diesem Dorf verbracht, wie schon vorher ihre Eltern und Großeltern. Oft blieb sie eine

Weile im Laden, um zu plaudern, und erzählte dann Geschichten aus früheren Zeiten des kleinen Fischerdorfes. Eine von Emmas Lieblingsgeschichten war die von den Fischersfrauen, die mit den Füßen die Kinderwiegen schaukelten, damit sie die Hände frei hatten, um Köder aufzufädeln. Es klang nach einem harten Dorfleben, voller Armut und grassierender Krankheiten. Doch sie erwähnte stets auch die guten Zeiten: die Tänze, Feiern, Hochzeiten, Taufen. Emma spürte auch heute noch dieses Gemeinschaftsgefühl, seit sie nach Warkton-by-the-Sea gezogen war.

»Ja, das wäre eine Idee«, pflichtete Emma ihr bei. Ein paar ihrer älteren Kunden würden es ihr danken, wenn sie die Möglichkeit bekämen, sich für ein paar Augenblicke zu setzen, bevor sie den Dorfhügel wieder hinunterstiegen.

Holly und Emma schauten zu, wie die alte Dame ihre Schokonüsse in ihrer riesigen dunkelblauen Handtasche verstaute, die Em an die der Queen erinnerte, und sich dann zum Gehen wandte. »Jetzt geht's nach Hause zu einer schönen Tasse Kaffee. Vorher pack ich mich besser dick ein.« Sie zog den Schal fester um den Hals. »Der Wind ist richtig kalt heute. Und die Chance auf Regen besteht auch noch. Macht's gut, meine Lieben.«

»Danke, Sie auch, Mrs. Clark.«

»Bye.«

»Bye, ihr Lieben.«

Und dann war es wieder ruhig im Laden. Holly stieß einen leisen Seufzer aus.

»Was ist los?«

»Glaubst du, er kommt wieder?«

Es bestand kein Zweifel daran, wen Holly herbeisehnte. Komisch, genau diese Worte waren auch Emma in den vergangenen zwei Wochen durch den Kopf gegeistert. Natürlich nicht wegen des gleichen Mannes.

»Ach, das glaube ich schon. Er war zweimal hier, also scheint er aus dem Ort zu sein oder zumindest regelmäßiger Besucher.«

»Oder ein Urlauber, der zwei Wochen hier verbracht hat, und das war's.« Holly sah niedergeschlagen aus.

»Möglicherweise. Du wirst einfach abwarten müssen, Holly.«

»Hm.«

»Zeit für einen Tee?«

»Ja, warum nicht. Danke.«

Emma ging nach hinten, um den Wasserkocher einzuschalten.

Sie tranken ihren Tee am Küchentisch, von wo aus sie die Klingel über der Ladentür gut hören würden.

»Was gibt's denn Neues von Tom aus der Schule?«, erkundigte Em sich.

»Ach, gar nichts. Absolut nichts. Es ist, als würde ich nicht existieren.«

»Tut mir leid, das zu hören, Hols. Der weiß nicht, was ihm entgeht.«

»Ist schon okay. Wir waren nur so richtig gute Freunde, als wir noch klein waren. Seine Mum und meine sind immer noch eng befreundet. Das waren er und ich auch, aber jetzt scheint er sich völlig verändert zu haben. Es dreht sich nur noch um Fußball und Flirten mit den hübschen sportlichen Mädchen. Als wäre ich nicht mehr wichtig oder interessant.«

»Ich nehme an, wir alle verändern uns mit der Zeit. Leben ist Veränderung«, meinte Emma. »Allerdings hört sich das ein bisschen fies an von ihm. Ihr könntet doch nach wie vor befreundet sein.«

»Ich glaube, er hat erraten, dass ich ihn toll finde, und das hat ihn verschreckt. Oh, Em. Ich komme mir wie eine Idiotin vor. Ich habe das Gefühl, ich kann nicht einmal mehr hallo zu ihm sagen, weil ich sofort rot anlaufe und panisch werde.«

»Oh, Liebes.« Junge Liebe, Verknalltsein. Warum waren Beziehungen immer so kompliziert? »Letztlich wird sich alles fügen, Holly. Wart's nur ab.« Und während sie diese Worte sagte, betete sie im Stillen, Holly möge nie durchmachen müssen, was sie erlebt hatte. Emma hatte auf schmerzliche Weise erfahren müssen, dass es nicht immer gut ausging. Doch wozu dem jungen Mädchen die Hoffnungen und Träume rauben?

Nach ihrer Tasse Tee machte Emma sich an die Zubereitung von mit Schokolade umhülltem Karamell. Sie war gerade damit beschäftigt, Butter und Zucker miteinander zu verschmelzen, als sie erneut die Türglocke hörte. Sie hoffte, dass es Hollys Traumtyp war, doch das Läuten der Glocke kurz darauf zeigte an, dass der- oder diejenige den Laden schon wieder verlassen hatte.

»Die Post ist da.« Holly kam nach hinten und übergab Em ein paar Umschläge, die sie zur Seite legte, um die Sahne für ihre Cremefüllung aus dem Kühlschrank zu holen.

Danach goss Emma die Mischung zum Abkühlen auf ein großes Blech.

»Mm, das duftet himmlisch!«

»Das wird noch besser, nachdem die Stücke in Schokolade getaucht wurden.«

»Ich wäre begeistert, wenn mir jemand die mitbringen würde.«

»Tja, ich glaube, wir denken da an dieselbe gewisse Person, von der du die gern geschenkt bekommen würdest – und ich rede jetzt nicht von Tom.« Emma grinste.

»Hm. Meinst du, er hat eine Freundin?«

Sie wussten beide genau, von wem Holly sprach.

»Keine Ahnung. Warum fragst du ihn nicht, wenn er das nächste Mal hereinschaut?«

»Neee, das könnte ich nicht!«

»Warum nicht?«

»Wenn er eine hätte, würde ich doch doof dastehen. Für wen kauft er denn schließlich die ganze Schokolade?«

»Und wenn er keine hat?«

»Dann würde ich mir trotzdem blöd vorkommen und wüsste nicht, was ich sagen soll. Es würde viel zu interessiert klingen, mal abgesehen von allem anderen.«

Emma lächelte. Anscheinend hatte dieses Mädchen noch einen weiteren Schwarm.

»Was ist eigentlich mit dir?« Holly Gesicht glühte inzwischen. Sie wollte die Aufmerksamkeit offenbar unbedingt von sich ablenken.

Herrje, nicht noch eine, die sie zu verkuppeln versuchte. Emma hatte schon von Bevs jüngster Einmischung genug. Das Doppeldate mit Nigel hing drohend über ihr.

»Niemand Bestimmtes in deinem Leben?«, Holly ließ nicht locker.

»Jetzt werd mal nicht frech, du. Das geht Sie gar nichts an, Madam«, erklärte Emma, noch immer lächelnd, absolut nicht bereit, irgendwelche Informationen preiszugeben. Nicht, dass da etwas preiszugeben wäre.

Zwanzig Minuten später war Holly vorn im Laden, wo sie die Regale und den Glastresen abstaubte, während Emma die Post öffnete. Es war die übliche Werbepost, ein Brief von der Bank, die vierteljährliche Stromrechnung – ups, die war ein bisschen hoch. Na ja, das lag wohl an den Wintermonaten. Dann war da noch ein händisch adressierter Brief. Emma öffnete ihn und zog ein getipptes Din-A-4-Blatt heraus. Es sah sehr formell aus. Sie erkannte den Namen und die Anschrift ihres Vermieters.

»Ich schreibe Ihnen, um Sie darüber zu informieren …« Emma stand regungslos da, den Brief in der zitternden Hand.

Sie starrte immer noch vor sich hin, als Holly nach hinten kam, um Politur und Staubtuch wieder im Küchenschrank zu verstauen.

»Alles in Ordnung? Du siehst aus, als hättest du einen Geist oder so etwas gesehen.«

Emma wünschte, es wäre ein Geist gewesen. Das wäre weit weniger problematisch als der Inhalt des Briefes.

»Ah, nein. Ich bin bloß ein bisschen geschockt.« Sie überlegte, ob sie die Nachricht schon weitererzählen sollte, schließlich hatte es keinen Sinn, das Mädchen unnötig zu beunruhigen. Andererseits brauchte sie jemanden zum Reden.

Während Emma den Brief laut vorlas, fühlte es sich an, als würde ihr Herz gequetscht werden. »*Ich schreibe Ihnen, um Sie darüber zu informieren, dass Ihre monatliche Miete für das Objekt in der Main Street Nr. 5, in Warkton-by-the-Sea, vom 1. März 2017 an auf 900 Pfund erhöht wird.* Neunhundert Pfund! Das sind weitere einhundertfünfzig Pfund pro Monat. Ich habe nicht die leiseste Ahnung, woher ich die nehmen soll, Holly.«

»Oh nein. Das ist nicht fair, Em.«

Es mochte nicht fair sein, aber es sah ganz danach aus, als bliebe ihr keine andere Wahl. Entweder zahlte sie die Miete oder sie räumte den Laden. Die Mieterhöhung wurde mit einem Monat Frist angekündigt. *Verdammter Mist!* Sie las den Brief noch einmal, und ihre Hand zitterte nach wie vor. »Das liegt daran, dass die Grundstücke und Häuser im Dorf begehrt sind und der Tourismus stark zugenommen hat.« Ihr Vermieter könnte das Haus in ein Ferienhaus umwandeln und gut daran verdienen.

»Das ist mir egal, Holly. Es ist mein Zuhause.«

»Ach Em, das wird schon irgendwie gehen. Muss es. Warkton wäre doch nicht mehr dasselbe ohne dich und deinen wundervollen Schokoladen. Es ist unser kleiner Schokoladenhimmel – sämtliche meiner Freundinnen lieben es, hier vorbeizuschauen. Und für mich bist du eine echte Freundin geworden. Nein, der Laden und du, ihr könnt unmöglich gehen. Es muss einen Weg geben.«

Allmählich wurde ihr die Tragweite klar. Emma fing an, sich elend zu fühlen.

Den restlichen Nachmittag machte ihr Magen ihr zu schaffen, und ihre Gedanken kreisten unaufhaltsam. Sie sah ihre Träume platzen, das Unternehmen, das sie aufgebaut hatte, ihr Zuhause und ihr neues Leben in dem wunderschönen Dorf den Bach hinuntergehen. Was, wenn sie die neue Miete nicht aufbringen konnte?

9. Kapitel

Sobald sie den Laden an diesem Tag geschlossen hatte, machte Emma sich auf den Weg zu ihrem üblichen Spaziergang am Strand. Die Dämmerung hatte bereits eingesetzt, als sie den Hafen passierte. Außer ihr befand sich niemand sonst dort, mit Ausnahme von ein paar Seeschwalben, die bald ihre Schlafplätze aufsuchen würden. Schlafplatz ... Zuhause. Bei diesem Gedanken sank ihr Mut noch mehr. Wo würde ihr Zuhause sein, wenn es nicht mehr hier sein konnte?

Sie könnte versuchen, ein anderes Haus im Ort zu mieten, doch wie würde sie finanziell dastehen, ohne ihren Laden oder einen Job? Wo könnte sie überhaupt anderswo etwas mieten, was sich als Schokoladengeschäft eignen würde? Allein noch einmal so eine Aufteilung der Küchen zu finden, wäre schwierig. Es müsste ein Standort sein, an dem Touristen vorbeikamen, und es durfte nicht teurer sein als das, was sie bisher bezahlt hatte. Es schien aussichtslos zu sein. So etwas zu finden, würde an ein Wunder grenzen.

Allerdings gab sie auch nicht so leicht auf, deshalb war sie auch noch nicht bereit, den Mietvertrag für die Chocolaterie am Meer zu kündigen. Es *musste* einen Weg geben.

Sie spazierte den Strand entlang, Alfie trottete dicht neben ihr her. Die Dunkelheit fürchtete sie nicht, auch nicht den Strand oder dass sie allein war – so war sie schließlich oft genug unterwegs gewesen. Sie hatte jedoch durchaus Angst davor, all die Dinge zu verlieren, die sie sich hier aufgebaut hatte. Dinge, die sie inzwischen liebte, was sich aus ihrer derzeitigen Mutlosigkeit und Verzweiflung leicht schließen ließ.

Sie brauchte jemanden, mit dem sie über all das reden konnte. Jemand, dem sie vertraute, der sie gut kannte, gleichzeitig Geschäftssinn besaß und in der Lage war, ihr einen guten Rat zu geben. Ihr Bruder James war genau diese Person.

»Also, was gibt's denn, Schwesterchen?«, kam James gleich zur Sache, als sie in seiner Küche saßen.

Er kannte sie so gut. Sie versuchte im Alltag stets, ihre Emotionen zu beherrschen. Manche Leute würden von ihr vielleicht sogar behaupten, sie wirke gelegentlich ein wenig kühl – doch das lag an dem Überlebensinstinkt, den sie während ihrer schwersten Zeit entwickelt hatte. Dieser Instinkt, der sie befähigte, immer weiterzumachen und dabei mutig zu wirken. Aber bei James sah die Sache anders aus. Sie war seine große Schwester und kannte ihn ebenso gut, wie er sie kannte – seine Stimmungen, seine guten und seine schlechten Seiten, welche Knöpfe sie drücken musste, um ihn innerhalb von Sekunden auf die Palme zu bringen. Darin hatte sie es bereits im zarten Alter von fünf Jahren zur Meisterschaft gebracht! Während ihrer schwersten Zeit hatte er ihr jedoch immer beigestanden, hatte sie in den Armen gehalten, während sie schluchzte, hatte ihr sein Sofa angeboten und Chili con carne gekocht – die einzige Mahlzeit, die er damals zubereiten konnte. Sie durfte sein Lagerbier trinken und auch das Mitgefühl seiner Wohngemeinschaft in Newcastle, wo er angefangen hatte, als Buchhalter zu arbeiten, war ihr stets sicher. Er hatte ihr geholfen, langsam vom Abgrund zurückzutreten, als sie am Ende war.

Inzwischen wohnte er in einem kleinen Haus, in einer Ortschaft vor der Kleinstadt Alnwick. Ihre fünfjährigen Nichten Lucy und Olivia, waren noch auf, als Emma dort eintraf, deshalb fand sie es nicht richtig, gleich von ihren Problemen anzufangen. Chloe, James' Frau, war jetzt oben mit den Mädchen und brachte sie ins Bett, da sie morgen wieder Schule hatten. Sie waren entzückt gewesen von der Schokoladenkatze und den Hundefiguren, die Emma ihnen mitgebracht hatte. Es handelte sich nur um kleine Geschenke, doch die Umarmungen, die sie dafür erhielt, bedeuteten Emma sehr viel. Es war schön, dass etwas ganz Simples die Kinder glücklich machen konnte. Emma gefiel es, in ihrer Nähe zu wohnen und jederzeit zu Besuch kommen zu können. Würde das in den kommenden Monaten auch noch möglich sein?

»Es sieht dir gar nicht ähnlich, anzurufen und mich gleich im Anschluss daran besuchen zu wollen. Also?«

»Du hast recht. Ich muss mit dir über etwas reden.« Emma saß an dem großen Küchentisch aus Holz. Dieser Raum war definitiv das Zentrum des Hauses. James saß ihr gegenüber. Sie sahen sich ähnlich, mit den roten Haaren und den Augen in einem intensiven grau melierten Grün. Emmas Haar war viel lockiger, allerdings hatte sie es neuerdings zu einem pflegeleichten, gewellteren Stil gebändigt. James' Haare waren eher rötlichblond. Früher wurden sie beide für ihre roten Locken in der Schule geneckt. An James war das abgeperlt. Er war ein Ass in Sport gewesen, groß und gut aussehend, und da er Taekwondo beherrschte, hatte er diejenigen, die ihn verspotteten, stets mit angedeuteten Beinkicks erschreckt.

Emma war weniger selbstbewusst als Teenager gewesen und hatte einfach immer unermüdlich weitergemacht, trotz der Kommentare dieser Fieslinge, die auf allem herumgehackt hatten – zu groß, zu klein, Brillenträgerin, schlau, dumm und so weiter … Kinder können grausam sein, und der Druck der Clique brachte das Übelste in den Fieslingen zum Vorschein. Seit wann müssen wir denn alle die gleichen Eigenschaften haben? Wie bei Schokolade war doch erst die Vielfalt wunderbar.

Dann plötzlich änderte sich alles: mit sechzehn zog ihr Haar viel mehr Aufmerksamkeit auf sich, positive Aufmerksamkeit, und später, als sie Luke kennenlernte, gestand er ihr, wie sehr er ihre Haare liebte. Das überraschte sie, nachdem sie jahrelang deswegen geneckt worden war. Sie erinnerte sich daran, wie er in der ersten sinnlichen Zeit mit den Fingern durch ihre Locken fuhr. Er liebte es, wenn ihr Haar auf ihn herabfiel, während sie miteinander schliefen.

»Em? Worüber wolltest du mit mir sprechen?«

»Ach ja, sorry. Ich bin hergekommen, weil ich mit jemandem reden muss. Jemandem, dem ich vertraue.«

James hob die Brauen, neugierig und besorgt. »Und?«

»Ach, James, dieser blöde Vermieter erhöht die Miete für den Laden und die Wohnung massiv. Ich werde sie mir nie und nimmer leisten können. Ich komme ja so schon nur knapp über die Runden. Und meine Preise kann ich auch nicht erhöhen, dann würde ich meine Stammkunden verlieren. Aber die Vorstellung, da raus zu müssen, meinen Laden, mein Zuhause und alles aufgeben zu müssen …«

»Wow, Em, das ist hart. Wie viel mehr Miete verlangt er denn? Meinst du, es gibt da noch einen Verhandlungsspielraum?«

»Hundertfünfzig Pfund zusätzlich pro Monat. Ich bezweifle, dass ich mit ihm feilschen kann. Der ist selbst ein miesepetriger Armleuchter, wenn er einen guten Tag hat. Der hofft sicher, dass ich gehe. Meint, ich soll kündigen, falls die Miete mein Budget übersteigt, und er weiß ganz genau, dass es so ist.« Sie fing an, am Nagel ihres Zeigefingers zu kauen. »Wahrscheinlich bezahle ich momentan einen fairen Preis, und die Miete ist seit drei Jahren nicht gestiegen. Aber beim letzten Mal ist sie nur um fünfzig Pfund gestiegen. Er meint, bei einem neuen Mieter könnte er noch mehr verlangen, und ich vermute, er würde gern ein Ferienhaus daraus machen. Warkton ist mittlerweile viel beliebter bei Touristen.«

»Aber das würde deinem Laden in Zukunft doch helfen?«

»Mag sein, aber selbst bei einem kleinen Umsatzplus in diesem Jahr würde ich solche Kosten nicht tragen können.«

»Nein …« James rieb sich nachdenklich das Kinn und streckte die langen Beine unter dem Tisch aus. »Wie wäre es, zu expandieren, um mehr Umsatz zu erzielen – indem du, zum Beispiel, auf Märkten in der Gegend präsent bist? So was in der Art.«

»Mmh, das könnte ich mal versuchen. Die Vorweihnachtszeit eignet sich gut dafür, aber das ist noch lange hin. Außerdem bräuchte ich dann eine Aushilfe im Laden oder für den Marktstand, je nachdem, was auch wieder zusätzliche Kosten bedeutet. Eine Überlegung ist es trotzdem wert. Könnte im Sommer problematisch sein, ein Marktstand, weil man die Schokolade nicht ausreichend kühlen kann. Wie soll ich einen Marktstand kühlen, ohne hohe Kosten für entsprechendes Equipment?«

»Weiß ich auch nicht … hm, das könnte knifflig werden. Hab auch nur laut gedacht. Vielleicht war das doch keine so gute Idee.«

»Unsinn, es ist gut, einfach mal ein paar Ideen in den Raum zu werfen, und du versuchst nur praktisch zu denken. Ich zermartere mir das Hirn, seit ich den Brief bekommen habe, und ich habe noch keine magischen Antworten gefunden.« Sie bezweifelte auch sehr, dass es überhaupt eine solche gab.

»Okay, übe Nachsicht mit mir.« James trommelte mit den Fingern auf dem Tisch. »Die hier ist besser. Wie steht es mit Hotels, Restaurants, kleinen Läden und Delikatessengeschäften in der Gegend? Frag, ob sie deine Produkte anbieten wollen, beteilige sie am Umsatz. Sonderangebote und zurückgehende Ware gibt es anfangs vielleicht, aber dann kriegst du regelmäßige Bestellungen rein.«

»Hm, ja. Ich mache das bereits mit ›The Fisherman's Arms‹. In den Zimmern, die sie vermieten, legen sie kleine Trüffelboxen als Willkommensgruß hin.«

»Na bitte. Das müsste nur in größerem Stil passieren. Was ist mit dem Landhotel in Renford? ›The Swan‹ in Alnwick, der Delikatessenladen in Seahouses, dem Laden in Bamburgh. Um Warkton herum muss es noch mehr Hotels geben. Nimm ein paar Proben, fass dir ein Herz und frage. Mehr als Nein sagen können sie nicht.«

»In Warkton direkt gibt es ein Hotel, ein Stück weiter den Hügel hinauf, vom Laden aus gesehen. Da könnte ich es versuchen.« Das wäre ein guter Anfang. Falls jemand interessiert war, würde sie ein paar Nachtschichten zur Schokoladenherstellung einlegen müssen. Aber für die Erhaltung ihres Ladens und ihres Zuhauses wäre es das allemal wert. Vor harter Arbeit hatte sie sich noch nie gefürchtet.

»Die Mädchen sind endlich im Bett«, verkündete Chloe, als sie die Küche betrat. Ihre dunklen Haare umspielten ihre Schultern. Sie sah mühelos stylish aus in ihrer Freizeitkleidung, die auch von The White Company hätte stammen können. Sie vermittelte Emma stets das Gefühl, underdressed zu sein, aber dafür war sie eine liebenswerte Person und über die Jahre zu einer echten Freundin geworden. »Tee?«

Emma wollte schon Ja sagen, als James sich zu Wort meldete: »Ich glaube, ich mache eine Flasche Roten auf. Dann können wir alle zusammen überlegen. Wir denken gerade über Möglichkeiten nach, Ems Umsatz zu steigern, zum Beispiel durch verschiedene neue Verkaufsstellen, die Emmas Schokolade anbieten. Hier ist vielleicht ein wenig Teamwork nötig und etwas, das einen Tick stärker ist als Tee.«

»Okay.«

»Für mich aber nur ein kleines Glas, James. Ich muss ja noch fahren«, sagte Emma.

»Natürlich.« Er stand auf und holte eine Flasche Merlot aus dem Weinregal sowie einen Korkenzieher.

Chloe setzte sich neben Emma. »Was ist denn los, Em?«

Emma erzählte ihr vom Brief des Vermieters und der bevorstehenden Mieterhöhung.

»Oh nein, tut mir leid, das zu hören, Emma. Das bringt dich sicher in eine schwierige Lage.«

Sie unterhielten sich weiter über die Situation, und Emma wusste, es war richtig gewesen hierherzukommen. Die Unterstützung der Familie zu haben fühlte sich großartig an. Kein Problem schien mehr allzu schlimm zu sein, wenn man die Familie auf seiner Seite hatte. Als Emma um zehn Uhr abends wieder aufbrach, hatte sie einen DIN-A4-Zettel voller Ideen dabei, eine Liste von Unternehmen, die sie ansprechen konnte und eine mögliche realistische Preiserhöhung für ihre Waren. In ihrem Kopf drehte sich alles vom vielen Nachdenken, aber sie war auch hoffnungsvoller. Es würde sicher nicht leicht werden. All diese Unternehmen anzusprechen war das eine, aber sie davon zu überzeugen, Emmas Schokolade anzubieten, etwas anderes. Sie würde auch noch einen anständigen Profit machen müssen nach Abzug der Prozente. Lange Nächte des Schokoladenherstellens würden ihr bevorstehen, um den Bestellungen gerecht zu werden und gleichzeitig den Laden weiterhin zu versorgen.

Vor ihr lag ein weiter Weg, und doch sah es am Horizont schon ein bisschen heller aus.

10. Kapitel

Es war der Abend des Dates, das gar kein Date war. Emma spürte, dass etwas Unheilvolles in der Luft lag, aber zumindest lenkte es sie von den Problemen mit ihrem Chocolate Shop ab.

Warum hatte sie sich eigentlich darauf eingelassen?

Es war alles Bevs Schuld, die sie bei ihrem Frauenabend dazu gedrängt hatte. Nun stand sie da, mit dezent roten Lippen und einem Hauch Mascara auf den Wimpern. Die bereits reservierten Kinotickets nahmen ihr jegliche Chance, einen Rückzieher zu machen. Auf dem Weg nach draußen warf sie einen letzten sehnsüchtigen Blick auf ihr gemütliches Sofa und den Fernseher. Sogar Alfie gab in seinem Korb ein leises Jaulen von sich.

»Ich werde nicht lange weg sein, Alfie.« Hoffentlich, fügte sie in Gedanken hinzu. Sie würde sich den Film ansehen, einen schnellen Happen essen und sich schleunigst wieder auf den Weg machen. Sie hatte gesagt, sie würde mit dem Auto kommen und sich mit ihnen vor dem Kino in Berwick-upon-Tweed treffen. Damit war der Rückzug gesichert!

Sie parkte ihren schwarz-weißen Fiat 500 auf dem Parkplatz des Malting Theatre. Normalerweise genoss sie die Abende hier, wenn sie sich den neuesten Frauenfilm oder auch den aktuellsten Thriller zusammen mit Bev anschaute. Manchmal kam sie auch mit ihren Nichten her und besuchte eine Nachmittagsvorstellung. Der heutige Abend würde anders sein.

Sie wollten sich in der Stage Door Bar im Kinogebäude treffen.

Auf geht's, Em. Versuchen wir unser Bestes. Sie schob einen Stiefel aus der Wagentür und stieg aus. Schlichte schwarze

Lederstiefel und ein schwarzes Kleid waren das Outfit, in dem sie sich heute Abend am wohlsten fühlte. Zum Glück hatte sie es mit einem türkisfarbenen Halstuch kombiniert, das ihre Mum ihr zu Weihnachten geschenkt hatte, denn sonst hätte sie ausgesehen, als ginge sie zu einer Beerdigung. Na ja, ein bisschen fühlte sie sich auch so.

Ein bisschen mehr Begeisterung, Em, tadelte sie sich im Stillen. Immerhin handelte es sich um einen Abend, an dem sie ausging. Der könnte noch richtig viel Spaß machen. Dieser Nigel, der aussah wie ein Brent, könnte ein richtig toller Kerl sein und vor Wortgewandtheit nur so sprühen. Im schlimmsten Fall würde sie ein bisschen höflich und freundlich plaudern und sich ansonsten an ihre Freundin Bev halten. Die Männer konnten unter sich bleiben. Alles wäre gut.

Emma holte ihr Ticket an der Hauptkasse ab und gönnte sich eine Tüte Malteser-Schokobonbons zum Knabbern, die sie fürs Erste in ihrer Handtasche verstaute. Die anderen würden sie unten an der Bar treffen, also machte sie sich auf den Weg. Sie öffnete die Tür und betrat einen altmodischen Raum aus üppigem rotem Samt und einer ungewöhnlichen Sternenhimmeldecke. Die Kinobar war schräg, aber auch wahnsinnig gemütlich. Emma hatte im Lauf der Zeit schon das eine oder andere Glas Rosé hier mit Bev getrunken.

Sie entdeckte die drei, die gerade ihre Bestellung aufgaben, und spürte plötzlich Nervosität in sich aufsteigen – es war, als wäre sie in ihre unsicheren Teenagerjahre zurückkatapultiert worden. Sie lächelte Bev zu und ging hinüber, während sie versuchte, ganz beiläufig das Äußere der dritten Person zu mustern. Nigel war groß und schlank – fast schon mager, hatte blonde lichte Haare, und ja, hübsche graublaue Augen. Definitiv okay auf den ersten Blick.

»Hey, hallo Emma«, begrüßte Bev sie freundschaftlich und umarmte sie. »Nigel, dies ist Emma. Emma, Nigel.«

Emma wollte ihm die Hand schütteln, doch er näherte sich für einen Kuss auf die Wange, was in Ordnung war, aber doch eher ungewöhnlich.

»Freut mich, Sie kennenzulernen, Nigel.«

Auch Pete gab ihr einen Kuss auf die Wange und bot an, ihr etwas zu trinken zu bestellen.

»Gin Tonic bitte, Pete. Das wäre reizend, danke.« Sie würde nur diesen einen Drink nehmen und sich anschließend an Tonic halten. Schließlich musste sie noch fahren.

»Anstrengender Tag?«, erkundigte Bev sich.

»Ja, ich mache gerade die Vorräte für den Valentinstag.«

»Emma ist Chocolatière«, erklärte Bev Nigel stolz.

»Toll«, erwiderte er.

»Bev sagt das, als sei es etwas Großartiges. Dabei mache ich bloß Schokolade und verkaufe sie«, sagte Emma.

»Sie hat ihren eigenen Laden in Warkton-by-the-Sea. Der ist wunderbar.« Bev wollte sie offenbar unbedingt außergewöhnlich dastehen lassen.

Emma lächelte. »Es ist nur ein kleiner Laden. Aber mir gefällt er.«

»Gut. Ich muss gestehen, dass ich selten Schokolade esse. Ich laufe viel, Marathon und Gelände, deshalb muss ich auf meine Ernährung achten. Gesunde Kalorien und Proteine.«

»Aha. Na ja, gesunde Ernährung ist wichtig.« Sie lächelte steif. Und *langweilig*. Er aß also keine Schokolade. Das war kein guter Start.

»Ich nehme an, Sie müssen viel trainieren?« Sie versuchte Konversation zu machen.

»Ja, allerdings viel in der Turnhalle um diese Jahreszeit. Eine halbe bis ganze Stunde Lauftraining, und an den Wochenenden versuche ich, draußen Intervalltraining zu machen. Dieses Zwanzig-Meilen-Ding.«

Zwanzig Meilen.

»Laufen Sie?«, erkundigte er sich.

Das war, als würde man Emma fragen, ob sie jemals auf dem Mond gewesen war. Sie würde schon Probleme bekommen, wenn sie zwanzig Meter rennen sollte. Ehrlich gesagt, hasste sie laufen. Crossläufe in der Schule hatten jedes Mal in einem Desaster geendet.

»Ah, nein, eigentlich nicht. Ich gehe viel spazieren, am Strand, mit Alfie, meinem Hund«, erklärte sie.

»Aha, ich verstehe. Nun, Hunde sind nichts für mich. Ich habe eine Haustierallergie.«

Du meine Güte, das würde ja noch viel schwieriger werden, als sie es sich ausgemalt hatte. Sie warf Bev einen Seitenblick zu, die sich umgehend in die Unterhaltung einschaltete. »Na schön, wer freut sich denn schon auf den Film? Ich habe fantastische Kritiken gelesen.«

Pete gab Emma ihren Gin, während Nigel an seinem Pint Ale nippte. »Ja«, ergänzte Pete vergnügt. »Ich glaube, der Titelsong gewinnt einen Preis.«

»Toll.« Emma trank einen großen Schluck Gin Tonic. Irgendetwas sagte ihr, dass sie das brauchen würde.

»Und wo wohnen Sie?« Tapfer und höflich hielt sie die Konversation aufrecht, in der Hoffnung, dass er nicht antwortete, er sei gerade in die Gegend um Warkton gezogen.

»In Gosforth, Richtung Newcastle. Ich bin vor ungefähr sechs Wochen in eine neue Wohnung gezogen. Davor hatte ich ein Haus auf dem Land, Richtung Corbridge.«

Kürzlich geschieden, dachte Emma alarmiert. Scheidungskrieg? Litt er noch unter den schrecklichen Nachwirkungen einer Trennung? Wenn dem so war, bedauerte sie ihn. Wahrscheinlich vermisste er seine Frau und seine Kinder. Um sich dem vermutlich unangenehmen Thema nicht weiter anzunähern, sagte sie: »Das ist eine schöne Gegend, da um Gosforth.« Lieber auf Nummer sicher gehen.

»Ja, ich finde wieder zu mir.«

Emma war erleichtert, als der Gong ankündigte, dass der Film in fünf Minuten beginnen würde. Sie gingen durch die Reihen des kleinen Kinos und fanden ihre Plätze. Pete setzte sich zuerst, danach Bev. Nigel blieb noch stehen, um Emma vorgehen zu lassen, damit sie neben ihrer Freundin sitzen konnte. Erst danach ließ auch Nigel sich nieder. Die Sitze befanden sich nah beieinander und waren nicht besonders groß. Sie bestanden unter anderem aus hölzernen Lehnen sowie den klassischen herunterklappbaren Sitzflächen, die mit rotem Samt bezogen waren. Es gab das übliche Geraschel, bis die Zuschauer alle ihre Plätze eingenommen hatten.

Emma zog ihre Jacke aus und nahm ihre Tüte Malteser aus der Tasche. Sie öffnete die Tüte, so leise sie konnte. Während der Titelmusik reichte sie diese in ihrer kleinen Gruppe herum und platzierte sie anschließend zwischen ihren Knien, damit nichts daraus herausfiel.

Nach circa zehn Minuten spürte sie etwas am Knie und sah, dass Nigels Hand nach der Tüte tastete. Ihr blieb keine Zeit, sie ihm hinzuhalten, daher nickte sie, um ihm zu signalisieren, er dürfe sich gern bedienen. Sie fühlte ein leichtes Herumwühlen, als er sich zwei der Schokokugeln aus der Verpackung nahm. Er lächelte ihr zu, dann schenkten sie ihre Aufmerksamkeit wieder dem Film. Es handelte sich um den neuesten James Bond, so actionreich, wie man sich ihn vorstellte – gerade fand eine geräuschvolle Hochgeschwindigkeitsverfolgungsjagd statt. Wenigstens musste Emma keine Konversation machen.

Etwa zehn weitere Minuten später fühlte sie erneut, wie jemand in der Tüte zwischen ihren Knien wühlte. *Er schon wieder! So viel dazu, er esse keine Schokolade!* Diesmal streifte seine Hand ganz leicht ihr Knie, als er sie aus der Tüte zog. *War das Absicht?* Sie war sich nicht sicher. Sie legte die Tüte auf ihr Bein und fühlte sich etwas unbehaglich – wahrscheinlich hatte sie es sich nur eingebildet. Sie konzentrierte sich wieder auf den Film, nahm sich noch mehr Bonbons und genoss es, wie die Schokolade in ihrem Mund schmolz und den malzig süßen und knusprigen Kern freigab.

Nach fünfzehn Minuten sah Bev sie an und formte lautlos mit den Lippen: »Guter Film.«

Emma erwiderte ein Lächeln. Ja, wenigstens der Film war ganz okay. Es war unnötig, ihrem Unmut wegen ihrer Begleitung Luft zu machen; sie hatten einfach nicht viel gemeinsam, das war alles. Den Abend konnte sie trotzdem irgendwie überstehen.

Als ein Krimineller aus einer Seitenstraße kam und Bond attackierte, zuckte sie vor Schreck zusammen. Und dann bewegte sich die Maltesertüte erneut. Nigel schaute zur Leinwand, während er ein bisschen länger als unbedingt notwendig in der Tüte wühlte. Und dann bewegte seine Hand sich langsam ihren Schenkel hinauf. Okay, das war nun kein Versehen. Sie hatte die Tüte absichtlich dorthin gelegt, damit kein Körperkontakt zwischen ihnen stattfinden musste. Sie bedachte ihn mit einem strengen Blick, als wollte sie sagen: Ich weiß, was du vorhast, Kumpel, aber du lässt es besser!

Er lächelte schelmisch zurück und schob sich langsam einen Malteser in den Mund. Dieser Lustmolch! Da hätte sie sich ebenso gut mit dem Dorffummler zu einem Date verabreden können!

Emma versteifte sich und versuchte, jeglichen Körperkontakt zu vermeiden, was schwierig war angesichts der schmalen Sitze *und* der gemeinsamen Armlehnen. Sie faltete die Süßigkeitentüte zusammen, drückte die Knie fest zusammen und legte beide Hände schützend auf ihre Beine. Das müsste ihn stoppen. Oder war sie paranoid?

Bev warf ihr einen seltsamen Blick zu, als wollte sie fragen: Was tust du denn da? Pete hingegen bekam überhaupt nichts mit, er war viel zu fasziniert von dem Film. Nach weiteren fünfzehn Minuten begann Emma sich ein wenig zu entspannen. Die Bonbons hielt sie nach wie vor fest auf den Knien; vermutlich schmolzen sie inzwischen.

Dann, gerade als sie sich wieder ganz auf den Film konzentrierte, fühlte sie ein erneutes Zupfen an der Tüte. Diesmal kroch seine Hand *unter* die Tüte, zur Innenseite ihres Knies, während er ihr zuzwinkerte. Ach du Schande. Hinter der Schokolade war er ganz gewiss nicht her. Zum Glück hatte sie ihre dicke Strumpfhose angezogen. Er schien zu der Sorte zu gehören, die innerhalb von dreißig Sekunden die Hand in deinem Schlüpfer haben. Du liebe Zeit!

»Gut«, zischte sie leise und deutlich. »Nehmen Sie die verdammte Tüte.« Sie warf ihm die Tüte zu und stand auf, wobei sie sich bei einem Paar mittleren Alters bedankte, das sich von seinen Plätzen erheben musste, damit Emma vorbeikam. »Verzeihung, Verzeihung, ich müsste mal zur Toilette.« Sie kämpfte sich aus der Sitzreihe in die nahe Dunkelheit. Ein Platzanweiser führte sie mit einer Taschenlampe in den hinteren Teil des Kinos.

Natürlich musste sie nicht wirklich zur Toilette, setzte sich aber trotzdem in der Kabine auf den geschlossenen Deckel, während sie noch immer empört ihren Fluchtplan schmiedete. Jetzt gleich verschwinden? Das erschien ihr etwas unhöflich Bev und Pete gegenüber. Aber würde sie den restlichen Film durchstehen? Möglich, aber auf gar keinen Fall würde sie jetzt noch mit Fummelfinger essen gehen. Wer weiß, was da noch alles käme.

Sie schrieb ihrem Bruder eine SMS: *Ruf mich Punkt neun Uhr an. Bitte x.* Der Film dauerte höchstens noch zwanzig Minuten. Gegen neun würden sie also gerade das Kino verlassen. *Sag, der Hund ist krank, und dass ich sofort nach Hause kommen muss. Du wirst mein Held sein x.*

Er schrieb umgehend zurück: *Ich hoffe, ich bin längst dein Held ;) Wird gemacht. Was hast du denn vor?*

Erzähl ich dir später. Dank dir. X

Dann schrieb sie an Bev: *Der ist ein echter Lüstling. Sorry, aber ich muss weg.*

Emma wartete noch ein bisschen, wusch sich die Hände, überprüfte in Ruhe ihren Lippenstift im Spiegel und kehrte erst für die restlichen Minuten des Films in den Saal zurück. Das war das letzte Mal, dass sie sich zu einem Blind Date hatte überreden lassen. Es war ihr vollkommen egal, ob sie als schrullige alleinstehende Alte enden würde.

Bev warf ihr einen irritierten Blick zu, da ihr Handy momentan noch stumm geschaltet in ihrer Tasche ruhte. Vermutlich fragte sie sich, ob Emma eine leichte Lebensmittelvergiftung oder so etwas hatte, weil sie so lange auf der Toilette war. Emma saß sehr gerade auf ihrem Platz, die Knie zusammengedrückt, den Körper angespannt. Mehr Hände-weg-Signale konnte sie nicht aussenden. Es schien anzukommen, dem Himmel sei Dank. Der Abspann kam, und Emma wurde klar, dass sie keine Ahnung hatte, worum es in der zweiten Hälfte des Films gegangen war. Sie war nur froh, endlich verschwinden zu können und stand auf. Während des Verlassens der Sitzreihe achtete sie genau auf einen großzügigen Abstand zwischen sich und Nigel, sodass Pete neben ihm war, als sie den Gang erreichten.

»Toller Film. Mir gefiel die Stelle, wo sie mit den Wasserskiern über das Speedboot gefahren sind«, bemerkte Bev.

»Ja.« Emma konnte sich nicht erinnern.

Als sie ins hell erleuchtete Foyer gelangten, summte Emmas Telefon. Perfektes Timing. *Danke, Bruderherz.* Liebend gern würde sie sich an irgendeinem Abend mit Babysitting revanchieren. Sie hielt ihr Mobiltelefon in der Hand.

»Hallo? Oh, wirklich?« Sie überdramatisierte ihre Stimme und sah besorgt zu Bev und Nigel. »Wie schade … okay, keine Sorge, ich mache mich gleich auf den Weg.«

James lachte am anderen Ende der Leitung.

»Okay, tschüs.« Sie schaltete ihr Handy aus.

»Tut mir schrecklich leid«, wandte sie sich an die anderen drei. »Ich muss los. Der Hund ist krank. James, mein Bruder«, erklärte sie Nigel, »hat auf meinen Hund aufgepasst. War mit ihm Gassi, und jetzt scheint es ihm schlecht zu gehen. Armer Alfie.«

Bev warf ihr einen skeptischen Blick zu. Sie wusste, dass Emma für einen Abend im Kino noch nie einen Hundesitter gebraucht hatte. Alfie kam für ein paar Stunden sehr gut allein zurecht.

»Oh, klar«, meinte Bev mit gerunzelter Stirn.

Emma sah, wie ihre Freundin in der Handtasche nach ihrem Telefon kramte. Die SMS würde die Dinge rasch klären.

»War reizend, Sie kennenzulernen.« Emma machte sich nicht einmal mehr die Mühe, Nigel die Hand zu schütteln. Erschreckenderweise kam er bereits näher, zweifellos mit der Absicht, ihr einen Kuss zum Abschied zu geben. Sie wich ihm aus und sagte: »Ich muss mich wirklich beeilen. Wir sehen uns bald, Bev. Noch mal sorry, und tschüs Pete, tschüs alle zusammen.«

Und dann lief sie schon zum Parkplatz, auf dem Weg zu ihrem behaglichen kleinen Zuhause. Gleich würde sie den Kopf ihres Spaniels streicheln. Mehr Gesellschaft brauchte sie nicht. Auf einen lüsternen Malteser-Mann konnte sie gut verzichten. So verzweifelt war sie nun auch noch nicht.

»Wir kommen zurecht, Alfie, nicht wahr? Sehr gut sogar.«

11. Kapitel

Es war ein Freitagnachmittag in der ersten Februarwoche. Holly war direkt von der Schule vorbeigekommen. Das wurde freitags inzwischen zur Gewohnheit, obwohl sie offiziell gar nicht arbeitete. Interessant waren in diesem Zusammenhang die Besuche eines gewissen blonden Gentleman mit einem sehr hübschen Lächeln.

Die Türglocke des Chocolate Shop läutete.

Emma und Holly schauten auf.

»Hi«, sagte Emma. Er war also zurück.

Der junge Mann kam näher. »Hi. Könnte ich bitte die mittlere Geschenkschachtel mit halb Coffee Cream und halb Orange bekommen?«, fragte er.

»Selbstverständlich.« Emma stand schon hinter dem Tresen bereit. »Wer ist denn eigentlich die glückliche Lady?«, erkundigte sie sich mit einem Lächeln. »Sie kommen ja ziemlich regelmäßig vorbei.« Sie spürte förmlich Hollys Verlegenheit, und das junge Mädchen warf ihr einen warnenden Blick zu. »Für jemand Besonderes?«, hakte Emma nach.

»Ja, könnte man sagen.« Der junge Mann zeigte sein typisches Grinsen.

Aha, es gab also eine besondere Sie. Emma registrierte, wie Hollys Schultern nach unten sackten, doch ihre Mitarbeiterin blieb weiterhin stumm.

»Ja, ich habe gerade Feierabend«, fuhr er fort. »Ich habe im Seaview Hotel angefangen, ein Stück die Straße rauf, vor ungefähr einem Monat. Als Trainee Assistant Manager.« Er schien stolz zu sein auf seinen neuen Posten. Es war schön zu sehen, dass die jungen Leute vorankamen.

»Gut gemacht. Das ist sicher ein interessanter Job.«

»Ja, ich finde mich noch zurecht. Bis jetzt ist es okay.« Er warf Holly einen scheuen Blick zu.

Emma hoffte, Holly würde sich an diesem Punkt in die Unterhaltung einklinken, doch diese hatte offenbar ihre Fähigkeit zu sprechen verloren. Emma legte die Schokoladen in ihren kleinen Petit-Fours-Förmchen in eine goldene Schachtel und fing an, ein violettes Seidenband darum zu binden. »Ist die Farbe für das Geschenkband in Ordnung?«

»Ja, das sieht toll aus.«

»Nun, das macht fünf Pfund und zwanzig Pence, bitte. Können wir sonst noch etwas für Sie tun heute?«

»Nein, das ist alles, danke.«

Er bezahlte das Geld, nahm die Geschenkschachtel und wandte sich zum Gehen. Endlich fand Holly ihre Stimme doch noch wieder und sagte schüchtern »auf Wiedersehen«, woraufhin er sich umdrehte und ebenfalls »auf Wiedersehen« sagte. Emma glaubte ein Knistern zu spüren, das selbst die Schokolade hätte schmelzen lassen. Sobald der junge Mann draußen auf der Straße war, verkündete Em: »Na, wenn der nicht auf dich steht, fresse ich meinen Hut.«

»Sei nicht dumm. Kann er gar nicht. Für wen kauft er denn die Schokolade? Sagte er nicht, es handelt sich um eine Sie? Die Glückliche.« Sie machte einen Schmollmund. »Ach, und er scheint echt nett zu sein. Wieso gerate ich immer an diejenigen, die schon vergeben oder nicht interessiert sind?« Holly seufzte, schnappte sich einen Lappen und fing an, die Regale zu wischen, obwohl sie offiziell gar nicht arbeitete. Aber offenbar musste sie sich irgendwie beschäftigen.

Junge Liebe, was? All diese Angst.

Emma dachte zurück an ihr jüngstes Dating-Desaster. Da

hatte es definitiv weder Chemie noch Knistern gegeben, mit diesem fummelnden Malteser-Mann, nichts als blöde Beunruhigung. Prompt wanderten ihre Gedanken zu dem Mann am Strand, den sie am zweiten Weihnachtstag getroffen hatte. Das war inzwischen einige Wochen her. Sie konnte die Erinnerung an ihn einfach nicht abschütteln und verspürte ein Ziehen im Magen, als vermisse sie ihn, obwohl sie ihn doch gar nicht richtig kannte. Sie fragte sich, ob er jemals auch an sie dachte.

Eine Gestalt in einem schwarzen Regenmantel stand vor dem Schaufenster – zusammengekauert unter einem Schirm. Es war ein nieseliger Nachmittag, und die Dunkelheit schien schon seit Stunden draußen zu herrschen. Deshalb war Emma froh, dass Holly vorbeigekommen war – das Wetter heute hatte alle zu Hause gehalten, bis auf ein paar abgehärtete Spaziergänger. Ein Paar, gekleidet in identische rote Regenjacken, hatte hereingeschaut, in der Hoffnung auf einen Kaffee. Die zwei hatten sich schließlich mit einem Schokoriegel für ihren Strandspaziergang zufriedengegeben. Das waren die letzten Kunden gewesen bis zu dem jungen Mann eben, von dem ihre Mitarbeiterin so schwärmte.

Holly ging nach hinten in die Küche, um ihnen beiden eine Tasse Tee zu kochen, und die dunkle Gestalt näherte sich der Ladentür. Als er den Schirm einklappte, erlebte Emma einen enttäuschenden Moment des Wiedererkennens. Es war Mr. Neil, ihr Vermieter.

Er trat ein, und der Regen tropfte von seinem Mantel auf ihren Holzfußboden herab.

»Guten Tag, Emma.« Der Gruß kam in sachlichem Ton. »Wie läuft das Geschäft?« Er schaute sich in dem leeren Laden um.

»Guten Tag.« Emma atmete langsam ein. »Gut, danke.« Sie lächelte. Etwas anderes würde sie ihm gegenüber nie antworten.

»Ich bin nur vorbeigekommen, um mich zu erkundigen, ob Sie meinen Brief erhalten haben.«

»Ja, das habe ich.«

»Und um Sie daran zu erinnern, dass ich Ihre Antwort bis Ende der Woche brauche, wie es auch in dem Brief steht. Ihre Kündigungsfrist beträgt einen Monat, doch ich bin da kompromissbereit, falls Sie eher ausziehen möchten.« Ein kaltes Lächeln erschien auf seinem Gesicht, während er sich entgegenkommend gab.

Er rechnete offenbar damit, dass sie den Laden räumte. Das machte Emma noch entschlossener, alles in ihrer Macht Stehende zu tun, genug Geld aufzubringen, um den Laden zu erhalten und die neue Miete zahlen zu können. Er konnte sie schließlich nicht einfach hinauswerfen aus ihrem Geschäft und ihrem Zuhause.

In diesem Augenblick kam Holly mit zwei Tassen dampfendem Tee zurück. Sie begrüßte den Herren mit einem freundlichen »Hallo« und erhielt ein kühles »Hallo« zurück. Mit skeptischer Miene reichte sie Emma eine Tasse, als wollte sie fragen: Wer in aller Welt ist der denn?

»Oh, ja, ich werde Ihnen bestimmt bis zum Ende der Woche eine Antwort zukommen lassen, Mr. Neil«, erwiderte Emma, ohne etwas über ihre Absicht zu bleiben zu verraten. Aber was würde geschehen, wenn sie die neuen Zahlungen nicht leisten konnte und in Versäumnis geriet? Dann würde er sie sofort hinauswerfen, und sie wäre ganz schön blamiert, weil sie ihr Unternehmen heruntergewirtschaftet hatte. Wäre es vielleicht doch besser, aus eigenem Antrieb zu gehen, sich nach einem neuen Laden umzusehen und von vorn anzufangen? Aber ihr Herz und ihre Seele waren hier in diesem Laden, in diesem Dorf mit dieser Gemeinschaft, die ihr Zuflucht geboten hatte. Nein, so leicht würde sie nicht aufgeben.

»Nun, dann erwarte ich also Ihre Antwort.«

Darauf wette ich, dachte Em. *Nur werden Sie möglicherweise nicht mehr so selbstgefällig sein, wenn Sie sie lesen.*

»Und die nächste Miete ist an diesem Donnerstag fällig.«

Dessen war sie sich durchaus bewusst. Dem Himmel sei Dank für die Einnahmen des Weihnachtsgeschäftes, die sie gespart hatte. Nur würde sie alles aufbrauchen müssen und nichts mehr haben, mit Ausnahme eines leeren Bankkontos.

»Ja, okay«, sagte sie.

»Ziemlich ruhig hier drin, oder?« Er ließ den wachsamen Blick noch einmal durch den Laden schweifen, dann sah er hinaus auf die Straße.

»Im Moment schon.« Der hätte ohnehin jeden Kunden vergrault. »Früher am Tag war mehr los, bevor der Regen einsetzte.« Sie zwang sich zu einem Lächeln.

»Hm.« Noch einmal sah er sich um, als könne er das nicht glauben. »Dies hier wäre ein schönes Wohnzimmer, offen gestaltet bis zur Küche.«

Er hatte bereits Umbaupläne, um ein Ferienhaus daraus zu machen!

»Kann sein. Es ist jedenfalls ein schöner Laden«, beharrte Emma. *Bleib ganz ruhig, schnapp nicht nach seinem Köder.*

»Tja, dann noch einen angenehmen Nachmittag, Ladys.« Damit wandte er sich, noch immer tropfend, zum Gehen.

»Der ist ja widerlich«, bemerkte Holly angewidert, als sie die Tür hinter ihm schloss.

Emma musste lachen.

Holly fuhr fort: »Was sagtest du, wie er heißt?«

»Mr. Neil.«

»Mr. Eel, schleimiger Aal. Das war dein Vermieter, oder? Der Kerl, der dir den schrecklichen Brief geschickt hat. Ich habe keine Ahnung, wie du den erträgst.«

»Irgendwie muss ich mich mit ihm arrangieren, Hols. Ich

könnte es mir nie leisten, das Haus zu kaufen. Der brennt regelrecht darauf, mich loszuwerden.«

»Nein, das darf nicht passieren!«

»Ich weiß wirklich noch nicht, wie ich die neue Miete aufbringen soll. Aber ich werde es verdammt noch mal versuchen.«

»Das ist die richtige Einstellung, Em. Du wirst einen Weg finden. Wir dürfen weder die Chocolaterie am Meer noch dich verlieren. Das wäre schrecklich. Der Laden ist etwas ganz Besonderes. Und auf gar keinen Fall werde ich wieder in diesem fettigen Imbiss arbeiten.«

Emma seufzte. »Danke, Holly. Ich muss mein Bestes geben. Es wird Zeit, den Masterplan in die Tat umzusetzen.«

»Wow, du hast einen?«

»Na ja, sagen wir, für den Anfang habe ich zumindest ein paar Ideen.«

»Brillant.« Holly strahlte. »Ich und das ganze Dorf werden hinter dir stehen.«

Tief einatmen ... einfach eintreten ... Schultern gestrafft ... lächeln.

Schlimmstenfalls können sie Nein sagen.

Leider wollte sie auf keinen Fall, dass sie Nein sagten.

Emma war unterwegs zu ihrem ersten Verkaufsgespräch. Nervös trat sie vor dem Haupteingang des Seaview Hotels, zweihundert Meter von ihrem Schokoladengeschäft entfernt, von einem Bein aufs andere. Sie war mit einem Armvoll Leckereien bewaffnet, einschließlich einer Sammlung Minitrüffelschachteln und einigen Packungen Karamell sowie weißen Schokoladenherzen mit Erdbeergeschmack. Ihr Vorschlag war, dass ihre Schokotrüffel als kleiner Gruß in den Zimmern auf die Kopfkissen gelegt wurden. Das würde hoffentlich dem Hotel bessere Beurteilungen und wiederkehrende Gäste bescheren und Emmas kleinem Laden, die Straße hinunter, größere Aufmerksamkeit und neue Kunden.

Sie hatte recherchiert: Das Hotel besaß vierundzwanzig Gästezimmer. Sie hatte die Kosten errechnet und würde einen nach ihrem Empfinden fairen Preis von 95 Pence pro Box mit zwei Stück Schokolade verlangen, schön verpackt und mit einer Schleife versehen. Das Hotel konnte zwischen einer weißen und einer goldenen kleinen Schachtel wählen. Emma hatte sogar darauf geachtet, dass die Farbe des Geschenkbandes zum Königsblau des Hotellogos passte. Jetzt hoffte sie inständig, dass dem Management die Idee gefiel.

Vielleicht hätte sie sich per E-Mail oder Telefon ankündigen sollen, statt einfach so aufzutauchen. Aber jetzt war sie hier und konnte nur noch ihr Bestes geben. *Genau, genug gezögert.* Falls sie eine Überwachungskamera über dem Eingang hatten, würden sie sich mittlerweile fragen, warum sie dort herumlungerte.

Geh schon, Mädchen! Du schaffst das.

Sie stieß die Tür auf, steuerte die Rezeption an und erkannte die junge Frau dahinter, da sie aus dem Dorf stammte.

»Hi, Emma.«

»Oh, hi, Laura.« Sie war die Tochter einer Lady, die eine Kunstgalerie im Ort führte.

»Wie kann ich Ihnen helfen?«

»Wäre es möglich, kurz mit der Managerin zu sprechen?«, fragte Em.

»Oh, tut mir leid, die ist heute Morgen nicht da. Ich könnte den stellvertretenden Manager fragen, wenn Sie möchten? Gibt es ein Problem?«

»Nein, nein, kein Problem. Es geht lediglich um eine Geschäftsidee, die ich habe. Etwas, was ich vorstellen wollte. Ich bin hier, um zu fragen, ob das Hotel vielleicht daran interessiert ist, dass ich es mit Schokolade als Gruß an die Gäste beliefere.«

»Oh, lecker. Das ist mal eine gute Idee. Eine Sekunde, ich versuche mal, Adam ausfindig zu machen, unseren zweiten Manager. Setzen Sie sich doch.«

»Danke.« Als sie sich setzte, merkte Emma, dass ihr Herz raste. Diese Bestellung würde schon ihren Laden retten oder wäre zumindest ein großer Schritt in die richtige Richtung. Sie musste immer noch auf Mr. Neils Brief antworten, doch wenn es ihr gelang, sich neue Aufträge zu sichern, bestünde größere Hoffnung, die Miete aufbringen zu können.

Nach einer Minute des Wartens kam niemand anderer als der junge Mann, der bereits mehrmals im Chocolate Shop aufgetaucht war, auf sie zu. Natürlich, er hatte doch erzählt, dass er vor Kurzem hier angefangen hatte zu arbeiten!

»Adam, dies ist Emma aus dem wunderbaren Schokoladengeschäft die Straße hinunter.« Laura wirkte eifrig, offenbar wollte sie ihr gern helfen.

»Hallo, Emma. Wir kennen uns ja schon.« Er bot ihr die Hand.

»Hallo.«

Sein Händedruck war warm und freundlich, und obwohl er noch jung war, wirkte er hier im Hotel selbstbewusster als in Emmas Laden.

»Sie haben also eine Idee für unser Hotel, höre ich. Kommen Sie mit, dann unterhalten wir uns darüber.«

»Danke.«

Emma folgte ihm in die Lounge des Hotels – leicht blaue, eierschalen- und cremefarbene Sofas standen dort, einige gestreift, andere uni –, wo er Kaffee für sie beide bestellte.

»Nun, ich bin offen für neue Ideen. Was haben Sie sich überlegt?«

»Wie Sie ja wissen, führe ich ein Schokoladengeschäft hier im Ort, und da habe ich mir gedacht, es wäre vielleicht eine nette Willkommensgeste, den Gästen ein Stück Schokolade aufs Kopfkissen zu legen. Das könnte Ihrem Hotel bessere Bewertungen einbringen, zum Beispiel bei TripAdvisor und ähnlichen Portalen. Es würde möglicherweise den Unterschied ausmachen zwischen Ihrem Hotel und der Konkurrenz, was letztlich zu Empfehlungen und wiederholten Buchungen führt.«

»Hm, klingt interessant.« Adam nickte.

Emma begann sich etwas zu entspannen. »Ich habe eine Auswahl an Minischachteln mitgebracht, gefüllt mit je zwei qualitativ hochwertigen Trüffeln – die sind nicht allzu teuer, sehen aber hübsch auf dem Nachttisch aus beispielsweise. Dies sind nur Vorschläge, Sie können die Geschmacksrichtung natürlich auswählen, die bei den Gästen am besten ankommt.« Sie nahm alle Schachteln und die Auswahl an Karamell und Schokoladensternen aus der Tasche. »Da der Valentinstag bevorsteht, könnten wir die kleinen Geschenke themenbezogen präsentieren – zum Beispiel mit Erdbeer-Schokoladenherzen und einem Champagnertrüffel.«

Lächelnd nahm Adam eine der weißen Minischachteln in die Hand.

»Ich habe auch versucht, die Farbe des Geschenkbandes auf das Logo Ihres Hotels abzustimmen«, fügte Emma engagiert hinzu. Bis jetzt war es nicht annähernd so schrecklich, wie sie befürchtet hatte. Aber die Kunst bestand darin, auch tatsächlich ein Ja zu bekommen.

»Über was reden wir in puncto Preis?«, wollte Adam wissen.

»Bei einer Bestellung von mindestens fünfzig Stück für den Anfang, und natürlich inklusive meiner Arbeit, kann ich Ihnen pro Minischachtel einen Preis von fünfundneunzig Pence anbieten.«

Er gab erneut einen nachdenklichen Laut von sich, schwieg sich jedoch weiterhin aus.

»Das sind fünfundzwanzig Pence unter dem Preis, für den ich sie in meinem Laden verkaufe«, versuchte Emma ihn zu überzeugen.

Sie trank einen Schluck Kaffee, um die beginnende Anspannung zu kompensieren.

»Mir gefällt die Idee«, begann Adam mit der Andeutung eines Lächelns, »aber …«

Warum musste es immer ein Aber geben?

»Ich muss das mit unserer Managerin Helen besprechen. Besonders den Kostenfaktor. Die Schokoladenpäckchen sehen ausgezeichnet aus, und da ich Ihre Trüffel selbst bereits gekostet habe, weiß ich, dass sie hervorragend sind.« Sein Lächeln wurde breiter. »Lassen Sie die Sachen hier. Haben Sie eine Karte oder etwas anderes mit Ihrer Telefonnummer darauf?«

»Ja.« Sie nahm eine Visitenkarte aus ihrer Handtasche und überreichte sie ihm. »Danke, dass Sie sich meinen Vorschlag angehört haben. Falls Sie oder Helen weitere Informationen benötigen oder noch einmal detaillierter darüber sprechen möchten, lassen Sie es mich wissen.«

»Wir werden uns bald bei Ihnen melden.«

»Danke.« Sie trank ihren Kaffee aus, dann standen sie beide auf und schüttelten sich noch einmal die Hand.

»Oh, und grüßen Sie bitte Ihre Mitarbeiterin von mir – die dunkelhaarige junge Dame. Ich weiß ihren Namen nicht.«

Emma hätte schwören können, dass Adam leicht errötete.

»Holly.«

»Ah, Holly. Okay. Danke.«

»Werde ich ausrichten. Ich bedanke mich für Ihre Zeit heute Morgen und den Kaffee.«

»Gern geschehen. Ich finde es wichtig, dass die Unternehmen im Ort sich gegenseitig unterstützen. Würden Sie denn auch Flyer von uns in Ihrem Laden auslegen, da wir gerade davon sprechen?« Er nahm einen Stapel von einem Beistelltisch.

»Das ist überhaupt kein Problem. Selbstverständlich.«

Emma wandte sich zum Gehen. Das Hotel machte einen reizenden Eindruck – komfortabel, freundlich, groß und hell. Perfekt für einen Urlaub an der See. Sehr gern würde sie dafür Broschüren auf ihrem Tresen auslegen. Draußen empfing sie kalte Luft, und sie hatte weiche Knie.

Sie hatte ihr Bestes gegeben. Jetzt konnte sie nur noch abwarten.

12. Kapitel

Was für eine Woche! Die Vorbereitungen für den Valentinstag, der Besuch des Vermieters, das Verkaufsgespräch im Hotel. Außerdem hatte Emma ununterbrochen an der Herstellung von Schokoladenherzen gearbeitet – dunkle Schokolade mit Pfefferminzsplittern und weiße Schokolade mit winzigen Erdbeerstückchen –, verschiedene Trüffel kreiert, Irish Cream und Champagnerfüllungen vorbereitet und Karamelltüten sowie ihre neuen »Minihutschachteln« aus Schokolade mit einer himmlischen Trüffelfüllung fertiggestellt. Die waren sehr hübsch und inzwischen ausgesprochen beliebt.

Und ja! Adam hatte sie gestern angerufen, um ihr mitzuteilen, dass die Managerin von den Schokoladenproben und der Idee begeistert war. Sie wollten es für den Anfang mit fünfzig Päckchen versuchen, und zwar zum Valentinstag, das sei ein guter Start, wenn Emma es bis dahin schaffen würde. Also arbeitete sie bis spät in die Nacht.

Emmas Hände taten weh vom Temperieren der vielen Schokolade, die sie benötigte – natürlich besaß sie ein Gerät, das ihr eine großartige Hilfe war, aber sie brauchte solche Mengen, dass sie zusätzlich per Hand temperierte. Auch ihre Finger schmerzten von der komplexen Arbeit – der Handhabung des Spritzbeutels, dem Füllen, dem Mixen... Sogar ihre Füße waren schwer wie Blei vom vielen Hin- und Herrennen. Letzte Nacht hatte sie noch ein üppiges Schaumbad genommen, obwohl es schon nach Mitternacht war. Sie hatte den letzten Schwung Teig fertiggestellt und sich für eine ganze Stunde in die Badewanne gelegt, bis das Wasser kalt war. Trotzdem war sie um sechs Uhr wieder aufgestanden, denn morgen war Valentinstag. Da die Hälfte ihrer »Hutschachteln« bereits verkauft war, musste sie am Morgen noch weitere davon herstellen, um für den großen Tag ausgestattet zu sein. Das alles war harte Arbeit, aber auch schön zu sehen, wie die Leute in den Laden kamen, um ihr ganz persönliches Geschenk für diesen besonderen Tag zu kaufen: von zwölfjährigen Jungen bis hin zu älteren Gentlemen, Frauen und kleinen Mädchen, die etwas für Daddy kaufen wollten. Ein stetiger Strom von Kunden, die auf der Suche nach *der* Idee waren und manchmal einfach nur ein wenig Inspiration brauchten. Es machte Emma Spaß, die aktuellen Favoriten oder eine neue Geschmacksrichtung zu empfehlen. Es war eine wundervolle Vorstellung, dass ihre Schokoladenkreationen zu Geschenken wurden und hoffentlich jemanden glücklich machten. Das gehörte zu den besten Dingen an der Arbeit einer Chocolatière.

Gestern Nachmittag hatte Holly ihr geholfen, da Sonntag war, und sie würde auch heute direkt vom Schulbus hierherkommen, dem Himmel sei Dank. Es war schwer, Schokolade herzustellen und gleichzeitig zu verkaufen. Sollte Emma noch weitere Herzen und Pralinen in letzter Sekunde herstellen müssen, würde sie das mit Hollys Hilfe hinbekommen. Oder falls es einen Ansturm von Kunden gab, sie hielt die Daumen gedrückt, konnten wenigstens zwei hinterm Tresen bedienen.

Zusammen mit der Hotelbestellung – hoffentlich der ersten von vielen – hatten die Verkäufe dieser Woche dankenswerterweise den Umsatz erhöht. Sie hatte nun die Summe für die gestiegene Miete fast zusammen. Hurra! Also würde sie heute Abend diesen Brief schreiben, sobald der Laden geschlossen war, und ihn gleich morgen früh an den Vermieter schicken.

Natürlich gingen ihre Vorräte jetzt zur Neige, weshalb sie eine weitere Onlinebestellung für qualitativ hochwertige belgische Schokolade aufgeben musste, die sie als Basis für sämtliche Kreationen brauchte. Momentan konnte sie ihre Rechnungen bezahlen, doch es würde weiterhin schwierig bleiben, alle Kosten unter einen Hut zu bekommen. Selbst die Erfüllung eines kleinen Luxusbedürfnisses oder auch des einen oder anderen Grundbedürfnisses war meistens nicht möglich. Sie konnte sich nicht einmal daran erinnern, wann sie sich zuletzt neue Kleidung gekauft hatte. Allerdings musste sie sich auch nicht auf glamourösen Anlässen blicken lassen. Der Strand für Spaziergänge mit Alfie, ihr Haus, ihre Küche und der Laden waren ihre hauptsächlichen Aufenthaltsorte. Zur Arbeit trug sie stets eine schwarze Schürze (um die unvermeidbaren Schokoflecken zu kaschieren), kombiniert mit einer schwarzen Hose sowie einem schlichten weißen T-Shirt. Was sie darunter trug, war egal, Hauptsache, sauber.

Die Zeit bis um fünf verging rasend schnell. Es war ein weiterer hektischer Tag gewesen, mit einem Ansturm während der Mittagszeit. Gegen halb drei hatte Emma von ihrem Pausenbrot abbeißen und einen Schluck Kaffee trinken können. Das war ihr Lunch. Sie liebte guten Kaffee, und wenn sie Zeit hatte, mahlte sie die Bohnen selbst. Das gehörte zu den wenigen Dingen, für die sie etwas mehr Geld ausgab – eine wirklich gute Tasse Kaffee aus ihrer Stempelkanne munterte sie auf, besonders an hektischen Tagen wie diesem. Entsprechende Erleichterung hatte es ihr verschafft, als Holly vor etwa einer Stunde aufgetaucht war.

Die Türglocke bimmelte erneut, und herein kam der junge Mann aus dem Hotel. Er schaute auf seine Uhr. »Tut mir leid, wollten Sie gerade schließen?«

»Oh, hallo Adam. Nein, Sie kommen noch rechtzeitig. Wir haben heute länger geöffnet, weil morgen doch Valentinstag ist.« Emma lächelte.

Sie spürte, wie die Temperatur im Raum anstieg. Holly errötete neben ihr.

»Wie geht es mit der Hotelbestellung voran?«, erkundigte er sich und schien sich ein wenig unbehaglich zu fühlen.

»Oh, Sie brauchen die Minipäckchen für das Hotel noch nicht heute, oder?« Emmas Herz begann zu rasen. Sie war sich sicher, dass sie »für den Valentinstag« gesagt hatten, weshalb Emma die Schokolade auch bis morgen fertig bekommen und gleich morgen früh als Erstes liefern wollte. Jetzt wurde sie nervös – sie konnte es sich nicht leisten, schon in diesem frühen Stadium etwas zu vermasseln.

»Oh, nein, morgen ist bestens. Helen sagte ja für den Valentinstag.«

»Wie können wir Ihnen dann heute helfen?«, fragte Emma gut gelaunt und erleichtert, während sie sich aus dem Bereich des Tresens ein Stück wegbewegte. »Holly, würdest du bitte hier weitermachen? Ich muss einen neuen Schwung dunkler Schokoladenherzen zubereiten.«

»Selbstverständlich … was hätten Sie denn gern? Das Übliche? Coffee Creams und Orange Creams?«

»Äh, ja, bitte …«

Emma hörte unweigerlich mit, während sie sich langsam zur Durchgangstür bewegte. Adam klang unsicher, als sei Schokolade keineswegs der Grund, weshalb er hier war. Neugierig blieb sie im Türrahmen stehen.

Holly holte die schon vorbereitete Schachtel hervor, von jeder Geschmacksrichtung vier, wie üblich. Sie packte die Schachtel ein, band die violette Schleife darum, wog das kleine Kunstwerk und zeichnete es mit dem Preis aus, der sich auf die gewohnten fünf Pfund zwanzig belief.

»Ähm …« Er schien sich unbehaglich zu fühlen. »Ich hätte gern noch etwas. Eine andere Geschenkschachtel, so eine wie diese, nur etwas größer.«

Emma konnte sich gut vorstellen, wie Holly in diesem Moment der Mut verließ, obwohl sie sich Mühe gab, sich nichts anmerken zu lassen.

»Und was hätten Sie gern in dieser Schachtel? Trüffel und Ganache vom Tresen vielleicht?«

»Ja, eine Auswahl bitte. Ich bin mir nicht sicher, welche – welche würden *Sie* denn empfehlen?«

»Na ja, ich liebe diese Baileys-Trüffel, also definitiv ein paar von denen. Dann hat Emma gerade eine neue Füllung aus Passionsfrucht kreiert, die könnten Sie ausprobieren. Die Erdbeer- und weiße Schokolade ist auch sehr gut, genau wie die Haselnusspralinen.«

»Noch mehr Favoriten?«, hakte er nach.

»Da wären die gesalzenen Karamelltrüffel, die sollten Sie sich nicht entgehen lassen. Die sind wirklich köstlich.«

»Dann nehme ich zwei.«

Holly hatte jetzt alle zwölf Fächer der Geschenkschachtel gefüllt. »Fertig?«

»Ja, das ist gut so. Danke.«

»Welches Geschenkpapier?«, erkundigte Holly sich und schaffte es, weiterhin fröhlich zu klingen.

»Die Entscheidung überlasse ich Ihnen.«

Holly wählte eine hellrosa Schleife, die sie geschickt um das Geschenk band.

Emma lauschte nun regelrecht hinter der Tür. Holly war ihr wirklich eine Hilfe, obwohl sie innerlich ziemlich leiden musste. Man sah die Anspannung in ihren Bewegungen, in ihren Fingern, und doch gelang es ihr irgendwie, die Schleife in das Geschenkband zu bekommen.

»Gut, zusammen macht das dann zwölf Pfund fünfzig, bitte.«

Sie legte die Schachteln in eine der weißen Papiertüten des Ladens.

Der junge Mann bezahlte, und schenkte Holly ein Lächeln, das sie wehmütig erwiderte.

»Dann auf Wiedersehen«, sagte sie.

»Danke. Wiedersehen.« Er nickt noch einmal und drehte sich dann um.

Nachdem sich die Tür hinter ihm geschlossen hatte, hörte Em ihre Mitarbeiterin einen langen tiefen Seufzer ausstoßen. Em schaute um die Ecke und sah, wie Holly den Kopf hängen ließ und sich eine Träne aus dem Augenwinkel wischte. »Das Leben ist einfach nicht fair.«

Emma ging zu ihr und nahm sie in den Arm.

13. Kapitel

Der große Tag war gekommen: Es war Valentinstag, und Emma war schon vor dem Weckerklingeln um sechs Uhr wach geworden.

Luke hätte ihr jetzt Blumen gebracht und sie zum Essen eingeladen. Ihnen waren nur fünf Valentinstage vergönnt gewesen, wo sie doch ein ganzes Leben davon hätten haben sollen. Erst zwei Monate bevor es passierte, hatten sie sich verlobt. Sie waren so voller Hoffnung gewesen. Dann war ihnen die Zukunft genommen worden: alle gemeinsamen Weihnachtsfeste, Hochzeitstage, der Tag ihrer Heirat, ihre Kinder ... Enkelkinder.

Es tat immer noch weh, hin und wieder. Die Jahre schienen den Schmerz nicht zu lindern, sie dehnten nur die Zeiträume, in denen es Emma durchfuhr. Sie schaltete die Lampe ein. Im Februar war es morgens um diese Zeit noch dunkel, und sie betrachtete Lukes Foto neben ihrem Bett.

Na schön, Zeit zum Aufstehen. Ein Schwung gesalzenes Karamell musste noch zubereitet werden. Komm schon, Em, letzte große Anstrengung, du schaffst das, redete sie sich selbst gut zu und hob ihre müden Glieder von der bequemen Matratze.

Zuerst ließ sie Alfie hinaus in den Garten und fütterte ihn in der kleinen Küche im oberen Bereich. Em nahm sich eine Scheibe Vollkorntoast, Butter und einen großen Becher Tee. Ihre übliche morgendliche Aufwachroutine.

Dann ging sie hinunter in die Hauptküche im hinteren Teil des Ladens, wusch ihre Hände, streifte sich dünne Hygienehandschuhe über, legte ein Edelstahlblech auf die Arbeitsfläche und bereitete Schokostücke fertig zum Schmelzen in einer Schüssel vor. Heute sollte es die dunkle Schokolade mit siebzig Prozent Kakaoanteil sein, daneben legte sie die dazugehörigen Förmchen. Vom Küchenfenster aus sah man den Hof aus Gehwegplatten, mit einer hohen Steinmauer drum herum. Emma hatte dort Töpfe mit Kräutern und Narzissen bepflanzt, in denen bis jetzt nur ein Hauch von Grün hervorlugte. Im Sommer gab es farbenprächtige Geranien und Petunien, doch momentan wirkte der Hof ziemlich kahl. Im schwachen Licht der Morgendämmerung saß ein Rotkehlchen an der Tränke und sang fröhlich. Die früh blühende Klematis, die sich an der einen Mauer hochrankte, würde bald austreiben, mit vielen hellrosa Blüten. Möge der März samt Frühling endlich kommen!

Emma schaltete das Radio ein und lauschte der Musik und dem Plaudern von Radio 2. Chris Evans und die Gang leisteten ihr Gesellschaft bis 8:30 Uhr, dann ging sie mit Alfie unten am Strand spazieren, eine kurze Belohnung, bevor der lange Tag richtig losging.

Die frische salzige Seeluft machte sie munter. Schaumgekrönte Wellen brandeten ans Ufer. Emma fand es beruhigend hier. Sie liebte den langen Bogen, den die Bucht bildete, das sich ständig ändernde Licht und die Farben aus den unterschiedlichsten Blau-, Grau- und Ockertönen. Sie bewunderte das rosige Licht des Sonnenauf- oder -untergangs, je nachdem, um welche Tages- oder Jahreszeit sie hier war. Alfie genoss seinen Auslauf heute Morgen und rannte zum Abschluss freudig im Kreis um sie herum.

»Na schön, lass uns zurückgehen, Alfie. Ich habe einen langen Tag vor mir.«

Als sie zurück war, machte sie die Hotelbestellung fertig und versiegelte die Unterseiten der Himbeer-Ganaches mit Schokolade. Sie arbeitete wie am Fließband. Als Nächstes musste sie die kleinen goldenen Schachteln falten und mit einem blauen

Band verzieren. Es gelang ihr, alle vor der Öffnung ihres Ladens um zehn Uhr auszuliefern. *Puh, geschafft!* Nun begann ihr offizieller Arbeitstag.

Die ersten Kunden warteten bereits vor der Tür. Außerdem kamen telefonische Bestellungen herein, sodass Emma den ganzen Tag gleichmäßig viel zu tun hatte. Um die Mittagszeit herum sahen ihre Regale schon ziemlich geleert aus, da auch an den letzten beiden Tagen viel Betrieb geherrscht hatte. Aber das war gut für ihre Finanzen, jedoch nicht für ihre Füße!

Am Nachmittag unterdrückte sie ein Gähnen. Es war erst halb vier, also hatte sie noch mindestens zwei Stunden vor sich. Ihr früher Start – genau genommen eine ganze Woche frühen Aufstehens und später Feierabende – holte sie nun ein. Eine kurze Flaute im Laden ließ sie ihre Erschöpfung spüren.

Sie bediente gerade einen Gentleman um die Fünfzig, den sie als regelmäßigen Besucher der kleinen Ortschaft erkannte. Er erzählte, wie sehr seine Frau Emmas Schokolade liebte. Er habe deshalb extra einen Abstecher auf dem Rückweg von Edinburgh, wo er für ein paar Tage beruflich zu tun gehabt hatte, gemacht, um ihr am Valentinstag eine Schachtel mitzubringen. *Oh, wie süß.*

Ein paar Minuten später kündigte die Türglocke eine weitere Person an, und Holly kam hereingerauscht. Sie wollte Emma nach der Schule wieder helfen.

»Hi, Em!«

»Hallo Holly. Schön, dich zu sehen. Es war viel los hier.«

»Ja, der große Tag! Alles Gute zum Valentinstag.«

»Danke! Hast du eine Überraschung bekommen? Karten von heimlichen Bewunderern oder so etwas?«, fragte Emma ihre Mitarbeiterin.

»Traurigerweise nicht, aber es ist ja noch Zeit. Ich darf mir also noch Hoffnung machen.« Sie lachte. »Und du? Keine Karten?«

»Ach komm schon, Holly, sei nicht dumm.«

»Nicht mal vom Malteser-Mann?«

Emma hatte ihr von dem desaströsen Date erzählt, um sie aufzuheitern.

»Ha, eine Karte von dem würde ich wohl verbrennen.«

Du liebe Zeit, gar nicht auszudenken, wenn der ihr einen Überraschungsbesuch abstatten würde, noch dazu mit einem Geschenk zum Valentinstag – vielleicht einer Tüte Fummel-Malteser? Wow, was für ein Albtraum!

»Ich glaube, ich koche uns mal einen Kaffee, Holly. Ich habe gerade ein wenig geschwächelt. Der bringt uns vielleicht wieder auf Trab.«

»Gute Idee. Würde es dir große Umstände machen, wenn ich stattdessen lieber eine heiße Schokolade nehme? Die liebe ich.«

»Klar, kein Problem. Die hast du dir verdient, weil du mir in dieser Woche so oft geholfen hast. Ich mache sie dir mit Sahnehäubchen und Minimarshmallows.« Ihr fiel ein, dass noch welche übrig waren von der Zubereitung der Rocky-Road-Schokoriegel.

»Oh wow, das wäre natürlich köstlich!«

Emma wandte sich zum Gehen, als Holly erschrocken zur Tür sah. Die Glocke klingelte, und herein kam der junge Mann vom Hotel.

»Hallo«, begrüßte Holly ihn zögernd von ihrem Platz hinter dem Verkaufstresen aus.

»Hi.«

»Ich gehe mal und mache unsere Getränke«, verkündete Emma laut, damit die beiden ungestört waren. Sie hatte gesehen, was Adam bei sich trug, und lächelte hoffnungsvoll vor sich hin. Aber dann blieb sie doch im Türrahmen stehen, um zu lauschen.

Adam stand am anderen Ende des Tresens und wirkte verlegen.

Em konnte fast spüren, wie Holly den Atem anhielt.

»Äh ... die sind für Sie«, sagte er leise.

»Oh, wie reizend!« Hollys Stimme bebte leicht. Mit ihren gerade siebzehn Jahren hatte ihr noch nie jemand Blumen geschenkt.

Im Flur reckte Emma triumphierend die Faust. Ihr Instinkt hatte recht behalten.

Vorn im Laden überreichte der junge Mann Holly einen riesigen Strauß wunderschöner pinkfarbener und weißer Blumen – Rosen, Nelken und Lilien, gehalten von einer breiten pinkfarbenen Schleife. Er hatte exakt die Farbe gewählt, die Holly gestern für die Schachtel mit der Schokoladenauswahl ausgesucht hatte.

»Oh, und die hier natürlich.« Und genau diese Schachtel Pralinen und Trüffel überreichte er ihr grinsend. »Die werden Sie bestimmt mögen, weil Sie die ja selbst ausgesucht haben.«

Holly schien sprachlos zu sein. Doch auf ihrem Gesicht war ebenfalls ein breites Grinsen zu sehen. Dann wich das Lächeln einer besorgten Miene. »Aber die andere Schokolade ... jede Woche. Für wen ...« Sie klang, als wage sie kaum zu fragen.

»Ach ja, richtig. Die kaufe ich für meine Großmutter.«

»Ihre Großmutter?«

»Ja, ich wohne bei ihr, seit ich diesen neuen Job habe. Eine eigene Wohnung hätte ich mir nicht leisten können, ich bin ja noch in der Ausbildung. Und Gran wohnt nicht weit weg, in Seahouses. Sie hat mir ihr Gästezimmer überlassen, und die Schokolade ist eine Art Dankeschön.«

»Oh, ich verstehe.« All die Wochen hindurch hatte sie geglaubt, er sei mit jemandem zusammen. Holly konnte es kaum glauben.

Emma stand noch immer unsichtbar im Flur zur Küche und lauschte. *Ah, das ist so wundervoll.*

»Vielen, vielen Dank.« Holly klang, als müsste sie schlucken.

»Und …«, begann er, machte jedoch eine kurze nervöse Pause. »Ich habe mich gefragt, ob Sie vielleicht mit mir ausgehen wollen, irgendwann. Vielleicht auf einen Kaffee oder einen Tee im Hotel? Oh, ich heiße übrigens Adam.«

Ja, das hatte Emma erzählt. »Ich bin Holly.«

Emma konnte sich nicht länger beherrschen und spähte um die Ecke. Holly legte vorsichtig den Blumenstrauß auf den Tresen, um Adam die Hand zu schütteln.

»Ich glaube«, sagte Holly und beugte sich über Tresen und Blumenstrauß, »ich muss das machen.« Und mit diesen Worten gab sie ihm einen Kuss auf die Wange, was ihn prompt erröten ließ.

»Danke für die Blumen und die Schokolade. Und ja, ich würde gern im Hotel vorbeikommen.«

»Großartig!« Er schien sich zu entspannen. »Dann vielleicht also diese Woche? Wann passt es denn am besten? Ich habe mittwochs immer frei.«

»Oh, ich gehe noch zur Schule. Abschlussklasse«, fügte sie rasch hinzu. »Aber gegen vier bin ich zurück, also wie wäre es um die Uhrzeit?«

»Das passt gut. Komm doch Mittwoch um Viertel vor vier ins Hotel und gehe in die Lounge. Wir könnten Nachmittagstee trinken. Magst du das?«

»Oh ja. Klingt wundervoll. Ups, warte mal.« Es entstand ein Moment der Panik, da ihr einfiel, dass sie dann immer noch in Schuluniform sein würde. »Ich werde fünf Minuten länger brauchen.« Sie warf Emma einen Blick zu, die jetzt wieder sichtbar im inneren Türrahmen stand. »Ich muss mich noch umziehen.« Holly formte diese Worte lautlos in Emmas Richtung. »Kann ich das hier machen?«

Emma nickte. »Natürlich.«

»Sagen wir gegen fünf vor vier.«

»Perfekt, Mittwoch, fünf vor vier«, bestätigte Adam.

»Das ist großartig.«

»Fantastisch.«

»Wunderbar.«

Beide standen da, keiner rührte sich vom Fleck, und sie grinsten, als könnten sie es nicht ganz glauben.

»Dann gehe ich jetzt mal besser.«

»Jap.«

»Bis bald.«

»Bis Mittwoch.«

»Danke für die Blumen … und alles.«

»Gern geschehen.«

Adam verließ den Laden mit einem breiten Grinsen im Gesicht und einem Blick zurück zu Holly.

Sobald er außer Sicht war, sprang Holly auf und ab. »Oh wow! Ich habe ein Date.« Hüpf, hüpf, hüpf. »Mit Adam.« Hüpf, hüpf, hüpf.

»Mann, das ist ja, als hätte Tigger von deinem Körper Besitz ergriffen!« Emma lachte. »Pass auf, sonst stößt du noch die Regale um und ruinierst meine Schokoladen. Hey, mal ehrlich, ich finde es wundervoll, Holly.« *Endlich*. »Siehst du, du solltest eben auf deine Tante Emma hören.«

»Seine *Großmutter*.« Holly grinste. »Es ging die ganze Zeit nur um seine Großmutter.«

Die beiden Frauen kicherten noch, als ein neuer Kunde den Laden betrat. Noch jemand, dem sie dabei helfen konnten, dass Valentinsträume wahr wurden. In Zeiten wie diesen schlug Emmas Herz höher. Es war, als strahle der Chocolate Shop tatsächlich etwas Magisches aus. Kein Wunder also, dass ihr der Laden so wichtig war.

14. Kapitel

Es war nass und stürmisch am nächsten Morgen. Emma hatte die ganze Nacht den Wind an den Dachrinnen und -ziegeln rütteln und den Regen gegen ihre Schlafzimmerscheibe prasseln gehört.

Wenigstens gab es heute kein Weckerklingeln um sechs in der Früh. Im Zimmer war es noch dunkel, und sie hatte keine Ahnung, wie spät es war, daher schaltete sie die Nachttischlampe an. Viertel nach acht. Sie hatte lange geschlafen, aber ein paar Minuten waren trotzdem noch drin. Heute war keine Eile, aber sie würde Alfie bald hinauslassen müssen, sonst würde er sich einen Knoten in die Beine machen.

Sie hatte schon beschlossen, dass sie den Laden heute nicht aufmachen würde. Nachdem der Valentinstag vorbei war, würde ein nasser Mittwoch im Februar keine Massen anziehen. Außerdem konnte sie die nächsten paar Tage nutzen, um Vorräte zu produzieren. Zum ersten Mal seit einer ganzen Weile konnte sie sich tatsächlich entspannen, ein Buch lesen, sich etwas im Fernsehen anschauen.

Allerdings würde sie irgendwann mit Alfie Gassi gehen müssen. Sie hoffte, es würde trockener werden, aber vielleicht würde ein Spaziergang am stürmischen Strand ihr guttun. Alfie machte es ohnehin nichts aus: Als Spaniel mochte er Wasser. Im Meer zu schwimmen, sich in matschigen Pfützen zu wälzen und Regenspaziergänge zu unternehmen machte ihn immer glücklich.

Emma dachte an gestern, an die herzerwärmende Szene im Laden zwischen Holly und Adam. Sie hoffte, ihr Treffen zum

Nachmittagstee verlief gut. Ihr Gefühl sagte ihr, dass es so sein würde – Adam schien ein netter Kerl zu sein. Ach, diese Hoffnung und Aufregung junger Liebe. Sie freute sich sehr für die beiden.

Emma kuschelte sich noch eine Weile unter die Decke, dachte an erste und verlorene Lieben, grübelte sich aber nicht fest. Sie musste im Hier und Jetzt bleiben und das Beste aus jedem Tag machen. Sie durfte das Leben, das sie hatte, nicht vergeuden.

Später, gekleidet in Regenmantel, Hose, Gummistiefel, Mütze, Schal und Handschuhe, sagte sie sich das erneut. Sie mochte es wirklich nicht, bei diesem Wetter hinauszugehen – es regnete unablässig. Aber Alfie wedelte mit dem Schwanz und bellte, sobald er die Leine sah.

»Na komm, Junge. Los geht's.«

Sie gingen den Hügel zum Hafen hinunter. Emma konnte die Wellen gegen die Kaimauer schwappen und weiße Gischt hochschleudern sehen. Die Boote schaukelten, waren aber fest mit dicken Seilen vertäut. Hoffentlich war heute Abend keines der Boote draußen auf dem Meer. Es war kein geeignetes Wetter, um irgendwo dort draußen zu sein.

Außer ihr war niemand unterwegs. Vernünftigerweise blieben alle daheim oder planten, sich später vor dem Kaminfeuer zu einem behaglichen Abendessen im Fisherman's Arms einzufinden. Emma hatte seit Ewigkeiten nicht mehr richtig gekocht, weil sie dauernd damit beschäftigt war, Schokolade herzustellen. Am Wochenende wollte sie sich mal ein gebratenes Huhn gönnen, aber sie aß nicht gern allein und hatte auch keine Lust, für sich allein diesen Aufwand zu betreiben. Vielleicht würde sie James und seine Familie am Sonntag einladen, das wäre doch ganz nett. Ein Strandspaziergang mit der Familie, hoffentlich bei besserem Wetter als diesem, und anschließend bei Emma zu Hause einen Sonntagsbraten. Sie würde ihn anrufen, sobald sie zurück war.

Emma ging die Straße entlang Richtung Dünen und ließ Alfie vorauslaufen. Dann folgten sie dem sandigen Pfad mit dem piksigen Dünengras und erreichten kurz darauf den Strand. Die Wellen türmten sich wild und dramatisch, ihre Wucht war immens. Emma blieb oben auf dem Strand, dicht unter den Dünen, denn sie wollte nicht, dass Alfie zu nah an die tosende Brandung kam. Allerdings schien er ein Gespür für die Gefahr zu haben und hielt entsprechenden Abstand. Es war faszinierend, die schaumgekrönten Wellen zu beobachten und den tosenden Lärm zu hören – wie heftiger Donner. Vom Regen gepeitscht gingen sie ungefähr fünfzehn Minuten, ehe sie sich durch die Dünen auf den Rückweg machten. Das Dünengras streifte ihre Hose über den Stiefeln und ließ sie nass werden.

Ein anderer Hundebesitzer war jetzt mit seinem Labrador unterwegs, ein Mann mittleren Alters, den sie schon häufiger am Strand gesehen hatte. Die einzige Person, die ihr innerhalb der letzten zwanzig Minuten begegnet war. Sie nickten einander stoisch zu, wie Hundebesitzer es draußen im Regen so tun, und wieder einmal ging Emma den Hügel hinauf. Ein paar Möwen trotzten den Elementen über dem Hafen und hielten sich in der Luft, bis auch sie sich geschlagen gaben und auf dem Mast eines Fischerbootes landeten. Es war kein Tag, um lange unterwegs zu sein.

Emma war froh, als sie die Tür aufschloss und wieder ins Warme kam, wo sie ihre nassen Sachen ausziehen konnte. Jacke und Hose hängte sie an die Garderobe neben dem Heizkörper, dann ging sie nach oben, wo sie Alfie mit einem Handtuch abtrocknete. Sie mochte es nicht, wenn er sich unten in der Nähe des Ladens schüttelte, da er damit sicherlich gegen die Hygiene- und Gesundheitsvorschriften verstieß.

Bald darauf hatten sie es sich vor dem Kamin gemütlich gemacht. Emma hatte nicht vor, heute noch einmal nach draußen zu gehen. Vielleicht würde sie ihre Mutter und ihren Vater anrufen, um ein bisschen zu plaudern. Anschließend wollte sie James telefonisch zum Sonntagsessen einladen – vielleicht wollten ihre Eltern ja auch kommen. Oh ja, und sie würde ein Buch lesen, vielleicht einen guten Film auf Netflix finden. Perfekt. Plötzlich merkte sie, wie müde sie eigentlich war. Die Vorbereitungen für den Valentinstag waren hektisch gewesen, und ihr tat alles weh. All das Rühren, Falten und Verpacken hatte sie körperlich sehr gefordert, besonders angesichts der vielen Wiederholungen. Wenn sie nicht aufpasste, würde sie noch Armmuskeln wie Popeye bekommen!

Später machte sie es sich mit Alfie und einer romantischen Komödie auf dem Sofa gemütlich. Gegen vier Uhr nachmittags war es bereits dunkel – wegen der bleigrauen Sturmwolken war es den ganzen Tag nicht richtig hell geworden. In ihrem kleinen, nach vorn liegenden Zimmer schien es besonders still zu sein, und nachdem der Abspann des Films lief, spürte sie das Verlangen nach Gesellschaft, nach jemandem zum Plaudern. Sie würde Bev anrufen und sich erkundigen, ob Pete gestern eine romantische Überraschung für sie gehabt hatte. Ja, sie könnten ein bisschen schnacken.

Das Freizeichen ertönte, aber ihre Freundin meldete sich nicht an ihrem Handy.

Em streichelte Alfies Kopf und fühlte sich neben der Spur. Endlich hatte sie die Gelegenheit, einmal zu entspannen, und nun wusste sie nicht recht etwas mit sich anzufangen. Sie wählte erneut das Netflix-Menü auf dem Fernseher an. Ein Abend daheim, mit einer Dose Tomatensuppe für eine Person, rief nach ihr.

Der Mann fuhr die Main Street von Warkton-by-the-Sea entlang.

Da war sie also, »Die Chocolaterie am Meer« – ein hübsch aussehender kleiner Laden in einem Wohnhaus. Ja, das passte zu ihr. Er verspürte ein eigenartiges Gefühl im Bauch, als er langsam daran vorbeifuhr und einen Blick auf die Schokoladen und das Konfekt erhaschte. Allerdings konnte er niemanden im Laden erkennen.

Was tat er hier? Er wusste selbst nicht genau, was ihn dazu veranlasst hatte, heute hierher zu fahren. Das Bedürfnis, mal rauszukommen. Er sollte nicht hier sein.

Am Fuß des Hügels verlangsamte er die Fahrt, hielt mit dem Jeep am Hafen, stellte den Motor aus und beobachtete die schaukelnden Boote und vorbeischlendernden Leute.

Manchmal war es einfach das Richtige zur falschen Zeit. Das hier hatte sich so richtig angefühlt. Ohne dass er den Grund dafür hätte benennen können. Sein Instinkt hatte ihn hergeführt ... obwohl er eigentlich zurückmusste, um die Dinge mit Siobhan und ihrer Familie zu klären.

Er seufzte, warf den Motor wieder an und wendete. Ein weiteres Mal kam er an dem Laden vorbei. Wenigstens war sie noch hier. Vermutlich. Sie konnte ihren Laden ja inzwischen verkauft haben. Er könnte anhalten, herausfinden, ob sie da war und hallo sagen. Aber verdammt noch mal, momentan war alles ein viel zu großes Durcheinander; es gab zu viele ungeklärte Angelegenheiten. Er trat aufs Gaspedal und fuhr vorbei.

Emma hatte sich gestern gut erholt und war gerade dabei, Stan und Hilda zu bedienen. Die freundlichen Pensionäre waren Stammgäste. Aus irgendeinem Grund schaute sie auf und erschrak.

Nein, oder? Sie glaubte, einen grauen Jeep-ähnlichen Wagen vorbeifahren gesehen zu haben.

Konnte das sein?

Doch es ging alles zu schnell, und er war schon weitergefahren. Sie hatte nicht einmal die Chance gehabt, auf den Fahrer zu achten. Mal ernsthaft, tadelte sie sich im Stillen, wie viele graue

Pick-ups oder Jeeps gab es hier in der Gegend? Es mussten Hunderte sein. *Reiß dich mal zusammen, Herrgott!*

Manchmal begegnete man jemandem aus heiterem Himmel, redete ein bisschen und küsste sich möglicherweise sogar. Nur hieß das nicht gleich, dass es von Bedeutung sein musste oder man die Person jemals wiedersah. Solche Leute berührten dein Leben nur ganz kurz, aber sie wurden nicht gleich ein Teil davon. Emma seufzte leise.

»Verzeihung, Stan, ich war einen Moment in Gedanken. Ich hole sofort deine Pfefferminzschokolade. Ich habe gerade eine ganze Ladung frisch zubereitet.«

»Das ist schon in Ordnung, meine Liebe. Wir haben es nicht eilig, oder, Hilda?«

»Überhaupt nicht, Schatz.«

Emma suchte ihre Bestellung zusammen, plauderte noch ein wenig und verabschiedete die beiden mit einem Lächeln. Was für ein reizendes älteres Paar.

Albernes Weib, dass du dir eingebildet hast, er könnte es sein! Emma ärgerte sich über sich selbst, trat aber trotzdem ans Fenster und schaute zur Sicherheit noch einmal auf die Straße. Sie wusste, dass sie sich an einen Strohhalm klammerte. Manchmal erwischte man den Falschen, dann fiel der ganze Stapel zusammen. Oder man pflückte einen heraus – und nichts passierte. Sicher war es das Beste, wenn nichts passierte, oder?

15. Kapitel

Am darauffolgenden Mittwoch sah Emma den Schulbus den Hügel hinauffahren.

Sie wusste, was gleich passieren würde. Zwei Minuten später rauschte Holly aufgeregt herein.

»Du liebe Zeit, mir bleiben nur fünf Minuten, um mich fertigzumachen.« Offenbar war sie von der Bushaltestelle am Hafen hierhergerannt. »Also, wie findest du die?« Sie fing an, Kleidungsstücke aus ihrem Schulrucksack zu ziehen und präsentierte eine weiße Jeans mit einer tiefrosa Bluse und einer Jeansjacke.

»Hübsch. Gefällt mir.«

»Oder ...« Holly angelte ein knielanges dunkelblaues Kleid mit rotem Blumenmuster heraus.

»Oh ja. Das Kleid. Das ist richtig hübsch und genau das Richtige zum Nachmittagstee. Und die Schuhe?«

»Knöchelhohe Stiefel – ich hatte keinen Platz, um noch mehr mitzuschleppen. Aber dafür habe ich eine dunkle Strumpfhose, damit es nicht blöd und irgendwie nach Sommer aussieht.«

»Okay, das wird gut aussehen. Gib mir das Kleid, dann bügle ich es schnell für dich.«

Holly war skeptisch. »Habe ich noch Zeit genug?«

»Natürlich. Es war den ganzen Tag in diesen Rucksack gestopft. Ich brauche bloß fünf Minuten. Na los, gib her. Du ziehst inzwischen dein Schulzeug aus und die Strumpfhose an. Das Kleid ist ruckzuck fertig. Wir rufen einfach, falls jemand in den Laden kommt. Die können getrost eine oder zwei Minuten warten.«

Emma sauste nach oben und hatte das Kleid schnell gebügelt. Unten fand sie Holly in Unterwäsche.

»Alles bereit für Sie, Ma'am.«

»Danke, Em. Als hätte ich eine zweite Mum.«

»Gern geschehen.«

»Oje, ich bin so was von nervös. Mir ist ganz übel. Ich habe keine Ahnung, wie ich Tee und Kuchen herunterbekommen soll.« Holly ließ das Kleid an ihren Schultern hinabgleiten.

»Du kriegst das schon hin. Sobald du da bist, wird deine Nervosität verschwinden.«

»Aber was sage ich denn nur? Wie mache ich Konversation?«

»Holly, hier redest du doch auch ununterbrochen. Ich bin sicher, du bekommst das schon hin.«

»Ja, aber wenn ich nervös bin, kriege ich entweder kein Wort heraus, oder ich plappere wild drauflos und gebe dummes Zeug von mir.«

Emma musste lächeln. »Atme einfach tief durch und überlege dir zuerst, was du sagen willst.«

»Aber was soll ich ihn fragen?«

»Na, du könntest ihn nach seinem Job hier im Hotel fragen. Oder dich nach seiner Großmutter erkundigen.«

»Ah, ja, die geheimnisvolle andere Frau.«

Darüber mussten beide lachen.

»Du schaffst das schon, Hols. Er scheint ein netter Kerl zu sein, und ich bin mir sicher, dass er genauso nervös ist wie du.«

Holly stieß einen dramatischen Seufzer aus und trug Lippenstift auf. »Ich hatte noch nicht einmal Zeit, mein Make-up ordentlich aufzufrischen.« Sie schaute auf ihre Uhr. »In fünf Minuten muss ich dort sein.«

»Du siehst toll aus, ehrlich.«

»Wirklich? Findest du?«

»Wirklich. Er wird begeistert sein. Oh, und ich habe noch etwas für dich, was du mitnehmen kannst. Adam hat mich nämlich angerufen.«

»Hat er?«

»Ja. Rate mal, wer gerade eine neue Bestellung für kleine Gästepräsente bekommen hat.«

»Oh, das ist wunderbar!«

»Er meinte, die Schokolade kam sehr gut bei den Gästen letzte Woche an, und das Hotel will jetzt regelmäßig bestellen. Du müsstest also einen Karton mitnehmen – ich habe die Schokolade heute Morgen gemacht.«

»Das sind tolle Neuigkeiten.«

Emma nahm den Karton von der Arbeitsfläche. »Bist du bereit?«, fragte sie.

»Und wie.« Holly verzog nervös das Gesicht. »Kann ich meinen Rucksack hierlassen und später holen?«

»Selbstverständlich. Dann kannst du mir auch erzählen, wie es gelaufen ist.«

»Mir ist immer noch mulmig.«

»Das ist doch ganz normal. Na los, geh zu deinem ersten Date, und mach was draus. Viel Glück.«

»Danke, Emma. Okay, los geht's.« Holly hängte sich eine kleine Handtasche über die Schulter, nahm den Karton mit der Schokolade und wäre beim Hinausgehen aus dem Laden fast über die Stufe gestolpert. »Sor-ry.«

Emma lächelte und schaute ihrer Assistentin hinterher. Allerdings fürchtete sie ein wenig um den sicheren Transport ihrer Schokolade, wegen der jungen Liebe, der Aufregung, der Energie und Angst. Sie bezweifelte, dass sie je wieder so etwas empfinden würde, doch es war schön, Holly hoffnungsvoll und voller Träume zu sehen.

Jemand klopfte an die Hintertür. Es war gegen sechs. Emma hatte den Laden bereits geschlossen, war jedoch noch in der Küche unten mit der Herstellung von Schokoriegeln beschäftigt – ihre neueste Geschmackskreation war Ingwer und Limette.

»Ich bin's nur.«

Eindeutig Hollys Stimme. Immerhin klang sie fröhlich.

»Wie ist es gelaufen?«

»Ganz gut, glaube ich. Ach, bis auf den Moment, als die Sahne von meinem Scone auf mein Kleid kleckste. Das war so was von peinlich!«

»Ansonsten lief es aber gut?«

»Ja, wir haben nett geplaudert, und das Essen war köstlich – Kekse und kleine süße Sandwiches. Wir haben sogar ein Glas Champagner getrunken.«

»Hört sich schön an. Dann ist dein Appetit also wieder zurückgekehrt?«

»Jap. Oh, Em, er ist traumhaft. Ich mag ihn wirklich. Ich hoffe nur, er mag mich auch. Ich bin mir nicht sicher, was er empfindet, dafür schien er mir viel zu höflich zu sein.«

»Höflichkeit ist jedenfalls keine schlechte Eigenschaft. Vielleicht war er auch ein bisschen nervös. Erstes Date und so.«

»Kann sein. Er ist ganz anders als die Jungs in der Schule.«

»Ich nehme an, er ist ein bisschen älter.«

»Ja, er meinte, er sei zwanzig.«

»Na bitte. In dem Alter machen ein paar Jahre einen gewaltigen Unterschied.« Emma füllte dunkle Schokolade in die letzte Vertiefung. »Und die wichtigste Frage: Wirst du ihn wiedersehen?«

»Ich glaube schon. Er will mich anrufen.«

»Oh, aufregend!«

»Ich weiß! Oh mein Gott, ich bin völlig erledigt jetzt. Ich habe mich dermaßen darauf konzentriert, bloß nichts Blödes zu sagen.«

Emma lächelte. »Na, jetzt kannst du dich ja entspannen.«

»Schön wär's. Ich werde ungeduldig darauf warten, dass er mich anruft.«

»Hm, klar.«

»Tja, ich mache mich lieber auf den Weg, weil ich meine Hausaufgaben noch erledigen muss.«

»Soll ich dich mit dem Wagen nach Hause bringen?«

»Nein, ich werde zu Fuß gehen.«

»Bist du dir sicher? Es ist schon dunkel draußen.«

»Es ist auch dunkel, wenn ich um diese Jahreszeit aus dem Bus steige. Nein, ich gehe. Trotzdem danke.« Sie nahm ihren Rucksack von der Bank, auf der sie ihn zuvor abgestellt hatte.

»Na gut. Ich bin froh, dass es gut gelaufen ist. Dann sehen wir uns Samstagnachmittag, ja?« Sie konnte Holly wieder nur ein paar Stunden beschäftigen, nachdem der Valentinsansturm vorbei war.

»Ja, bis Samstag.«

»Halte mich auf dem Laufenden. Ich hoffe, du erhältst bald deinen Anruf«, sagte Emma grinsend.

»Ich auch.«

16. Kapitel

Adam hatte Holly zwei Tage nach dem Nachmittagstee angerufen, und inzwischen waren die beiden zusammen im Kino gewesen. Auch dieses Date schien erfolgreich verlaufen zu sein. Der einzige Haken war, dass Holly nur noch von passenden Outfits und Frisuren für das nächste Date, ein gemeinsames Abendessen, redete. Das war ja schön und gut, nur ließ sie manchmal die Kunden am Tresen warten. Emma musste sie mehr als einmal in letzter Zeit dazu ermahnen, sich ein bisschen mehr zu konzentrieren. Inzwischen stand fest, dass Emma die erste erhöhte Miete durch ihre Einnahmen bestreiten konnte, und ehe sie sich versah, kam auch schon Ostern.

»Was meint ihr, Mädchen, war der Osterhase schon da? Wollen wir mal nachsehen?«

»Ja, Tante Emma!«, riefen die zwei im Chor.

Während James die Zwillinge drinnen beschäftigte, hatte Emma eine Spur aus Schokoladeneiern im Garten ihres Bruders gelegt. Die Eier waren handgefertigt und in gepunktetes Papier gewickelt. Chloe hatte ein paar angeknabberte Karotten und zerpflückte Salatblätter verstreut, um das Ganze noch spannender zu machen.

Die Mädchen rannten kichernd zur Hintertür hinaus, gefolgt von Emma. Die Karotten entdeckten sie sofort.

»Er war da! Er war da!«, rief Lucy begeistert. Neben ihr grinste Olivia von einem Ohr zum anderen.

Das erste Ei fanden sie hinter einem großen Blumentopf auf der Terrasse. Emma hatte die Eier jeweils in Zweiergruppen versteckt, deshalb hielt jedes Mädchen eines in die Höhe. Dann ging die Jagd innerhalb des Gartens weiter. Die Kinder suchten unter Büschen und Sträuchern. Unter einer Hortensie fanden sie die nächsten beiden Eier. Danach teilten sie sich auf, und als Olivia ein weiteres Paar fand, unter einer kleinen Tanne nahe dem Zaun versteckt, rief sie aufgeregt nach ihrer Schwester.

Das letzte Paar erwies sich als kniffliger. Es wurde nun ausgedehnt an der Grundstücksgrenze gesucht – zum Glück trugen die Kinder Gummistiefel. Sie stöhnten und schnauften, bis Lucy mitten im Garten stehen blieb und die Arme verschränkte.

»Vielleicht waren das ja schon alle«, verkündete sie.

»Versuchen wir es noch ein bisschen«, schlug Emma vor. Es war ihr gelungen, eine halb angefressene Karotte an den Apfelbaum zu legen, wo die letzten zwei Eier warteten, innerhalb der Reich- und Sichtweite einer Fünfjährigen, auf den unteren Ästen. Außerdem war ein Brief für die beiden dabei.

James und Chloe standen draußen mit einem Becher Tee und beobachteten das Geschehen. Sie gaben Emma durch Zeichen zu verstehen, dass auch für sie Tee bereitstand.

»Es wird nicht mehr lange dauern, glaube ich«, rief sie den beiden mit einem Augenzwinkern zu.

Emma ging näher zu dem Apfelbaum und tat, als suche sie am Boden. Lucy rannte zu ihr und entdeckte die Karotte unten am Stamm des Baumes.

»Da, Tante Emma – aber wo sind die Eier?«

»Die Karotte könnte ein Hinweis sein«, half Emma ihr.

Olivia suchte ebenfalls, schaute sich um und dann nach oben. Die Folie glitzerte im Sonnenlicht. Sie stellte sich auf Zehenspitzen, und ihre Finger streiften ein Ei. Lucy machte mit, erwischte das letzte Ei zusammen mit dem Brief.

»Lucy, sei geduldig«, rief James von den Treppenstufen.

Lucy faltete den Zettel auseinander, auf dem der Abdruck einer Hasenpfote und ein paar Zeilen waren.

»Tante Emma, kannst du das bitte vorlesen?«

»Okay. *Liebe Lucy, liebe Olivia …* «

»Oooh, er kennt unsere Namen!«

»Liebe Lucy, liebe Olivia. Bitte geht jetzt zum Gartenhaus, wo eure Ostereiersuche endet.«

Noch bevor Emma das letzte Wort ganz vorlesen konnte, stürmten die Kinder schon los. Lucy schaffte es, den Riegel des Gartenhäuschens anzuheben, und dann waren die beiden darin verschwunden.

Alles, was Emma hörte, war: »Oh, wie süß!« Und: »Ich liebe ihn!«

Dann tauchten die Mädchen wieder auf und riefen: »Mummy, Daddy, Tante Emma, kommt schnell und guckt!« Große Schokoladenosterhasen ruhten nun in ihren Armen. Sie trugen gepunktete gelbe Krawatten, die Emma in liebevoller Handarbeit angefertigt hatte. James und Chloe hatten davon nichts gewusst.

»Oh, wow, die sind fantastisch«, sagte Chloe.

»Vielen Dank an den Osterhasen«, meinte James und lächelte seiner Schwester zu.

Nach dem Mittagessen aus Roastbeef und einem Osterei zum Nachtisch für die Zwillinge, waren die Mädchen müde und schauten fern. Emma half beim Abwasch, und anschließend saß sie mit James am abgeräumten Küchentisch. Sie fühlte sich ebenfalls ziemlich geschafft.

Die Zeit vor Ostern war sehr anstrengend gewesen. Sie hatte Ostereier in allen möglichen Größen und Formen herstellen müssen, außerdem Schokoladenhühner und -hasen, dazu Osternester aus Schokolade, gefüllt mit Trüffeln. Es war die Gelegenheit für Emma, besonders kreativ zu sein, und sie liebte das. Auch den Druck mochte sie auf eine Art und Weise, allerdings war das alles natürlich harte Arbeit, aus der auch schmerzende Füße und Finger resultierten.

»Wie läuft es denn jetzt mit dem Laden?«, erkundigte James sich. »Ich weiß, dass du dir einen Auftrag vom Seaview Hotel gesichert hast, was großartig ist. Aber ist da noch etwas anderes in Sicht?«

»Na ja, der Masterplan hat nicht ganz so funktioniert wie erhofft«, räumte Emma ein. »Ich habe mein Bestes versucht und andere neue Verkaufsmöglichkeiten angesprochen. Aber die fanden meine Produkte anscheinend entweder zu teuer – was sie im Vergleich zu Massenprodukten wegen der qualitativ hochwertigen Zutaten und der Handarbeit auch sind – oder sie hatten schon einen ähnlichen Lieferanten, mit dem sie zufrieden waren. In letzter Zeit scheine ich nur Nieten zu ziehen.« Sie seufzte. »Und dann hat die Osterzeit mich ganz in Anspruch genommen, um ehrlich zu sein.«

»Verständlich. Aber hey, mach weiter. Kopf hoch, Schwester. Deine Schokoladen sind wunderbar. Sieh dir nur an, wie begeistert die Mädchen von diesen tollen Osterhasen sind.«

»Danke.«

»Und falls du Hilfe brauchst, sind Chloe und ich immer für dich da. Selbst wenn es um ein kurzfristiges Darlehen gehen sollte.«

»Danke, aber so weit ist es bis jetzt noch nicht.« Das Letzte, was sie wollte, war, sich Geld von ihrem Bruder zu leihen und nicht zu wissen, wie in aller Welt sie das zurückzahlen sollte. Sie würde es einfach weiterhin versuchen und sich ein System überlegen, doch mitunter fühlte es sich an wie ein einziger Balanceakt – die Finanzierung des Ladens und die ständige Herstellung all der wunderbaren Schokoladenkreationen, die sie dort verkaufte. Bei der massiven Mieterhöhung war jedes Monatsende geprägt von Unsicherheit und Sorge um die Finanzen. Sie arbeitete inzwischen durchgehend, und doch schien es nie zu genügen.

17. Kapitel

Es war ein Samstagnachmittag Ende Mai. Die zusätzlichen Einnahmen aus dem Ostergeschäft waren inzwischen aufgebraucht, und Emma hatte den Großteil der Miete für diesen Monat zusammenbekommen. Die restlichen hundert Pfund wollte sie nach diesem Wochenende überweisen – sobald sie die in der Kasse hatte. Das Geld würde also höchstens einen Tag zu spät eingehen.

Emma und Holly waren zusammen im Laden. Em schob gerade ein Tablett mit weißen Baileys-Trüffeln in den gekühlten Verkaufstresen, als sie den unverwechselbaren schmierigen Kopf von Mr. Neil, dem Aal, draußen vor dem Schaufenster entdeckte. Sie verharrte in der gebückten Haltung, verborgen hinter dem Glastresen und den Reihen von Schokolade darin, um zu beobachten, was er vorhatte.

Als er die Ladentür öffnete, kauerte Emma sich neben Hollys Beine. Ihre Mitarbeiterin warf ihr einen verwirrten Blick zu, schien dann aber zu begreifen, was los war.

»Der Aal«, flüsterte Emma.

Holly setzte ein Lächeln auf. »Guten Tag. Wie kann ich Ihnen helfen?«

»Könnte ich bitte mit Emma sprechen?«

»Oh, tut mir leid, sie musste heute Nachmittag nach Alnwick.« Holly blieb völlig gelassen, während Emma zu ihren Füßen ein nervliches Wrack war. Das war kein Ort für eine erwachsene Frau in den Dreißigern, und doch hatte sie instinktiv gehandelt. Sie konnte Mr. Neil und seine fiesen Bemerkungen heute einfach nicht ertragen.

»Sie musste etwas bei der Bank erledigen«, fügte Holly hinzu.

Es war Samstag. Hatten die Banken da überhaupt auf? überlegte Em.

»Interessant …« Er ließ das Wort nachklingen.

Meine Güte, der ist so ein Widerling.

»Nun, wann wird sie denn zurück sein?«

»Ähm, vielleicht in einer Stunde oder so … sie erwähnte noch andere Besorgungen, die sie machen muss.« Holly, die Gute, blieb mit ihrer Antwort absichtlich vage.

»Hm, dann schaue ich vielleicht später noch einmal vorbei. Aber«, fügte er hinzu, mehr zu sich selbst, »ich habe ja noch einen anderen Termin. Sehr unangenehm.«

Wenn er seinen Besuch angekündigt hätte … dachte Em in ihrer zusammengekauerten unbequemen Haltung auf dem Fußboden … *hätte ich wirklich dafür gesorgt, dass ich in Alnwick bin!*

»Ich werde anrufen. Möglicherweise folgt auch ein Brief. Werden Sie ihr ausrichten, dass ich hier war? Mr. Neil.«

»Aal, und wie«, formte Holly lautlos mit den Lippen, als wiederhole sie den Namen, was Em fast zum Lachen gebracht und damit verraten hätte. »Mach ich.« Holly behielt die Nerven und setzte erneut ein beflissenes Lächeln auf.

Em hielt den Atem an, da Mr. Neil am Tresen zu zögern schien, aber dann hörte sie seine Schritte und die Türglocke. Als die Tür ins Schloss fiel, verkündete Holly fröhlich: »Mr. Aal war da!«

Em blieb unten, für den Fall, dass er noch einmal zurückkam, konnte sich jedoch nicht zurückhalten und prustete los.

»Das war verdammt knapp«, sagte sie zu Holly. »Halt noch eine kleine Weile Ausschau, vielleicht kommt er noch mal zurück.« Und dann kroch sie auf Händen und Knien zum hinteren Flur, auf dem Weg in die sichere Küche. »Wir brauchen eine Art Code für den Fall, dass er tatsächlich noch einmal auftaucht«, erklärte sie.

»Aal in Gelee?« Holly lachte.

»Ja, Aal in Gelee, das nehmen wir – aber klingt das nicht ein bisschen eigenartig, wenn du das genau in dem Moment rufst, wenn er reinkommt? Als hättest du Tourette oder so was.«

»Ich könnte es singen, als würde ich zu irgendeinem Song aus dem Radio mitträllern.« Und sie legte los: »Oh, A-aal in Ge-lee, mit der Melodie von ›And so, Sally can wait‹ aus dem Oasis-Song ›Don't Look Back in Anger‹.« Emma steckte den Kopf noch einmal in den Laden, und beide lachten. Emma wusste, dass sie jetzt lachen musste, denn andernfalls würde sie in Tränen ausbrechen – die Bedrohung ihres geliebten Ladens war sehr real.

»Tut mir leid zu hören, dass der Laden schließen muss, Schätzchen.« Die alte Mrs. Clark war gerade an den Tresen getrottet und noch ein wenig außer Atem nach ihrem Gang den Hügel hinauf. »Das ist ganz schön ärgerlich.«

»Wie bitte?« Emma war perplex.

»Oh ja, ich habe es im Lebensmittelladen von Sheila gehört. Sie hat mir von Ihren finanziellen Problemen erzählt und dass Sie das Geschäft aufgeben müssen.«

Mr. Neils seltsamer Besuch lag zwei Tage zurück. Wow, die Gerüchteküche brodelte ja unheimlich.

»Oh, aber das stimmt nicht. Ich gebe den Laden gar nicht auf.« Sie wollte die Angelegenheit so rasch wie möglich klarstellen.

»Na so was ...« Die ältere Dame wirkte verwirrt.

»Nein, ich schließe den Chocolate Shop ganz und gar nicht.« Sie war entschlossener denn je. Diese Worte von einer alten Freundin aus dem Ort zu hören war ziemlich schockierend. Es fühlte sich an wie ein Messer in der Brust. Was, wenn sie auf lange Sicht doch recht hatte?

»Das tut mir schrecklich leid, Emma. Ich habe es nur schon von unterschiedlichen Leuten gehört und deshalb geglaubt.«

»Um ehrlich zu sein, Mrs. C, es gab da ein kleines Problem mit einer verspätet geleisteten Zahlung für diesen Monat, und außerdem hat der Vermieter die Miete dieses Jahr drastisch erhöht. Da ist vielleicht einiges durcheinandergeraten. Inzwischen ist jedoch alles wieder geklärt. Ich habe *nicht* die Absicht, so bald von hier zu verschwinden.«

»Na, da bin ich aber froh, das zu hören, Emma. Ich hätte Sie und Ihren Laden sehr vermisst. Ich genieße meinen wöchentlichen Spaziergang hier hinauf, trotz dieses verdammten Hügels. Und ihre Schokonüsse – die sind so viel besser als die aus dem Supermarkt.«

»Möchten Sie welche?«

»Ja, bitte, Schätzchen.«

»Ich gebe Ihnen ein paar kostenlos dazu, wenn Sie mir einen Gefallen tun, indem Sie Sheila und den Leuten aus dem Dorf erklären, dass an den Gerüchten nichts dran ist und ich den Laden keineswegs schließe. Die Chocolaterie am Meer läuft bestens, und so wird es auch bleiben.«

Nun, fügte sie in Gedanken hinzu, *zumindest für den nächsten Monat*.

»Selbstverständlich werde ich das machen, meine Liebe. Ich würde es schrecklich finden, wenn sich solche Gerüchte weiterverbreiten. Das Dorf liebt Klatsch, das ist mir schon klar. Tut mir leid, dass ich das Gerücht geglaubt habe, und ich hoffe, ich habe Ihre Gefühle nicht verletzt, Emma, meine Liebe.«

»Überhaupt nicht. In gewisser Hinsicht bin ich froh, dass ich es durch Sie erfahren habe. Wenigstens können wir das jetzt richtigstellen.«

»Das können wir in der Tat. Ich kümmere mich darum.« Die Schokonüsse sicher in ihrer großen Handtasche verstaut, machte die alte Dame sich wieder auf den Weg.

Es gab nur eine Stelle, an der die Gerüchte ihren Anfang genommen haben konnten. Außer mit James und Chloe hatte Emma mit niemandem über ihre Finanzen seit der Mieterhöhung gesprochen, nicht einmal mit Bev, und die beiden würden sich sicher nicht am Dorfklatsch beteiligen. Es gab nur eine einzige Person, die es herumerzählt haben konnte – Holly!

18. Kapitel

»Hallo, alles in Ordnung? Gute Zeit zum Reden oder hast du gerade Kundschaft?«, kam Bevs muntere Stimme aus dem Telefon. Es war später am selben Tag, an dem Mrs. Clark im Laden gewesen war.

»Nein, es passt gut. Momentan ist niemand da, außerdem mache ich bald zu.«

»Em, ich habe Gerüchte gehört, der Chocolate Shop schließt vielleicht bald. Möchtest du darüber reden oder vielleicht nach Feierabend vorbeikommen?«

»Oh Bev, das ist alles nicht wahr. Der Laden schließt nicht. Auf keinen Fall.«

»Gut! Dem Himmel sei Dank. Woher kommen dann diese Gerüchte?«

»Das ist der Schneeballeffekt. Um ehrlich zu sein, es ist tatsächlich etwas dran, dass ich in letzter Zeit finanzielle Probleme hatte und die Miete für diesen Monat ein bisschen spät überwiesen habe. Drei Tage zu spät, um genau zu sein, aber das genügte schon, und der Vermieter saß mir im Nacken. Dabei habe ich in all den Jahren, seit ich hier bin, nie zu spät gezahlt.«

»Na, das scheint mir nicht fair zu sein.«

Emma seufzte. »Er will mich hier raus haben, davon bin ich inzwischen überzeugt. Erst erhöht er Anfang des Jahres die Miete exorbitant, und jetzt das. Ich bin mir sicher, dass er das Haus verkaufen oder es in ein Ferienhaus verwandeln will.«

»Oh, Emma.«

»Ich komme einfach nicht zur Ruhe. Es ist, als wäre da ständig eine dunkle Wolke über mir, während ich irgendwie alles auf die Reihe zu bekommen versuche. Aber selbst wenn ich es schaffe, die Miete zu zahlen, wird er mir am Ende des Jahres vermutlich kündigen oder mir eine neue Erhöhung präsentieren.«

»Ach Mist. Ich wünschte, du hättest mir schon vorher davon erzählt.«

»Ich war damit beschäftigt, über die Runden zu kommen, die Rechnungen und die Miete zu zahlen. Weiterzumachen wie bisher. Ich wollte nicht, dass solche Gerüchte kursieren.«

»Nein, das weiß ich doch. Aber du weißt doch auch, ich würde dein Vertrauen nie missbrauchen. Und manchmal ist es besser, über ein Problem zu reden …«

»Ich weiß. Danke. Ich glaube, es war Holly, die es herumerzählt hat, nachdem der Vermieter uns einen Besuch abgestattet hat, um die Miete einzutreiben. Tja, und die Gerüchteküche im Ort hat es dann hochgekocht, sodass es schließlich hieß, ich würde bald den Laden schließen.«

»Für mich hört sich das alles an, als bräuchtest du dringend eine Auszeit. Es war ein wunderbarer Tag heute, und es sieht nach einem angenehmen Abend aus. Ich rufe eigentlich an, um dich zu fragen, ob du auf einen Drink im Garten vorbeikommen möchtest.«

»Heute Abend?«

»Ja, ich werde mal fragen, ob Joanne und Ali auch können, wenn du Lust hast.«

Ali war eine Freundin von Bev, die in einem Nachbarort lebte. Sie arbeitete als Rezeptionistin in einer Arztpraxis und war immer angenehme Gesellschaft.

Hm, das wäre vielleicht besser als ihr Date mit Alfie, dem Fernseher und Grübeleien über ihre Finanzen. Sie hatte gar nicht mitbekommen, wie gut das Wetter war, da die Ladenfront im Schatten lag – ideal für Schokolade –, während die Sonne am Nachmittag in den Garten hinter dem Haus schien.

»Pete war den ganzen Tag golfen«, berichtete Bev. »Und hinterher gibt's eine Art gemeinsames Essen, daher bezweifle ich, dass ich ihn vor zehn Uhr wiedersehe. Drinks mit den Mädchen schien mir daher eine gute Idee zu sein.«

»Klingt wirklich toll. Und ja, frag Jo und Ali, das wäre klasse. Wann soll ich denn kommen? Ich muss noch den Laden schließen, mit Alfie Gassi gehen und ihn füttern.«

»Gegen halb sieben, dann haben wir noch etwas von der Sonne. Bring eine Strickjacke oder einen Fleecepulli mit, dann können wir den ganzen Abend draußen sitzen. Pete hat gestern so eine Art Gartenofen mitgebracht. Den werden wir aufstellen und mal ausprobieren. Da hat die Northumberland-Abendkälte, die sich später sicher bemerkbar machen wird, keine Chance.«

»Großartig.«

»Ich habe mir überlegt, einen Krug Pimm's-Likör mit Limonade zu machen, um den Start in den Sommer zu feiern. Vielleicht gefolgt von einem oder zwei Gläsern Prosecco.«

»Hört sich himmlisch an. Soll ich etwas mitbringen?«

»Jetzt, wo du fragst … eine Schachtel von deiner grandiosen Schokolade wäre nett. Machst du noch diese Eton-Mess-Dinger? Du weißt schon, die mit Erdbeeren, Sahne und Baiser.«

»Ja, die mache ich noch. Gestern Morgen habe ich einen ganzen Schwung hergestellt. Davon bringe ich ein paar mit und dann noch eine Auswahl anderer.« Sie hatte nämlich auch noch dunkle Trüffel mit einem Hauch Lavendel kreiert, die überraschend gut geworden waren. Sie liebte es, der Saison entsprechende neue Geschmacksrichtungen auszuprobieren und war jetzt schon beim Geschmack des Sommers. »Also, klar bringe ich welche mit.«

Hm, überlegte Emma, ein Pimm's-Trüffel könnte auch gut ankommen – Milchschokolade mit etwas Pimm's-Likör, einer winzigen gefriergetrockneten Erdbeere und Orangenstückchen obendrauf … Emmas Gehirn befand sich schon wieder im Kreativmodus.

Nachdem sie aus dem Schulbus ausgestiegen war, schaute Holly im Laden vorbei. »Hi, Em.«

»Hal-lo Holly.« Emmas Ton konnte ihre Enttäuschung nicht verbergen. Sie war nach wie vor verärgert darüber, dass sich die Gerüchte über die unmittelbar bevorstehende Schließung ihres Ladens im Ort wie ein Lauffeuer verbreitet hatten.

»Ist alles in Ordnung?«, erkundigte Holly sich vorsichtig beim Hereinkommen. Bis auf sie beide befand sich niemand im Laden.

»Nein, eigentlich nicht.«

Hollys Augen weiteten sich.

»Es geht das Gerücht um, dass der Chocolate Shop dichtmacht. Ich persönlich habe keine Ahnung, woher das kommt. Du vielleicht?«

»Oh! Aber ich habe es nur meiner Freundin Freya erzählt.«

»Und Freya ist die Tochter von Sheila, der Besitzerin des Lebensmittelladens hier. Der denkbar beste Ort für Klatsch und Tratsch.«

»Oh ...« Holly sah niedergeschlagen aus.

»Die Gerüchteküche brodelte, Holly. Mein Ruf und der des Ladens sind beschädigt. Im Dorf rechnet man jetzt damit, dass ich demnächst schließe. Möglicherweise hören Lieferanten davon und glauben, ich sei pleite. Und meine Bestellungen ... Der neue Auftrag des Hotels zum Beispiel – dort hat man vermutlich schon Wind davon bekommen und rechnet damit, dass ich sie demnächst hängen lasse.«

»Emma, es tut mir so leid. Ich habe nie erzählt, dass du den Laden aufgibst. Ich habe Freya bloß die lustige Geschichte erzählt, wie du dich hinterm Tresen versteckt hast, und vielleicht habe ich erwähnt, dass der Aal deine Miete drastisch erhöht hat.« Holly hätte sich nie träumen lassen, was daraus entstanden war. Aber Gerüchte konnten viel Schaden anrichten. »Wie hast du überhaupt davon erfahren?«

»Mrs. Clark war hier und meinte, sie bedaure sehr, dass ich den Laden aufgebe.«

»Oh nein. Lass mich das richtigstellen, Emma. Ich werde gleich zu Freya und ihrer Mum gehen und ihnen die Wahrheit sagen. Damit das Dorf es erfährt. Ich kann bei einigen Leuten klingeln und die Sache erklären. Ich weiß, wer die schlimmsten Klatschmäuler sind. Keine Sorge, Em, ich bin mir sicher, die werden dich alle irgendwie unterstützen wollen. Niemand will, dass du gehst oder der Laden zumacht. Du und der Chocolate Shop seid doch inzwischen ein Teil von Warkton.«

»Danke.« Emma fühlte, wie ihr eine Träne ins Auge trat. Sie blinzelte sie weg. Es gelang ihr nicht, lange auf ihre Assistentin böse zu sein. Holly war jung und naiv. Sie hatte einfach nicht nachgedacht. »Sei in Zukunft nur vorsichtig mit dem, was du erzählst, besonders wenn es um das Leben anderer geht.«

»Das werde ich, ganz bestimmt. Bin ich … bin ich meinen Job los?« Holly klang, als sei sie den Tränen nahe. Ihre Lippen bebten.

»Oh Holly, natürlich nicht«, versicherte Emma ihr. »Denk nächstes Mal einfach, bevor du redest.«

»Mach ich, wirklich. Hätte ich gewusst, was ich damit auslöse … ich wollte dich nie verärgern oder dem Ruf des Ladens schaden.« Eine dicke fette Träne kullerte über die Wange ihrer Mitarbeiterin.

»Komm her, Dummerchen.« Em breitete die Arme aus, und die beiden umarmten sich.

»Na gut«, verkündete Holly und wischte sich die Augen mit einem Taschentuch, das Emma ihr in die Hand drückte. »Ich mache mich gleich auf den Weg, um alles klarzustellen. Warkton wird bald wissen, dass die Chocolaterie am Meer bleibt.«

Emma musste lächeln, als Holly entschlossen aus dem Laden marschierte.

Ali war schon bei Bev, als Emma dort eintraf. Sie fand die zwei auf der Terrasse, mit einem Krug Pimm's auf dem weiß gestrichenen schmiedeeisernen Tisch und vier Gläsern daneben.

»Hi, Em.« Bev stand auf und gab ihr einen Kuss auf die Wange.

»Hallo. Hi, Ali, schön dich zu sehen. Wow – ist das nicht herrlich, und was für ein schöner warmer Abend.«

»Ja, es wäre doch schade, das nicht auszunutzen. Du kommst zur rechten Zeit, denn ich wollte gerade einschenken«, sagte Bev und rührte die Früchte und Eiswürfel ein letztes Mal um.

Bevs Haus lag am anderen Ende des Ortes und bot einen Blick über die Felder. Ursprünglich hatte es nur zwei Zimmer gehabt, doch sie hatten angebaut und es somit vergrößert. Unten um eine Küche und einen Wintergarten und oben um ein zusätzliches Zimmer. Ihr erwachsener Sohn studierte in Leeds, deshalb wohnten im Grunde nur noch Bev und Pete hier. Ihr Haus war stets ein Ort, an dem man sich willkommen fühlte und entspannen konnte.

Emma setzte sich, und Bev gab ihr ein großes Glas Pimm's.

»Prost.« Die drei stießen an, genau in dem Moment, als die Gartenpforte aufschwang und Joanne eintraf, mit einer Flasche Prosecco und einer riesigen Tüte Chips in den Händen.

Es folgten weitere Umarmungen und Hallos, während das letzte Glas gefüllt wurde und es sich alle auf ihren Plätzen bequem machten.

»Tut mir leid, das mit dem Gerücht, dein Laden würde zumachen«, begann Ali. »Bev hat mir erzählt, dass nichts dran ist. Was für ein Albtraum. Nicht zu fassen, wie dieses Dorf manchmal sein kann. Wir werden dafür sorgen, dass sich das aufklärt, was, Mädels?«

»Das werden wir«, sagte Jo.

Emma war froh über Bevs Diskretion und die Unterstützung ihrer Freundinnen. »Danke. Das ist eben blöd gelaufen.«

»Oh Gott, weißt du noch, als die arme Mrs. Bell ihrem Mann zum Geburtstag ein neues Auto schenken wollte? Da wurde ihr nachgesagt, sie habe eine Affäre mit dem Besitzer der Werkstatt in Seahouses. Sie war ein paarmal da gewesen, um sich den Wagen anzusehen, und das reichte schon, um die Gerüchte in Gang zu setzen. Hier zählen sie zwei und zwei zusammen und machen sechs draus oder sogar neunundsechzig nach einer Weile!«

Emma lachte und war froh, dass sich das Gespräch nicht mehr um ihre Probleme drehte. Manchmal hatte das Dorfleben Nachteile, Klatsch und Tratsch war einer davon, doch die meiste Zeit war es für Emma ein Segen. Sie fing an, sich zu entspannen und genoss die Gesellschaft der anderen drei Frauen.

Sie unterhielten sich in der Sonne des frühen Abends und schauten auf die Felder und die Ruine von Dunstanburgh Castle. Der Garten bestand hauptsächlich aus Rasen, mit einigen Büschen als Begrenzung sowie farbenfrohen Petunien in den Töpfen auf der kopfsteingepflasterten Terrasse.

Der Pimm's-Krug leerte sich. Die Mischung schien erstaunlich stark zu sein, sodass Emma sich leicht beschwipst fühlte. Sie hatte noch nichts Richtiges zu Abend gegessen, nur rasch eine Scheibe Toast, bevor sie sich auf den Weg gemacht hatte. Zum Glück hatte Jo Chips mitgebracht.

»Der Pimm's ist klasse – was hast du da reingetan?«, fragte Em. »Ich kann die Erdbeeren erkennen und die Orange. Oh, und ich schmecke Pfefferminz …«

»Eine Gurke«, antwortete Bev. »Oh, und einen Schuss Brandy.«

Brandy. Um ein Haar hätte Emma ihren Drink ausgespuckt. »Ich dachte, es sei Pimm's mit Limonade. Kein Wunder, dass es mir zu Kopf steigt.«

»Ja, ich fühle mich auch schon benommen«, pflichtete Ali ihr bei.

»Na ja, auf der Flasche hinten stand irgendwas von ›Spirituose‹.«

»Damit ist wahrscheinlich Pimm's gemeint.«

»Oh, ich dachte, damit sei noch eine andere Spirituose gemeint, wozu auch immer man Lust hat. Ich fand, Brandy sei eine gute Idee, bei all dem Fruchtgeschmack.«

Die vier lachten.

»Na ja, es schmeckt toll«, räumte Ali ein.

»Das ist der reinste Raketentreibstoff.« Emma verzog das Gesicht. »Oh Mann.« Wenn sie so weitermachte, würde sie morgen früh nicht aus dem Bett kommen.

»Beruhige dich, es war doch nur ein Spritzer.« Bev zwinkerte Joanne zu.

»Deine Spritzer kenne ich«, sagte Emma. »Ich erinnere mich noch lebhaft an die Gin-Tonic-Gelage hier vor einigen Jahren.« Allerdings war die Erinnerung unmittelbar darauf, nämlich am nächsten Morgen, alles andere als lebhaft und deutlich gewesen. Trotzdem musste sie grinsen, und der Pimm's-Cocktail schmeckte wirklich ziemlich lecker.

Sie fingen an, aus der Schachtel mit der Schokolade zu naschen, die Emma mitgebracht hatte.

»Wow, die sind vielleicht köstlich, Em. Du bist so talentiert«, meinte Joanne.

»Einfach superlecker. Was ist denn in diesem hier drin?«, fragte Ali.

»Gesalzenes Karamell. Immer sehr beliebt.«

»Mmh, zergeht einem auf der Zunge.«

»Das da sind meine Lieblingstrüffel.« Bev entdeckte die weiße Schokolade mit der Eton-Mess-Füllung aus Baiser, Sahne und Erdbeeren. »Die sind verdammt lecker.« Sie schob sich eines ganz in den Mund und konnte einen Moment lang nichts mehr sagen. Dann trank sie einen Schluck Pimm's. »Weißt du was? Wieso kombinierst du beides nicht?

Trüffel mit Likörgeschmack – ich wette, die verkaufen sich gut.«

»Na ja, Pralinen mit Alkohol verkaufen sich immer gut. Meine Schnapstrüffel enthalten normalerweise Rum, Whisky und Brandy.«

»Du könntest welche mit Mojito machen«, schlug Jo vor.

»Oder mit Irish Coffee«, meinte Ali.

»Das klingt nach einer großartigen Idee. Ich müsste ein paar Geschmacksrichtungen ausprobieren. Aber das gefällt mir. Ihr habt mich da vielleicht auf etwas gebracht, Ladys.«

»Sex on the Beach!«, rief Bev.

»Ha, könnt ihr euch vorstellen, dass ich ›Sex on the Beach‹-Trüffel verkaufe? Da sind die älteren Damen sicher pikiert.«

»Aber die jungen wären begeistert!«

»Kann man nie wissen. Einige der älteren Ladys würden es vielleicht auch mögen! Wir sind noch nicht im Ruhestand.« Bev grinste.

»Ich rede von Cocktails. Benehmt euch.« Emma versuchte, die Diskussion zu entschärfen.

»Müssen wir wirklich?«

»Ach was.« Emma liebte dieses Girlie-Geplänkel.

Alle vier kicherten und plauderten, bis das Gold, Orange und Grau des Sonnenuntergangs zu verschwinden begann. Der Gartenofen machte einen guten Job und sorgte für Behaglichkeit. Bev zündete eine Sturmlampe an, damit sie ein bisschen Licht am Tisch hatten. Pete fand die vier mit einer leeren Pralinenschachtel, einem leeren Krug und einer fast geleerten zweiten Flasche Prosecco, in bester Stimmung, entspannt und heiter, um halb elf im Garten vor. Es war bereits dunkel geworden. Er schleppte einen Stuhl an den Tisch und setzte sich zu ihnen, den Arm liebevoll um die Schultern seiner Frau gelegt.

Alis Mann Dan kam um elf, um seine Frau abzuholen, und sie boten an, Emma und Jo nach Hause zu bringen. Jos

Bungalow lag nur ein Stück die Straße weiter um die Ecke, drinnen brannte noch Licht – offenbar wartete ihr Freund auf sie. Dann setzten sie Emma vor ihrem Laden ab. Sie verabschiedete sich und dankte ihnen fürs Mitnehmen. Es war ein schöner Abend gewesen. Der Wagen fuhr davon. Emma hatte vergessen, ein Licht anzulassen und musste nun im Dunkeln nach dem Schlüssel kramen. Ihr kleines Häuschen wirkte sehr still. Selbst Alfie ließ nichts von sich hören, als Em den Schlüssel herumdrehte. Vielleicht lag es an der Wirkung des Alkohols oder daran, dass sie ihre engsten Freundinnen nach einem besonderen Abend verlassen hatte – auf jeden Fall fühlte sie sich plötzlich eigenartig. Es gab niemanden, dem sie von diesem Abend berichten konnte. Niemanden, dem sie einen Gutenachtkuss geben konnte …

TEIL ZWEI

19. Kapitel

Die Tage begannen kürzer zu werden, das kühle Flüstern des Herbstes war zu hören, und die ersten Blätter segelten langsam zu Boden. Es war Ende September, und Emma arbeitete nach wie vor enorm viel, um sich finanziell über Wasser zu halten. Es schien, als folge auf jeden Schritt vorwärts einer zurück. Letzte Woche hatte sie eine Preiserhöhung für Kakao hart getroffen, denn dadurch waren die Schokoladen-Callets, die sie in Belgien kaufte, sehr viel teurer geworden. Sie machte sich Sorgen, dass weniger Kunden kommen würden, wenn sie die Ladenpreise angleichen würde. Oft kam es ihr vor wie ein grausames finanzielles Pingpongspiel.

Letzte Nacht war sie lange wach gewesen, um hundert Minischachteln mit Trüffeln für das Seaview Hotel herzustellen. Weiterhin hatte sie einen Vorrat an Riegeln aus dunkler, weißer und Milchschokolade produziert, für ihre nette neue Kundin Lynda vom Bamburgh Deli. Da heute Samstag war, arbeitete Holly im Laden. Emma begann, den Wagen für die Lieferung nach Bamburgh zu beladen, das zwanzig Autominuten entfernt lag.

»Okay, Holly, ich mache mich auf den Weg. Kommst du zurecht hier?«

»Natürlich. Keine Sorge, ich habe alles unter Kontrolle.«

»Danke, Hols. Ich werde nicht allzu lange weg sein.«

»Alles klar. Irgendwie bezweifle ich, dass ich mir heute die Hacken ablaufen werde.«

»Wahrscheinlich hast du recht.« In der vergangenen Stunde hatten sie nur eine Handvoll Leute zu Gesicht bekommen.

Einige waren vorbeigeschlendert und hatten wenigstens einen Blick ins Schaufenster geworfen, doch hereingekommen war niemand.

Holly und Adam, der junge Mann aus dem Hotel, waren frisch verliebt. Er kam nach wie vor wöchentlich in den Laden, um Schokolade für seine Großmutter zu kaufen, erstand jedoch auch jedes Mal eine Schachtel mit Hollys aktuellen Lieblingspralinen. Emma fand das herzzerreißend süß. Im Laufe des Sommers hatten sie mehrere Dates gehabt. Ab und an liehen sie sich auch Alfie für einen Spaziergang am Strand aus, sehr zur Freude des Spaniels. Adam schien ein wirklich netter Kerl zu sein, und Emma freute sich für Holly. Es war schön zu sehen, wie diese junge Beziehung sich entwickelte.

Emma fuhr über Landstraßen, die sich die Küste entlangschlängelten und hier und da einen Blick aufs Meer boten sowie ebenfalls kleine Häuschen und Farmen, Hecken, Viehweiden und grasende Schafe entdecken ließen. Sie liebte dieses Areal Northumberland, in dem sie sich wie zu Hause fühlte.

Holly ging nach hinten, um Nachschub an Verpackungsmaterial zu holen und kam mit farbenfrohen Geschenkbandrollen und Zellophantüten zurück, als die Türglocke schellte. Ein ziemlich gut aussehender, wenn auch vielleicht für *sie* einen Tick zu alter Mann kam herein (nicht dass sie auf der Suche gewesen wäre, schließlich war sie glücklich mit Adam, aber manche Dinge fielen einem eben auf). Er erinnerte sie an Gerard Butler in dem Film *P.S. Ich liebe dich* – groß und trainiert. Sein braunes Haar war kurz geschnitten, und auf den Wangen spross ein stoppeliger Bart.

»Hi.« Sie lächelte.

»Hey.«

»Kann ich Ihnen helfen?«

»Sind Sie die Inhaberin dieses Ladens?« Sie hatte fast mit einem irischen Akzent gerechnet, doch nein, nichts dergleichen. Reinstes Englisch, ein Hauch Newcastle sogar.

»Nein, das ist Emma. Sie ist momentan nur nicht da.«

»Oh …« Er wirkte ein wenig perplex.

»Kann ich ihr etwas ausrichten?«

»Ah, nein, danke. Ich habe einfach auf gut Glück hereingeschaut. Ist okay. Trotzdem danke.«

Die Schokolade schien ihn nicht weiter zu interessieren. Möglicherweise kam er vom Arbeitsschutz oder einer Umweltbehörde oder so etwas, überlegte Holly.

Der Mann wandte sich zum Gehen, und Holly kam nicht umhin, seinen knackigen Po in der Jeans zu registrieren. Mit der coolen Lederjacke wirkte er ziemlich lässig, eher nicht wie ein Beamter vom Arbeitsschutz. Na ja.

Holly fuhr fort, Geschenkschachteln für Trüffel vorzubereiten und Regale aufzufüllen. Schon bald würden sie sich Gedanken über die Weihnachtsauslage machen müssen. Emma hatte das gern bis nach den Herbstferien erledigt, und Holly liebte es, wenn der Laden weihnachtlich geschmückt war – es sah dann alles so hübsch aus. Bevor sie hier angefangen hatte zu arbeiten, war sie gern mit ihren Freundinnen vorbeigekommen. Sie war immer noch überglücklich, der Frittenbude entflohen zu sein. Allein der Gedanke daran, sie hätte Adam mit nach Frittierfett riechenden Haaren treffen müssen – jetzt dufteten sie nach herrlichster Schokolade. Später waren sie heute übrigens noch verabredet. Er wollte zum Abendessen zu ihr kommen und – Trommelwirbel – ihre Eltern kennenlernen. Die Dinge entwickelten sich fantastisch. Tatsächlich war sie seinetwegen ein bisschen nervös und hoffte, dass alle sich gut verstehen würden. Sie hatte ihm eine SMS geschrieben, als keine Kundschaft im Laden war: *Bis später x Kann es kaum erwarten, bis du Mum und Dad kennenlernst! x*

Seine Antwort lautete: *Hoffen wir, dass ich einen guten Eindruck mache! x*

Sie schrieb: *Das wirst du. Alles wird gut laufen. Schließlich hast du auf mich auch einen unvergesslichen Eindruck gemacht! xx :)*

Ohne Zweifel würde ihr Dad Unmengen an Fragen stellen, um sicherzugehen, dass Adam auch der passende Mann für seine Tochter war. Mum würde um eine entspannte Atmosphäre bemüht sein und ein wunderbares Essen zubereiten. Das Letzte, was Holly gehört hatte, war, dass ihre Mum gebratenes Huhn machen wollte – eine Brathähnchen-Inquisition, herrje!

Emma kam etwa dreißig Minuten nach dem Erscheinen des attraktiven Besuchers zurück in den Chocolate Shop.

»Oh Mann, auf der Rückfahrt war der Verkehr schrecklich. Ich hing hinter einem Traktor und natürlich einer Autoschlange auf der Küstenstraße fest. Im Schneckentempo ging es voran. Sorry! Lief hier alles gut? Kein Kundenansturm?«

»Nur das Übliche. Ah, das stimmt nicht ganz. Ein Typ kam herein und wollte die Besitzerin sehen.«

»Oh, okay. Vielleicht war das ein Vertreter oder jemand von der Handelsaufsichtsbehörde«, überlegte Emma laut.

»Das glaube ich nicht. Der sah nicht wie ein Beamter aus.« Es folgte ein Moment des Schweigens, ehe Holly hinzufügte: »Der sah eher wie ein Gerard-Butler-Double aus. Ziemlich attraktiv. Ich weiß nicht, warum er hier war, er wollte es nicht sagen.«

Das konnte doch nicht sein, oder …? Emma fühlte ihren Puls rasen. Sie war mitten im Laden stehen geblieben, als hätte sie der Schlag getroffen. »Oh, ähm, was würdest du sagen, wie alt er war? Haarfarbe?« Sie gab sich Mühe, nicht zu interessiert zu klingen.

»Da bin ich mir nicht sicher, in den Vierzigern vielleicht. Schwer zu sagen. Er sah nicht wirklich alt aus, aber sein Gesicht war schon ein bisschen verlebt.«

»Na ja, wem sagst du das. Und vierzig ist absolut nicht alt!« Emma lachte. Vielleicht doch, wenn man erst siebzehn ist.

»Hm, braune Haare, gut gebaut. Stoppelbart. Attraktiv.«

Du liebe Zeit, das klang sehr nach ihm. Mr. Kiss. Und der war ausgerechnet dann in ihrem Laden aufgekreuzt, als sie nicht da war!?

»Hat er gesagt, dass er noch mal wiederkommt, oder hat er eine Nummer hinterlassen?«

»Nö.«

Mist.

Holly musste ihr die Enttäuschung angesehen haben. »Ich hab's versucht.«

»Ach, ist schon in Ordnung.« Emma versuchte weniger bange zu klingen. Es konnte schließlich auch irgendwer gewesen sein. Vermutlich steigerte sie sich nur sinnlos in etwas hinein. »Wann war das überhaupt?«

»Vor ungefähr einer halben Stunde.«

Er könnte sich noch in Warkton aufhalten. Vielleicht war er an den Strand gegangen und hielt dort Ausschau nach ihr. Oder er wollte einfach nur spazieren gehen, wie beim letzten Mal. Verdammt, sollte sie sich vorsichtshalber nach ihm auf die Suche begeben? Sie könnte eine kurze Runde mit Alfie drehen, um sich in der Stadt und am Strand umzuschauen oder auf dem Dünenparkplatz nach seinem Wagen zu suchen. Irgend so ein Jeep-Ding. Wenn sie es nicht tat, würde sie ihn möglicherweise nie wiedersehen.

Sie stutzte. Was war eigentlich los mit ihr? Wahrscheinlich hatte es sich bloß um einen Kunden gehandelt, der eine gewisse Ähnlichkeit mit jemandem besaß, den sie einmal für wenige Minuten getroffen hatte – und das vor neun Monaten. Sie musste sich wieder an die Arbeit machen, anstatt wegen irgendeines Kerls kirre zu werden. Sie benahm sich ja wie Holly und war unsicher wie ein Teenager. Wenn ihm wirklich etwas an ihr gelegen hätte, wäre er nicht erst nach neun verdammten Monaten zurückgekommen.

Emma ging in die Küche, um ihre überschüssige Energie durch die Zubereitung neuer Trüffel abzuarbeiten. Auf ihre Schokolade konnte sie sich wenigstens verlassen.

Sie hatte den Laden gerade geschlossen, Holly war nach Hause gegangen, und *er* spukte ihr immer noch im Kopf herum. Die Neugier piesackte Emma unentwegt – konnte der Mann noch im Ort sein? Sollte sie es nicht wenigstens versuchen und Ausschau nach ihm halten? Sie musste ohnehin jetzt mit Alfie Gassi gehen. Im nächsten Moment lief Emma auch schon die Treppe hinauf, nahm zwei Stufen auf einmal, schnappte sich Alfies Leine – der Hund brauchte keine Aufforderung – und lief Seite an Seite mit ihm wieder nach unten.

Emma suchte die Straße ab, die geparkten Wagen. Würde sie sich überhaupt an das Model erinnern, das sie an jenem zweiten Weihnachtstag gesehen hatte? Sie glaubte sich zu entsinnen, dass der Wagen grau gewesen war …

Was, wenn er es war? Und er hier war, irgendwo durch die Straßen oder am Strand entlangging? Sie wusste nicht einmal, was sie täte, wenn er ihr begegnen würde. Sollte sie vielleicht hingehen und sagen: Hi, ich bin die Frau von vor neun Monaten? Oder sollte sie sich lieber in den Dünen verstecken, um nur einen heimlichen Blick auf ihn zu erhaschen und sich dann schnell wieder zurückzuziehen?

Würde sie ihn überhaupt wiedererkennen? Doch noch während sie das dachte, setzte sich dort ein Bild zusammen. Sein Gesicht, seine Augen, freundlich und intensiv, die Stoppeln im Gesicht. Sein Lächeln. Oh, und ob sie ihn wiedererkennen würde.

Sie ging die Main Street entlang und warf im Vorbeigehen einen Blick in die Dorfläden. Sie winkte Sheila hinter dem Tresen zu und machte sich dann auf den Weg zum Hafen. Fast in der unmittelbaren Nachbarschaft des Chocolate Shops sah sie Beth, die mit ihrem neuen Baby vor ihrem Haus stand. Emma sagte hallo und konnte nicht widerstehen, einen kurzen Blick in den Kinderwagen zu werfen und die winzige, eine Woche alte Hand zu berühren. Sie schmolz dahin. All diese unerreichbaren Träume. »Sie ist hinreißend, Beth. Einfach wunderschön.«

Sollte sie ihre Mission weiterverfolgen, oder war sie bloß albern und klammerte sich an einen Strohhalm? Sollte sie nicht lieber in den Pub gehen? Doch auf dem Parkplatz vom Fisherman's Arms war kein Wagen wie seiner zu sehen. Sie hatte das Gefühl, die größte Chance, ihn zu treffen, bestünde am Strand. Außerdem konnte Alfie dort ohne Leine rennen. Also ging sie auf die Dünen zu und in Richtung des Parkplatzes, wo sie sich vor vielen Monaten geküsst hatten. Und die ganze Zeit dachte sie, wie blöd sie doch war. Vermutlich war er es gar nicht gewesen. Und wieso sollte er an den Strand gehen, um nach ihr zu suchen – sie war ja schließlich nicht ständig hier.

Der Parkplatz in den Dünen war leer. Sie ging einen der sandigen Pfade entlang, der durch die Dünen führte und gelangte in die weite halbmondförmige Bucht. Dort hielt sie Ausschau. Ein Paar mittleren Alters schlenderte umher, und eine Frau ging mit ihrem Terrier spazieren. Keine große oder gut gebaute Person. Niemand, der irgendwie aussah wie Mr. Kiss.

Wie töricht sie doch war! Benahm sich mit sechsunddreißig wie ein Teenager. Sie ließ Alfie am Wasser rennen und musste seinen Hundehaufen mit einer der schwarzen Plastiktüten aufsammeln, die sie stets massenhaft in ihrer Manteltasche dabeihatte. Ha, das wär's, wenn der Kerl jetzt auftauchen würde, während sie Hundekacke einsammelte. Aber nichts, nada, er kam nicht. Ein letztes Mal ließ sie den Blick durch die Bucht schweifen, und ihr Mut sank.

Es war einen Versuch wert gewesen, und sei es nur, um ihre Neugier zu befriedigen. Es sollte eben nicht sein. Wahrscheinlich war er auch gar nicht der seltsame Besucher im Laden gewesen, sondern nur irgendein älterer, gar nicht mal schlecht aussehender Typ.

Sie schaute aufs Meer hinaus, in den Himmel und war in Gedanken für einen Moment in den Wolken. Was würde Luke wohl von ihr denken, wenn er sie jetzt so sähe? Was hatte sie sich nur gedacht?

»Komm, Alfie. Zeit zu gehen, mein Junge.«

Sie sollte besser zurückkehren, zurück zum Chocolate Shop, wo sie sich auskannte und wohin sie gehörte.

20. Kapitel

Am darauffolgenden Sonntag ertönte die Türglocke, und herein marschierte eine lebhafte Sechzigjährige mit ordentlichen grauen Locken und einem besorgt dreinblickenden Adam im Schlepptau.

»Es ist so schön, Sie endlich kennenzulernen.« Die Lady hatte stechend blaue Augen mit einem schelmischen Leuchten darin. Sie streckte Emma die Hand über den Tresen hinweg entgegen.

»Dies ist meine Großmutter. Ich konnte sie nicht davon abhalten vorbeizukommen«, erklärte Adam.

»Nun, freut mich, Sie kennenzulernen.« Emma schüttelte ihr freundlich die Hand.

»Nennen Sie mich Shirley.«

»Emma.«

»Holly hat schon so viel von Ihnen erzählt, Emma, und auch von dem Laden hier. Da musste ich einfach mal selbst vorbeischauen. Unser Adam hat mich heute Morgen zum Tee und Gebäck ins Hotel eingeladen. Es geht ihm so gut hier, und ich bin stolz auf ihn – stellvertretender Manager ist er, wissen Sie.«

Adam verzog das Gesicht.

»Nun, als mein Enkel mir erzählte, er müsse wegen der Schokoladenpräsente hierher, schlug ich vor, ihn zu begleiten. Jetzt bin ich froh, dass ich es getan habe! Oh, und Ihre Schokolade ist das reinste Vergnügen. Diese Trüffel mit Orangencreme und Kaffeecreme mag ich am liebsten. Die zergehen einem auf der Zunge.«

»Danke. Das freut mich zu hören.«

Endlich holte Shirley mal Luft und sah sich im Laden um. »Wie entzückend es hier ist. Ich glaube, so einen reizenden Laden habe ich noch nie gesehen … das kleine Häuschen, das Schaufenster mit der Schokolade, alles. Ich kann es gar nicht glauben, dass ich noch nie vorbeigeschaut habe. Allerdings muss ich dazu sagen, dass ich nur selten in diese Gegend komme. Ich wohne in Seahouses«, erklärte sie, »und habe dort immer viel zu tun, weil ich die morgendliche Kaffeerunde für die älteren Mitmenschen zu organisieren helfe. Wir nennen es ›The Golden Oldies' Club‹. Wie wäre es übrigens …«

Adam meldete sich zu Wort, um seine Großmutter zu stoppen. »Das ist toll, Gran, aber ich bin sicher, Em hat auch sehr viel zu tun. Wir wollten nur ganz kurz hallo sagen, und ich muss die Schokolade fürs Hotel abholen und wieder zurück. Technisch gesehen ist das nämlich meine Arbeitszeit.«

»Ah, sicher. Er ist so ein guter Junge.«

»Oma, bitte«, mahnte er verlegen. »Das klingt ja, als wäre ich erst sechs.«

»Tut mir leid, Adam. Ich kann nichts dagegen machen.«

Emma musste grinsen. Trotz des Geplänkels standen die zwei sich offenbar sehr nah.

»Aber noch ganz kurz, Emma«, legte Shirley auch schon wieder los. »Ich wollte erzählen, dass wir demnächst eine Weihnachtsfeier für ältere Menschen veranstalten. Das ist jedes Mal eine lustige Sache mit allen möglichen Ständen. Ein Schokoladenstand wäre wirklich eine Abwechslung. Und profitabel wäre der sicher auch. Diese Veranstaltung wird sehr gut besucht.«

»Das ist unbedingt eine Überlegung wert, Shirley. Wenn Sie Holly ein paar Details nennen könnten, werde ich mir darüber mal Gedanken machen.« Jede Idee, die den Umsatz des Ladens steigerte, war ihr willkommen. »Aber jetzt hole ich lieber die

Schokolade fürs Hotel. Die sind alle fertig, Adam. Bin gleich wieder da.«

Adam lächelte ein wenig erleichtert. »Danke.«

Seine Großmutter war der reinste Wirbelwind, doch Emma hatte sie sofort ins Herz geschlossen. Offenbar war sie eine emsige Biene und sehr umtriebig. Mit dieser Energie und Arbeitseinstellung konnte Emma sich gut identifizieren. Außerdem veranlasste sie ein Gespräch mit Shirley über die Weihnachtsveranstaltungen, auch über ihre eigenen Vorbereitungen für das Fest nachzudenken. Schon bald würde sie andere Zutaten beziehen und weihnachtliche Verpackungsutensilien kaufen müssen. Während einer ruhigen Phase an diesem Nachmittag hatte sie von diesen hübschen Geschenkschachteln geträumt, die man mit Schneeflocken, Stechpalmen und anderen Designs bestellen konnte. Außerdem brauchte sie Geschenkbänder und Schleifen in Silber, Gold, Rot und Grün. Emma hatte jedes Jahr zu Weihnachten gern ein neues Thema und würde deshalb Ausschau halten nach Inspirationen, welche Farben und welcher Stil für das Schaufenster und den Laden infrage kamen. Man konnte sich Weihnachten kreativ richtig austoben. Sie liebte es einfach, wenn der Laden aufwendig dekoriert und magisch aussah – eben vollkommen für diese ganz besondere Jahreszeit.

Die Tür ging mit dem üblichen Glockenklingeln auf. Emma schaute auf und erstarrte.

Oh. Mein. Gott.

Sie hatte gewusst, dass sie ihn sofort wiedererkennen würde, sollte sie jemals die Chance bekommen, ihn ein zweites Mal zu sehen. Prompt wurde sie erregt und nervös. Er war immer noch sehr attraktiv. Das hatte sie also nicht bloß geträumt oder sich in ihrer Fantasie ausgemalt.

»Hal-lo.« Ihre Stimme klang höher als sonst.

»Hi.« Seine Stimme war warm und sinnlich wie temperierte Schokolade.

»Sie waren also tatsächlich echt!« Die Worte sprudelten aus ihr heraus, und sie zuckte innerlich zusammen.

Er grinste breit. »Jap.«

»Und gestern ... Holly hat mir erzählt ...« Jetzt fiel es ihr schwer, einen vollständigen Satz zu formulieren.

»Ja, ich war hier. Leider während Ihrer Abwesenheit. Ich hatte gehofft, dass der Laden nicht die Besitzerin gewechselt hat, seit unserer Begegnung.«

Dem Himmel sei Dank, dass sie den Mietvertrag nicht gekündigt hatte.

»Ja, ich bin noch da.« Sie lächelte schüchtern. »Kann ich Ihnen irgendwie helfen? Möchten Sie Schokolade?« Schließlich konnte er nur hier sein, weil er etwas kaufen wollte.

»Na ja, was würden Sie denn empfehlen?«

»Hm, die mit gesalzenem Karamell sind wirklich köstlich, und die Schoko-Karamell-Trüffel sind auch immer sehr beliebt.«

»Dann werde ich ein paar von denen probieren, danke.«

Also war er vielleicht hier, um Schokolade zu kaufen. Sie befüllte zwei Geschenktüten mit den Pralinen und versuchte, ihre zitternden Finger stillzuhalten. Sie hoffte, dass kein anderer Kunde hereinkam, denn sie wollte wenigstens die Gelegenheit zum Plaudern haben, obwohl sie noch gar keine Ahnung hatte, was sie sagen sollte. Er war in den vergangenen Monaten so oft in ihren Gedanken aufgetaucht, da konnte er doch nicht einfach ein paar Süßigkeiten einkaufen und gleich wieder verschwinden, oder?

Oh, Mist. Er zahlte, steckte seine Brieftasche ein und nahm die Tüte. »Einen hübschen Laden haben Sie hier.«

»Danke ... äh ...« Sie musste ihn aufhalten.

»Also ...«, begann er, und sie sahen einander an.

Ihr wurde bewusst, dass sie seinen Namen nicht kannte. »Ich heiße übrigens Emma.« Sie hielt ihm die Hand hin.

»Hallo Emma. Max.«

Max, ja, das passte zu ihm. Mr. Kiss hieß also Max. Und er nahm ihre Hand in seine warme feste Hand.

»Max Hardy.«

»Freut mich, Sie kennenzulernen … *erneut*, Max.« Jetzt hatte sie die Saat gesät, indem sie ihn an den gemeinsamen Moment am Strand erinnert hatte.

»Ich habe mich gefragt, um wie viel Uhr Sie wohl den Laden schließen. Möchten Sie dann vielleicht mit mir einen Kaffee trinken?« Seine Stimme war ruhig und selbstbewusst.

Im Kopf reckte sie triumphierend die Faust und jubelte.

»Äh, ja, das wäre schön. Ich mache um fünf zu, aber dann muss ich noch mit Alfie, meinem Hund, kurz Gassi gehen.«

»Ach ja, Alfie. Der Spaniel.« Er nickte. »Süßer kleiner Kerl, braun und weiß.«

Wow, er erinnerte sich sogar an Alfie.

»Ja, genau der.«

»Na ja, ich könnte den Spaziergang mit Ihnen zusammen unternehmen. Wenn es Ihnen nichts ausmacht, natürlich.«

»Es macht mir überhaupt nichts aus. Wie wäre es, wenn wir uns auf dem Parkplatz am Strand treffen? Sagen wir um Viertel nach fünf?«

»Großartig. Und danach gehen wir vielleicht etwas zusammen trinken?«

»Vielleicht, ja.« Ihr Herz vollführte einen doppelten Salto.

»Dann bis nachher.« Er wandte sich zum Gehen und nahm seine Tüte mit der Schokolade.

Emma schaute ihm nach. Groß, muskulös unter dieser Jeans, trendy Lederjacke, kurze dunkle Haare.

»Okay, bis später, Max.« Sie klang gelassen, obwohl sie am liebsten herumgehüpft wäre wie Holly vor ein paar Monaten.

Passierte das wirklich, nachdem sie sich so lange gefragt hatte, was wohl aus ihm geworden und wo er geblieben war?

Warum hatte es so lange gedauert, bis er zurückgekommen war? Hoffentlich bekam sie schon bald die Gelegenheit, das herauszufinden.

Der metallic-graue Jeep stand auf dem Parkplatz in den Dünen, mit der Front zum Meer.

Emmas Herz zog sich zusammen, um ihr anschließend bis zum Hals zu schlagen. Dabei war sie sich gar nicht sicher, ob vor Aufregung oder Angst. Und für einen Moment wurde sie abgelenkt von verwirrenden Gedanken an Luke und heftig aufflackernden Schuldgefühlen. Was würde er denken, ihr Verlobter? Würde es ihm das Herz brechen, zu sehen, wie aufgeregt Emma wegen dieses Treffens mit Max war? Ja, Luke war von ihr gegangen, und doch war er ihr in vielerlei Hinsicht noch nah.

Sie fühlte sich merkwürdig. Noch konnte sie fliehen. Aber da war er schon, stand neben seinem Wagen und winkte ihr zaghaft zu. Auf diesen Moment hatte sie gewartet. Ihr war ein wenig schlecht. Alfie entdeckte ihn ebenfalls und begann, an der Leine zu ziehen und Emma hinter sich her zu zerren – in Max' Richtung.

Was, wenn Max irgendwie seltsam war? Sie kannte ihn ja kaum. Er machte einen netten Eindruck, doch konnte immer noch durchaus eine Axt im Kofferraum seines Wagens liegen. Plötzlich bereute sie es, sich mit ihm am halb leeren Strand verabredet zu haben. Sie hatte nicht einmal jemandem erzählt, wohin sie ging. Würde Alfie sie beschützen? Sie hatte den Hund noch nie wütend erlebt – wahrscheinlich würde er sich auf den Rücken legen, um sich den Bauch kraulen zu lassen oder sie für ein halbes Würstchen ausliefern. Dank Alfie sausten sie weiter auf Max zu.

»Hey.« Er lächelte ihr zu und ging in die Hocke, um Alfie hinter den Ohren zu kraulen.

Er kam ihr nicht vor wie ein Axtmörder. Emma erwiderte sein Lächeln. »Hi.«

»Schön, Sie wiederzusehen.« Seine Augen waren von einem tiefen Grünbraun – und zum Dahinschmelzen.

Sein Blick verriet ihr, dass sie beide an jenen Moment vor vielen Monaten an genau der gleichen Stelle dachten.

Unten am Strand verwandelte sich das frühe Abendlicht allmählich von einem Hellblau zu einem sanft orangefarbenen Glühen, während die Wellen sanft ans Ufer rauschten. Alfie lief ohne Leine glücklich überall umher.

»Und … wie ist es Ihnen so ergangen?«, fragte Max.

»Ganz okay, danke. Und Ihnen?«

»Auch gut, danke. Wie ist das Leben an vorderster Front der Schokoladenindustrie?«

»Es hält mich auf Trab. Jetzt haben wir fast Oktober, und da fangen wir bald an, uns auf die hektische Weihnachtszeit vorzubereiten. Ich werde in meiner Küche Schokolade wie am Fließband herstellen.«

»Klingt interessant. Ich bin ein kleiner Schokoladenfan.«

Das wird ja immer besser!

»Ich muss gestehen, dass ich eher auf Yorkie-Riegel und Toffee Crisp für zwischendurch stehe«, sagte er.

»Herrje, Sie Verräter!«

»Ich könnte bestimmt davon überzeugt werden, etwas Edleres zu probieren.« Er grinste, mit einem frechen Funkeln in den Augen.

War die Zweideutigkeit beabsichtigt? Emma war sich nicht sicher.

Sie spazierten am Ufer der Bucht entlang und wichen einigen kleinen Salzwasserpfützen nahe den Felsen aus, die die Flut hinterlassen hatte. Der Sand unter ihren Füßen war weich.

»Und womit verdienen Sie Ihren Lebensunterhalt?«, erkundigte Emma sich. »Ich glaube, das habe ich beim letzten Mal nicht erfahren.« Genau genommen hatte sie fast gar nichts erfahren.

»Ich bin Bauunternehmer, habe ein eigenes kleines Unternehmen. Ich beschäftige vier Angestellte, das ganze Jahr über, und Zeitarbeiter bei größeren Aufträgen. Wir machen Hausrenovierungen, Anbauten und gelegentlich Neubauten. Solche Sachen.«

»Waren Sie schon immer in der Baubranche?«

»Meine Eltern wollten, dass ich Steuerberater werde, das war der mir vorgezeichnete Weg. Ich war immer gut in Mathe, da schien es die vernünftigste Berufswahl. Aber ich hasste diesen ganzen Papierkram, die Gleichungen, Berechnungen und das Eingesperrtsein in einem Büro. Ich konnte mir einfach nicht vorstellen, dass das mein Leben sein sollte. Das war nicht das Richtige für mich. Also verließ ich die Uni nach dem ersten Jahr, sehr zur Enttäuschung meiner Eltern. Ich wollte nicht mit dem Stift in der Hand arbeiten, sondern eine Schubkarre schieben, einen Bohrer halten, eine Säge. Zu Hause habe ich ständig an irgendetwas herumgebastelt und so auf eigene Faust Dinge ausprobiert. Wacklige Regale für mein Zimmer gebaut und so.«

Emma lachte und stellte sich vor, wie er als Teenager hämmerte und sägte.

»Irgendwann erhielt ich einen Ausbildungsplatz bei einer Baufirma. Ich fing als Lakai an und musste sämtliche Drecksarbeiten erledigen, dann lernte ich zu mauern, zu verputzen, zu löten. Ich arbeitete hart und lernte viel dabei, bis ich Vorarbeiter wurde und die Mannschaft führen durfte, wenn der Besitzer nicht da war. Dann wurde Fred, der Besitzer des Unternehmens, krank und musste vorzeitig in den Ruhestand gehen. Ich nahm einen Kredit auf und kaufte den laufenden Betrieb. Schaute nur nach vorn. So, das ist meine Geschichte.«

»Interessant. Sie haben also Ihren eigenen Weg gefunden.« Das gefiel ihr – dass er sich selbst kannte und wusste, was er wollte, und dass er hart dafür gearbeitet hatte.

»Wo ist Ihr Unternehmen denn beheimatet?« Sie merkte, dass sie insgeheim hoffte, es möge nicht etliche Meilen weit entfernt sein, vielleicht etwas südlicher gelegen, und dass sein Aufenthalt hier nicht bloß eine jährliche Reise war.

»Bei Hexham.«

»Ah, okay.« Das lag nur eine Autostunde entfernt.

»Ich wohne in einem Dorf in der Nähe der Stadt. Es ist klein, freundlich, passt gut zu mir. Wir haben viel zu tun in der Gegend, außerdem in Newcastle und Gateshead, also ist es für uns der ideale Standort.«

»Oh, ich liebe Hexham.« Sie hatte schon einige Tagesausflüge dorthin unternommen und auch einmal ein Wochenende mit Luke dort verbracht. Sie erinnerte sich daran, wie sie am Fluss spazieren gegangen waren, an die schöne alte Abtei, die schmalen Gassen, Tee und Kuchen in einer wundervollen Teestube, und wie sie Lukes Hand hielt … Sie biss sich auf die Innenseite ihrer Wange. Das hier war schwieriger, als sie es für möglich gehalten hätte – ein Spaziergang mit jemand anderem. Für einen Moment schaute sie hinaus aufs Meer und konzentrierte sich auf die flache graue Linie des Horizonts. Der Schrei einer Möwe holte sie ins Hier und Jetzt zurück.

»Ja, es ist eine hübsche kleine Stadt.« Max beendete das Schweigen.

»Ja … Tja …« Sie näherte sich der Frage, die sie beschäftigte. »Wie ist Ihr Jahr gewesen bisher?« *Und wo zum Geier sind Sie gewesen in den vergangenen neun Monaten?* Das war es, was sie eigentlich fragen wollte. Doch sie kannte diesen Mann kaum. Er war ihr keinerlei Erklärung schuldig.

»Ganz gut, ziemlich viel zu tun. Wir hatten ein Neubauprojekt für zwei Grundstücke in der Nähe des Close House Golfclubs, bei Heddon. Schicke Häuser, jedes mit sechs Zimmern. Das hat Spaß gemacht, obwohl die Bauleitung uns ständig im Nacken saß. Da kam ich erst gar nicht auf dumme Gedanken.«

Dann hatte ihn vielleicht nur viel Arbeit beschäftigt. Möglicherweise hatte er gar nicht mehr groß an sie gedacht bis jetzt.

Er blieb stehen und sah sie ernst an. »Es tut mir leid, dass ich … nicht früher wieder herkommen konnte.«

Emma blieb ebenfalls stehen. Spürte ein leichtes Aufwallen in der Herzgegend. Wusste nicht, was sie sagen sollte.

»Es sind viele Dinge passiert«, fuhr er fort, »die ich nicht erwartet habe …«

»Sind Sie mit jemandem zusammen?«, platzte Emma heraus. Sie musste es einfach wissen. Die Empfindungen, die allein schon dieses Wiedersehen in ihr zu wecken anfing, diese emotionale Verwicklung – das musste aufhören, sofort, falls er in einer Beziehung lebte. Sie hatte genug Schmerz durchgemacht, um sich mit einem Mann einzulassen, der schon vergeben war. Abgesehen von den Gründen des Selbstschutzes wollte sie auch niemand anderen verletzen, irgendeine arme Frau, die sie nicht kannte. Das war es niemals wert – das Leben war schon kompliziert genug, auch ohne dass man anderen Menschen wehtat. Sollte er mit jemandem zusammen sein, würde sie sich höflich für den Spaziergang bedanken, mit Alfie nach Hause gehen und ihn nie wiedersehen.

Sie standen sich von Angesicht zu Angesicht gegenüber, zwei Gestalten in der Weite des Strandes. Zwei Leben an einem Wendepunkt.

»Nein, nein. Da gibt es niemanden … nicht mehr.«

Das waren vielsagende Worte. *Es hatte also jemanden gegeben.* »Oh …« Als sie sich geküsst hatten, in diesem ganz besonderen Augenblick, der in Emmas Erinnerung immer mehr an Bedeutung gewonnen hatte – war er da und danach die ganze Zeit mit jemandem zusammen gewesen?

»Es ist jetzt vorbei … Und ich habe Sie nicht vergessen können.« Seine grünbraunen Augen fixierten sie. Sein Blick war ernst und vertrauenswürdig. Aber wie konnte man das wissen?

Ich Sie auch nicht, dachte sie, sprach es jedoch nicht aus. Sie fühlte sich zerbrechlich und unsicher – was passierte hier?

»Aha.« Endlich sprach sie. Sie wollte mehr wissen, aber sie hatten sich gerade erst kennengelernt, und da schien es nicht richtig zu sein, ihn gleich mit Fragen zu bombardieren. Sie kannte diesen Mann kaum – das meiste war ein Ergebnis ihrer Grübeleien.

»Erzählen Sie doch mal vom Leben hier in Warkton.« Das klang, als wollte er von sich ablenken. »Was hat sich hier ereignet? Es sieht ziemlich verschlafen aus, aber ich wette, hier ist mehr los, als der erste Blick vermuten lässt.« Emma hatte den Eindruck, dass das auch auf Max zutraf.

»Es war ein interessantes Jahr. Ich habe versucht, neue Aufträge zu bekommen und gleichzeitig den Laden zu erhalten. Da ich sämtliche Schokolade selbst herstelle, nimmt das viel Zeit in Anspruch.«

»Ja, ein eigenes Unternehmen zu haben ist nie leicht, was? Man arbeitet ständig, muss sich um seine Angestellten kümmern und sich mit einer Million Vorschriften und Gesetzen herumplagen. Unser Berufszweig ist natürlich ein Albtraum, was den Arbeitsschutz angeht, weil wir uns ständig auf dem Laufenden halten müssen über die neuesten Bestimmungen. Das ist einerseits richtig, aber andererseits – Kurse, in denen man lernt, eine Leiter hochzusteigen oder einen Hammer zu halten?« Er grinste schief. »Wir steigen seit zwanzig Jahren Leitern hoch und schlagen Nägel ein, und jetzt sollen wir das üben?«

»Wem sagen Sie das. Ich muss mich ständig auf dem Laufenden halten über die aktuellen Hygiene- und Gesundheitsbestimmungen. Mit der Herstellung von Schokolade allein ist es nicht getan. Als ich anfing, hatte ich keine Ahnung.«

»Kann ich mir gut vorstellen.«

»Ich liebe meine Arbeit trotzdem und kann mir inzwischen

nicht mehr vorstellen, etwas anderes zu machen. Ja, es sind lange Stunden, aber es ist großartig zu wissen, dass das Unternehmen mir gehört und ich es auf die Weise führen kann, die ich für richtig halte. Es gibt niemanden, der mir sagt, was ich zu tun habe.«

Sie kamen an einem Paar mittleren Alters vorbei, das mit seinem Terrier spazieren ging. Man grüßte sich mit einem kurzen hallo, während die Hunde sich umkreisten, dann setzte jeder seinen Weg fort.

»Was haben Sie denn vorher gemacht? Ich nehme an, Sie kommen aus einem anderen Beruf?«

»Stimmt, ich war Lehrerin. An einer Realschule. Ich unterrichtete Hauswirtschaft, also im Grunde Kochen. Das war die Verbindung, das Kochen und Ausprobieren von Rezepten mit Schokolade.«

»Ah, verstehe.«

»Aber unterrichten ist etwas ganz anderes. Die Arbeit mit den Kindern hat mir gefallen. Aber die höheren Mächte änderten ständig die Regeln, und die Tests und Berichte, die man anfertigen musste … das Schlimmste war, dass vor allem dann wieder alles umgeschmissen wurden, wenn man sich gerade an alles gewöhnt hatte. Ich glaube, ich war nicht mehr mit Herzblut bei der Sache. Und dann änderte sich mein Privatleben plötzlich.« Sie hielt inne. Jetzt war sie an der Reihe, etwas zurückzuhalten, denn sie hatte schon zu viel erzählt.

Max beließ es höflicherweise dabei, wofür sie ihm dankbar war. Er lenkte das Gespräch auf Filme und Musik.

Sie erreichten das andere Ende der Bucht, wo sich bei Ebbe zwischen den Felsen stets Wasserlachen bildeten, die dann Teppiche aus limonengrünem Seetang an den zerklüfteten Vorsprüngen freilegten. Diese machten das Balancieren auf den Steinen rutschig und durchaus gefährlich. Alfie ließ sich nicht einschüchtern und sprang in eine der tieferen Pfützen. Als er herauskam, schüttelte er sich neben Max und Emma und bespritzte sie mit salzigen Wassertropfen.

»Danke, Alfie.« Max schüttelte den Kopf.

»Ups, sorry«, sagte Emma. Sie lachten beide. »Ich glaube, wir drehen hier lieber um«, schlug Emma vor. »Es wird wahrscheinlich ohnehin langsam Zeit, sich auf den Rückweg zu machen.«

Das Licht schwand jetzt zusehends. Ein Hauch von Zartrosa umrahmte die schmutziggrauen Wolken über dem rauschenden Meer. Die Farben des Abends waren sanft und ineinanderfließend wie bei einem Aquarell. Eine herbstliche Dunkelheit hatte sich bereits am Horizont ausgebreitet. Eine einzelne Seeschwalbe flog über sie hinweg. Alles war ruhig und friedlich.

Emma empfand es als angenehm, neben Max zu gehen und sich mit ihm zu unterhalten. Sie erfuhr, dass er Einzelkind war und seine Familie in der Gegend um Morpeth lebte. Aufgewachsen war er jedoch in Newcastle. Während sie sich unterhielten, musterte Emma verstohlen seine große Gestalt, seine dunklen kurzen Haare, die Stoppeln an seinem Kinn. Er besaß Ausstrahlung. Seine innere Gelassenheit und der offenbar muskulöser Körper wirkten sehr anziehend auf sie.

Sie näherten sich dem Parkplatz, und Emma wurde zunehmend nervös. Würde er sie erneut küssen? Und würde es genauso wundervoll sein wie beim letzten Mal? Oder würde sich Verlegenheit einstellen?

»Bleibt es bei einem Drink nachher?«

Sollte sie es tun? Es war wirklich angenehm gewesen, die Unterhaltung und der Spaziergang mit ihm. Er war unkompliziert. Sie hatte ein wenig mehr über ihn erfahren können. Aber dies war unbekanntes Terrain. Ihre sehr sporadischen anderen Dates seit Luke waren allesamt Reinfälle gewesen. Diesmal fühlte es sich eigenartig anders an. Ihre Gefühle befanden sich in Aufruhr, um es milde auszudrücken.

»Okay, ja«, sagte sie. »Das wäre nett. Das Fisherman's Arms im Dorf ist gut.«

»Sehr schön, ich wohne im Bed & Breakfast in Beadnell, bin also schnell wieder hier. Ich werde duschen und mich frisch machen. Nennen Sie mir einfach eine Uhrzeit, die Ihnen am besten passt.«

Plötzlich stellte sie sich vor, wie er wohl ganz nass und nackt unter der Dusche aussah, und prompt glühten ihre Wangen. »Oh …« Sie schaute auf ihre Uhr. »Sagen wir acht Uhr im Fisherman's Arms. Es liegt gleich beim Hafen.«

»Ja, das kenne ich«, erwiderte er.

Und da waren sie nun wieder, auf dem Parkplatz in den Dünen, an der gleichen Stelle wie damals am zweiten Weihnachtstag. Bange Hoffnung keimte in ihr.

Er gab ihr einen Kuss auf die Wange, ganz Gentleman, und das sanfte Kratzen seiner frischen Bartstoppeln löste sofort eine Flut an Erinnerungen aus. Doch ehe sich mehr daraus entwickeln konnte, wich sie zurück. Sie brauchte Zeit, um erst einmal über alles nachzudenken.

»Es war sehr schön, Sie wiederzusehen«, brachte sie heraus.

»Ja«, bestätigte er. »Es war auch schön, Sie wiederzusehen. Soll ich Sie zum Laden mitnehmen?«

»Nein, ich sollte Ihren Wagen nicht mit einem nassen sandigen Spaniel verdrecken. Trotzdem vielen Dank.«

»Na gut, dann sehen wir uns später. Um acht im Fisherman's Arms.«

»Ja, bis nachher.« In ihrem Kopf wirbelten die Gedanken.

Es fühlte sich gut an, wie das Wasser auf ihre Haut prasselte, während sie sich mit einem spritzigen Pfefferminzduschgel wusch. Ihr blieb keine Zeit, sich die Haare zu waschen. Da es dick und wellig war, brauchte es eine Ewigkeit, um trocken zu werden, und sie hatte doch nur eine Stunde! Außerdem musste sie auch noch eine Kleinigkeit essen: Toast und Rührei würde es werden. Jetzt gerade war ihr noch ein wenig flau im Magen. Sie wurde nach wie vor nicht ganz schlau aus ihren Gefühlen. Sie stieg aus der Dusche und nahm sich ein Handtuch. Bei dem Gedanken daran, Max gleich wiederzusehen, freute sie sich, war jedoch auch schrecklich nervös. Ein Date mit diesem Mann kam ihr zu gewagt und irgendwie falsch vor.

Während sie ihren schlanken Körper abtrocknete, erlebte sie einen Moment der Panik. Was, wenn sie sich wirklich gut verstanden? Was, wenn weitere Dates folgten und er sie eines Tages wirklich nackt sehen würde? Schluck. Instinktiv zog sie das Handtuch fester um sich.

Du meine Güte, meldete sich ihre innere Stimme wieder, du bist sechsunddreißig Jahre alt und hattest noch gar kein Date, bloß einen Spaziergang am Strand. Und selbst wenn etwas passieren *sollte* an einem gewissen Punkt, ist es Sex. Das ist ganz normal. Allerdings war das auch etwas, auf das sie verzichtet hatte, nach einigen miesen Versuchen in der Zeit nach Luke. Wann war das letzte Mal gewesen, vor vier Jahren?

Das Schwerste daran würde sein, dass es nicht Luke war, oder? Prompt brach ihr der kalte Schweiß aus, und ihre Augen füllten sich mit Tränen. Wie sehr wünschte sie, es könnte Luke sein – konnte es aber nicht. Es würde nie wieder er sein.

Jahre, es war Jahre her, und noch immer hatte der Schmerz die Wucht eines Vorschlaghammers. Das war die Art, auf die nur die Liebe schmerzte, wenn jemand einen verlassen hatte. Und doch vergingen die Tage, stieg die Sonne am Himmel und versank wieder, und irgendwie schaffte man es, erneut zu lächeln, obwohl das Herz gebrochen war.

Emma seufzte leise und ging über die Galerie zu ihrem Schlafzimmer. Sie betrachtete Lukes Foto in dem Holzrahmen neben dem Bett und erinnerte sich daran, wie aufgeregt sie gewesen war, nachdem sie sich im Lehrerzimmer der Schule zum ersten Mal begegnet waren. Sie hatte überhaupt nicht mehr aufhören können, an ihn zu denken. Sie setzte sich auf ihr Doppelbett und zog ihren schlichten weißen BH und ihren Slip an.

Vielleicht sollte sie jetzt doch einen Rückzieher machen? Die Verabredung mit Max auf einen Drink heute Abend höflich absagen – sie könnte bei Danny am Tresen eine Nachricht für ihn hinterlassen. Ja, jenen ersten Kuss und den heutigen Spaziergang als angenehmen Moment in ihrer Erinnerung bewahren.

Komm schon, meldete sich ihr Alter Ego, du bist albern. Es ging schließlich nur um einen Drink in einem Pub. Es war nicht einmal ein richtiges Date. Ja, Max war ziemlich gut aussehend, gut gebaut und schien freundlich zu sein, aber hey, das hieß noch nicht viel. Möglicherweise würde sie ihn nach diesem Abend nie wiedersehen. Sie richtete ihre Gedanken auf die Frage, was sie anziehen würde und entschied sich für eine Jeans und ein hübsches geblümtes Top. Emma neigte bei ihren Freizeitlooks zum Boho-Stil. Ein Spritzer Parfüm, ein wenig Feuchtigkeitscreme und pfirsichfarbener Lippenstift, Eyeliner und Mascara – fertig. Wie üblich war ihr Make-up in fünf Minuten erledigt.

Sie bürstete ihre langen, gewellten roten Haare. Für die Arbeit musste sie sie zu einem Pferdeschwanz zusammenbinden, daher war es angenehm, sie gelegentlich offen tragen zu können. Ihre Haare mussten stets gebändigt werden, und wenn Emma sie wusch, brauchte sie tonnenweise Conditioner, weil sonst die Bürste den Kampf verlor.

Sie fütterte Alfie und ließ ihn anschließend hinaus in den Garten. Nachdem sie ihn wieder zu seinem Körbchen in der Küche im ersten Stock gebracht hatte, war sie fertig zum Aufbruch. Sie zog eine Jacke über, verließ den Chocolate Shop durch die Hintertür und ging den Hügel hinunter in Richtung Hafen. Zu diesem Zeitpunkt drehte sich ihr der Magen schon fast um.

21. Kapitel

Sie entdeckte Max auf dem Parkplatz direkt vor dem Fisherman's Arms. Er war gerade dabei, aus seinem Wagen zu steigen.

Ihre Kehle war wie zugeschnürt. *Auf geht's.* »Hi.« Zögernd kam sie näher.

Er drehte sich um und belohnte sie mit einem hinreißenden Lächeln.

»Hey. Jetzt werden Sie mir also mal zeigen, wo in Warkton was los ist.«

»Oh, ja. Wenn Sie ein Pint, echtes Ale und eine Partie Dame spielen wollen, dann ist das genau der richtige Schuppen. Möglicherweise dehnen wir die Aktivitäten des heutigen Abends sogar auf Domino aus.« Eigentlich fand das Mittwochabends statt.

Sie fragte sich, ob sie etwas weniger Rustikales hätte vorschlagen sollen. Sie hätten ja auch nach Alnwick oder sonst wohin fahren können. Außerdem kannte hier jeder jeden. Ihr Date mit Max würde kein Geheimnis bleiben, im Gegenteil, das ganze Dorf würde es in exakt drei Minuten wissen.

Max hielt ihr die Eingangstür des Pubs auf.

»Danke.«

Stille breitete sich in der Bar aus, als sie eintraten. Dave, der Wirt, nickte Emma zur Begrüßung zu, und dann richteten sich acht Augenpaare auf den verdächtigen Kerl hinter ihr.

»Alles in Ordnung, Emma?« Es war Dave, der sich erkundigte, ob das mit dem Kerl an ihren Fersen auch alles seine Richtigkeit habe und es ihr gut gehe.

»Ja, bestens, danke. Und bei dir?«

»Mir geht's gut, Schätzchen. Kerngesund. Na dann, was kann ich euch bringen?« Das war das Signal für die Stammgäste, ihre Gespräche wiederaufzunehmen.

»Ah, ein Glas Weißwein, bitte. Max?«

»Ich werde mal ein echtes Ale probieren. Haben Sie ein helles?«

»Wir haben ein nettes Blondes.« Dave lachte dazu in sich hinein. »Ein Blondes aus Tynneside … ein Pint?«

»Ja, das probiere ich mal. Danke.«

Sie bekamen ihre Getränke, und Max bestand darauf zu zahlen. Emma ging voran zu einem ruhigen Tisch. Wenn sie schon demnächst Thema der Gerüchteküche sein würden, wollte sie wenigstens verhindern, dass jedes einzelne Wort ihrer Unterhaltung die Runde machte.

Der Pub konnte sich nicht sonderlich verändert haben, seit die Fischer hier vor Jahrhunderten eingekehrt waren. Die niedrige Decke, die dunkle Holztheke, der Schieferfußboden, die Holztische und -stühle waren allesamt immer noch original. Immerhin hatten einige dieser Stühle inzwischen weiche Sitzpolster. An der einen Seite des Raumes brannte sogar ein echtes Kaminfeuer. Vor einigen Jahren war ein Bereich zum Essen hergerichtet worden, der eine schöne Aussicht auf die Bucht bot. In den Sommermonaten wurde ein Biergarten aufgebaut, in dem man Fish and Chips oder Krabbensandwiches genießen konnte, während die Boote im Hafen schaukelten.

Alte sepiafarbene Fotos an den Wänden zeigten die vom Wetter gegerbten Gesichter der Fischer aus der Vergangenheit. Die Netze, die kleinen Boote, die Räucheröfen für den Hering – heute gab es nur noch wenige aktive Fischer und Boote.

Max setzte sich auf einen antiken Spindelstuhl, der zu einem kleinen runden Tisch mit zerschrammter Kupferplatte gehörte. »Bilde ich mir das nur ein, oder haben uns alle hier genau beobachtet?«

»Ähm, nein, das bilden Sie sich nicht ein. Die haben versucht, Sie zu durchleuchten. Es ist ein kleines Dorf, und die Leute haben mich hier wahrscheinlich noch nie mit einem Mann gesehen.«

»Tatsächlich. Ich hätte gedacht, die Männer stehen Schlange bei Ihnen.« Er grinste.

»Nicht wirklich.« Sie bemühte sich um einen unbeschwerten Ton. »Ich bin seit einer Weile allein.« Mehr gedachte sie zu diesem speziellen Thema nicht preiszugeben. »Wie dem auch sei, spätestens morgen wird die Warkton-Gerüchteküche brodeln. Und die Leute werden Sie genau beobachten, solange Sie hier sind. Gar nicht auszudenken, was passiert, falls Sie irgendeinen Fehler begehen!« Emma machte keinen Scherz. Es war, als hätte man seine ganz persönlichen Aufpasser – oder Schnüffler, je nachdem. Der Zusammenhalt der Gemeinde war groß, aber manchmal auch ein bisschen erdrückend.

»Man könnte mich mit Damebrettern oder so was attackieren«, witzelte Max.

»Die haben auch ein Dartsteam. Seien Sie also lieber nett zu mir.« Sie lächelte.

»Oh Mann.«

Sie unterhielten sich eine Weile über das Dorf, Emmas Laden, wie sie dazu gekommen war, Schokolade herzustellen und welche Kurse sie absolviert hatte, um diese Kunst zu erlernen. Ganz bewusst mied sie jenes Ereignis, dass ihrem Leben eine dramatische Wendung gegeben hatte. Stattdessen erwähnte sie nur vage, dass sie sich beruflich hatte verändern wollen. Behutsam lenkte sie die Unterhaltung darauf, dass es ab Oktober deutlich ruhiger wurde, da weniger Touristen kamen und sie dadurch die Gelegenheit bekam, Schokolade auf Vorrat herzustellen, auch schon im Hinblick auf das Weihnachtsgeschäft.

Emma fand, sie hatte genug von sich erzählt und wollte jetzt mehr über Max erfahren. »Sie erwähnten, dass Sie eine Baufirma besitzen. Woran arbeiten Sie im Augenblick?«

»Wir sind zur Hälfte fertig mit zwei Neubauten. Die muss ich bis Weihnachten erledigt haben. Außerdem ein großer Anbau plus Renovierung eines Reihenhauses in Jesmond, einem Vorort von Newcastle-upon-Tyne, für den Freund eines Freundes. Dann sind da noch ein paar Aufträge im neuen Jahr, für die ich erst einen Kostenvoranschlag erstellen muss.«

»Das hört sich vielbeschäftigt an.«

»Bin ich auch. Aber ich beklage mich nicht. Nach der Rezession im Baugewerbe tut es ganz gut, wieder Aufträge zu haben. Ich habe gern viel zu tun. Ehrlich gesagt, muss ich auch bald los, weil ich morgen sehr früh anfange. Mein nächster Drink wird also eine Cola sein. Kann ich Ihnen noch ein Glas Wein bestellen?«

Offenbar war sie wirklich nervös gewesen, denn sie hatte ihr erstes Glas Wein schon fast geleert.

»Ja, gern, aber lassen Sie mich diesmal bezahlen.« Emma griff nach ihrer Handtasche.

»Okay, aber ich gehe an die Bar.«

»Danke.« Sie gab ihm eine Zehn-Pfund-Note. Dann warf sie einen verstohlenen Blick auf seinen Hintern in der Jeans, als er zur Bar ging – wohlgerundet und knackig, sehr hübsch. Rasch wandte sie den Blick ab, als sie bemerkte, dass eine der Einheimischen sie beobachtete. Eine Frau mittleren Alters mit messingblonden Haaren saß auf einem Hocker an der Bar. Sie kellnerte manchmal in einem Café im Nachbarort. Genau genommen war es Max, dem die Dame lüstern hinterherschaute, während er sich der Theke näherte. Er war aber auch wirklich ein ansehnlicher Kerl – das musste Emma zugeben.

Hatte er lediglich einen kurzen Ausflug hierher unternommen, weil er den Ort mochte, und ihr dabei rasch hallo sagen wollen? Um anschließend gleich wieder in seinen Alltag und zu seiner Arbeit zurückzukehren? Würde sie ihn nach dem heutigen Abend jemals wiedersehen? Und würde das eine Rolle spielen?

Max kam mit den Getränken zurück und setzte sich wieder vor den Kamin, wobei er die langen Beine ausstreckte. Eine ganze Weile saß er still da, als dachte er über etwas nach.

»Emma, als ich all die Monate nichts habe von mir hören lassen ...«

Jetzt hatte er ihre volle Aufmerksamkeit.

»Ich wollte ja vorbeischauen, aber da war ich mit jemandem zusammen. An dem Tag, als ich hier am Strand war, wollte ich über alles nachdenken.«

Für Emma war das ein Schock. Es gab da also noch jemanden. Sie kannte diesen Mann wirklich nicht.

»Wir hatten Weihnachten zusammen verbracht«, erzählte er weiter. »Wir wohnten in einer Hütte ganz in der Nähe von Warkton. Es sollte romantisch sein und etwas ganz Besonderes, eine Gelegenheit, sich zu erholen und zu entspannen ... Doch es wurde zum Albtraum. An diesem Morgen musste ich einfach raus. Ich musste an die frische Luft, um nachzudenken. Tief im Innersten wusste ich, dass die Beziehung falsch war und sinnlos. Aber es erschien mir grausam, es vor Weihnachten zu beenden. Doch die Feiertage liefen mies und zeigten uns nur, wie weit wir uns schon voneinander entfernt hatten. Unterschiedliche Ansichten, andere Ziele ...«

»Aber Sie haben mich geküsst – obwohl Sie noch mit jemand anderem zusammen waren?« Allmählich begriff sie. Die ganze Zeit hegte sie die schöne Erinnerung an den Kuss, dabei war er zu dem Zeitpunkt mit einer anderen zusammen gewesen.

»Ich weiß. Es hat mich an jenem Tag selbst überrascht. Ihnen zu begegnen ... Sie waren einfach so anders, wie eine frische Brise. Als hätte ich Sie mir erträumt oder irgend so etwas Verrücktes. Es bewies mir noch stärker, dass ich es beenden musste. Ich war bereit, es ihr zu sagen. Doch als ich zum Ferienhaus zurückkam, fand ich sie am Boden zerstört vor – ihre Mum hatte angerufen, ihr Dad war ins Krankenhaus gebracht worden. Er hatte einen Herzinfarkt erlitten.« Max machte eine Pause.

»Oh nein. Das tut mir leid.«

»Ist schon in Ordnung, er hat es überlebt, dem Himmel sei Dank. Ich mochte ihre Eltern, mag sie noch heute. Und deshalb konnte ich es zu diesem Zeitpunkt nicht. Wie hätte ich es ihr da sagen können? Also blieb ich bei ihr, tat, als sei alles in Ordnung und stand ihr bei.« Max schaute in die orange flackernden Flammen des Feuers. »Inzwischen geht es ihm viel besser. Nach einigen Monaten, als ihr Vater sich zu Hause erholte und stabil war, wussten wir, dass er wieder gesund würde. Ich erklärte ihr, es sei vorbei. Ich konnte ihr nichts mehr vorspielen. Trotzdem war es ziemlich schrecklich.«

Emma hatte nie eine Beziehung beenden oder jemandem auf diese Weise wehtun müssen. »Ich kann mir vorstellen, dass das hart war.«

Max schien wirklich ein netter Kerl zu sein, doch dies war komplizierter, als sie geahnt hatte, auch ohne ihre eigenen Probleme.

»Wäre es in Ordnung, wenn ich mir Ihre Nummer aufschreibe?«, erkundigte er sich.

»Hm.« Sie war sich nicht sicher, besonders nachdem sie das alles gehört hatte. War es nicht vernünftiger und einfacher, wie bisher allein zu leben, ohne zusätzliche Komplikationen und jemanden, um den man sich Gedanken machen musste? Besaß sie überhaupt die emotionale Energie, dieses seltsame Beziehungsspiel erneut zu beginnen? Andererseits würde es ihr auch nicht wehtun, ihm ihre Nummer zu überlassen, oder? Wollte sie denn wirklich, dass er einfach verschwand?

»Okay, einverstanden.« Emma klang ziemlich gelassen,

doch dieses Mal siegte ihr geflicktes Herz über ihre Angst und machte einen Freudenhüpfer.

»Ich würde gern mit Ihnen in Kontakt bleiben, wenn das okay ist?«

»Okay.« Sie las ihm ihre Handynummer vor, damit er sie in sein Mobiltelefon eingeben konnte. »Hier im Dorf haben wir nicht immer den besten Empfang, also können Sie es getrost auch im Laden versuchen.« Auch diese Nummer tippte er ein.

»Geben Sie mir auch ihre?« Sie wollte nicht, dass es einseitig blieb.

»Natürlich.«

»Also, Max Hardy?«

Und da war er nun, sicher abgespeichert in ihrem Telefon. Das war ein kleiner Hoffnungsschimmer.

Sie unterhielten sich noch ein wenig und genossen den Schein des Feuers sowie dessen behagliche Wärme. Im Pub herrschte nur noch leises Stimmengewirr und gelegentliches raues Lachen. Emmas Freund Danny tauchte an ihrem Tisch auf, um die Gläser einzusammeln.

»'n Abend, Em.« Er nickte Max zu und betrachtete ihn eingehend.

»Oh, hallo Danny. Ich wusste gar nicht, dass du heute Abend Schicht hast. Das ist übrigens Max.«

Die Männer schüttelten sich die Hände. Danny musterte Max noch einmal gründlich, ehe er wieder an seine Bar zurückkehrte. Emma musste lächeln.

Max schaute auf seine Uhr. Es war schon nach halb zehn. »Tut mir leid, aber ich sollte mich lieber auf den Weg machen. Ich muss noch ein Stück fahren zum B&B, und morgen muss ich früh raus. Ich werde Sie zu Fuß nach Hause bringen. Oder kann ich Sie absetzen?«

»Oh, keine Umstände. Ich bin den Weg gewohnt.«

»Dann verbringen Sie viel Zeit hier im Pub?«

»Nein, eigentlich nicht. Ich meinte, ich bin es gewohnt, draußen im Dorf unterwegs zu sein. Ich gehe doch immer mit Alfie Gassi.«

»Aber dann ist der Hund bei Ihnen, um Sie zu beschützen.«

»Stimmt wohl.«

»Ich würde Sie gern nach Hause bringen.« Er schien höflich entschlossen zu sein.

»Na gut, dann sehr gern. Danke.« Sie war nicht daran gewöhnt, jemanden zu haben, der auf sie aufpasste. Sie war schon zu lange allein.

»Ich sollte Sie wirklich sicher im Auge behalten, denn mein Gefühl sagt mir, dass ich es andernfalls mit den Männern hier zu tun bekomme.«

»Absolut.«

Er trank seine Cola aus und stand auf. Emma zog ihre Jeansjacke an. Ihr Weinglas war inzwischen ebenfalls leer. Sie winkte in Richtung Bar. »Wiedersehen Dave, Danny, Leute.«

»Gute Nacht, Emma …« Dave nickte Max höflich zu. Die am Tresen Sitzenden nickten ebenfalls alle kurz und musterten den Fremden zum Abschied. Sobald die Tür sich hinter ihnen schloss, würden alle anfangen, über sie beide zu reden, da war Emma sich ziemlich sicher. Die Frage, wer der geheimnisvolle Mann im Dorf war, würde sie schwer beschäftigen.

Als sie hinaustraten, umgab sie kalte Luft, und der zinnfarbene Mond stand in seiner ganzen Pracht am Himmel. Während sie an der Steinmauer des Pubs entlanggingen, waren ihre Blicke auf den Hafen und das Meer gerichtet. Alles lag jetzt im Dunkeln, nur ein paar Straßenlaternen warfen ihren matten Lichtschein auf den Asphalt. Das Mondlicht glitzerte auf den sich seicht hin- und herbewegenden Wellen in der Bucht.

Max nahm Emmas Hand, und gemeinsam stiegen sie den Hügel hinauf. Es kam überraschend, schließlich gingen ihr noch all die Informationen über seine Freundin durch den

Kopf. Und da waren nach wie vor diese Angst und Zweifel in ihr. Trotzdem fühlte sie ein leichtes elektrisierendes Knistern. Im schwachen Lichtschein sah er sie zärtlich an. Würde dies der Anfang von etwas sein? Wollte sie das?

Der Rückweg zum Chocolate Shop dauerte nur fünf Minuten. Viel früher, als ihr lieb war, standen sie vor den zu Schaufenstern umfunktionierten Erkerfenstern.

»Ich benutze den Hintereingang außerhalb der Öffnungszeiten«, erklärte sie, als Max vor dem Laden stehen blieb. »Dazu muss ich durch die Gasse auf die Rückseite.«

»Okay, ich begleite Sie.«

»Danke.«

Sie hielten einander immer noch an den Händen. Emma ließ los, um den Riegel des Holztores zu öffnen, dann betraten sie den kleinen Hinterhof.

Sie kramte in der Tasche nach ihrem Schlüssel und fand ihn. »Tja, da wären wir.«

Sie standen sich auf den Steinplatten des Hofes gegenüber. Über ihnen war nur das blasse silberfarbene Licht des Mondes und das vereinzelte Funkeln der Sterne zu sehen. Max trat einen Schritt näher. Emma hielt den Atem an. Eine Sekunde oder auch zwei sah er sie mit seinen sanften grünen Augen an, ehe er den Kopf ein wenig zur Seite neigte. Langsam reihte sie sich in die Bewegung ein. Ihr Herz beherrschte inzwischen ihren Verstand.

Und dann lagen seine Lippen auf ihren, warm und willkommen.

Es war genauso atemberaubend wie beim letzten Mal, vor vielen Monaten, und jetzt sogar noch sinnlicher, als sie die Lücke zwischen sich schlossen. Sie spürte seine Hände fest auf ihrem Rücken.

Es kam ihr vor wie ein richtig altmodischer, wenn auch eine Spur aufregender und prickelnder, Gutenachtkuss. Fast stellte sie sich vor, sie sei ein Teenager, und ihr Dad würde jeden Moment oben aus dem Schlafzimmerfenster rufen, das sei jetzt aber genug und an der Zeit, endlich ins Haus zu kommen.

Hm, der Kuss war wirklich himmlisch.

Leider endete er viel zu früh.

»Tja …«, war alles, was sie herausbrachte, als er sich vorsichtig wieder zurückzog.

»Gute Nacht, Emma.«

»Gute Nacht.« Mehr Wörter brachte sie einfach nicht zustande, da in ihr ein wunderbares Gefühlsdurcheinander herrschte.

Er wandte sich zum Gehen, blieb am Tor jedoch noch einmal stehen und drehte sich um. »Ich rufe dich an.«

»Ja … mach das.« Und als er das Tor hinter sich zumachte, spürte sie, dass sie ihn schon jetzt ein klein wenig vermisste. So hatte sie sich schon sehr lange nicht mehr gefühlt.

22. Kapitel

»Also, wer ist er denn eigentlich?«

»Wer?«

»Der heiße Typ, mit dem du gestern Abend gesehen wurdest. Und wie kommt es, dass du es mir gegenüber mit keinem Wort erwähnt hast?«

»Hi, Bev. Na ja, es ging alles ziemlich schnell!«

»Dann erzähl mir gefälligst alles.« Bev klang munter am anderen Ende der Leitung. »Ich komme vorbei. Setz schon mal einen Kessel Wasser auf, Schätzchen.«

»Was? Ich bin mitten in der Zubereitung von gesalzenem Karamell, außerdem ist es erst halb neun Uhr morgens.« Neuigkeiten sprachen sich wirklich schnell herum hier, und Emma war sich nicht sicher, ob sie überhaupt über diese Sache reden wollte. Sie hatte die ganze Nacht darüber nachgedacht. Kaum war sie allein, musste sie an Luke denken. Natürlich war es *seine* Berührung, *sein* Kuss, die sie vermisste, nicht die Zärtlichkeiten des anderen Mannes, oder? Es war alles so verdammt verwirrend.

»Gut, ich gebe dir zehn Minuten, dich zu organisieren. Außerdem brauchst du doch bestimmt eine Frühstückspause. Wie ich dich kenne, bist du seit sechs auf und hast noch nichts gegessen.«

Sie war tatsächlich früh auf gewesen, und nein, sie hatte auch noch nichts gegessen. In ihrem Kopf herrschte Chaos, und als wäre das nicht schon genug, hatte sie bis jetzt auch noch nichts von Max gehört. Vielleicht wäre es besser, wenn sie wirklich nie wieder etwas von ihm hören würde. Es würde ihr Komplikationen ersparen und diese Schuldgefühle ein für alle Mal eindämmen. Andererseits konnte sie es nicht lassen, alle fünf Minuten auf ihr Handy zu starren. Er ist gestern sicher sofort ins Bett gegangen, als er im B&B angekommen war, und heute Morgen in aller Frühe zur Arbeit gegangen. Trotzdem durfte sie doch wohl mal auf ihr Handy schauen, oder nicht?

Sie konnte Bev nie einen Wunsch abschlagen, wenn sie sie in dieser Stimmung anrief. »Gut, in fünfzehn Minuten – und woher weißt du, dass er heiß ist?« Sie konnte sich nicht vorstellen, dass das Daves Wortwahl gewesen war. Der Kneipenwirt hätte auf andere Dinge geachtet.

»Meine Mum war heute Morgen im Café in Beadnell auf einen Kaffee und warme Rosinenbrötchen. Die Frau hinter dem Verkaufstresen – ich glaube, es war Barbara – hat euch beide gestern Abend gesehen.«

Ah, die Frau an der Bar. Die war ihr doch gleich bekannt vorgekommen. Tja, hier gab es keine Geheimnisse. Es war, als lebe man umgeben von der Mafia. Sie hätte ihr erstes Date nicht in der Dorfkneipe haben dürfen. Da hätte sie Max ebenso gut am Flaggenmast auf der Dorfwiese hochziehen können oder im Hafen.

»Max. Er heißt Max. Ich habe ihn letztes Jahr am zweiten Weihnachtstag ganz kurz am Strand getroffen, wo wir beide spazieren gingen. Hab nicht damit gerechnet, ihn wiederzusehen. Aber dann tauchte er Freitagnachmittag im Laden auf.«

»Und?«

»Da gibt es noch nicht viel zu erzählen, ehrlich. Wir sind was trinken gegangen, mehr nicht.«

»Ha, da steckt doch mehr dahinter, das weiß ich genau.«

»Er ist nett. Ich mag ihn. Bitte sehr, zufrieden?«

»Nicht wirklich.«

Auf keinen Fall würde Emma den Kuss erwähnen. Zwei Küsse, um genau zu sein, plus der eine kleine auf die Wange – nicht, dass sie mitzählte.

»Er hat meine Nummer.«

»Aha!« Sie hörte ein Klappern und dann Geraschel, als hätte Bev das Telefon fallen lassen und wieder aufgehoben. »Das ist toll! Die Eiskönigin taut auf!«

»Eiskönigin – nennst du mich etwa so?«

»Ups, ist mir das gerade rausgerutscht? Sorry, Em.«

»Vielen Dank.« Allerdings war das eine ziemlich treffende Bezeichnung, wenn es um Emmas Verhältnis zu Männern in der jüngsten Vergangenheit ging. Es hatte sich nicht gelohnt, für all die Deppen aufzutauen. »Das wär's auch schon. Jetzt habe ich dir alles erzählt«, erklärte sie.

»Nein, hast du nicht. Ich komme trotzdem auf einen Kaffee vorbei. Hol deine Stempelkanne raus. Ich liebe das Zeug, das du aus Berwick beziehst. Mit heißer Milch bitte – das wäre perfekt.«

»Du bist überhaupt nicht fordernd, was?« Doch Emma grinste, während sie das sagte.

»Ich weiß nur genau, was ich will.«

»Na schön, ich muss zurück zu meinem Karamellmix, bevor der ruiniert ist.«

»Okay, also bis gleich.«

»Ja, in Ordnung.«

»Ich wusste, du würdest vernünftig werden. Ich bin gespannt, was du erzählst.«

Emma schaltete ihr Mobiltelefon aus und schüttelte lächelnd den Kopf. Dann schmolz sie behutsam Karamell und gab wohldosiert das Meersalz dazu, zu viel davon würde alles verderben. Es hätte dann nicht die richtige Geschmacksnote. Sie kostete mit einem Löffelstil. Sehr gut. Jetzt musste es ein wenig abkühlen, bevor sie es portionsweise in eine Schokohülle gießen würde.

Sie setzte den Wasserkessel auf und nahm die Stempelkanne sowie den frisch gemahlenen Kaffee. Während sie den Kaffee mit dem Löffel einfüllte, stieg ihr der wunderbare intensive und aromatische Duft in die Nase. Als Nächstes lief sie nach oben, um ihre Arbeitskleidung bestehend aus schwarzer Hose und weißem T-Shirt anzuziehen, da sie noch ihren Pyjama trug und die Ladenöffnungszeit um zehn näher rückte.

»Ich habe frische Croissants.« Bev steckte den Kopf zur Küchentür herein.

»Komm ruhig herein, tu dir keinen Zwang an.«

»Wusste ich's doch, dass du nicht an die Tür gehst, wenn du gerade Schokolade kreierst. Und ich dachte mir, dass du Alfie bestimmt schon zur Hintertür hinausgelassen hast und diese Tür also offen sein würde.« Ihre Freundin grinste frech.

»Stimmt. Na ja, das Wasser kocht, und ich kann eine Pause gebrauchen. Also danke.«

Bev setzte sich auf einen Hocker in der Küche. »Wie ist es gelaufen?«

»Gut. Er ist ein netter Kerl.«

»Du magst ihn also?«

»Ja, ich glaube schon. Allerdings kenne ich ihn nach wie vor kaum.«

»Ah, ich glaube, du hast dir einen guten Eindruck verschaffen können, auch für ein erstes Date.«

»Eigentlich war es kein Date, Bev. Er tauchte einfach im Laden auf, und dann sind wir etwas trinken gegangen im Pub, das ist alles.«

»Hm, es klang, als hättet ihr es da sehr gemütlich gehabt vor dem Kamin.«

»Das ist ja nicht zu fassen! Ist denn in diesem Dorf überhaupt nichts privat?«

»Nö, wir passen nur gut auf dich auf. Keine Panik, ich lasse dich nicht per Webcam überwachen.«

»Überraschen würde es mich nicht.«

Sie mussten beide lachen.

»Dem Himmel sei Dank dafür.« Em stand neben dem Wasserkocher, bereit, es in die Stempelkanne einzugießen.

»Und wie geht es weiter?« Bev biss herzhaft von ihrem Croissant ab.

Em brachte den Kaffee und ein Kännchen heiße Milch zu Bev. Sie setzte sich auf den Hocker gegenüber von ihr.

»Oh, das weiß ich nicht, Bev. Ich bin mir nicht einmal sicher, ob ich will, dass es weitergeht. Es fühlt sich immer noch alles so falsch an. Als würde ich ihn ewig mit Luke vergleichen. Wenn ich jemanden küsse, ist es nicht wie mit Luke. Ich weiß nicht, wie ich das überwinden soll.«

»Dann habt ihr euch also geküsst!« Bev klatschte begeistert in die Hände. »Na schön, es ist nicht wie mit Luke, aber war es gut?«

Em schwieg. Wenn sie so darüber nachdachte, musste sie zugeben, dass es tatsächlich gut gewesen war. Doch es kam ihr falsch vor, es offen einzugestehen. »Es war anders.« Mehr wollte sie nicht preisgeben.

»Gut anders oder grauenvoll anders?«, bohrte Bev trotzdem weiter.

Emma wollte wirklich nicht mehr darüber sprechen. Sie warf ihrer Freundin einen scharfen Blick zu.

»Okay, sorry, ich wollte dich nicht drängen.«

Emma lächelte, fühlte sich zugleich aber auch traurig. »Ganz ehrlich, Bev, ich weiß nicht, ob sich die Mühe lohnt. Wahrscheinlich verläuft es ohnehin im Sande. Und dann hat er noch seine Freundin erwähnt. Er behauptet, es sei längst vorbei, aber solche Sprüche habe ich schon mal gehört.«

»Ah.«

»Ja, genau. Es scheint mir alles viel zu kompliziert zu sein.«

»Das Leben ist immer kompliziert.« Bev lächelte verständnisvoll.

Sie bissen beide in ihre Croissants.

»Wem sagst du das.« Em erwiderte das Lächeln.

»Immerhin ist er zurückgekommen, um dich zu finden. Und er hat gesagt, das mit seiner Freundin sei vorbei.«

»Hm, ja …«

»Meinst du, er wird anrufen?«

Ihr Herz schlug einen Tick schneller, denn genau das war die entscheidende Frage.

Emma hatte nicht nur romantische Sorgen, die sie beschäftigten. An erster Stelle standen erst einmal ihre prekären Finanzen. Das Geschäft lief um diese Jahreszeit etwas ruhiger, und jede weitere umsatzschwache Woche erhöhte den Druck auf ihr Mietkonto. Sie führte bereits ein sehr spartanisches Leben, gab kaum Geld für Kleidung oder Schuhe aus, reduzierte ihre Ausgaben für Lebensmittel auf das unbedingt Notwendige, und in den Urlaub fuhr sie auch nie (sie hätte auch gar nicht gewusst, wohin sie sich allein aufmachen sollte). Mehr Möglichkeiten zum Einsparen hatte sie nicht mehr. Selbst mit den neuen Aufträgen vom Hotel und dem Delikatessenladen würde es bald schwierig werden, sollte es ihr nicht gelingen, ihre Einkünfte zu verbessern – und zwar unabhängig von der bevorstehenden Weihnachtszeit.

Oh, und als sei das alles noch nicht genug, hatte sie immer noch keine Nachricht geschweige denn einen Anruf von Max erhalten. Okay, es war erst der erste Tag nach ihrem Wiedersehen, aber er spukte ihr nun mal im Kopf herum. Besonders mit der Wird-er-oder-wird-er-nicht-anrufen-Frage.

Die Türglocke läutete, und Em verscheuchte rasch die negativen Gedanken an ihre finanzielle Situation.

»Oh, hallo Holly.« Ein fröhliches Gesicht kam ihr gelegen, um diesen grauen Tag aufzuhellen. »Wie geht es dir?«

»Gut, danke. Ich komme gerade vom Bus.«

Mist, wie spät war es eigentlich?

»Ich wollte zum Hotel, um Adam zu sehen, bevor ich nach Hause gehe, und da dachte ich, ich schau mal kurz rein.«

»Ah, das ist nett. Danke. Zeit für einen Tee?«

»Ja, klar. Eine heiße Schokolade wäre noch besser.« Holly grinste.

Oh ja, das klang fast noch besser. Es wurde allmählich dunkel draußen, und der Himmel zeigte ein Bild aus durcheinanderwirbelnden Herbstblättern. Jetzt begann die Jahreszeit für heißen Kakao mit Sahne und Schokoflocken obendrauf.

Emma holte die beiden Hocker aus der Küche und stellte sie an den Verkaufstresen, um den Laden im Blick zu behalten.

»Wie läuft es denn so?«, erkundigte ihre Mitarbeiterin sich fünf Minuten später, als Emma mit zwei Bechern köstlich aussehender heißer Schokolade zurückkam. Sie stellte sie auf dem Tresen ab. »Hab gehört, du hattest ein Date am Wochenende?«, meinte Holly.

Nicht noch eine! Gerüchte verbreiteten sich in Warkton wirklich wie ein Lauffeuer. Selbst die alte Mrs. Clark hatte sie vorhin ausgefragt, als sie wegen ihrer Schokonüsse hier war – nachdem sie sich zuvor über den windigen Tag beschwert hatte.

»Über eins achtzig, sieht ziemlich gut aus, eine Statur wie Gerard Butler mit dem dazu passenden Gesicht«, informierte Emma sie amüsiert. Sie konnte ebenso gut mit der Sprache herausrücken und es hinter sich bringen. Zweifellos redete das ganze Dorf darüber.

»Ah, *der* Typ ist also doch wiederaufgetaucht.« Hollys Miene war ernst.

Er sah wirklich ein bisschen aus wie Gerard Butler.

»Und wie ist er so?«

»Nett … wir haben uns ganz gut verstanden.« Emma gab sich gelassen.

»Toll, das freut mich für dich, Em. Es wurde auch Zeit, dass du einen tollen Mann und ein wenig Glück findest.«

»Ach danke. Aber nur weil alle anderen ganz hingerissen sind, heißt das noch lange nicht, dass das auch für mich gilt.«

»Nein, weiß ich. Aber du lächelst, und das ist schön zu sehen. Von dir geht ein Leuchten aus.«

Tatsächlich?

»Na ja, wahrscheinlich eine Hitzewallung«, scherzte Emma.

»Mmm, deine berühmte heiße Schokolade.« Holly hatte nach ihrem ersten Schluck einen weißen Schnurrbart.

»Ja, genau das Richtige für einen kaltem Herbsttag.« Emma trank ebenfalls einen Schluck. Schokolade musste nicht unbedingt in einer Schachtel oder einem Trüffel sein!

»Weißt du was? Ich mag es, hier zu sitzen und zu quatschen, bei einem leckeren Kakao. Besonders um diese Jahreszeit, wenn es draußen früh dunkel wird.«

»Ja, das ist ganz schön.«

»Es gibt keinen zweiten Ort wie diesen in diesem Dorf. Ich und meine Freundinnen können in unserem Alter noch nicht in den Pub – nicht, dass ich das meiner Mutter gegenüber erwähnen würde.« Sie grinste. »Und Adams Hotel ist ganz nett, aber auch schrecklich formell und eigentlich ja mehr für Urlauber. Eröffne doch ein kleines Café, Em.« Das war eigentlich eher im Spaß gemeint. »Dann kann ich immer auf eine heiße Schokolade reinschauen und ein bisschen Plaudern auf dem Heimweg. Meine Freunde wären auch begeistert.«

»Und die alte Mrs. Clark«, ergänzte Emma. »Sie hat sich heute Morgen mal wieder über den Weg bergauf beschwert und musste sich erst einmal hinsetzen. Ich habe ihr einen Stuhl bringen müssen, damit sie zu Atem kommt.« Sie hielt einen Moment inne. »Aber das ist *die* Idee! Holly, du bist ein Schatz!«

»Echt? Was meinst du denn?«

»Wir müssen wirklich ein kleines Café aufmachen, damit die Leute Kaffee und Kakao am Meer trinken können: The Chocolate Shop Café.«

»Brillant! Können wir das wirklich machen? Hier drin zusätzlich einen Coffeeshop eröffnen? Das wäre der Hammer.«

»Tja, er müsste schon ziemlich klein sein, denn viel Platz können wir nicht erübrigen. Aber ja, warum nicht? Wir könnten ein paar Stühle und Tische vorn in den Laden stellen. Vielleicht noch ein paar Hocker an den Tresen, so wie jetzt. Und aus den Erkerfenstern könnten wir Fensterplätze machen. Oh, ich kann es mir schon genau vorstellen, und ich rieche duftenden Kaffee, heiße Schokolade, aromatische Tees ... und lauter Dinge mit Schokolade!«

»Brownies.«

»Schokokekse.«

»Schokomilchshakes.«

»Schokocroissants.«

»Das klingt lecker.«

»Ja, ich sehe es genau vor mir, alles ganz gemütlich, mit Kissen, damit es im Herbst und Winter schön behaglich ist, wenn die Leute hereinkommen, um sich nach einem Spaziergang am kalten Strand aufzuwärmen.« Emma war inzwischen ganz begeistert von der Idee.

»Oder wenn sie aus dem kalten Schulbus gestiegen sind.«

»Absolut. Ja, ich sehe es bereits vor mir. Warte, ich hab's: The Cosy Chocolate Shop Café.«

Das könnte es sein, dachte Emma – die Antwort auf ihre Gebete, das extra Quäntchen Glück, das sie so dringend brauchte.

»Na dann, Prost!« Holly hob ihren Becher, und sie stießen an.

»Prost, Holly – auf das Cosy Chocolate Shop Café.«

23. Kapitel

Emmas Gedanken kreisten an diesem Abend, als sie im Bett lag, zur Abwechslung jedoch einmal nicht um Männer oder Geld. Wenn sie den Laden wirklich in ein Café verwandeln wollte – wie lange würde es wohl dauern, einen kleinen Sitzbereich einzurichten, zu möblieren sowie die zusätzlichen Küchengeräte und Geschirr zu organisieren? An Möbeln musste sie lediglich zwei Tische und vielleicht sechs Stühle kaufen (oder wegen der knappen finanziellen Mittel im Auktionshaus oder bei einer Haushaltsauflösung erstehen). Für einen Platz am Tresen konnte sie die zwei Hocker aus der Küche verwenden, allerdings würde sie einen Zimmermann oder Bauunternehmer finden müssen für die Fensterplätze – hoffentlich zu einem vernünftigen Preis.

Natürlich fiel ihr gleich ein sexy Bauunternehmer ein, nur war es noch viel zu früh, ihn bei so etwas um Hilfe zu bitten. Mal abgesehen davon, dass dieser gewisse Bauunternehmer sich immer noch nicht gemeldet hatte! Bei diesem Gedanken zog sich ihr Magen zusammen. Ihr Date lag erst zwei Tage zurück, und trotz ihrer Bedenken musste sie sich eingestehen, wie gern sie etwas von ihm hören würde.

Aber wenn er sie wirklich mögen würde, hätte er sie mittlerweile angerufen oder wenigstens eine kurze SMS geschickt. Verschwand er etwa sang- und klanglos wie beim letzten Mal? Sie fühlte sich wie ein verunsicherter Teenager. Verdammt, sie war nicht gemacht für diese emotionalen Dinge. Sie hatte doch mit Dates schon lange nichts mehr am Hut. Sollte man weiter darauf warten, dass der Typ anruft? Sollte man nicht selbst die Initiative ergreifen und anrufen? Schließlich hatte sie auch seine

Nummer. Sollte sie eine SMS schicken? Und wenn ja, was sollte sie schreiben? Auf keinen Fall wollte sie verzweifelt wirken, andererseits wollte sie auch nicht, dass er erneut von der Bildfläche verschwand.

Am nächsten Morgen waren mehrere Touristen im Laden, die Karamell und Trüffel kauften, um sie ihren Lieben daheim mitzubringen. Jemand anderes wollte ein Geschenk für den Sitter des Haustieres. Emma stellte Schokoriegel in dunkler und heller Schokolade her, auf denen in schwungvoller Schrift aus weißer Schokolade »Danke schön« zu lesen war. Diese waren sehr beliebt. Zu anderen Jahreszeiten schrieb sie Festgrüße darauf, und eine Happy-Birthday-Version gab es immer. Bald wurde es Zeit, welche mit dem Schriftzug »Frohe Weihnachten« zu kreieren. Ihre Gedanken wanderten weiter zu einem Schreib-mir!-Riegel. Ha, sie konnte Max eine Schokoladenbotschaft schicken – wenn sie seine Adresse wüsste.

Der Tag verging wie im Flug, und schon war es nach fünf. Sie schloss die Ladentür ab, drehte das hübsche, mit Kreide bemalte Schild mit der Geschlossen-Seite nach vorn und ging in die Küche. Sie wollte auf die Schnelle eine Tasse Tee und einen Bissen Toast zu sich nehmen, ehe sie sich für die nächsten ein bis zwei Stunden an die Schokoladenherstellung machte. Es wurde Zeit, einen Plan für die Weihnachtszeit zu erstellen, was sie wann produzieren wollte – obwohl sich das meiste nach sechs Jahren Erfahrung instinktiv ergab.

Heute Abend würde sie ein paar ihrer Lieblingsschokoladen herstellen, die Bestseller. Ihre Kunden liebten das salzige Karamell, die Schoko-Minz-Taler, die Whisky-, Rum- und Brandy-Trüffel, die von Milchschokolade umhüllten Nüsse (Mrs. Clark) sowie ihr Karamell à la Northumberland, sowohl den schlichten als auch den mit Rum aus Alnwick und Rosinen. Heute Abend würde sie sich auf das Karamell, ein paar Schokoriegel und die Schoko-Minz-Taler konzentrieren. Morgen waren dann die Trüffel an der Reihe.

Ihre Temperiermaschine lief bereits und hielt die Schokolade bei genau der richtigen Temperatur und Konsistenz – ihre bisher beste Investition. Am Anfang hatte sie noch alles von Hand gemacht und die Schokolade in einer Schüssel temperiert, was schön war und sehr fachmännisch, nur bekam man davon einen schmerzenden Arm und ein lädiertes Handgelenk. Darüber hinaus hat der Aufwand sich einfach nicht mehr gelohnt, als das Geschäft besser lief, und sie als einzige Chocolatière im Dorf regelmäßig Nachschub brauchte. Wenn viel zu tun war, temperierte sie immer noch zusätzlich per Hand, oder wenn sie Lust dazu hatte. Ihre treue Maschine war jedoch stets ihre beste Freundin in der Küche.

Sie hatte gerade damit begonnen, dunkle Schokolade mit Pfefferminzzuckerkristallen in die Formen zu gießen, als ihr Telefon in ihrer Tasche zu vibrieren begann. Ach nö! Sie wollte die Mischung nicht ruinieren, da sie in der Schüssel fest würde, wenn sie jetzt Zeit verstreichen ließ. Deshalb machte sie weiter, bis alle Förmchen gefüllt waren. Das dauerte natürlich ein wenig, und das Vibrieren hatte längst aufgehört. Hastig kramte sie in der Tasche nach dem Handy. Ein verpasster Anruf – Max! Verdammt, das war ja klar! Trotzdem vollführte ihr Herz einen Hüpfer. *Er hat angerufen.*

Na schön, krieg dich wieder ein, Em. *Stell die Schüssel zum Einweichen in die Spüle, wasch dir die Hände und dann ruf ihn zurück.* Hoffentlich war er noch zu erreichen.

Tief durchatmen … Rückruf … los. Klingelton …

»Hi. Ist da Emma?«

»Ja … hi.«

»Danke für den Rückruf.«

Seine Stimme war weich, in Kombination mit seinem sanften North-East-Akzent.

Emma lächelte unwillkürlich. »Ja, tut mir leid, dass ich den Anruf verpasst habe. Ich war gerade dabei, Schokolade herzustellen und habe die Förmchen befüllt. Kritischer Moment.«

»Kein Problem. Geht es dir gut?« Er klang ein wenig nervös.

»Ja ...« Ihr fehlten plötzlich die Worte, und ihr Herz schien mit doppelter Geschwindigkeit zu schlagen. Sie musste sich unbedingt zusammenreißen.

»Mir hat der Sonntagabend sehr gefallen«, sagte er.

»Mir auch, danke«, brachte sie mühsam heraus.

»Können wir das irgendwann wiederholen?«

Trotz der Aufregung beim Klang seiner Stimme kamen all die Zweifel und Ängste bei dieser Frage zurück. Denn ein Wiedersehen hieße, die Dinge voranzutreiben, Max besser kennenzulernen und ihr Herz zu öffnen – aber wofür? Wenn sie ihn gar nicht richtig mochte, sobald sie ihn einmal näher kennengelernt hatte, was für eine Verschwendung von Zeit und Energie wäre das dann? Und wenn sie ihn tatsächlich mochte? Irgendwie drohte das noch verwirrender, fast schon beängstigend zu werden. Konnte sie sich all das wirklich erneut antun?

Sie fühlte sich ein bisschen elend.

»Em? Bist du noch da?« Seine Stimme klang weich.

»Ja ... entschuldige, ich habe nur nachgedacht.«

»Ein gefährlicher Zeitvertreib.«

»Wem sagst du das.« Sie musste lachen.

Oh verdammt, er war so furchtbar nett, *und* er hatte sie gerade zum Kichern gebracht.

Es ist nur ein Date, spornte eine leise Stimme in ihrem Kopf sie an. *Finde ein bisschen mehr über ihn heraus, und wenn du ihn danach nicht magst oder nach wie vor Bedenken hast, dann vergiss es einfach: hasta la vista, baby.*

»Also, was meinst du? Sehen wir uns wieder?«

»O-kay.«

»Wow, das klingt begeistert.«

Sie hörte, dass er amüsiert klang.

»Tut mir leid. Ja, das wäre schön.« Sie gab sich Mühe, euphorisch zu klingen. Der arme Kerl. Er hatte ja keine Ahnung, mit was für einem Berg an Problemen er es hier zu tun bekommen würde! Wenn er herausfand, wie viel Sorgenballast sie mit sich herumschleppte, würde er wahrscheinlich sofort auflegen.

»Großartig. Ich könnte dieses Wochenende wieder vorbeikommen, wenn das okay ist. Es sei denn, du hast zu tun?«

»Ich muss nur Schokolade machen, und da werde ich mir Zeit freischaufeln können, glaube ich.« Sie wusste, dass sie viel zu kühl klang. Oh ja, Mr. Ziemlich Sexy würde sie in ihre Freizeit am Wochenende sehr gut einbauen können. »Ja, das würde mir gefallen«, ergänzte sie.

»Also, ich muss mir einen Bauauftrag am Samstagmorgen ansehen, aber anschließend könnte ich vorbeikommen. Und vielleicht Samstag über Nacht bleiben?«

Ihr Herz schlug einen Purzelbaum mit doppelter Vorwärtsrolle. Glatt olympiareif. »Wie bitte?« Hatte sie richtig gehört? Das war ja sehr anmaßend von ihm. Auch wenn ihr die Vorstellung gefiel und jede Menge sündiger Bilder auslöste. *Hallo!?* Er war ein bisschen vorschnell für ihren Geschmack. Vielleicht war doch Vorsicht angebracht.

»Oh, ich meinte natürlich im B&B, oder ich nehme mir ein Zimmer in dem Pub, in dem wir etwas getrunken haben.«

»Aha, ja klar, natürlich.« Sie war ganz durcheinander. Was dachte er jetzt bloß von ihr, dass sie voreilige Schlüsse gezogen hatte?

»Tja, wenn du mir allerdings anbietest …« Er ließ den Satz offen, und Emma schwieg perplex, bis er anfing zu lachen und damit die Spannung zwischen ihnen verpuffen ließ.

»Das Bed and Breakfast klingt doch gut«, sagte sie schnell – um die Dinge mal lieber gleich von Anfang an klarzustellen. Zu dieser Sorte Frauen gehörte sie einfach nicht.

Sie unterhielten sich noch ein wenig über die Arbeit und darüber, wie es in den vergangenen Tagen gelaufen war. Er meinte, er sei ziemlich eingeschneit, weshalb er sich nicht schon früher gemeldet habe. Er erkundigte sich nach Alfie, und da fiel ihr ein, dass der bald seinen Abendspaziergang brauchte. Max brachte das Gespräch zu einem Ende. »Ich komme also Samstagnachmittag vorbei.«

»Ja, sehr gut. Ich werde allerdings bis fünf arbeiten müssen, bis der Laden zumacht.« Sie konnte es sich nicht leisten, Einnahmen zu verlieren. »Aber Sonntagmorgen habe ich frei.« Normalerweise nutzte sie diese Zeit, um Schokolade zu produzieren, doch sie konnte ihr Wochenende leicht umgestalten und dafür Freitagabend länger arbeiten.

»Großartig«, meinte er. »Wir könnten Sonntagmorgen mit Alfie spazieren gehen.«

»Ja, das klingt gut.«

»Und überleg dir doch mal, wo man Samstagabend nett essen gehen könnte.«

»Einverstanden, mach ich.«

Das hörte sich nach einem richtigen Date an. Jedenfalls nicht nach einem Malteser-Mann-grapscht-Schenkel-Date. Hm, wenn Max versucht hätte, über die Innenseite ihres Schenkels in die Maltesertüte zu gelangen, hätte sie es ihm, so wie sie momentan empfand, glatt gestattet!

24. Kapitel

Sie wusste überhaupt nicht, was sie zu diesem Date anziehen sollte – und ja, es handelte sich um ein richtiges Date, was den Druck deutlich erhöhte.

Max hatte ihr mehrere SMS geschrieben, seit ihrem letzten Kontakt. Nach einem Gespräch inklusive Herzausschütten bei Bev hatte Emma ihm ein paar Vorschläge geschickt, wo sie essen gehen könnten – abseits der neugierigen Blicke der Dorfbewohner. Daraufhin hatte er einen Tisch bei Henry's reserviert, einem Bistro in dem hübschen Küstenstädtchen Alnmouth. Bev hatte es empfohlen. Emma hatte keinen Vorschlag gehabt, weil es schon so lange her war, dass sie auswärts essen gewesen war, mal abgesehen von einem Happen im Fisherman's Arms oder bei Bev zu Hause. Das Geld hatte viele Jahre für eine opulente Mahlzeit außer Haus auch nicht gereicht.

Zurück zum Outfit. Jeans hatte sie bereits verworfen – zu lässig. Die schwarze Hose sah zu sehr nach Arbeit aus, und das tief ausgeschnittene Top war zu offensichtlich. Also erneuter Blick in den Kleiderschrank. Eine allzu große Auswahl an Kleidern gab es nicht, trotzdem schaute Emma alle durch. Ihr kleines Schwarzes? Oh, das hatte sie vor vielen Jahren bei einer Weihnachtsfeier in Durham getragen, dort war sie zusammen mit Luke gewesen. Es war ein wundervoller Abend unter Kollegen gewesen. Sie setzte sich für einen Moment aufs Bett und presste den Samt an sich. Enttäuschenderweise roch der Stoff nur nach ihr, nicht mehr nach ihm.

Was in aller Welt dachte sie sich dabei, mit einem anderen Mann ein Date zu haben? Das fühlte sich einfach nicht richtig an. Doch Max würde inzwischen unterwegs sein, da wäre es schlicht unhöflich, in letzter Minute abzusagen.

Vorsichtig hängte sie das schwarze Cocktailkleid wieder zurück in den Schrank und fand dafür ein grünes mit Blumenmuster, das vielversprechend aussah. Nicht zu elegant, nicht zu lässig, und die Farbe liebte sie – Grün bildete immer einen interessanten Kontrast zu ihren roten Haaren. Sie schlüpfte in das Kleid und setzte sich an ihre Frisierkommode. Sorgfältig trug sie roten Lippenstift auf, der ziemlich grell wirkte, verglichen mit dem, den sie sonst benutzte. Diesmal legte sie sogar Lidschatten auf.

Du schaffst das, sagte sie sich. Schließlich handelte es sich nur um ein Essen.

Ihr Handy gab ein »Ping« von sich – eine Nachricht von Bev: *Alles okay bei dir? Hast du dich schon für ein Outfit entschieden? x*

Em antwortete: *Ja, das grüne Kleid.*

Bev schrieb: *Daran erinnere ich mich – wunderschön, gute Wahl!* Gefolgt von einer weiteren Nachricht: *Du schaffst das. Es wird gut laufen. Ich bin so stolz auf dich x*

Emma wusste genau, um was es ging – Bev wollte sichergehen, dass Em nicht doch noch einen Rückzieher machte.

Sie war bereit – na ja, soweit sie jemals bereit sein würde – und fing an, von ihrem Fenster aus, nach Max Ausschau zu halten. Das war alles völlig unbekanntes Terrain. Bei den anderen seltsamen Dates (›seltsam‹ war wirklich das passende Wort) hatte sie sich eigenartig sicher gefühlt. Sie war distanziert geblieben, weil ihr von Anfang an klar gewesen war, dass es nicht funktionieren würde, und hatte es dann dabei belassen. Ihre Technik bestand darin, sich nicht mehr zu melden und auch nicht zurückzurufen, bis die Männer es begriffen hatten.

Aber das hier … das war beunruhigend anders.

Ooh – da kam er. Der graue Jeep parkte vor dem Haus, und Max stieg aus, mit etwas in der Hand, das ein Blumenstrauß zu sein schien. Sie holte tief Luft und ging die Treppe hinunter.

Max stand vor dem Eingang des Ladens, schick gekleidet in ein dunkelblaues Jackett, ein weißes Hemd und dunkle Jeans. Er wirkte auf sehr süße Art und Weise ein bisschen nervös. Draußen war es bereits dunkel, und im Hintergrund leuchteten die Straßenlaternen.

Er gab ihr einen höflichen Kuss auf die Wange und überreichte ihr den Strauß wunderschöner Rosen und Nelken in Pink und Weiß. Ihr Duft war herrlich. Emma hatte schon lange keine Blumen mehr bekommen. Oh Mann, er hatte sich wirklich Mühe gegeben.

»Ihre Kutsche steht bereit für Sie, Madam.« Er verbeugte sich im Scherz.

»Gib mir noch eine Sekunde. Ich stelle die Blumen rasch ins Wasser. Ich will nicht, dass sie welken, während wir unterwegs sind.«

»Natürlich.«

So schnell sie konnte, stellte sie die Blumen in kaltes Wasser und war im Nu wieder draußen, bereit, auf den Beifahrersitz des Jeeps zu springen.

»Du siehst übrigens fantastisch aus …« Max betrachtete sie und grinste.

Emma strahlte regelrecht.

Das reizende Bistro befand sich in einem alten Steinhaus in der Alnmouth High Street. Sie wurden in eine ruhige Ecke mit einem Tisch für zwei geführt. Sehr hübsch, sehr romantisch. Kein Wunder, dass Bev sie hierhergeschickt hatte. Emma hätte wohl etwas Zwangloseres gewählt.

Sie bestellten jeder ein Glas Wein und widmeten sich dann der Speisekarte mit einer köstlich klingenden Auswahl. Ihre

Unterhaltung widmete sich dem Ambiente und ging dann zu ihrer Arbeit in dieser Woche über – sicheres Terrain.

Emma wählte den Wolfsbarsch als Hauptgericht, asiatisch mit Ingwer und süßem Chili (damit und ohne Vorspeise bliebe noch Platz für ein Dessert), während Max sich für ein Filetsteak, medium rare, entschied. Emma trank einen Schluck Wein, ein gekühlter frischer Chablis.

Sie wollte nicht lange um den heißen Brei herumreden und brauchte Gewissheit, bevor sie sich weiteren Gedanken an diesen Mann hingab. »Max … deine Freundin. Wie lange wart ihr zusammen?«

Er schien überrascht zu sein von der Wendung, die das Gespräch nahm. »Oh, knapp über vier Jahre.«

Wow, dann hatte es sich jedenfalls nicht um eine kurze Affäre oder etwas in der Art gehandelt. Kein Wunder, dass er ihre Eltern mochte.

»Warum fragst du? Das ist alles vorbei. Ich bin nicht der Typ, der mit zwei Frauen etwas hat. Ist überhaupt nicht mein Stil.« Er wirkte ernst. »Und wie steht es mit dir?«, drehte er den Spieß um. »Du machst immer einen zurückhaltenden Eindruck. Also erzähl mal, wie sieht es bei dir aus, Emma? Hat ein Mann dich schlecht behandelt oder verlassen? Das macht uns nicht alle schlecht, weißt du?«

»Ja, das weiß ich.« Sie versuchte zu lächeln, doch ihr Gesicht fühlte sich angespannt an. »Das ist es nicht.« Mehr konnte sie darauf nicht antworten. Dies waren der falsche Ort und der falsche Zeitpunkt, um ihre Vergangenheit hervorzukramen. Sie wollte einfach nur hier sitzen, essen und das Hier und Jetzt genießen. Allerdings war sie selbst schuld, sie hatte zuerst gefragt.

Seine Brauen zogen sich zusammen, doch er merkte offenbar, dass sie nicht mehr preisgeben würde an diesem Abend.

»Na gut«, sagte er, sichtlich bemüht, die Stimmung wieder zu heben. »Bereit für ein paar Schnellfeuerfragen?«

»Was?« Em war verwirrt.

Er fing an, wie aus der Pistole geschossen ein paar Fragen zu stellen, wie beim Speeddating. »Ihr Alter, Madam?«

»Ah, sechsunddreißig. Ihres?«, schoss sie zurück.

»Vierzig.«

Dann hatte sie also richtig getippt. Für einen Vierzigjährigen sah er verdammt gut aus.

»Okay, Musik. Lieblingsband?«, fragte er.

»Coldplay.«

»Gute Wahl.«

»Lieblingssong?«, konterte sie grinsend.

»Äh, hm, ›Viva la Vida‹. Und deiner?«

»Coldplay-Songs? ›Clocks‹, ›Fix You‹, ›The Scientist‹.«

»Das ist schummeln, du durftest nur einen nennen!« Doch er lachte dabei.

Sie wurden vom Kellner unterbrochen, der das Essen brachte. Es sah nicht nur köstlich aus, sondern duftete auch so. Emma wurde erst jetzt klar, wie extrem langweilig ihr Essen in letzter Zeit gewesen war, von den Besuchen bei James oder ihrer Mum einmal abgesehen.

Zwischen zwei äußerst schmackhaften Bissen erkundigte er sich nach ihrem Lieblingsfilm. Sie entschied sich für »Die Frau des Zeitreisenden«, weil nicht nur der Film besonders war, sondern sie auch das Buch liebte.

Und dann fragte er: »Die letzte Mahlzeit auf Erden?«

Die Stille war zum Greifen, und Emma spürte, wie sich ihre Augen mit Tränen füllten und ihr Magen sich zusammenzog. Sie entschuldigte sich, ging schnurstracks zur Damentoilette und musste dort eine Weile allein sitzen. *Langsam tief ein- und ausatmen.*

Ihr Handy signalisierte mit einem »Ping« eine eingehende Nachricht. Max war das bestimmt nicht, schließlich war sie so lange nun auch noch nicht weg. Es war Bev. *Wie läuft es? x*

Emma schrieb zurück: *Gut x* Wie hätte sie es ihrer Freundin auch nur ansatzweise erklären können?

Es war nicht Max' Schuld – woher hätte er das wissen sollen? Also musste sie jetzt entweder darum bitten, dass sie aufbrachen und ihn dazu bringen, sie nach Hause zu fahren – allerdings würde er nicht zu Ende essen können, und wahrscheinlich wäre dann alles ruiniert, bevor es überhaupt richtig anfangen konnte. Oder sie blieb, bemühte sich um höfliche Konversation und versuchte, ihre Mahlzeit zu beenden, auch wenn ihr nach wie vor flau im Magen war. Sie schnäuzte sich die Nase, wischte sich die Augen, frischte ihren Lippenstift auf und verließ die Toilette.

»Ist alles in Ordnung mit dir?«, erkundigte er sich, als sie an den Tisch zurückkam. Er sah ernstlich besorgt aus. »Wenn es dir nicht gut geht, können wir auch fahren.«

»Nein. Tut mir leid. Es geht schon besser.«

Inzwischen war ihr Fisch kalt, trotzdem stocherte sie mit der Gabel langsam darin herum. Max hatte sein Steak-Menü bereits beendet.

»Das war absolut köstlich.« Er lehnte sich zurück. »Da hast du ein wirklich gutes kleines Restaurant empfohlen, Emma. Warst du schon öfter hier?«

»Noch nie«, gestand sie. »Es war Bevs Empfehlung. Eine Freundin von mir. Ich gehe nicht häufig essen.«

»Ah … tja, vielleicht können wir das ändern.« Damit deutete er an, dass es weitere Dates geben könnte.

Emma setzte ihr tapferstes Gesicht auf und erholte sich langsam. Es gelang ihr sogar, sich zum Dessert ein Schokoladenmalheur mit ihm zu teilen, eine herrliche, in der Mitte geschmolzene Kreation. Die musste einfach sein. Jeder hatte einen eigenen Löffel, und innerhalb von Sekunden war der Nachtisch verspeist.

»Ich hätte mir ja denken können, dass du Schokolade magst.

Ich habe ja kaum einen Blick drauf werfen können«, scherzte Max.

»Jetzt übertreib mal nicht. Du bist aber auch ziemlich flink mit deinem Löffel.«

Beide registrierten die doppelte Bedeutung, und Em fing an zu kichern. Es war schön, lachen zu können.

Er war ein sehr angenehmer Gesprächspartner, ebenso wie sein Anblick. Außerdem mochte er Schokolade. Sie hatte das Gefühl, sie sollte ihm eine Chance geben. Behutsam legte er seine Hand auf die ihre, die offen auf dem Tisch lag. Em war überrascht. Doch sie ließ ihre Hand, wo sie war. Die Vorstellung, mit jemand anderem zusammen zu sein, kam ihr nach wie vor seltsam vor, anders und fremd. Aber sie beschloss, sich einmal im Leben dem Lauf der Dinge einfach zu überlassen. Sie tauschten einen zärtlichen Blick, ein sanftes Lächeln. Emma fühlte sich eigenartig verletzlich.

Als der Kaffee serviert wurde, zog sie ihre Hand zurück, um sich der Tasse zu widmen. Bald würde es Zeit zum Aufbruch sein. Sie teilten sich die Rechnung, weil Emma darauf bestand; sie wollte nicht, dass es irgendwelche Erwartungen gab. Sie bezahlte gern selbst für sich, trotz ihrer mageren Finanzen.

Nach der zwanzigminütigen Rückfahrt parkten sie vor dem Chocolate Shop, Emmas kleinem sicheren Zufluchtsort. Sie könnte Max anbieten, noch auf einen Kaffee mit hineinzukommen. Andererseits hatten sie gerade erst Kaffee getrunken, und Emma war immer noch zu verwirrt von all dem zwischen ihnen. Sie saßen sich gegenüber in seinem Wagen, und sie wollte sich höflich bei ihm mit einem Kuss auf die Wange bedanken, als … er drehte den Kopf, und ihre Lippen trafen sich – ooh!

Du meine Güte, er war ein so guter Küsser, der alle möglichen gefährlichen Gefühle und Empfindungen in ihr weckte, die seit sehr langer Zeit nicht mehr an die Oberfläche gelangt waren. Es war, als hätte er ihren Körper neu verdrahtet.

»Gute Nacht, Max. Danke für ein wunderbares Essen und einen wunderschönen Abend.«

»Sehr gern geschehen.« Er wirkte ein wenig enttäuscht, als sie aussteigen wollte, schien es jedoch zu akzeptieren. »Ich fand den Abend auch toll«, sagte er. »Morgen?«, fragte er. »Hast du immer noch Zeit für einen Spaziergang am Morgen?«

Ach, dem hatte sie ja auch schon zugestimmt. Es war nur ein Spaziergang mit Hund, und sie musste mit Alfie ohnehin raus.

»Ah, okay, ja, das wäre doch ganz nett. Komm vorbei, sagen wir um zehn?«

»Gern, mach ich. Süße Träume, Em.«

»Dir auch. Gute Nacht.« Sie fühlte sich, als hätte jemand sie wie eine Schneekugel durchgeschüttelt, während sie seinem davonfahrenden Wagen hinterherschaute, in Richtung Bed & Breakfast am Hafen. Und sie fragte sich, wann ihre Gefühle sich wieder beruhigen würden.

25. Kapitel

Emma wachte früh auf, und sofort waren sämtliche Emotionen des gestrigen Abends wieder da. Sie und Max würden einen weiteren Strandspaziergang unternehmen und die Erinnerung an ihre erste Begegnung damals am zweiten Weihnachtstag auffrischen.

Sie stand auf und machte sich eine Tasse Tee, die sie mit in ihr kleines Wohnzimmer nahm, wo sie eine Weile mit Alfie saß. Vom Fenster aus konnte sie sehen, dass es ein klarer Herbsttag war, perfekt, eine Runde dick eingepackt am Strand spazieren zu gehen.

»Wie sieht's aus, Alfie? Was meinst du? Wir treffen Max gleich wieder.« Sie wagte nicht, das Wort »spazieren gehen« laut auszusprechen, weil ihr vierbeiniger Begleiter dann dachte, dass es sofort losgehen würde. Sie schaute auf die Uhr: Mist, es war erst sieben, also dauerte es noch drei Stunden, bis sie sich am Strand treffen würden. Da konnte sie ebenso gut vorher noch Schokolade zubereiten oder vielleicht ein Blech Karamell machen. Das würde sie beschäftigen und helfen, das zuckerschockartige Gefühl der kribbelnden Vorfreude in Schach zu halten.

Um Viertel vor zehn hörte sie ein Klopfen an der Ladentür. Em ging nach vorn und rechnete mit einem Touristen, der draußen stand und das Geschlossen-Schild überlesen hatte. Doch es war Max, der hinreißend aussah, Kaffee zum Mitnehmen in der Hand hielt und durch die Glasscheibe grinste.

Sie schloss die Tür auf und ließ ihn herein. »Hi.«

»Guten Morgen. Tut mir leid, dass ich so früh dran bin, ich hoffe, das ist okay. Aber ich hatte nichts zu tun nach dem Frühstück und dachte, ich gehe schon mal los und hole dich hier ab.«

»Das ist schön. Ich war auch schon früh auf. Komm doch kurz mit nach hinten.«

»Mir hat der Abend gestern sehr gefallen.« Er wirkte ernst.

»Mir auch. Das Essen war wunderbar ... Tja, also, ich muss nur schnell meinen Mantel holen und Alfies Leine.« Sie ging zur Treppe und drehte sich noch einmal um. »Nimm dir einen Hocker in der Küche, wenn du magst. Ich brauche nicht lange.«

»Okay.«

Sie lief nach oben, warf einen raschen Blick in den Spiegel, trug Lippenstift auf und fuhr sich mit den Fingern durch die langen Haare. Dann nahm sie Schal und Mantel (es handelte sich um jenen rot karierten Schal, mit dem alles begonnen hatte), rief nach Alfie und schnappte sich seine Leine von der Garderobe. Der Hund brauchte keine weitere Aufforderung und rannte mit wild wedelndem Schwanz vor ihr die Treppe hinunter zur Hintertür.

»Kommst du, Max?«, rief sie ihm vom Flur aus zu. »Alfie ist aus der Küche und dem Laden verbannt. Wenn du hier mit ihm wartest, kann ich schnell vorn wieder abschließen.«

»Klar.« Lächelnd kam Max auf sie zu. »Hey, Alfie, schön dich zu sehen, Kumpel.« Er ging in die Hocke, um den Kopf des Spaniels zu tätscheln, dessen Schwanz noch heftiger zu wedeln begann.

Emma kam zu ihnen. »Fertig.«

Sie gingen die Dorfstraße entlang, die zum Hafen hinunterführte, vorbei an den malerischen Steinhäuschen. Die Fischerboote im Hafenbecken schaukelten sanft. Ein oder zwei Boote waren auf das kleine Stück Strand gezogen worden. Netze, Hummerfangkörbe und bunte Netzschwimmer lagen am Ufer.

»Ein herrlicher Morgen«, bemerkte Max.

»Wundervoll. Ich liebe diese klaren frischen Herbsttage.«

»Ich hoffe, es stört dich nicht, dass ich früher bei dir vorbeigekommen bin.«

»Nein, nein, überhaupt nicht. Ich war ohnehin schon seit sieben wach. Bin ich eigentlich sowieso immer. Um die Zeit, früh am Morgen, stelle ich die meisten Schokoladen her. Da kann ich ungestört arbeiten. Sobald der Laden geöffnet hat, ist die frei verfügbare Zeit begrenzt. Ich kann die Schokoladenzubereitung nicht mittendrin unterbrechen, sonst wäre alles ruiniert.«

»Wow, dann sind deine Arbeitstage auch ziemlich lang.«

»Jap. Das gehört dazu. Ich könnte es allerdings nicht, wenn mir der Job nicht wirklich Freude bereiten würde.«

»Gerätst du nie in Versuchung, dich auf die Schokolade zu stürzen und einfach alles selbst aufzufuttern?«

»Manchmal«, gestand sie. »Aber meistens genügen mir ein oder zwei Stückchen. Was wahrscheinlich auch gut ist, weil ich andernfalls eine Tonne wiegen würde. Es macht aber Spaß, die verschiedenen Geschmacksrichtungen zu kosten.«

»Hast du Schokolade nie über?«

»Bis jetzt nicht. Und die Arbeit besteht ja nicht nur aus der Herstellung von Schokolade. Die anderen kreativen Arbeiten liebe ich mindestens genauso, wie zum Beispiel das Gestalten der Auslage, das Basteln von Tüten und Anhängern, zu überlegen, welche Geschenkbänder und Schleifen ich verwende, welche Farben et cetera. Das kann eine sehr beruhigende Wirkung haben.«

»Hm, jedem das Seine.«

»Und du? Wie bist du zu deinem Job gekommen? Wie ist es wirklich im Baugewerbe?«

»Na ja, ich mag es. Es ist eine sehr körperliche Arbeit, manchmal richtig hart. Ich packe immer noch gern mit an und versuche, das Team zu motivieren, indem ich die richtigen Baumaterialien besorge und die Aufträge koordiniere. Das kann manchmal ein ziemlicher Balanceakt sein.«

»Ja, das ist der Unterschied zu meinem Job.«

»Aber ich empfinde es als äußerst befriedigend, wenn eine Arbeit gut erledigt wurde und die Kunden glücklich sind. Die Gesichter meiner Kunden zu sehen, wenn ihr Haus oder ihr Anbau fertig ist, ist großartig.«

Wie würde sie sich fühlen, wenn das Chocolate Shop Café fertig umgestaltet war, mit Fensterplätzen und bunten Sitzkissen? Und die neue Kaffeemaschine liefe … hm, das könnte noch ein Weilchen dauern angesichts der momentanen Finanzlage, aber trotzdem. Allein deswegen musste sie das Café möglichst bald einrichten, um noch von der Vorweihnachtszeit zu profitieren.

»Max, ich habe da eine Idee für meinen Laden. Darf ich sie dir mal erzählen? Um deine professionelle Meinung zu hören?«

»Na klar doch.«

Während sie also am Hafen vorbeigingen und die Dünen erreichten, auf dem Weg zum Strand, sprachen sie über Emmas Pläne für das Cosy Chocolate Shop Café.

»Tja«, sagte Max, »die einzige echte bauliche Herausforderung wären wohl die Fensterplätze, so wie es sich anhört. Und das ist eher die Aufgabe eines Tischlers, sollte also relativ leicht zu machen sein. Ich nehme an, danach willst du den Laden auch neu streichen und ein bisschen aufpeppen.«

»Ja, frische Farbe, um die Veränderungen hervorzuheben. Ich hab nichts gegen ein bisschen malen und tapezieren. Mein Wohnzimmer und mein Badezimmer habe ich letztes Jahr selbst gemacht.«

»Da wirst du aber einiges zu tun haben, wenn du vorhast, das alles allein zu machen, besonders wenn du jeden Tag schon um sieben auf bist und Schokolade herstellst.«

»Ja, das werde ich wohl, nicht wahr? Nur ist das Geld etwas knapp zurzeit. Ich habe eine ziemlich heftige Mieterhöhung bekommen dieses Jahr«, gestand sie. »Je mehr ich selbst machen kann, umso besser.« Dieser Gedanke war allerdings beängstigend. Wegen der kommenden Vorweihnachtszeit würde sie ohnehin schon jede Menge um die Ohren haben. Die Veränderungen im Laden mussten daher schnellstmöglich durchgeführt werden, bevor das Geschäft anzog. Sie konnte es sich nicht leisten, ihr Geschäft lange zu schließen – einen, höchstens zwei Tage, um die Hauptarbeiten zu erledigen. Aber ein Café zu haben ... das wäre urgemütlich für die Kunden. Und würde (nach der streng budgetierten Investition) dringend benötigtes, zusätzliches Geld in die Ladenkasse einbringen.

»Ich habe einen Tischler, der ab und zu Arbeiten für mich erledigt«, sagte Max. »Nur ist er in naher Zukunft erst mal ausgebucht. Außerdem wäre jemand besser, der näher bei oder sogar in Warkton wohnt, denn das würde zusätzliche Transportkosten sparen. Du musst schließlich die Arbeits- und Materialkosten ebenso im Auge behalten. Es dürfte keine aufwendige Arbeit sein, die Fensterplätze zu zimmern – ein Tag vielleicht. Ich könnte das mal ausrechnen für dich, wenn du willst. Nur damit du in etwa einen Überblick hast.«

»Das wäre toll, danke. Dann habe ich eine Grundlage und kann mir Kostenvoranschläge einholen.«

Sie war sich noch nicht sicher, woher das Geld für dieses Projekt kommen sollte, doch würde es hinterher hoffentlich durch größeren Umsatz wieder hereinkommen. Vielleicht könnte sie ihre Mum und ihren Dad um ein Darlehen für die Investition bitten. Nur würde es ihr zutiefst unangenehm sein, falls sie die beiden hinterher enttäuschen müsste, weil das Café nicht lief wie erhofft. Sie würde noch einige Recherchen anstellen und sie anschließend besuchen, um ihre Pläne mal zu erwähnen. Es wäre sowieso schön, ihre Eltern mal wieder zu sehen.

Max und Emma gingen zwischen den Dünen hinunter an den Strand, der sich vor ihnen ausbreitete. Metallisch graue und weiß schäumende Wellen brandeten ans Ufer. Seetang, Muscheln und Treibholz waren in einer ungeraden Linie angespült worden, die den Hochwasserpunkt markierte. Emma ließ Alfie von der Leine, und der Hund rannte los, während sie und Max auf dem festeren Sand nahe dem Wassers gingen.

Sie erreichten den flachen Fluss, der hier ins Meer floss. Emma schaute nach unten und stellte fest, dass sie in der Eile ihre Turnschuhe anbehalten hatte. Normalerweise zog sie für ihre Strandspaziergänge mit Hund Gummistiefel an. Der Fluss war höchstens ein paar Zentimeter tief, aber das würde reichen, um ihre Schuhe zu ruinieren, von nassen kalten Socken und Füßen einmal abgesehen.

Max bemerkte, dass sie auf ihre Füße schaute. Er selbst trug schwere Arbeitsstiefel aus Leder, die bestimmt wasserdicht waren. »Ich nehme dich Huckepack. Na los.« Er ging in die Hocke, damit sie auf seinen Rücken steigen konnte.

»Bist du dir sicher?« Mit ihren ein Meter fünfundsiebzig war sie ziemlich groß, was sie trotz ihrer schlanken Figur nicht zu den leichtesten Frauen gehören ließ. Vermutlich würde er sich einen Bruch heben.

»Na klar, los doch, steig auf.«

Sie fing an zu lachen. Seit dem Herumgealbere mit ihrem Bruder in der Kindheit war sie nicht mehr Huckepack getragen worden. »Okay, es geht los.« Sie stieg auf und erwartete ein Stöhnen angesichts ihres Gewichts zu hören, doch es schien ihm nichts auszumachen. Sein Rücken fühlte sich fest und sehr muskulös an. Max griff nach hinten, um sie zusätzlich an den Schenkeln zu stützen.

»Und schon sind sie auf und davon!«, rief er und stakste, auf der Suche nach den seichtesten Stellen, durch den Fluss.

Emma konnte nicht aufhören zu kichern und musste sich bei den kleinen Sprüngen, die er machte, noch fester an ihn klammern.

Max nutzte den Schwung, als sie auf der anderen Seite waren, und marschierte leicht schwankend weiter auf die Dünen zu.

»Alles klar – du kannst mich jetzt runterlassen! Aah, wir kippen noch um!«, schrie sie.

Plötzlich stand da ein kleines Kind und starrte zusammen mit seinen Eltern das vorbeiwankende und übermütig kichernde Pärchen an.

»Ich suche einen geeigneten Landeplatz«, rief Max ihnen über seine Schulter zu, während er weitermarschierte. Emma klammerte sich fest wie ein Affe und dennoch fing sie an zu rutschen.

Sie erreichten den weicheren Sand am Rand der Dünen, und Max kippte sie behutsam nach vorn, um sie in einer Vertiefung an der Grenze zum Dünengras abzusetzen. Unglücklicherweise verfing sich sein Fuß in einer Wurzel, sodass er stolperte und auf Emma fiel. Im letzten Moment gelang es ihm, sich mit beiden Armen vor dem Aufprall abzustützen. Sein Oberkörper befand sich dadurch nur Zentimeter über ihr, während sein Unterkörper vollen, warmen und sehr männlichen Kontakt mit ihrem hatte.

»Oh«, war alles, was sie herausbrachte. Das Übereinanderpurzeln hatte ihr den Atem geraubt, aber mehr noch die Tatsache, dass dieser attraktive Mann ihr plötzlich so furchtbar nah war. Sie war sich seines Gewichts auf ihr derart bewusst, noch dazu in *genau* der richtigen Position. Seine grünbraunen Augen blickten in ihre, seine Lippen so nah. Es fühlte sich beängstigend richtig an. Sie könnte sich jetzt einfach seinem Kuss hingeben, und dann könnten sie bei ihr zu Hause weitermachen …

Ein tiefer sinnlicher Instinkt flammte in ihr auf, gleichzeitig meldeten sich ebenso ihre jüngsten Ängste… Plötzlich fiel ihr wieder die junge Familie ein, die ihre Späße vermutlich nach wie vor aus einiger Entfernung beobachten konnte.

»Max, die Familie.« Emma deutete zum Strandufer.

»Ah, ja, natürlich.« Er rollte von ihr herunter, mit einem frechen Grinsen, das sie zum Lächeln brachte.

Verdammt, sie wünschte, sie hätte ihn geküsst! Gestern Abend im Jeep war es beinah zu höflich zwischen ihnen gewesen. Es hatte in ihr den Wunsch nach mehr geweckt. Jetzt saßen sie Seite an Seite am Fuß der Dünen. Die Familie war weitergezogen, und sie sahen sie nur noch von hinten. Die Eltern schwangen ihr Kind an den Händen hin und her. Sie hätten also gar nichts mitbekommen.

Emma lehnte sich zu Max herüber und strich mit der Fingerspitze sanft über seine Wange, ehe sie ihren Mund seinem näherte, für den Kuss, auf den sie nicht verzichten wollte. Er war zärtlich und leidenschaftlich zugleich und schien von beiden aus tiefstem Empfinden zu kommen. Hinterher hatte Emma Schmetterlinge im Bauch und fühlte sich glücklich, aber auch verletzlich. Und sie spürte, dass das Leben ihr noch so viel mehr zu geben hatte. Dieses Gefühl war zu gleichen Teilen beängstigend und wunderschön.

26. Kapitel

Emma fühlte sich ein wenig seltsam, Max nach ihrem gemeinsamen Spaziergang auf seinem Weg zum B&B hinterherzuschauen. Er war mit zu ihr gekommen, um die zukünftigen Fensterplätze im Laden auszumessen, und dann hatte er losgemusst. Sie musste sich ebenfalls an die Arbeit machen und den Chocolate Shop öffnen, wie an jedem zweiten Sonntagnachmittag. Doch jetzt, wo sie zurück in ihrer sicheren Zuflucht war, wusste sie nicht mehr, was sie von all diesem romantischen Zeug halten sollte – es machte einen nur unruhig: Nervös fragt man sich stets, ob es ein Wiedersehen geben würde. Und da waren nach wie vor ihre Schuldgefühle.

Sie steckte ihre überschüssige Energie in den Laden. Glücklicherweise gab es viel zu tun an diesem Nachmittag, und wenn für fünf Minuten mal kein Kunde da war, nutzte sie ihre Zeit dafür, die Café-Idee genauestens zu planen. Neben ihr auf dem Tresen lag ein Notizblock, auf den sie Sachen schrieb wie: »Tischler für Fensterplätze«, »Kaffeemaschine/Kosten?«, »bequeme Stühle – Sitzkissen, Polster«, »Farben? Wände streichen«. Um all diese Dinge kreisten ihre Gedanken, wenn sie nicht gerade Kunden bediente. Was wollte sie überhaupt servieren in ihrem Café? Nur Sachen, die irgendetwas mit Schokolade zu tun hatten? Brownies, Schokokekse, Schokoladenkuchen? Wie würde sie es weihnachtlich gestalten?

Zwischendurch ging immer wieder die Ladentür auf, eine Familie oder ein Paar kamen herein, und sie musste sich wieder um Kunden kümmern. Da diese dick eingepackt von draußen aus der Kälte kamen, konnte Emma sich gut vorstellen, wie sehr sie die Chance auf eine heiße Schokolade und ein Stück Kuchen genießen würden. Nebenbei würden sie wahrscheinlich auch noch ein paar Schokoladenleckereien zum Mitnehmen kaufen. Es wäre schön, etwas mehr Leben und Schwung in diesen Laden zu bringen, der ihr ohnehin schon der liebste Ort auf der Welt war. Ja, dieses Café konnte wirklich funktionieren.

Sie beschloss, morgen Abend ihre Eltern zu besuchen, um mit ihnen über ihre Pläne zu sprechen und zu hören, ob sie ihr vielleicht mit einem kleinen Darlehen weiterhelfen konnten. Das würde sie natürlich schnellstmöglich zurückzahlen. Aber zuerst sollte sie morgen herausfinden, wie viel ein Tischler kostete und welchen Preis sie wohl für Secondhand-Möbel zu zahlen hätte. Falls die Tische und Stühle ein bisschen abgenutzt oder schäbig wären, konnte sie sie mit Dekorationsfarbe aufhübschen, in irgendeinem schönen hellen Grauton oder etwas Ähnlichem.

Der Nachmittag verging wie im Flug, während immer wieder Touristen oder Leute aus dem Ort hereinschauten. Vielleicht suchten sie nur Schutz vor den Schauern, die nach der Mittagszeit eingesetzt hatten, doch für das Geschäft war das gut. Der Gedanken an ihr neues Café ließ Emma sich beschwingt und froh fühlen.

»Ich bin auf der Suche nach Max.«

Eine Frau mit aufgetürmten dunkelbraunen Haaren, in einem maßgeschneiderten beigefarbenen Wollmantel und schwarzen Lederhandschuhen kam kurz nach vier hereingerauscht. Sie wirkte glamourös, ihr Ton und ihre verärgerte Miene ließen sie zusätzlich kalt erscheinen.

»Ach? Und Sie sind?« Emma versuchte sie einzuordnen.

Die Frau musterte sie sehr hochnäsig, offenbar geschockt, dass Emma es wagte, eine solch impertinente Frage zu stellen.

»Siobhan, seine Freundin.«

»Oh.« Emma war perplex.

Sie erinnerte sich an heute Morgen, Huckepack am Strand, dann der Kuss … sie dachte an das Gefühl, das Leben habe gerade eine neue Tür für sie geöffnet. Jetzt begann sie sich ein wenig elend zu fühlen. *Hatte er sie belogen? Spielte er ihr und der anderen etwas vor?*

»Also, haben Sie ihn gesehen? Ich habe etwas von Warkton und einer Frau mit einem Schokoladengeschäft gehört.« Die Worte klangen, als spräche sie verächtlich von einer Hure.

»Ja, ich habe ihn heute Morgen gesehen.« Es hatte keinen Sinn zu lügen, aber auf gar keinen Fall würde sie das romantische Dinner für zwei gestern Abend erwähnen. Diese Frau war schon geladen genug und verströmte reinste Wut. Als Siobhan hereingekommen war, befand sich ein Paar im Laden, das nun verloren in einer Ecke stand und sich sichtlich unwohl fühlte.

»Aha, verstehe. Ich habe keine Ahnung, was zum Geier er im Schilde führt oder besser gesagt, *mit wem*. Sollten Sie ihn zufällig wiedersehen, richten Sie ihm bitte aus, dass seine Freundin ihn sucht.«

»Jetzt machen Sie mal halblang. Ich habe nichts Falsches getan.« Emma war sich durchaus bewusst, dass ihr Ruf auf dem Spiel stand, und sie war sich auch der armen Kunden im Laden bewusst, die alles mit anhörten. »Aber«, fuhr sie ruhig fort, obwohl ihr Herz ihr bis zum Hals schlug, »es hört sich ganz danach an, als gäbe es da zwischen Ihnen und Max einiges zu klären. Ich glaube nicht, dass ich ihn sehen werde – soweit ich weiß, ist er schon wieder auf dem Weg zur Arbeit.«

Genau genommen bezweifelte sie, dass sie ihn nach diesem Vorfall je wiedersehen würde.

»Nun, lassen Sie mich eines klarstellen: Er ist vergeben. Und wir haben schon viel miteinander durchgemacht. Ich gehe ihn jetzt suchen.« Und nach diesen Worten rauschte Siobhan aus dem Laden.

Em stand benommen hinter dem Tresen.

»Es tut mir schrecklich leid«, entschuldigte sie sich eilig bei dem Paar.

»Tja, die war vielleicht ein Wirbelwind.« Der Mann lächelte verlegen, und dann wählten sie eine kleine Tüte Karamell – die stand am nächsten –, zahlten und verließen eilig das Geschäft. Es war, als hätte diese Frau vorhin die komplette Luft aus ihrem Laden gesaugt.

Sobald alle gegangen waren, spürte Emma eine Träne in ihrem Auge. *Verdammt!*

Nicht zu fassen! Was für ein Mist! Sie hätte wissen müssen, dass so etwas passieren würde. Da wagte sie sich einmal auf romantisches Terrain vor, ließ sich verzaubern von einem hübschen Gesicht und einem attraktiven männlichen Körper, und schon bekam sie die fiese Quittung. Hatte sie nicht geahnt, dass dieser Liebesspaß die Mühe nicht lohnte? Warte nur, bis sie Bev davon erzählt hatte. Vielleicht konnte sie von Glück sagen, dass es so gekommen war. Klar, es tat weh, aber ihr war das Herz nicht herausgerissen worden. Denn das war schon vor Jahren passiert.

Anschließend war es ruhig im Laden, dem Himmel sei Dank, und bald konnte Emma abschließen. Sie fühlte sich noch immer mitgenommen von den Ereignissen des Tages. Langsam schaute sie sich in ihrem kleinen Laden um und kehrte in Gedanken zum Anfang zurück, als sie vor sieben Jahren gesehen hatte, dass das Haus zu vermieten war.

Es war Winter, in der Woche vor Weihnachten. Damals war es noch kein Schokoladengeschäft gewesen, sondern nur ein heruntergekommenes Häuschen, dessen vorderes Zimmer in einen kleinen Laden umgewandelt worden war.

Sie war gerade mit ihrem süßen Spanielwelpen, ein Geschenk ihrer Eltern, von einem Strandspaziergang zurückgekommen und wollte zu ihrem Wagen, den sie oben im Dorf geparkt hatte. Sie war an diesem Tag ohne ein bestimmtes Ziel losgefahren, einfach nur Richtung Norden, auf die Küste zu. Dort durfte Alfie zum ersten Mal an den Strand. Sie erinnerte sich noch genau an seine Aufregung, als er den Sand unter seinen Pfoten spürte, wie er sich im Kreis drehte und den Wellen hinterherjagte, nur um schnell zurückzuweichen, als das kalte Wasser seine Pfoten umspülte. Emma behielt ihn gut im Auge und ließ ihn nicht zu weit in die Brandung laufen. Da er noch ein Welpe war, wurde er schnell müde und begann ebenso schnell zu zittern, wenn er in kaltem Wasser spielte. Sie wickelte ihn in ihren Schal und trug ihn den Strand hinauf und durch die Dünen, bevor sie ihn wieder auf alle vier Beine stellte, damit er die restlichen fünfzig Meter bis zum Wagen allein laufen konnte.
Man hatte den Hafen mit hübschen Lichtern und einem Weihnachtsbaum geschmückt, und während sie den Hügel hinaufgingen, vorbei an den malerischen Steinhäuschen in der Main Street, entdeckte sie das Zu-vermieten-Schild. Das Haus befand sich am Ende einer Häuserreihe und war aus hübschen hellgrauen Steinen konstruiert worden. Allerdings war es in einem traurigen Zustand. Es sah aus, als bräuchte es dringend jemanden, der sich darum kümmert. Die Holzrahmen der Fenster sahen schlimm aus – das Material war verrottet und die Farbe abgeblättert. Leider konnte sie durch das Fenster des Ladens nicht hineinsehen, weil es von innen mit alten gelben Zeitungsseiten zugeklebt war. Geburten, Todesfälle und Dorffeste von vor zehn Jahren waren darauf zu lesen. Die Lücken zwischen den Zeitungsseiten waren mit weißer Farbe an-

gestrichen. Doch irgendetwas an diesem Haus veranlasste sie, stehen zu bleiben. Warkton war beliebt bei den Touristen, dennoch war es immer noch ein verschlafenes Nest. Andererseits gab es einen wunderschönen Hafen und einen Strand. Es war klein und einladend, ein Ort, an dem man sich entspannen, einen Laden aufmachen, sein Leben neu ordnen konnte. Ein Ort für einen Neustart.

Sobald sie zu Hause war, rief sie den Makler an, vereinbarte einen schnellstmöglichen Besichtigungstermin und kam am nächsten Tag wieder her. Das Häuschen war alt und heruntergekommen, es brauchte viel liebevolle Zuwendung, doch Emma hatte sein Potenzial erkannt. Es hatte unten eine große Küche mit vielen Arbeitsflächen, im Ladenbereich standen schon Regale, und dort würde gründliches Putzen und Farbe genügen. Sie konnte sich gut vorstellen, wie es zu Weihnachten aussehen würde: festlich geschmückt mit Lametta und funkelnden Lichtern, bunten Tüten und Schachteln voll Schokolade. Sie hatte schon immer davon geträumt, Schokolade nicht nur als Hobby herzustellen.

Gleich beim ersten Besuch hatte sie sich in das Häuschen mit dem Laden darin verliebt und es in ihr Herz geschlossen – ihren Chocolaterie am Meer.

Nun, jetzt war da dieser Schmerz in ihrem Herzen, doch es wurde Zeit, ihr Beziehungsleid zu verdrängen und die Mauern drum herum wieder aufzubauen. Was sie jetzt tun musste, war, sich ganz auf die Rettung ihres geliebten Ladens zu konzentrieren. Und nicht nur auf die Rettung, nein, sondern darauf, es zum besten Ort für Schokolade, Kaffee und Kuchen an der gesamten Küste Northumberlands zu machen.

27. Kapitel

»Hi, wie geht es dir, Em? Kann ich nächsten Sonntag vorbeikommen und dich sehen?« Max' sanfter Newcastle-Akzent säuselte aus Emmas Handy.

»Max? Ich bin erstaunt, dass du anrufst.«

»Was? Wieso?« Er klang verwirrt.

»Na ja, sagen wir, ich war ein wenig verstört von dem Besuch Siobhans. *Deiner* Siobhan.«

»Oh, aber …«

»Hör mal«, unterbrach Emma ihn. »Ich will kein ›Ja und Aber und sie versteht mich nicht‹ – es gibt da offensichtlich ungeklärte Dinge zwischen euch, Max.«

»Hey, das gilt nur für sie, nicht für mich.«

»Sorry, Max, aber darauf kann ich mich nicht einlassen.«

»Em? Komm schon, gib mir wenigstens die Chance, es zu erklären …«

»Ich habe mich entschlossen. Es war ohnehin schon schwierig genug.« Ihre Stimme bebte leicht. Sie musste sich schützen. Keine Ausreden mehr, keine Erklärungen, kein Gefühlsdurcheinander. Sie würde ganz und gar zurückkehren in ihr geradliniges (und die meiste Zeit) Chocolate-Shop-Leben. Da wusste sie wenigstens, wo sie stand. Dort hatte sie ihre Freunde und Alfie, James und ihre Familie sowie sämtliche Unterstützung, die sie brauchte. »Ich kann das nicht«, setzte sie entschieden hinzu und fühlte sich erleichtert, diese Worte auszusprechen. In den vergangenen Wochen war sie viel zu aufgewühlt gewesen. Jetzt würde es wieder einfacher und so viel besser werden.

»Aber Em …«

Bevor er noch etwas sagen konnte, beendete sie das Gespräch.

Nun, da sie mit Beziehungen nichts mehr am Hut hatte, schien die nächste Herausforderung darin zu bestehen, einen Tischler für die Umbauarbeiten im Café zu finden. Die zwei örtlichen Optionen hatten zu viel zu tun. Einer von Max' Empfehlungen gab einen Kostenvoranschlag ab, der horrend war, der andere war bis März kommenden Jahres ausgebucht! Da jetzt alles aus war zwischen ihr und Max, war sie froh, nicht mit jemandem zu tun haben zu müssen, der Max irgendwie kannte.

Letztlich überzeugte Bevs Pete einen halb im Ruhestand befindlichen Tischler namens Ron, einmal vorbeizukommen und sich die Sache anzusehen. Ron war ein Typ in den Sechzigern, der im Nachbarort lebte und manchmal mit Pete Golf spielte. Als besonderen Gefallen bot er dann an, den Job in zwei Wochen an nur einem Wochenende zu machen – juhu! –, vorausgesetzt, Emma gab noch ein halbes Dutzend Pralinenschachteln für seine Familie und Freunde dazu. Der Deal wurde besiegelt, und sie hängte einen Zettel in ihr Schaufenster, dass der Laden am Samstag und Sonntag, den 21. und 22. Oktober, wegen Renovierungsarbeiten geschlossen bleiben würde.

Schade war, dass das in die Schulferien fiel, doch wenn sie die Polster und Sitzkissen bereits fertig hätte und sich Sonntagabend, wenn der Tischler seine Arbeit beendet hatte, ordentlich ins Zeug legen würde, konnte sie bis zum späten Montagvormittag die Wände gestrichen und alles andere vorbereitet haben. Das würde harte Arbeit werden, sich aber lohnen, da sie auf diese Weise die restlichen Ferien nutzen konnte, um Einkünfte mit ihrem neuen Café zu erzielen.

Sie war aufgeregt und hatte ein bisschen Angst. Ihre Eltern hatten ihr liebend gern unter die Arme gegriffen. Allerdings war es ihr äußerst unangenehm gewesen, sie um ihre schwer erarbeiteten Ersparnisse zu bitten, da sie nicht wusste, wie schnell sie das Darlehen würde zurückzahlen können. Würde ihre Idee wirklich funktionieren? Woher wusste sie denn, wie hoch die zusätzlichen Einnahmen durch das Café sein würden? Nicht zu vergessen die nötigen Investitionskosten. Aber sie würde hart arbeiten für die Verwirklichung dieser Idee und den Erfolg. Es fühlte sich einfach richtig an, wie etwas, was sie unbedingt tun musste. Also verdrängte sie ihre Befürchtungen. Wer nichts wagt, der nichts gewinnt.

Es würde funktionieren – das musste es, andernfalls würde ihre Chocolaterie am Meer es vielleicht nicht bis ins nächste Jahr schaffen.

Bevor Ron bei ihr eintraf, musste sie noch einiges vorbereiten. Sie hatte bereits acht Stempelkannen aus dem Angebot eines Haushaltswarenladens im Ort besorgt (leider würde sie sich vorerst keine schicke Kaffeemaschine leisten können, so gern sie die auch gehabt hätte). Außerdem würde sie zu einem Flohmarkt in der Gegend gehen, der für diesen Samstagmorgen angekündigt war (sie würde Holly für ein paar Stündchen auf den Laden aufpassen lassen), und einige der Secondhandläden in Alnwick abfahren, um hübsche Teetassen, Teller und Teekannen zu finden.

Chloe, ihrer Schwägerin, hatte angeboten, sechs Kissen in Rot und Creme zu nähen; das war das Farbkonzept, für das sich Emma entschieden hatte. Die Sitzkissen für die Fensterplätze wollte sie selbst anfertigen. Sie musste nur noch robusten roten Stoff als Bezug finden. Das würde den Laden während des Winters sehr viel fröhlicher und zudem gemütlich und einladend wirken lassen.

In der Nacht nach dem Anruf von Max klopfte jemand an ihre Hintertür. Es klang ziemlich beharrlich und wurde lauter. Sie war ein wenig besorgt, denn es war dunkel draußen, und sie erwartete eigentlich keinen Besuch. Falls jemand beschlossen hatte, den Laden auszurauben – sie war ganz allein. Nicht dass es viel zu holen gegeben hätte. In der Kasse befanden sich keine großen Einnahmen vom Tag. Aber das konnten die Diebe ja nicht wissen.

Das Klopfen blieb hartnäckig. Sie schnappte sich einen Besen aus der unteren Küche, ohne allerdings zu wissen, was sie im Zweifelsfall damit anfangen sollte.

»Okay, okay«, rief sie.

Sie schloss auf und öffnete die Tür einen Spaltbreit, den Besen angriffsbereit in den Händen.

»Max?«

»Du nimmst meine Anrufe nicht entgegen, also …«

»Ah.« Sie hatte verpasste Anrufe von ihm auf dem Display gesehen und keine seiner SMS der vergangenen vierundzwanzig Stunden beantwortet. Es war leicht, nicht ans Telefon zu gehen und auf der Hut zu bleiben. Doch nun stand er persönlich vor ihr, und schon spielten ihre Emotionen wieder verrückt.

»Darf ich reinkommen?«

»Max, ich weiß nicht …«

»Em?« Draußen schüttete es. Seine Jacke und seine Jeans waren durchnässt. Seine Haare waren klitschnass, und Wasser lief über sein Gesicht. Er hob keck die Brauen, und Emma hätte gern gelächelt, hielt sich jedoch zurück.

»Na schön, aber nur für ein paar Minuten.« Verdammt, sie gab nach. Bedaure ihn bloß nicht und bleib standhaft, herrschte ihre innere Stimme sie an. Auf alle Fälle würde sie ihn hier unten im Flur stehen lassen.

»Danke.« Er trat ein.

»Und?«

»Siobhan hat dir einen Besuch abgestattet. Das bedaure ich. Wahrscheinlich willst du wissen, was los ist.«

»Na ja, wie kommt es, dass sie darauf beharrt, deine Freundin zu sein?« Da er schon mal hier war, konnte sie auch ihre Neugier stillen.

»Sie will nicht akzeptieren, dass es vorbei ist zwischen uns. Ich glaube, weil ich bei ihr geblieben bin, als es ihrem Vater schlecht ging, will sie nicht wahrhaben, dass ich es diesmal ernst meine.« Er machte eine Pause. »Ich habe sie nicht angerufen und seit Wochen nicht mehr gesehen. Nur die Male, wenn sie aus heiterem Himmel bei meiner Arbeit aufgetaucht ist oder bei mir zu Hause. Ich habe versucht, höflich zu sein, und mich nach ihrer Familie erkundigt. Aber es scheint nicht angekommen zu sein bei ihr, dass es wirklich vorbei ist zwischen uns.«

Emma verspürte eine merkwürdige Eifersucht bei der Vorstellung, wie Siobhan einfach bei ihm auftauchte und ihn davon zu überzeugen versuchte, sie doch zurückzunehmen. Und bei dem Gedanken daran, wie sie in seinen Armen lag. Unfug, meldete sich ihre innere Stimme wieder. *Das ist bloß ein animalischer Instinkt.*

»Max, selbst wenn ihr beide euch nicht mehr seht und zusammen seid, kommt mir das mit uns nicht richtig vor.«

»Aber wir waren so …«

Sie schnitt ihm das Wort ab. »Wir kennen uns kaum, Max.«

»Geht es denn nicht genau darum? Dass man sich näher kennenlernt? Wir haben die Chance auf etwas Besonderes, Em.«

»Es würde niemals funktionieren.« Sie musste stark bleiben.

Genau so warfen einen diese beschissenen Emotionen wieder aus der Bahn – Luke, Max, Schmerz, Liebe, Angst. Sie konnte das nicht mehr, es war wie eine emotionale Überlastung.

»Bitte Max, lass es. Es ist ohnehin schon schwer genug für mich.«

Für einen Moment schien es, als würde er die Arme um sie legen. Sie sah das Zucken seiner Schultern. Doch es war alles vergebens. Es würde keine widersprüchlichen Botschaften mehr geben.

»Bist du dir sicher?«

»Ja, ich bin mir sicher. Kannst du jetzt bitte gehen?« Es kostete sie ihre ganze Entschlossenheit, diese Worte zu sagen. Sie spürte, wie sich Tränen in ihr anstauten. Ihre Kehle war wie zugeschnürt, während sie diese Tränen zurückzuhalten versuchte. Er durfte sie nicht weinen sehen.

»Okay … na ja, ich musste es versuchen.« Ein sanftes, trauriges Lächeln erschien auf seinem Gesicht.

Emma öffnete die Hintertür für ihn. Er wandte sich zum Gehen, und sie konnte keinen Ton von sich geben. Alfie, der neben ihr aufgetaucht war, winselte leise.

»Wiedersehen, Em. Pass auf dich auf.«

Sie wollte sagen: »Du auch.« Aber die Worte blieben ihr im Halse stecken.

Er warf ihr einen letzten Blick über die Schulter zu, ehe er das Hoftor hinter sich zumachte. Sie schaute ihm nur traurig hinterher und nickte langsam.

Möglicherweise war es das letzte Mal, dass sie ihn gesehen hatte.

28. Kapitel

Der Samstagmorgen kam.

»Hi, Em.«

»Hey, Holly. Danke, dass du ein bisschen früher gekommen bist, um zu helfen.«

»Kein Problem. Das mit dem Café ist so aufregend. Ich kann kaum glauben, dass es wirklich passiert und unser Gespräch die Initialzündung dafür gewesen ist. Ich kann es ebenso wenig erwarten wie meine Freunde.«

»Ich weiß. Es ist brillant, wirklich, aber vorher ist noch eine ganze Menge zu tun.«

»Und du musst es alles in ein Wochenende stopfen, habe ich gehört. Adam hat angeboten zu helfen, du musst nur etwas sagen. Ich glaube, er hat an dem Wochenende den Sonntag frei. Oh, und seine Großmutter will auch helfen. Anscheinend kann sie mit der Nähmaschine zaubern.«

»Hm, das könnte sehr nützlich sein. Mal sehen, wie es läuft. So oder so ist es reizend von den beiden. Grüß sie bitte und danke ihnen von mir. Und jetzt mache ich mich besser auf den Weg zu diesem Flohmarkt, außerdem gibt es noch eine Auktion. Ich suche Möbel und Geschirr – ich dachte an altmodische Tassen und Untertassen mit hübschen Motiven. Damit das Café einen nostalgischen Touch bekommt. Was meinst du?«

»Oh ja, perfekt!«

»Gut, dann warten wir mal ab, womit ich zurückkomme. Danke, dass du so lange für mich einspringst.«

Vier Stunden später parkte Emma ihren bis oben beladenen Wagen wieder vor dem Chocolate Shop. Sie hatte Tassen, Untertassen, wunderschöne Teetabletts, Besteck, die Stempelkannen und zwölf Gläser für heiße Schokolade erstanden. Bei der Auktion hatte sie zwei Holztische für die Fensterplätze ersteigert, sie waren zwar nicht identisch, passten jedoch mit ihrer runden Form und der Größe perfekt in den Laden. Sechs dazu passende Holzstühle waren ebenfalls dabei. Offenbar stammten die aus einem Pub, der dichtgemacht wurde.

»Das klingt, als hättest du richtig Erfolg gehabt, Em. Soll ich uns zur Feier des Tages Tee kochen?«

»Oh ja, das ist Musik in meinen Ohren. Wollen wir zuerst alles reinbringen?« Die größeren Möbelstücke mussten noch abgeholt werden, da der Kofferraum ihres Wagens zu klein war – darum würde sie sich später kümmern müssen.

Die Kartons und Porzellanstapel nahmen eine komplette Ecke in der Küche ein – ein Versprechen für das, was sich in ihrem Chocolate Shop verändern würde. Emma war sehr zufrieden mit ihren Käufen und sogar innerhalb ihres Budgets geblieben.

Als sie ihren Tee tranken, traf Adam mit seiner Großmutter ein.

»Hallo, meine Lieben«, begrüßte die muntere alte Dame sie. »Aufregende Zeiten für Ihr Schokoladengeschäft, Fräulein Emma. Holly hat mir alles darüber erzählt.«

»Ja, es gibt immer noch viel zu tun, doch mit ein bisschen harter Arbeit wird das schon werden.«

»Na, Sie kennen ja das Sprichwort, Schätzchen: Von nichts kommt nichts.«

»Wohl wahr.«

»Und wie sagen die Beatles so schön: you get by with a little help from your friends – es funktioniert schon mit ein wenig Hilfe von deinen Freunden. Deshalb habe ich Adam gebeten, mich hierher zu begleiten. Ich habe jede Menge Zeit und würde gern helfen.«

»Oh, das ist so freundlich von Ihnen.«

»Ich würde gern Näharbeiten übernehmen, falls es da etwas gibt, was gemacht werden muss.«

Emma dachte an die Sitzkissen, die sie selbst anfertigen wollte … aber da noch so viel anderes zu tun war … und die allerbeste Näherin war sie ohnehin nicht. »Ich brauche Sitzkissen für die Fensterplätze. Aber sind Sie sicher?«

»Natürlich, meine Liebe. Sonst wäre ich nicht hier, oder? Gut, also abgemacht. Ich nehme an, als Füllung möchten Sie Schaumstoff. Wenn Sie mir den bringen, nähe ich Ihnen die Bezüge innerhalb von ein oder zwei Tagen. Ich werde einen Reißverschluss einnähen, dann sind sie waschbar, und ich kann einen zweiten Satz Bezüge obendrauf machen. Die werden doch bestimmt andauernd bekleckert.«

Daran hatte Emma noch gar nicht gedacht.

»Das klingt perfekt, Gran. Oh, darf ich Sie Gran nennen? Oder ziehen Sie Shirley vor?« Emma war ihr Name wieder eingefallen.

»Sehr gern Gran.«

Emma war gerührt.

»Und wenn Ihr kleines Café erst einmal läuft«, fuhr Gran fort. »Ich veranstalte eine kleine Kaffeerunde für Senioren in Seahouses jeden Mittwoch- und Samstagvormittag – die Golden Oldies. Ich glaube, das habe ich Ihnen gegenüber schon einmal erwähnt. Vielleicht organisieren wir mal einen Kleinbus und treffen uns zur Abwechslung in Ihrem neuen Café.«

»Das hört sich wunderbar an, und wenn Sie mitkommen, geht Kaffee und Kuchen für Sie aufs Haus, als Dankeschön fürs Nähen.«

»Das ist nicht nötig, Emma. Ich mache das gern für Sie.«

»Das weiß ich, aber ich würde Sie wirklich gern einladen.«

»Nun, in dem Fall, wie reizend.«

Allmählich fühlte es sich für Emma sehr real und ein wenig einschüchternd an, all die viele Arbeit. Doch mit freundlichen Menschen um sich herum, die ihre Hilfe anboten, war sie guten Mutes.

»Nächstes Wochenende? Das soll alles *nächstes* Wochenende passieren? Bist du irre? Wie soll das funktionieren?« Bev war Mitte der Woche auf einen Kaffee vorbeigekommen und saß auf einem der Hocker in der Küche des Ladens, umgeben von Gußformen, Schokoladenstückchen, kleinen Küchlein mit weicher Schokoladenfüllung (Emma experimentierte gerade begeistert herum).

»Das ist nicht so schlimm, wie es sich anhört. Ich habe alles ziemlich gut organisiert. Samstag und Sonntag bleibt der Laden während der Umbauarbeiten geschlossen. Ich habe einen Tischler, der Punkt acht am Samstagmorgen kommt. Der wird dann die zwei neuen Fensterplätze zimmern. Außerdem habe ich bereits fabelhafte Secondhand-Möbel besorgt – ich war auf einer tollen Auktion in Alnwick und habe dort genau das gefunden, was ich brauche.« Emma machte endlich eine Pause, um Luft zu holen.

»Wow, da warst du ja ganz schön fleißig.«

Emma nickte mit einem strahlenden Lächeln. »Das wird den Laden sehr verändern.«

»Ja, das glaube ich auch. An welche Farben hast du gedacht?«

»Rot, Creme und Grau. Hübsche warme Farben für Herbst und Winter. Ein behagliches schokoladiges Gefühl. James' Frau Chloe näht mir ein paar karierte Kissen in Rot und Creme.«

»Ausgezeichnet. Sag Bescheid, wenn ich dir noch irgendwie helfen kann. Wir haben keine größeren Pläne für das Wochenende. Und wenn etwas Schweres bewegt werden muss, packt Pete bestimmt gern mit an.«

»Danke. Es geht alles so schnell. Und ja, ein bisschen Hilfe wäre großartig. Ich werde einen Großteil meiner Schokolade aus dem Laden nehmen und die Vorräte umräumen müssen, damit sie durch die Handwerkerarbeiten nichts abbekommen. Es ging alles Schlag auf Schlag, so sieht's aus.« Em trank einen Schluck Kaffee.

»Keine Neuigkeiten von Max?«

»Nein, und ich rechne auch mit keinen.« Emmas Ton war scharf. Sie hatte Bev letzte Woche angerufen und ihr von dem romantischen Date erzählt sowie dem anschließenden Besuch der wütenden Freundin, Max' Auftauchen und dem daraus resultierenden Ende.

»Ach ja, dieser Schwindler, der dich zu einem wundervollen Dinner eingeladen, dir Blumen geschenkt und dir erzählt hat, es sei vorbei mit seiner Ex. Aber Emma, du hast dir seine Version der Geschichte auch nicht richtig angehört.«

»Oh, komm schon, nun mach mal halblang, Bev. Es ist doch ziemlich offensichtlich. So ganz vorbei, wie er behauptet, kann die Beziehung nicht sein, wenn sie nach wie vor dauernd bei ihm aufkreuzt, oder? Nee, ich will nichts zu tun haben mit irgendwelchen heiklen Beziehungsgeschichten. Davon halte ich mich lieber fern.«

»Hm«, war alles, was Bev darauf erwiderte.

Wieso ergriff sie Partei? Sie kannte den Typen doch gar nicht. »Ich dachte, du würdest auf meiner Seite sein«, beschwerte Emma sich.

»Das bin ich, *immer*, vergiss das nicht.«

Sie wussten beide, dass zu dieser Situation genug gesagt worden war.

»Wie dem auch sei, wenn du Hilfe brauchst bei deinen Umbauarbeiten, melde dich einfach. Wir stehen bereit.«

»Danke.«

29. Kapitel

Freitag waren alle Hände im Einsatz.

Sämtliche Schokoladenvorräte mussten nach Ladenschluss aus dem Geschäft geräumt und über das Wochenende sorgfältig verstaut werden, während die Umbauarbeiten dort stattfanden.

Emma trug gerade einen Karton Trüffel zu Bevs Auto – sie durfte bei ihrer Freundin ein paar Dinge übers Wochenende unterstellen –, als ihr Handy in ihrer Tasche vibrierte.

Nachdem sie den Karton sicher im Kofferraum verstaut hatte, schaute sie auf das Display. Hm, das war die Nummer von Ron, dem Tischler. Hoffentlich wollte er nur noch einmal bestätigen, dass es morgen losging. Er hatte einen netten und zuverlässigen Eindruck gemacht.

Als sie zurückrief, meldete sich Maureen, seine Frau.

»Guten Abend, Seahouses 315227.«

»Hallo, hier spricht Emma aus dem Schokoladengeschäft.«

»Ach, hallo Emma … es tut mir leid, Ihnen das sagen zu müssen, aber Ron liegt seit heute Nachmittag mit einer üblen Magen-Darm-Grippe flach. Zuerst dachte ich, es sei nicht so schlimm, deshalb rufe ich erst jetzt an. Aber inzwischen hat er auch Fieber, und es geht ihm gar nicht gut. Er spuckt und so. Da kann man nichts machen, und es tut mir sehr leid, aber er muss den Termin bei Ihnen verschieben.«

»Aha, ich verstehe.« *Oh nein!* Wen konnte sie denn jetzt noch um diese Zeit wegen Tischlerarbeiten fragen? Es war schon schwierig genug gewesen, Ron zu finden. Verdammt. Der arme Ron konnte natürlich nichts dafür. Maureen wartete noch am anderen Ende der Leitung. »Oje, das sind nicht die besten Neuigkeiten. Trotzdem danke, dass Sie mir Bescheid sagen. Solche Dinge passieren eben.«

»Ron tut es schrecklich leid, dass er Sie hängen lässt. Sobald es ihm besser geht, wird er sich bei Ihnen melden und einen neuen Termin vereinbaren.«

»Danke.« Doch noch während sie das sagte, konnte sie nur daran denken, dass bald Ferien waren und dann das Weihnachtsgeschäft richtig losging und ihr Café noch nicht geöffnet haben würde. Vermutlich würde sie die Tische und Stühle trotzdem irgendwie im Laden vorn aufstellen können, doch ohne den zurückgesetzten Verkaufstresen und ohne die schönen neuen Fensterplätze würde es doch ziemlich provisorisch, vollgestopft und traurig aussehen. Sie wollte es so gern richtig machen und hatte sich auf die Arbeit an diesem Wochenende mit Ron eingestellt. Außerdem hatte sie bereits für nächsten Freitagabend eine Eröffnungsfeier geplant. Verdammt, sie hatte schon einen Artikel an den Newsletter des Dorfes gegeben und alle, die ganze Gemeinde, dazu eingeladen.

»Es tut mir wirklich sehr leid, meine Liebe«, wiederholte Maureen und holte Emma damit ins Hier und Jetzt zurück.

»Es ist ja nicht Ihre Schuld. Ist schon okay, wir kommen irgendwie zurecht. Aber wir werden die Eröffnung des Cafés wahrscheinlich verschieben müssen.« Die Hälfte ihrer Kunden rechnete fest damit, dass ihr Laden an diesem Wochenende geschlossen blieb. Ihr würde schon so einiges an Umsatz entgehen. Und nun würde sie ein weiteres Wochenende schließen müssen. Sie verabschiedete sich von Maureen und versuchte, dabei munter und höflich zu klingen. Erst nachdem das Gespräch beendet war, stieß sie einen tiefen langen Seufzer aus.

Sie schaute sich im Laden um. Die meisten der Schokoladenspezialitäten waren aus den Regalen geräumt, einige davon im Kühlschrank der unteren Küche aufbewahrt, der Rest sollte zu Bev und Pete transportiert werden. Farbe stand auch schon bereit, damit sie mit dem Streichen beginnen konnte, sobald die Tischlerarbeiten beendet waren. Also sollte sie vielleicht irgendwie mit der Umgestaltung weitermachen. Zumindest würde es ihr guttun, sich zu beschäftigen.

Bev kam vom Wagen herein.

Emmas Miene verriet alles.

»Was ist los?«, fragte ihre Freundin rundheraus.

»Der Tischler ist krank. Er kann nicht kommen und die Umbauarbeiten erledigen. Also keine Fensterplätze, kein versetzter Tresen, keine zusätzlichen Regale. Kein Café.«

»Ach Mist.« Bev verzog das Gesicht. Sie wollte ebenso sehr wie Emma, dass aus der Idee etwas wurde. Sie hatte gesehen, mit wie viel Herzblut ihre Freundin über die Jahre den Laden geführt hatte. Und durch die spätabendlichen Gespräche bei einem Glas Wein kannte Bev ebenfalls den traurigen Grund für Emmas Umzug nach Warkton. »Ich wünschte, Pete wäre handwerklich ein bisschen geschickter, dann hätte ich ihn die Arbeit machen lassen. Aber er war nie ein großer Heimwerker.«

»Was ist los? Was habe ich denn jetzt schon wieder angestellt?« Pete kam genau in dem Augenblick hereinmarschiert, als sein Name fiel.

»Nichts, Liebling. Ich habe nur erwähnt, dass du kein großer Heimwerker bist, und das stimmt doch, oder?«

»Stimmt. Darin waren wir uns spätestens seit dem Zeitpunkt einig, als ich durch die Schlafzimmerdecke krachte, bei dem Versuch, ein leckes Rohr auf dem Dachboden zu flicken.«

»Ah, ich verstehe.« Emma lächelte. »Und ich würde es auch nur vermurksen. Ich kenne meine Grenzen. Die neuen Fenstersitzplätze würden innerhalb einer Woche zusammenkrachen. Nee, wir brauchen einen Profi. Aber es war schon schwierig genug, Ron so kurzfristig zu bekommen. Bei uns im Umkreis habe ich es überall schon probiert.«

»Mark Gilbert aus Alnwick? Der macht ab und zu Tischlerarbeiten.« Pete versuchte zu helfen.

»Habe ich probiert, bevor ich auf Ron gestoßen bin.«

»Allroundhandwerker Dave?«

»Der hat schon ein anderes Projekt.«

»Tischler Carl?«

»Ist dieses Wochenende weg. Hab sie alle angerufen, alle sind ausgebucht.«

»Das sieht nicht gut aus«, bemerkte Pete.

Sie könnte vielleicht ihren Bruder anrufen, aber der hatte schon genug Zeit erübrigt, an diesem Wochenende für sie die Tische und Stühle abzuholen. Die Umbauarbeiten für die Fensterplätze erforderten auch einen richtigen Handwerker, und James war eher ein Heimwerker. Doch möglicherweise kannte er noch jemanden, an den man sich wenden konnte.

»Was für eine Schande«, meldete Bev sich zu Wort. »Sollen wir die ganze Schokolade aus dem Kofferraum wieder ausladen? Soll ich den Wasserkocher anstellen, Süße? Oder ist dir eher nach einem Glas Wein?«, fragte sie liebevoll besorgt.

»Ach weißt du, Bev, ich glaube, ich fange irgendwie mit dem Streichen an. Ich habe das Gefühl, etwas tun zu müssen. Ich könnte den Laden zumindest ein bisschen auffrischen und vielleicht Sonntag wieder öffnen. Wenigstens noch etwas Umsatz machen.«

»Na, ich koche uns einen Tee, bevor du loslegst, ja?«

»Okay, das klingt gut. Ich habe ein paar Brownies, die ich gestern Abend noch gebacken habe. Die müssen irgendwo hier in einer Dose sein. Ich wollte meine Fähigkeiten als Schokoladenkuchenbäckerin für das Café testen.« Das Café, das es jetzt nicht geben würde. Sie fühlte sich entmutigt.

»Ah, da bin ich dabei.«

»Ich auch«, rief Pete. »Zu einem Brownie sag ich nie nein.«

Rückschläge passierten nun einmal, das kam vor. Zum Glück

hatte sie ihre Freunde und ihre Familie. Sie würde James und Chloe anrufen und ihnen sagen, dass sie die Kissen jetzt noch nicht brauchte. Und Adams Großmutter musste sie wegen der Sitzpolster anrufen – und Holly auch; die wollte Sonntagnachmittag mit Adam vorbeikommen und helfen, alles wieder einzurichten. Tja, jetzt würde Emma mit dem Pinsel allein sein, und sie hatte den Verdacht, dass es eine lange Nacht würde.

Ihr Rücken schmerzte von der schiefen Haltung, die sie eingenommen hatte, um auf der Leiter mit dem Pinsel in der Hand ordentlich streichen zu können. Aber eine Wand war immerhin schon fertig, und Emma war ziemlich zufrieden mit der Farbe, einem warmen Honig-Creme-Ton. Sie schaute auf ihre jetzt mit Farbe bespritzte Armbanduhr. Zehn vor zehn – wo waren die Stunden geblieben?

Ihr fiel ein, dass sie seit dem Brownie und der Tasse Tee nichts mehr gegessen oder getrunken hatte, und das musste über drei Stunden her sein. Zeit fürs Abendbrot – Cracker und Käse. Oben im Kühlschrank musste noch Cheddar sein oder Stilton. Dazu Gurke und Apfelstückchen, und sie wäre versorgt. Als sie von der Leiter stieg, vibrierte ihr Mobiltelefon.

Es war Max. Warum rief er an? Der hatte vielleicht Nerven.

Im Augenblick konnte sie nun wirklich nicht noch mehr Probleme gebrauchen. Sie drückte das rote Symbol und beendete somit den Anruf.

30. Kapitel

Es war Samstagnachmittag, und Emma strich den letzten Teil von Wand Nummer vier. Ihre Freunde und ihre Familie hatten sie nach besten Kräften unterstützt. James war zwischendurch vorbeigekommen, um zu sehen, wie sie vorankam und ob er etwas tun konnte. Holly blieb für eine oder zwei Stunden und kochte belebenden Tee, brachte Biskuits und hielt an heiklen, wackligen Stellen die Leiter fest. Sogar Maureen, Rons Frau, kam mit einem selbst gebackenen Schokoladenkuchen vorbei, um sich noch einmal für das Fehlen ihres Mannes zu entschuldigen. Emma zögerte zunächst, Essen aus einem Haushalt mit einem Kranken anzunehmen, doch der Kuchen sah köstlich und sehr schokoladig aus, als würde er auf der Zunge zergehen. Außerdem, überlegte Emma, könnte Maureen sich als ausgezeichneter Kontakt für Kuchen erweisen, sollte ihr das Backen für das neue Café zu viel werden – wann immer es denn eröffnet werden würde.

Gegen fünf Uhr war sie allein im Laden. Während sie die letzte Wand strich, summte sie zu der Musik auf Radio Two. Ihr tat der Rücken weh, und die Schultern schmerzten ebenso.

Ihr Handy vibrierte erneut. Ah, Herr im Himmel, entwickelte er sich etwa allmählich zu einer Art Stalker? Sie ignorierte den Anruf.

Draußen hupte ein Auto, das geräuschvoll vor dem Laden gehalten hatte. Sie schaute auf, doch es war zu dunkel. Sie musste nur noch dieses letzte Stück streichen und konnte es nicht erwarten, in ein heißes Schaumbad zu steigen. Morgen musste sie wieder früh raus, um mit Bevs und Petes Hilfe die

Schokolade wieder in die bereits existierenden Regale einzuräumen. Sie wollte den Laden gegen halb elf wieder aufmachen, um sich nicht noch mehr Umsatz entgehen lassen.

Verdammt, jemand klopfte an die Ladentür! Sah derjenige denn nicht, dass geschlossen war? Das war doch offensichtlich – sie auf der Leiter, einen Pinsel in der Hand und überall Farbe und die leeren Regale. Im ganzen Laden gab es nichts zu kaufen. Die Leiter schwankte ein wenig, dann stieg Emma missmutig herunter.

Unten angekommen stutzte sie. *Max?*

»Was machst du hier?«

»Na, was für ein freundlicher Empfang! Hey, ich bin über eine Stunde gefahren, nachdem ich den ganzen Tag Wände verputzt habe, weil jemand aus meinem Team krank geworden ist. Und ich bin hier, um dir zu helfen.«

»Oh, aha … aber ich komme ganz gut zurecht hier. Ehrlich gesagt, bin ich gerade mit Streichen fertig.« Sie war ein wenig perplex, dass er tatsächlich hier war.

»Wegen des Anstreichens bin ich nicht hergekommen. Wirf mal einen Blick auf meinen Dachgepäckträger.«

Sie spähte aus dem Fenster und sah seinen Jeep draußen. Auf dem Dach waren lange Bretter befestigt.

»Mein Werkzeug liegt hinten im Wagen. Und die Bretter da, meine Liebe, sind deine neuen Fensterplätze.«

»Was? Wovon redest du?«

»Na ja, sie werden es sein, in ungefähr fünf bis sechs Stunden.«

»Ehrlich? *Du* kannst sie machen?«

Er lachte. »Ich bin Meister in der Baubranche und habe viel Erfahrung. Andy, mein Tischler, ist eine halbe Stunde länger geblieben, um die Bretter für mich zuzuschneiden. Ich habe die Fensterplätze ausgemessen, erinnerst du dich? Und zufällig habe ich den Zettel mit den Maßen aufbewahrt.«

»Aber woher wusstest du überhaupt …?« Sie konnte immer noch nicht ganz fassen, dass Max hier war. Warum tat er das?

»Na, ich kann doch eine Dame in Not nicht hängenlassen, oder? Und eine Eröffnungsparty ohne Eröffnung, das haut auch nicht hin.«

»Ich habe dir doch gar nichts erzählt. Wie konntest du wissen, dass Ron mir abgesagt hat? Moment mal, woher wusstest du überhaupt, dass er dieses Wochenende herkommen sollte?« Nichts von alledem ergab Sinn. Mal abgesehen davon, dass sie nach wie vor versuchte, wütend auf ihn zu sein, weil er vermutlich ein doppeltes Spiel gespielt hatte.

»Deine Freundin Bev hat mich angerufen.«

»Was?« Bev kannte doch gar nicht seine Nummer. Sie war ihm doch noch nie begegnet. Was glaubte ihre sogenannte Freundin, sich derartig in Emmas Leben einmischen zu dürfen?

»Sie meinte es nur gut. Ich glaube, sie hat die Nummer meines Betriebs im Internet gefunden.«

»Aha.« Sie würde Bev umbringen.

Sie legte Pinsel und Farbwanne hin und seufzte. Was sollte sie jetzt tun? Ihn wegschicken?

Bevor sie etwas sagen konnte, meinte Max: »Na schön, stehen wir lieber nicht herum. Vor uns liegt eine Menge Arbeit.«

Emma war sprachlos. Sie wollte so sehr, dass der Laden sein Upgrade bekam, aber das hieß doch noch lange nicht, dass Max einfach wieder in ihr Leben hineinmarschieren konnte. Es gab zu viele unbeantwortete Fragen und zu viele Gefühle, die auf dem Spiel standen. Was das betraf, hatte sie ihre Entscheidung gefällt.

»Du wirst mir zuarbeiten müssen, sonst brauche ich die ganze Nacht«, erklärte er. »Komm, lass uns zuerst das Zeug aus dem Jeep laden.«

Emma war jetzt schon müde, doch aufhören würde sie jetzt auf keinen Fall. Wenn Max nach einem langen Arbeitstag weitermachen konnte, dann war auch sie dazu imstande. Es passierte tatsächlich! Ihr Cosy Chocolate Shop Café würde nun doch noch verwirklicht werden!

Sie trugen die Holzbalken hinein, die flachen Bretter, eine Werkzeugkiste und unterschiedliche Sägen. Max steckte sich einen Bleistift hinters Ohr, zwinkerte ihr zu und machte sich ans Werk. Ihre Möglichkeiten zu helfen waren begrenzt, doch konnte sie ihm das richtige Werkzeug reichen oder Nägel und Hammer, wenn er diese Dinge benötigte.

»Hast du gegessen?« Sie legten eine Pause ein, als der Rahmen für einen der Fensterbereiche fertig war.

»Nein, noch nicht. Ich bin gleich nach dem anderen Job hergekommen. Ich sterbe vor Hunger.«

»Ich auch. Hm, vielleicht macht uns das Fisherman's Arms Fish und Chips zum Mitnehmen. Ich rufe mal an, ja? Hättest du Lust darauf?«

»Das wäre großartig. Ja, mach nur.«

»Ich muss ja für das leibliche Wohl der Handwerker sorgen.« Sie lächelte und wurde allmählich entspannter in seiner Gegenwart. Er war ja auch wirklich zum Arbeiten hergekommen und anscheinend völlig ohne jeden Hintergedanken.

»Genau.«

Sie nahm ihr Handy, tippte die Nummer ein und begann mit Dave, dem Wirt, zu plaudern. Fantastisch – sie würden es machen. Sie zeigte Max den erhobenen Daumen, während er weiter Holz zusägte. Am Ende des Gespräches bedankte sie sich bei Dave und sagte, sie käme in fünfzehn Minuten, um das Essen abzuholen. Dann stand sie da und beobachtete Max, wie er die Wasserwaage über den hinteren Teil des Sitzbereichs zog, den Bleistift vom Ohr nahm und konzentriert etwas notierte. Ihr Magen begann ziemlich laut zu knurren. Max schaute auf und lachte.

»Da ist aber jemand hungrig.«

»Ja. Ich bin mir nicht mal sicher, ob ich zu Mittag gegessen habe, um ehrlich zu sein.« Sie war viel zu sehr mit Anstreichen beschäftigt gewesen.

Sie ließ Max weiter Holz zurechtsägen und machte sich auf den Weg, den Hügel hinunter in Richtung Dorfkneipe. Dort musste sie noch einen Moment auf die Bestellung warten und unterhielt sich in der Zeit mit Danny, der hinter der Theke stand.

»Abend zu Hause?«, erkundigte er sich.

»Ja, wir erweitern den Chocolate Shop an diesem Wochenende, um ein Café daraus zu machen.«

»Ah ja, ich habe davon gehört. Klingt toll. Ich habe die Einladung zur Eröffnung am Freitag gesehen – ich bin dabei. Geht es gut voran mit der Arbeit?«

»Bis vor einigen Stunden überhaupt nicht – der Tischler wurde krank. Aber ich habe in letzter Minute doch noch Hilfe bekommen. Wahrscheinlich werden wir die ganze Nacht durcharbeiten müssen, um die Fensterplätze fertig zu bekommen.«

»Ah. Arbeitest du gern handwerklich?«

»Nee, ich habe einen befreundeten Bauunternehmer, der mir zum Glück hilft. Aber normalerweise macht er andere Arbeiten, also geben wir unser Bestes.«

»Oh, verstehe. Na dann, viel Glück.«

Und dann kamen auch schon die Fish and Chips. »Bitte sehr, Emma. Guten Appetit.« Der Koch namens Rob überreichte ihr das Essen.

»Danke, ich bin schon total ausgehungert.« Das Essen duftete trotz der Verpackung köstlich. Vielleicht würde sie bereits auf dem Weg den Hügel hinauf eine Fritte naschen. »Danke, Rob, das ist bestimmt lecker wie immer.«

»Tschüs Emma.«

Sie zahlte am Tresen, und als sie wieder im Laden war, setzten sie und Max sich nebeneinander auf den Holzfußboden, wo sie mit knusprigem Teig umhüllten Kabeljau mit Fritten aßen, mit Salz und Essig gewürzt. Emma hatte noch zwei Dosen Cola light im Kühlschrank gefunden, die sie dazu tranken.

Tatsächlich war es eine der köstlichsten Mahlzeiten, die sie seit Ewigkeiten gegessen hatte.

»Hm, herrlich«, verkündete Max und spießte seine letzte Fritte auf.

»Genau richtig«, pflichtete Emma ihm bei.

»Na, dann lass uns wieder an die Arbeit gehen.« Max wollte unbedingt weitermachen. »Dieser Fensterplatz baut sich nicht von allein. Auf geht's.«

Es war zwanzig vor zwölf, als sie beschlossen, Feierabend zu machen. Max sah ziemlich geschafft aus, als er sich aufrichtete und die verspannten Muskeln streckte. Emma spürte ebenfalls sämtliche Knochen. Sie hatte sich überwiegend in der Küche beschäftigt und gelegentlich gefragt, ob Max Hilfe brauchte. Die körperliche Arbeit des Tages forderte ihren Tribut, und Emma spürte Muskeln, die sie seit Jahren nicht mehr benutzt hatte.

»Gut, dann mache ich mich mal lieber auf den Weg.« Max sah sie an.

»Oh.« Sie hatte überhaupt nicht darüber nachgedacht, wo er unterkommen würde. Auf jeden Fall hatte sie sich nicht vorgestellt, dass er den ganzen Weg wieder zurückfahren würde. Da er spontan hergefahren war, hatte er natürlich kein Zimmer im Bed & Breakfast gebucht, und jetzt war es zu spät, um noch im Pub oder sonst wo nachzufragen.

»Du kannst nicht den ganzen Weg wieder zurückfahren. Müsstest du dann nicht extra noch mal herkommen, um die Arbeit zu beenden?« Sie klang ein wenig übermütig, das merkte sie selbst, doch sie hoffte eben, dass er die Arbeit nicht halb fertig liegen lassen würde. Falls doch, würde es kaum möglich sein, den Laden wieder aufzumachen.

»Das hatte ich eigentlich vor, den ganzen Weg zurückzufahren und morgen früh gleich wieder herzukommen, um die Arbeit zu beenden, ehe ich in Gateshead sein muss. Da muss ich mir nachmittags einen Auftrag ansehen. Es ist der einzige Tag, an dem ich die Besitzer erwische.«

»Aber das geht nicht. Du wirst völlig erledigt sein.« Die Worte waren heraus, bevor sie richtig nachdenken konnte. Aber ihr gefiel die Vorstellung ganz und gar nicht, dass er nach all der Arbeit müde heimfahren sollte. »Du könntest bleiben.« *Was sagte sie da?* Noch während sie sprach, schrillten die Alarmglocken in ihrem Kopf. »Du könntest auf dem Sofa schlafen. Das wäre okay für mich«, erklärte sie. So, das konnte er wohl kaum missdeuten. Schließlich hatte er ihr geholfen, und das wusste sie wirklich zu schätzen. Sie betrachtete ihn als Freund – als einen, der noch eine Freundin an der Backe hatte, und deswegen musste sie sorgfältig darauf achten, dass die Dinge zwischen ihnen völlig klargestellt waren.

»Okay, einverstanden. Wenn es dir wirklich nichts ausmacht, wäre es für mich eine große Hilfe, denn es erspart mir etliche Stunden Fahrerei. Ich könnte auf diese Weise auch ein bisschen früher anfangen morgen früh, schließlich haben wir noch einiges zu tun. Ich bin nicht ganz so schnell, wie Andy es gewesen wäre, aber es geht eben nicht anders.«

»Du warst großartig, soweit ich das beurteilen kann.« Sie musste zugeben, dass seine Hilfe heute fantastisch gewesen war.

»Danke … und das Sofa reicht mir vollkommen aus. Em«, begann er, als sie leere Becher in die Küche bringen wollte. »Wegen Siobhan. Es ist *wirklich* vorbei. Schon seit August, bevor ich hierher zurückkam, um dich zu sehen.«

»Aha … aber wieso behauptet sie, es sei nicht so?«

»Wunschdenken vielleicht. Hoffnung, ich würde zu ihr zurückkehren. Ich habe sie neulich abends besucht, nachdem sie bei dir war.«

Eigenartigerweise sank Emma der Mut.

»Ich war dort, um es unmissverständlich klarzustellen. Dass es diesmal kein Zurück gibt. Na ja, ich wollte nur, dass du das weißt.«

»Oh.« Konnte sie ihm wirklich glauben? Es war eine solch verfahrene Situation. All diese verdammten Emotionen in ihr spielten schon wieder verrückt. Sie hasste das Gefühl, keine Kontrolle zu haben und durcheinander zu sein. Jedenfalls änderte das gar nichts.

Sie ließ Alfie hinaus in den Garten, während Max die Werkzeuge für morgen aufräumte. Dann kam Alfie wieder herein, ganz entzückt über Max' Gegenwart. Der Hund lief ganz aufgeregt durch den Laden, was er normalerweise nicht durfte. Er strich Max mit wedelndem Schwanz um die Beine, nachdem er die ganze Zeit oben eingesperrt war, um bei der Arbeit nicht im Weg zu sein.

Da sie beide ziemlich geschafft waren, nahm Emma Alfie wieder mit nach oben und machte Max im Wohnzimmer mit Kissen und Decke das Bett zurecht. Das Sofa war groß, doch als Emma zehn Minuten später an der offenen Tür vorbeikam, musste sie grinsen, denn seine Beine und Füße ragten über die Lehne hinaus. Ihr fiel auf, dass er seine Socken anbehalten hatte.

»Gute Nacht, Max.« Sie fühlte sich ein wenig traurig. Zu gern hätte sie ihm jetzt einen Gutenachtkuss gegeben. Im Zimmer roch es sehr angenehm nach seinem Aftershave, in den sich vage ein Duft von männlichem Schweiß nach harter Arbeit mischte. Sie begnügte sich damit, von der Tür aus zu winken. »Noch mal vielen Dank, dass du einfach aufgetaucht bist, um mir zu helfen.« Sie konnte es immer noch nicht ganz glauben, dass er hergekommen war und die ganze Arbeit geleistet hatte. Trotzdem war es besser, freundschaftliche Distanz zu wahren. Und die kuppelnde Bev würde morgen einen ernsten Anruf erhalten.

»Gern geschehen, Emma.« Er sah sie zärtlich an.

Sie ging in ihr Schlafzimmer und spürte Verwirrung sowie eine leise Sehnsucht in sich, gegen die sie beim besten Willen nichts ausrichten konnte. Sie kroch in ihr Doppelbett und erinnerte sich an die Küsse auf dem Dünenparkplatz, an Max' Lächeln. Erinnerungen an Luke erwachten, doch trotz des Durcheinanders ihrer Gedanken schlief sie bald ein.

Nachts wachte Emma auf, weil sie zur Toilette musste. Sie stieg leise aus dem Bett und war sich Max' Gegenwart, nur ein Stück den Flur entlang in dem vorderen Zimmer, voll bewusst. Es war eine eigenartige Vorstellung, dass sich außer ihr noch jemand in ihrem kleinen Häuschen befand. Noch seltsamer war, dass es sich dabei um einen Mann handelte – und zwar um einen, wie sie nach wie vor zugeben musste, äußerst attraktiven Mann.

Als sie fertig war, überlegte sie kurz, ob sie spülen sollte oder nicht, schließlich wollte sie ihn nicht aufwecken. Andererseits wäre es peinlich, wenn er es am Morgen sähe. Sie entschied sich dafür, ihn nicht zu wecken und hoffte einfach, dass sie morgen früh als Erste im Bad sein würde.

Sie trat wieder hinaus auf den Flur … und verspürte die Verlockung, einen raschen Blick auf den Mann zu werfen, der nicht weit entfernt von ihr in dem anderen Zimmer lag. Sie war einfach neugierig, wie er wohl im Schlaf aussah. Beim Näherkommen bemerkte sie, dass seine Tür nur angelehnt war. Sie hörte seine tiefen Atemzüge. Leise schlich sie barfuß über den Flur und hielt den Atem an, als sie den Türspalt etwas vergrößerte und hineinspähte.

Er hatte die Vorhänge nicht zugezogen, sodass sie im orangefarbenen Schein der Straßenbeleuchtung sein Gesicht betrachten konnte – das zerwühlte Haar, die markanten Wangenknochen, die Bartstoppeln, die dicken Wimpern der geschlossenen Lider, seine Lippen.

Ohne es zu merken, stieß sie einen leisen, langsamen Seufzer aus.

Ping, seine Augen gingen auf. Ups. Ertappt wie eine Stalkerin. Peinlich.

»Alles in Ordnung?«, fragte er ein wenig misstrauisch.

»Ja. Tut mir leid, dass ich dich geweckt habe.« Dass sie zur Toilette gemusst hatte, verschwieg sie.

»Suchst du etwas?« Sie hörte den belustigten Unterton und sah die Andeutung eines Lächelns auf seinen Lippen.

»Schon möglich.«

»Du wirst frieren da draußen. Möchtest du reinkommen?« Dreist hob er die Decke.

Emma schwieg. Konnte sie? Sollte sie? Würde sie sich damit nicht wieder einen ganzen Haufen Probleme aufhalsen?

»Ich bin angezogen, falls du dir deswegen Sorgen machst. Na ja, T-Shirt und Boxershorts. Deine Entscheidung. Aber steh nicht die ganze Nacht nur da – das ist ein bisschen schräg.«

Sie lachte. Oh je, sie wollte so gern seine starken Arme um sich spüren. Doch war das alles, was er ihr anbot? Plötzlich hatte sie das Gefühl, an einem Wendepunkt zu stehen – ihre Entscheidung in den nächsten Sekunden könnte alles ändern, ob nun mit oder ohne Sex.

»Und?« Die Decke war nach wie vor halb angehoben.

Emma ging auf das Sofa zu und sah ihn ein wenig zurück rutschen, um Platz für sie zu machen. Sie atmete langsam ein und legte sich neben ihn – den Rücken an seine Vorderseite geschmiegt. Viel Platz war da nicht, deshalb lagen sie am besten so. Er legte ihr den Arm um den Oberkörper und hielt sie. Es fühlte sich sehr natürlich an.

»Okay?« Seine Stimme war warm und weich an ihrem Ohr.

»Ja.«

»Gut.«

Sie lagen sehr nah beieinander, und es fühlte sich ganz genauso gut an, wie sie es sich ausgemalt hatte, wenn sie nachts allein in ihrem Bett lag und nicht an ihn zu denken versuchte. Der Rhythmus ihres Atems begann sich seinem anzupassen. Er hielt sie zärtlich, unternahm jedoch keinen Versuch, sie anstößig zu berühren. Sie war sich nicht sicher, ob sie das enttäuschend fand, aber immerhin begann sie, sich zu entspannen, während sie seinen Atem an ihren Haaren spürte.

Allmählich ließ sie sich in den Schlaf driften …

Es war hell. Emma fühlte sich ein wenig verspannt und lag in verdrehter Haltung. Etwas Schweres lag auf ihr … oh, ein Arm, nicht *ihrer*, sondern ein muskulöser, leicht behaarter Arm, der sie hielt.

Sie schlug die Augen auf und erkannte ihr eigenes Wohnzimmer.

Sie lag mit Max auf dem Sofa. Für einen kurzen Moment geriet sie in Panik – *hatten sie?* Nein, daran würde sie sich bestimmt erinnern. Sie hatten letzte Nacht ja nicht einmal etwas getrunken. Sie trug noch ihr Nachthemd und – sie versuchte sich zu konzentrieren, trotz des deutlichen Gefühls einer »Morgenlatte« an ihrem Rücken (wow, es war lange her, seit sie das gespürt hatte; Luke war stets ein Morgenmensch gewesen) – sie registrierte, dass »es« nach wie vor sicher in der Boxershorts verpackt war.

»Guten Morgen«, hörte sie eine leicht belustigte Stimme hinter sich an ihrem Ohr.

»Guten Morgen«, erwiderte sie gut gelaunt. »Ich glaube, vor

uns liegt Arbeit.« Sie musste an ihren Laden denken und sich ganz darauf konzentrieren. Und deshalb war sie unter der Decke hervorgeschlüpft, ehe Max auch nur einen Gedanken daran verschwenden konnte, was vielleicht mit dieser »Morgenlatte« anzustellen wäre.

31. Kapitel

Gegen halb neun hatten sie rasch gefrühstückt, Rühreier auf Toast, und dann machte Max sich an den zweiten Fensterplatz.

Während er hämmerte, um den Rahmen zu befestigen, wirkte er ein wenig verspannt – vermutlich das Ergebnis der harten Arbeit am gestrigen Abend und dem Schlaf in gekrümmter Haltung neben Emma in der Nacht. Bei diesem Gedanken musste sie lächeln.

Emma hatte ein paar Anrufe zu erledigen, um alles für die Neueröffnung des Ladens am nächsten Freitag zu organisieren. Ihr Bruder James wusste ja noch gar nichts davon, dass die Umbauarbeiten nun doch stattfanden, nachdem sie ihm am Freitag von Rons Erkrankung erzählt hatte. Jetzt würde sie Hilfe beim Transport der Möbel brauchen, die er für sie abgeholt und in seiner Garage gelagert hatte. Und die Kissen, die Chloe machen wollte, würde sie nun auch brauchen. Außerdem musste sie Bev und Pete anrufen, damit die beiden die Schokolade zurückbrachten. Holly wollte heute Nachmittag mit Adam vorbeikommen, um zu helfen, also wären genug Leute da. Die nächsten Tage würden lang werden, aber es war auch aufregend zu sehen, wie ihre Träume Wirklichkeit wurden.

Emma stand da und schaute Max bei der Arbeit zu. Sie konnte sich die runden Kiefernholztische zusammen mit den Holzstühlen an den Fenstern schon sehr gut vorstellen. Sie hatte beschlossen, die zu ramponiert aussehenden Möbelstücke mit Kreidefarbe zu streichen und die beiden am besten aussehenden zu belassen, wie sie waren. Emma bot Max an, ihm einen Kaffee zu bringen. Er hatte immer noch viel Arbeit vor sich, außerdem musste er in absehbarer Zeit in sein Unternehmen zurück. Sie war ihm unendlich dankbar für seine Hilfe. Das Café würde nun Realität werden – mit ein wenig, nein sehr viel Hilfe von Freunden und Familie.

Es war wunderbar, daran zu denken, dass sie nächsten Freitagabend die Eröffnung des Chocolate Shop Cafés feiern würden. Eine Party war eine tolle Art, ihren Freunden und der Familie sowie der Gemeinde zu danken. Nicht nur für die Hilfe bei diesem Projekt, sondern auch für die Unterstützung der vergangenen Jahre. Von Anfang an hatte man sie im Dorf willkommen geheißen und sie unter die Warkton-by-the-Sea-Fittiche genommen, obwohl sie bloß die Neue gewesen war, die ein Schokoladengeschäft aufmachte, am Tiefpunkt ihres Lebens.

Sie hatte den Eröffnungsabend bildlich vor Augen, wie sie Gläser mit Prosecco verteilte, dazu Tabletts mit Schokoladenleckereien herumreichte. Hm, Schokoladen-Canapés – sie könnte einige ihrer Lieblingskreationen variieren und Minibrownies backen, als Kostprobe für das Gebäck, das sie später in ihrem Café anbieten würde. Ihr war klar, dass der Zeitfaktor in dieser Woche von entscheidender Bedeutung sein würde – nach Ladenschluss würden weiterhin letzte kleine Arbeiten verrichtet, der letzte Schliff. Hoffentlich wurde Ron schnell wieder gesund und konnte die abschließenden Veränderungen im Tresenbereich im Lauf der Woche durchführen.

Jemand klopfte laut an die Tür. Zu Emmas Erstaunen waren es Danny aus dem Pub und ein Freund von ihm. Vielleicht waren sie aus Neugier gekommen, um zu sehen, wie es voranging.

Emma schloss die Ladentür auf und ließ sie hinein.

»Hi, Em. Hier kommt dein neuer Chippie«, verkündete Danny grinsend.

Chippie? Fish and Chips? Das Abendessen aus dem Pub gestern war herrlich gewesen, vielleicht brachten sie jetzt zum Mittagessen Fritten, überlegte Emma.

Max richtete sich auf, rieb sich den Rücken und kam zu ihnen. »Hallo Leute. Das klingt sehr gut.« Die drei Männer schüttelten einander die Hände.

Emma fragte sich immer noch, um was es ging, und zog verwirrt die Brauen zusammen.

»Chippie, von ›Carpenter‹ – Tischler«, erklärte Max ihr.

»Ah. Oh, wow. Ihr seid hier, um zu helfen? Fantastisch.«

»Das ist Nick, ein alter Freund«, machte Danny die anderen miteinander bekannt. »Er ist zufällig an diesem Wochenende zu Besuch bei mir.«

»Hi, Nick, und vielen Dank.« Emma schüttelte ihm die Hand. Er war groß und schlank, mit freundlichen Augen und einem fusseligen Ziegenbart. Eine schräg zwischen den Lippen hängende Selbstgedrehte hätte gut dazu gepasst.

»Hatte früher meine eigene Tischlerwerkstatt«, sagte Nick. »Aber als die Rezession kam und die Aufträge ausblieben, konnte ich mich nicht mehr über Wasser halten. Fing in einer Schinkenfabrik an, ob du's glaubst oder nicht. Bezahlung war besser, und es war ein regelmäßiges Einkommen. Bin da geblieben. Aber ich vermisse das Arbeiten mit Holz immer noch. Als Danny erwähnte, du wärst in letzter Minute hängengelassen worden …«

»Ich muss heute Mittag sowieso im Pub arbeiten, also hat er nichts weiter vor. Dann muss er wenigstens nicht den ganzen Tag auf meinem Sofa herumgammeln«, ergänzte Danny.

»Stimmt, ich hätte ein paar Stunden Zeit, kein Problem. Gebt mir was zu tun.«

»Okay. Ich werde uns allen Tee oder Kaffee kochen, was dir lieber ist, Nick. Und Max wird dir erklären, wie weit wir mit den Umbauarbeiten sind.«

Die beiden Männer fingen gleich an zu reden und betrachteten mit ernster Miene das zurechtgesägte Holz. Danny meinte, er mache sich mal lieber auf den Weg zu seiner Mittagsschicht.

»Tschüs, Danny. Danke, dass du an mich und meinen Laden gedacht hast. Du bist ein Schatz.«

»Keine Ursache. Wollte dich nicht allein schuften lassen, wo ich doch wusste, dass es Hilfe gibt. Oh, und Nick arbeitet übrigens gern für ein paar Pints. Wir sind heute Abend unterwegs, das wäre also ideal.« Danny zwinkerte.

»Perfekt. Bist du dir sicher?« Sie fand, sie sollte ihm eine Bezahlung anbieten. Schließlich hatte sie von ihren Eltern Geld bekommen, um Ron zu bezahlen.

»Absolut, ich bin aus freien Stücken hier«, meldete Nick sich zu Wort. »Aber ein paar Pints im Fisherman's heute Abend wären klasse.«

James tauchte eine Stunde später mit zwei Stühlen in den Händen auf. Die kleine Lucy war bei ihm, sie strahlte übers ganze Gesicht.

»Hallo, Tante Emma. Oh, wer sind die?« Das kleine Mädchen blieb stehen, überrascht, noch andere Leute im Laden vorzufinden.

»Das sind Max und Nick. Die helfen mir, die Sitzbereiche für das neue Café hier drin zu bauen.«

Lucy betrachtete die zwei Männer mit ernster Miene, dann nickte sie.

Max lächelte sie an, Nick begrüßte sie mit einem Kopfnicken.

»Wirst du auch Milchshakes machen, Tante Emma? Ich mag keinen Kaffee.«

»Selbstverständlich. Das ist eine sehr gute Idee, ehrlich gesagt, Luce. Und zwar Schokoladen-Milkshakes. Im Winter heiße Schokolade. Was meinst du?«

»Das klingt gut, finde ich. Aber mit Marshmallows obendrauf.«

»Das kriegen wir wohl hin.« Emma lächelte. »Du hilfst also deinem Daddy heute?«

»Ja. Olivia musste bei Mummy bleiben – wir alle beide wären Daddy zu viel gewesen. Mummy und Olivia nähen.« Lucy verzog das Gesicht. »Wir haben uns aufgeteilt. Möbel schleppen ist besser.«

»Sag mal, machen die zufällig meine Kissen?«

»Jap.«

»Na, das ist eine große Hilfe für mich. Du bist natürlich auch eine große Hilfe. Was würde ich ohne euch liebe Leute bloß machen?« Während sie sprach, schaute sie bedeutungsvoll auf zu James. »Dann komm mal mit, Luce, du kannst dir aus der hinteren Küche Schokolade aussuchen. Ich habe sie alle wegbringen lassen, aber ein bisschen ist noch da. Such welche für dich aus und für Olivia, die bringst du ihr dann mit.«

»Was ist mit Dad?«, rief James ihnen hoffnungsvoll hinterher. »Der hilft schließlich auch.«

Emma hörte sein tiefes Lachen. Er liebte ihre salzige Karamellschokolade. Davon würde sie bestimmt noch ein Päckchen für ihn finden.

»Was ist mit den Holzarbeitern? Wir mögen Schokolade auch«, meldete sich Max' freundliche Stimme mit einem frechen Unterton.

Als Emma und Lucy mit der Schokoladenausbeute zurückkamen, unterhielt James sich gut gelaunt mit den Männern. Dann machte ihr Bruder sich wieder auf den Weg, um die Tische zu holen.

Gegen zwei Uhr nachmittags herrschte Betrieb im Laden. Max und Nick arbeiteten an den Sitzflächen für die Fensterplätze. Nick hatte vorgeschlagen, sie mit Scharnieren zu versehen, damit sie ebenfalls als Stauraum genutzt werden konnten – eine brillante Idee, denn momentan wurden Emmas Schaufenstermaterialien oben in ihren Schrank gestopft. Wenn sie nach ihrem Lieblingspullover suchte, lief sie ständig Gefahr, von Osterhäschen attackiert zu werden oder von Mini-Folienweihnachtsbäumen, Lametta, Christbaumkugeln und solchen Dingen.

Bev und Pete schauten zwischendurch vorbei, um zu sehen, wie es voranging, und blieben, um mitzuhelfen. Emma kam sich vor wie in einer dieser Realityshows, in der ein Haus innerhalb von achtundvierzig Stunden komplett renoviert wird.

Bev sah demonstrativ zu dem besser aussehenden der beiden arbeitenden Männer. »Ich nehme mal an, Max ist aufgetaucht, um dir zu helfen?«

»Ja, und darüber müssen wir uns noch mal unterhalten«, flüsterte Em angespannt. »Du steckst in echten Schwierigkeiten.« Emma stellte die beiden Männer Bev und Pete vor.

»Hm, der ist ein Prachtkerl«, flüsterte Bev zurück, als sie nahe der Flurtür standen. »Ganz anders als die Typen, die mir meinen Wintergarten gebaut haben«, erklärte sie und meinte im Scherz, sie müsse wohl demnächst mal Tischlerarbeiten suchen bei sich zu Hause.

Emma musste lachen und erklärte, der andere sei ein Freund von Danny aus dem Pub.

Holly tauchte auf und staunte ehrfürchtig, mit einem frechen Grinsen im Gesicht. Sie war sehr stolz, denn immerhin war das Ganze ihre Idee gewesen, woran sie auch jeden bei dieser Gelegenheit erinnerte. Sie sagte, sie könne es kaum erwarten, das Café zu betreten – sie hatte schon eine Gruppe von Freunden organisiert, die darauf brannten, zu den allerersten Gästen zu gehören.

Dann bemerkte sie Max. »Den kenne ich, oder? Was macht *er* denn hier?«

»Oh, er hilft mit. Alle packen mit an.« Emma versuchte unbekümmert und heiter zu klingen.

Holly dachte offensichtlich darüber nach, dann grinste sie Emma breit an und deutete mit dem Kopf in Max' Richtung.

»Interessant«, war jedoch alles, was Emmas Mitarbeiterin sagte, doch es war klar, dass ein ausgiebiges Verhör morgen folgen würde.

Nach einer weiteren Runde Tee, zu dem es Schokoladenleckereien gab, wandten die Besucher sich zum Gehen. Emma informierte jeden noch einmal über die Eröffnungsfeier am Freitag, denn ein dickes Dankeschön war angebracht.

Am frühen Nachmittag richteten Max und Nick sich von ihrer Arbeit auf, streckten sich und nickten einander zu. Dann riefen sie Emma nach unten, damit sie sich das fertige Ergebnis anschaute. Sie blieb im Türrahmen stehen, Tränen schossen ihr in die Augen. Es sah fantastisch aus. Sie hatten sogar die Banklehnen für die Fensterplätze aus weiß gestrichenem Holz angefertigt, was dem Ganzen ein wunderbares Küstenflair verlieh.

»Wow«, war alles, was sie herausbrachte.

»Na gut, dann bin ich mal weg, wenn das alles war?«, verkündete Nick. Er war viel länger geblieben, als Dannys Schicht gedauert hatte, und er hatte ziemlich hart gearbeitet, mit nur wenigen Kaffeepausen.

»Vielen Dank, Nick. Ich werde am Tresen Geld hinterlegen, für dich und Danny heute Abend. Und falls du Freitag hier bist, komm doch zur Eröffnung, ja?«

»Da bin ich schon wieder in Yorkshire, trotzdem danke für die Einladung. Und hey, gern geschehen. Mir hat's Spaß gemacht, mal wieder mit Holz zu arbeiten. Muss ich unbedingt als Hobby weitermachen und hier und dort mal aushelfen.«

»Ja, unbedingt.«

»Tschüs, Kumpel. Du warst echt eine Hilfe«, sagte Max, und die beiden Männer schüttelten sich die Hände.

»Kein Problem.« Nick hob den Daumen. »Dann bin ich mal weg.«

»Nochmals danke«, sagte Emma und gab ihm eine Schachtel gefüllte Pralinen, dazu eine Zwanzig-Pfund-Note aus der Kasse. Nach der vielen Arbeit musste sie ihm einfach noch ein bisschen Bargeld in die Hand drücken, zusätzlich zu dem Geld fürs Bier.

»Na gut, tschüs.« Und damit marschierte er munter den Hügel hinunter.

»Ich mache mich auch besser auf den Weg. Ich muss mir noch diesen anderen Auftrag ansehen.« Max wandte sich ihr zu und sah sie an.

»Ja … gut, musst du wohl.« Sie war seltsam enttäuscht, aber natürlich hatte Max selbst ein Unternehmen und ein Privatleben, um das er sich kümmern musste. »Klar, Max. Ich weiß nicht, wie ich dir danken soll. Darf ich dich für die Arbeit bezahlen? Wenigstens für das Holz?«

»Nein, auf gar keinen Fall. Du musst nichts bezahlen. Ich will nichts.«

»Aber …«

»Es ist gut, ehrlich.«

Ach, er war wirklich reizend. Ja, sie war immer noch ein wenig durcheinander, aber auch traurig, dass er nun wieder wegfuhr und sie nicht wusste, wann und ob sie ihn wiedersehen würde. Sie musste zugeben, dass er ziemlich gut aussah, wie er dastand, mit zerwühltem Haar und Sägespänen auf der Kleidung. Er war den ganzen Weg extra hergekommen, obwohl er selbst viel zu tun hatte. Sie erinnerte sich daran, wie nah sie einander in der vergangenen Nacht auf dem Sofa gewesen waren.

»Wirst du überhaupt zurückkommen?« *Was tust du da, du verrücktes Huhn?* Ihre innere Stimme meldete sich erneut.

»Hm …« Er klang unsicher.

Es war eine lange Fahrt, das wusste sie, und er hatte hier schwer geschuftet. Jetzt würde er in sein Leben in Hexham zurückkehren, genau so, wie sie es vor zwei Wochen von ihm verlangt hatte.

»Willst du das denn?«, fragte er.

Sie sahen sich an und fragten sich beide, was als Nächstes kommen, wie es jetzt weitergehen würde.

»Ja.« Sie wusste nicht, wieso und warum, doch der Gedanke, diesen Mann nie wiederzusehen, bedrückte sie. Sie stand da und sah Max an, der ihren Blick mit einem intensiven Ausdruck in den Augen erwiderte, während dieses eine kleine Wort bedeutungsvoll zwischen ihnen schwebte.

Er lächelte. »Na dann, das wäre großartig. Soll ich morgen nach der Arbeit vorbeikommen? Ich könnte versuchen, früher Feierabend zu machen.«

»Okay, ja, das wäre toll.«

Und das Knistern im Raum nahm noch ein wenig zu. Emma spürte, wie ihre Wangen glühten. Schnell machte sie sich auf den Weg in die Küche, um sich mit etwas, *irgendetwas*, zu beschäftigen, während Max die letzten Sägespäne zusammenfegte und draußen in den Mülleimer kippte, bereit zum Aufbruch.

Nachdem er gefahren war, hatte Emma den Laden ganz für sich allein und Zeit zum Nachdenken. Tat sie das Richtige, indem sie Max wiedersah? Lag es an der intimen Nähe der vergangenen Nacht, daran dass sie nachgegeben hatte? Es löste keines der anderen Probleme, oder? Sie war uneins mit sich.

Sie musste mit dem Backen für die Eröffnung des Cafés loslegen; zwei Bleche Brownies und dazu noch Schokoladenkekse. Eigentlich brauchte sie noch mehr, aber die Zeit war knapp. Sie konnte Maureen anrufen, Rons Frau und Bäckerin des köstlichsten Schokoladenkuchens, und mal fragen, ob sie bis morgen Mittag ein paar ihrer Schokoladenkuchen backen könnte. Einen Versuch war es wert. Dann traf James mit dem zweiten der beiden Tische ein.

»Wer waren die beiden Typen eigentlich, die die ganze Tischlerarbeit erledigt haben?«

»Ach, nur ein Freund und ein Bekannter von Danny«, antwortete Emma absichtlich vage.

»Aha. Die schienen ganz in Ordnung zu sein. Toll, dass sie helfen konnten.«

»Ja, die haben klasse gearbeitet.«

»Gut sieht es hier drin jetzt aus, Schwesterherz. Die Farben gefallen mir. Chloe ist übrigens fast fertig mit den Kissen für dich.«

»Oh, vielen Dank, James, und danke auch an Chloe. Das wird wundervoll.« Emma stellte sich eine gemütliche weihnachtliche Atmosphäre vor, in der man ein Stück Schokoladenkuchen genoss, dazu einen riesigen Becher heiße Schokolade mit Sahne und Marshmallows obendrauf. Ein Glücksgefühl durchströmte sie. Ihr Traum würde wahr werden.

»Gut, ich muss wieder los, Schwesterchen. Ich habe den Mädchen einen Ausflug in den Park versprochen, sobald ich zurück bin.«

»Ja, ich muss auch mit Alfie raus. Der war seit zwei Tagen mehr oder weniger eingesperrt, damit er in Sicherheit ist. Der dreht bestimmt langsam durch da oben. Danke für alles, Bruderherz.« Sie boxte James sanft auf den Arm, eine Geste aus der Kindheit. Dann umarmte sie ihn fest.

»Kein Problem. Es ist schön zu sehen, wie sich für dich letztlich doch alles fügt. Ich wünsche dir allen Erfolg der Welt, Em.«

Eine Träne bahnte sich ihren Weg. Sie hoffte auch, dass es gut lief für ihr kleines Schokoladengeschäft am Meer. Nachdem alle mitgeholfen hatte, durfte es einfach keine Pleite werden.

32. Kapitel

Es war der Morgen der großen Eröffnung. Emma zog die Vorhänge auf, hinter denen pink-grau der Morgen dämmerte.

Jetzt war es so weit! Es gab noch immer so viel zu tun. Die Gedanken an den bevorstehenden Abend mit Max halfen nicht besonders, das Chaos zu lichten. Zuerst musste sie mit dem Hund hinausgehen. Frische Luft und ein flotter Spaziergang am Strand würden sowohl ihr als auch Alfie guttun, und so war sie bereits zehn Minuten später mit ihm unterwegs. Als sie die Dünen erreichte und Alfie vorauslief, piepte ihr Handy. Sie nahm es aus der Tasche – eine SMS von Max.

Viel Glück für deinen Eröffnungstag! Freue mich darauf, dich zu sehen xxx

Eine Mischung aus Aufregung und Furcht stieg in ihr auf. Warum nur hatte sie sich einverstanden erklärt, ihn am Abend nach der Eröffnung zu sehen? Es gab schon genug, woran sie denken musste.

Ich mich auch x, schrieb sie zurück, nach wie vor nicht sicher, was sie von der ganzen Sache halten sollte.

Ein weiterer Text kam: *Übrigens habe ich einen Plan – mach dir also keine Gedanken wegen des Abendessens. xx*

Sie schrieb: *Okay. Danke. Xx* Sie war neugierig und fragte sich, was er im Sinn hatte. Es würde ein anstrengender Tag werden, also war es in jeder Hinsicht ein Plus, kein Abendessen kochen zu müssen.

Sie schlenderte den Strand entlang und genoss die Aussicht auf die Bucht. Das Sonnenlicht funkelte golden auf den Wellenkämmen, die Luft war salzig. Es wehte nur ein leichter Wind, und es war mild für die Jahreszeit. Bei der Vorstellung, Max heute Abend wiederzusehen, verspürte Emma ein eigenartiges Kribbeln im Bauch und fragte sich, was er wohl vorhatte. Und natürlich war da auch Luke, ihr wundervoller Luke in ihren Gedanken, das Was-wäre-wenn und Was-hätte-sein-können stets in ihrem Herzen.

Eine halbe Stunde später, zurück im Laden, war Emma in der Küche mit der Zubereitung von Schokoladenkeksen beschäftigt. Die würde sie in einem großen Glas auf den Tresen stellen, um damit ihre Cafébesucher in Versuchung zu führen. Ihre Brownies waren schon bereit, serviert zu werden. Sie hatte sie zu kleinen Würfeln geschnitten, um jedem Gast einen davon zum Tee oder Kaffee auf die Untertasse zu legen. Vielleicht würde es das Markenzeichen des Cosy Chocolate Shop Cafés werden und sich dadurch von allen anderen Cafés in der Gegend abheben. Mal abgesehen von der Tatsache, dass ihre Gäste von Schokolade umgeben waren!

Allmählich wurde sie ein wenig nervös. Das Chocolate Shop Café würde um zwei aufmachen, in sechs Stunden. Die Farbe auf den Fensterbänken war noch nicht ganz trocken, die Regale mussten aufgefüllt werden – momentan befand sich kein Fitzelchen Schokolade im ganzen Laden –, und Staub und Sägespäne waren ebenfalls noch nicht vollständig beseitigt. Sie drehte das Radio laut und machte sich an die Arbeit.

Chloe kam am Vormittag, Adam kurz danach, um die roten Sitzpolster vorbeizubringen, die seine Großmutter genäht hatte. Emma hatte ihre Schwägerin halb versteckt hinter einem Stapel Kissen an der Ladentür entdeckt und kam schnell, um ihr zu helfen.

»Die sehen wundervoll aus, Chloe – das hat bestimmt wahnsinnig viel Mühe gekostet. Ich danke dir vielmals.«

Nachdem sie die Kissen hereingetragen und auf die ersten Fensterplätze gelegt hatten, wurde klar, wie gut die Farben zusammenpassten. Die Kissen waren in Rot-, Creme- und Grautönen gehalten, einige kariert. Emma entdeckte eines in dem gleichen dunklen Rot wie die Sitzkissen, mit einem wunderschönen, offenbar von Hand aufgenähten silbergrauen Stern.

»Ah, ich liebe sie.«

»Und ...« Chloe zog eine lange Wimpelgirlande aus Stoff hervor, sie bestand aus ähnlichen Farben wie die Kissen. Als sie die Girlande auseinanderrollte, ergaben die auf jeden Wimpel gestickten Buchstaben zusammen THE COSY CHOCOLATE SHOP. »Oh, Chloe, das ist einfach wunderbar.« Emma war zu Tränen gerührt. »Dafür musst du ja ewig gebraucht haben.« Sie nahm die Wimpelgirlande in die Hände und hielt sie gegen den Tresen. »Ich liebe sie! Und sieh nur ...« Als Nächstes legte sie inmitten der anderen Kissen das mit dem Stern. »Sehen deine Kissen auf dem Fensterplatz nicht fantastisch aus?«

»Nicht schlecht«, gab Chloe bescheiden zu.

»Also, ich finde, wir sollten die Ersten sein, die darauf sitzen und sie ausprobieren, meinst du nicht? Es wird ohnehin Zeit, dass ich eine Pause mache. Was hältst du von Kaffee und einem Brownie?«

Einige Minuten später testeten sie den neuen Fensterplatz und die Elastizität der Sitzpolster unter ihnen. Sie stießen mit ihren Kaffeetasse an. »Cheers.«

»Cheers, Chloe, und vielen Dank noch mal, auch an James. Ihr wart toll.«

»Oh, lecker.« Chloe hatte gerade von ihrem Brownie abgebissen. »Die sind echt gut. Und der Kaffee auch.«

»Ja, ich beziehe meinen gemahlenen Kaffee von jemandem, der erst vor Kurzem sein eigenes Unternehmen in Berwick gegründet hat. Der ist wirklich sehr aromatisch, oder? Er hat verschiedene Mischungen. Dies ist meine Lieblingssorte, Harry's Blend.«

»Ich bin sicher, das Café wird gut laufen, Em. Warum auch nicht? Der Kaffee ist gut, es gibt jede Menge Schokolade, Tee und Kuchen, und du führst den Laden.«

»Ich hoffe, du behältst recht. Momentan bin ich ein bisschen nervös, um ehrlich zu sein.«

Erst mit der Zeit würde es sich zeigen. Ihre Freunde hatten Zeit und Energie investiert, ihre Eltern hatten einen nicht unerheblichen Teil ihrer Ersparnisse in dieses Projekt investiert, und Emma hatte ihr Herzblut und ihre Seele hineingesteckt. Abgesehen davon musste es einfach ein Erfolg werden, schon allein wegen ihres Bankkontos. Es würde nicht mehr lange dauern, bis ihr Vermieter erneut hier herumschnüffelte und sich ihre Umbauarbeiten ansehen würde. Und ehe sie sich versah, würde er dann wieder die Miete erhöhen, obwohl sie die Renovierungen alle selbst bezahlt hatte.

»Es ist wirklich richtig gemütlich und behaglich. Man kann hinausschauen und sehen, was draußen los ist, während man in dieser kleinen magischen Welt der Schokolade sitzt.« Chloe lächelte.

Emma sah hinaus auf ihr Dorf. Es war ein herrlicher frischer Vormittag im Herbst, der Himmel war intensiv türkisfarben. Emma konnte den Hügel hinunterschauen, vorbei an den letzten Steinhäusern der Main Street, wo das Licht auf dem Wasser des Hafenbeckens glitzerte und die Masten der Boote sanft hin und her schwankten. Es war ein ganz besonderer Ort.

»Ich liebe es, ehrlich«, fügte Chloe hinzu. »Ich sollte gleich losziehen und all meinen Freundinnen davon erzählen.«

»Vielen Dank.«

Sie plauderten noch ein wenig über die Mädchen, das Familienleben und Alfie. Emma erwähnte Max nicht, da es viel zu früh war und außerdem immer noch verwirrend. Sie hatte genug mit ihrem Laden zu tun und kam an diesem Morgen kaum zu Atem.

»Tja, ich sollte mich mal wieder auf den Weg machen«, verkündete Chloe. »Und du hast sicher auch noch einiges zu tun.«

»Stimmt. Aber es war schön, wenigstens zehn Minuten durchatmen zu können. Ich erwarte jeden Moment Bev mit der Schokolade, damit wir die Regale wieder auffüllen können. Es sieht immer noch ein bisschen nackt aus hier drin.« Sie hatte schon alles aus der Küche wieder eingeräumt, doch die Regale wiesen noch etliche Lücken auf.

»Es sieht trotzdem schon klasse aus. Tja, also dann, Emma, viel Glück!«

»Danke. Oh, und vergiss nicht die Eröffnungsfeier am Freitag. Bring auch die Mädchen mit. Um sieben geht es los.«

»Wir werden da sein. Die Mädchen dürfen ausnahmsweise mal länger aufbleiben. Die würden es uns nie verzeihen, wenn wir ohne sie zu einer Party in den Chocolate Shop gehen.«

»Ja, das stimmt.« Emma umarmte ihre Schwägerin zum Abschied noch einmal.

Zwei Stunden später saßen Bev und Emma draußen im Hinterhof an dem kleinen Tischchen für zwei und genossen die warme Oktobersonne bei einem schnellen Kaffee.

Bev und ihr Mann waren eine halbe Stunde zuvor mit dem Kofferraum voll Schokolade aufgetaucht, die sie über das Wochenende bei sich gelagert hatten. Pete war gerade unterwegs, um die zweite Ladung zu holen.

»Sag mal«, begann Emma, da sie jetzt allein waren, »was hast du dir eigentlich dabei gedacht, mit Max Kontakt aufzunehmen?« Sie war immer noch leicht verärgert, dass ihre Freundin sich eingemischt hatte.

»Na ja, *du* wolltest ihm keine Chance geben, oder?«

»Du hattest kein Recht dazu.«

»Wünschst du dir jetzt etwa, ich hätte es nicht getan?« Bev hob eine Braue.

Em konnte darauf nicht antworten.

»Sieh mal«, versuchte Bev es zu erklären, »ich hab doch gesehen, dass du ihn magst. Sicher, da war diese Ex, die bei dir im Laden aufgekreuzt ist, aber du hattest mir schon erzählt, dass es zwischen ihnen vorbei ist. Und dann ist Max den ganzen Weg hierhergefahren, neulich abends, um dir das noch einmal zu versichern. Ich kannte also seinen Namen und wusste, dass er Bauunternehmer in Hexham ist – Google ist eine tolle Sache. Er klang sehr nett und aufrichtig am Telefon. Ich fand, er hat eine Chance verdient. Er wollte dir helfen. Er mag dich wirklich, Em.«

»Trotzdem hast du dich eingemischt.«

»Er ist verdammt wundervoll.«

Da musste Emma unwillkürlich lächeln.

Pete kam wieder und brauchte Hilfe bei den letzten Kartons. Endlich war die Schokolade wieder zu Hause. Als alles wieder eingeräumt war, blieb nur noch eine Stunde bis zur Eröffnung.

»Ich bleibe, wenn du willst. Möglicherweise herrscht gleich viel Betrieb«, bot Bev an. »Ich habe nichts anderes vor heute, und du hast sicher noch viel zu tun.«

»Holly kommt bald, um mir zu helfen, und sie bringt ein paar Freunde mit, die das Café ausprobieren wollen. Aber wenn du bleiben kannst, wäre das natürlich toll. Ich habe keine Ahnung, wie viel zu tun sein wird.« Emma konnte nicht voraussagen, ob am ersten Tag extra viel los sein würde. Mehr als abwarten konnte sie nicht, doch zusätzliche Hilfe wäre natürlich großartig.

Zehn vor zwei, der Wasserkessel war gefüllt und in der Küche bereit, zusammen mit ihren bunt gemischten Bechern, den Tee- und Stempelkannen sowie kleineren Milchkännchen.

Emma hatte zwei Tabletts bereitgelegt – ein hübsches Silbertablett ihrer Mutter und eines mit einem altmodischen Rosenmotiv darauf, das sie auf dem Flohmarkt erworben hatte. Auf den Tischen standen Zuckerschälchen mit kleinen daran baumelnden Zangen. The Cosy Chocolate Shop Café war startklar.

Holly kam hereingeweht. »Hi, da bin ich.« Sie hielt inne und schaute sich um. »Oh, wow. Das ist ja richtig abgefahren hier drin, Emma. Ich liebe es. Ah, die Kissen, die Wimpelgirlande, all die vielen kleinen Details …« Ihrer Mitarbeiterin blieb vor Begeisterung der Mund offen stehen.

»Ja, wir sind bereit. Jetzt fehlen nur noch die Kunden.« Emma wurde nervös bei dem Gedanken.

»Aufregend.«

Bev kam aus der Küche. »Hallo Holly. Ich bin auch hier, um zu helfen – bereit für den großen Ansturm.«

»Cool.«

In diesem Moment signalisierte Emmas Handy den Eingang einer SMS – Max.

Viel Glück für The Chocolate Shop Café! X

Emma lächelte, dann klingelte ihr Handy.

»Hey, ich dachte, es wäre doch besser, mit dir zu sprechen, deshalb rufe ich an. Ich wollte dir nur viel Erfolg wünschen. Hast du es geschafft, alles rechtzeitig fertig zu bekommen?«

»Ja, so gerade eben. Oh, Max, es ist alles ganz toll geworden. Jetzt bin ich allerdings ein bisschen nervös. Ich hoffe nur, es tauchen ein paar Leute auf.«

»Ganz bestimmt. Du wirst das ganz fantastisch hinbekommen, da bin ich mir sicher.«

»Danke.«

»Hab einen guten Nachmittag. Ich freue mich darauf, dich nachher zu sehen – ich habe etwas geplant.«

»Hm, was denn?«

»Wart's ab«, neckte er sie.

»Spielverderber. Ah, die Spannung bringt mich um«, sagte sie lachend.

»Es wird dir gefallen, da bin ich mir sicher.«

Was könnte frau denn in vier oder fünf Stunden anstellen, an einem Montagabend, mit einem ziemlich attraktiven Mann? Ihr fiel da sofort etwas ein … Allerdings war es dafür immer noch ziemlich früh in ihrer Beziehung.

»Hoffentlich ist es etwas Gutes.« Sie verdrängte diese Gedanken. Zum Glück konnte er nicht sehen, wie sie errötete.

»Na schön. Dann bis später. Viel Glück.« Sie hörte im Hintergrund jemanden rufen, eine andere Männerstimme. »Sorry, ich muss los, die Männer brauchen Hilfe hier.«

»Klar, kein Problem. Bis dann.«

»Bye, Em.«

Bev war dabei, die Fensterplatzkissen aufzuschütteln, damit sie bereit waren für die ersten Gäste. »Max?«, fragte sie mit breitem Grinsen, offensichtlich froh über ihre kupplerischen Fähigkeiten.

»Möglicherweise«, erwiderte Emma mit einem Lächeln. Ihre Gedanken kreisten noch immer. Was führte er im Schilde? Wahrscheinlich wollte er irgendwo essen gehen. Oder ins Kino? Wer weiß.

»Love is in the air«, fing Bev an zu singen.

Holly grinste. »Also, Em, was läuft denn da? Ich wusste doch, dass ich diesen Bauunternehmer-Typen kenne von neulich.«

»Na, na, dies ist weder der richtige Ort noch der richtige Zeitpunkt«, entgegnete Emma geheimnisvoll. »Wir haben Arbeit zu erledigen, meine Damen.« Und damit ging sie zur Ladentür, an der sie stolz und schwungvoll das Schild auf »Geöffnet« drehte. Ein »Ta-dah!« und weitere Jubelschreie von Holly und Bev begleiteten den feierlichen Moment.

Em steckte den Kopf zur Tür hinaus und schaute die Straße nach links und rechts entlang. Leider war weit und breit niemand zu sehen.

»Wir sollten eine Flasche Sekt köpfen oder so was«, schlug Bev vor, um die Stimmung zu heben. »Ich hätte daran denken und etwas mitbringen sollen.«

»Freitag. Damit warten wir bis Freitag und köpfen sie zur Eröffnungsfeier. Denkt daran, dass wir heute arbeiten müssen.«

Sie nahmen ihre Plätze hinter dem Tresen ein und warteten gespannt. Emma pusselte ein wenig herum, arrangierte erneut die ausgestellten Waren und las die Karte des Cafés noch einmal, die sie letzte Nacht selbst am Computer entworfen und auf cremefarbenem Karton ausgedruckt hatte. Allerdings gab die Karte noch nicht so viel her: Tee im Becher (English Breakfast, Earl Grey, Grüner Tee und Früchtetee), regionaler gerösteter Kaffee aus der Stempelkanne, heiße Schokolade (mit und ohne Sahne und Marshmallows) Milchshakes, Brownies, Kekse, Schokoladenkuchen (ja, der wundervolle von Maureen!) oder Mürbeteiggebäck mit Schokolade. Sie hatte zusätzlich eine Auswahl an Schokoladentrüffeln auf die Liste gesetzt. Sobald sich abzeichnete, was am besten lief, würde sie das Angebot erweitern. Sie hoffte, weiterhin alles selbst machen und ihre übliche Schokolade zum Verkauf anbieten zu können.

Sie hatte weihnachtliche Sterne in die Fenster gehängt, die das Licht einfingen und zu den Kissen passten. Hoffentlich zogen sie die Blicke der Touristen auf sich. In den nächsten Tagen würde sie die gesamte Schaufensterdekoration planen müssen, damit sie für die Eröffnungsparty fertig war – heute Morgen hatte sie keine Zeit dafür gehabt. Es würde ein komplett weihnachtlich gestaltetes Schaufenster werden.

Zehn nach zwei summte Emma vor sich hin und trommelte mit den Fingern auf dem Tresen. Holly stand neben ihr und schaute gebannt zur Tür, während Bev erneut die Kissen aufschüttelte. Ein paar Leute gingen vorbei, warfen einen kurzen Blick hinein, liefen jedoch weiter. Endlich, gegen 14:25, kam Mrs. Clark angetrottet und freute sich, dass ihr Schokoladengeschäft wieder geöffnet hatte. Zweifellos wollte sie ihre geliebten Schokonüsse kaufen.

»Hallo, Mrs. Clark. Wie geht es Ihnen heute?« Emma strahlte hinter dem Tresen. »Willkommen im neuen Chocolate Shop Café. Wie finden Sie es? Sie sind die allererste Kundin. Möchten Sie sich vielleicht setzen?« Emma deutete auf die neuen Sitzplätze an den Fenstern.

»Du meine Güte, das sieht ja schick aus!« Die alte Lady schaute sich ausgiebig um.

»Und«, fügte Emma hinzu, »da Sie unsere allererste Kundin sind, spendieren wir Ihnen eine Tasse Tee oder Kaffee.«

»Das ist sehr großzügig von Ihnen, und ich werde Ihr Angebot annehmen. Den Hügel hinaufzukraxeln ist jedes Mal eine Plackerei.«

Holly und Emma lächelten sich gegenseitig an.

Mrs. Clark verbrachte einige Zeit auf ihrem Platz am Fenster, in der sie mit ihnen plauderte und dazu einen Minibrownie sowie eine Tasse English Breakfast genoss. Beides fand sie »köstlich«, und anschließend kaufte sie ihre üblichen Schokonüsse. Sie verabschiedete sich nach einer halben Stunde, dankte den »Mädels« und sagte, das Café sei wunderbar, und sie komme bald wieder. Dann machte sie sich wieder auf den Weg, den Hügel hinunter.

Jemanden im Laden zu haben schien zu Emmas Freude einen kleinen Besucherstrom auszulösen. Noch während Mrs. Clark da war, kamen Stan und Hilda, setzten sich an den anderen Tisch und bestellten Tee und Schokoladenkuchen. Ein Gentleman, der erzählte, er wohne im B&B ganz in der Nähe, kam herein und kaufte eine Tüte Schokokaramell für seine Sechs-Meilen-Wanderung.

Dann schaute Adam mit einem Strauß roter und weißer Nelken für Emma herein, um ihr zur Eröffnung des Cafés zu gratulieren. Er war auf dem Sprung, denn er musste zur Arbeit, und wünschte ihnen allen viel Erfolg. Er umarmte Emma und küsste Holly rasch auf die Wange, ehe er wieder davonsauste.

Danny aus dem Pub kam vorbei, um sich anzuschauen, wie alles gelaufen ist und wie sein Kumpel gearbeitet hatte. Er konnte nicht widerstehen, sich einen Riegel Milchschokolade zu kaufen. Er betrachtete mit anerkennendem Kopfnicken die Fensterplätze und bestätigte, dass die Bezahlung in Pints mit Dank angenommen worden waren. Emma bat ihn, im Fisherman's Arms vom neuen Café zu erzählen, und gab ihm ein kleines Plakat mit, das die Eröffnungsfeier am Freitag ankündigte und alle einlud.

Emma befand sich in der Küche, um die Spülmaschine einzuräumen, als sie die Türglocke und anschließendes Stimmengewirr sowie Gelächter hörte. Sie ging nach vorn, um Bev und Holly zu helfen. Hollys Schulfreunde waren eingetroffen.

»Oh wow! Das sieht *so* cool aus.!« Jessica, eine von Hollys Freundinnen, sah sich begeistert um. »Besser, als ich es mir hätte vorstellen können.«

»Ich liebe es«, meinte das Mädchen neben ihr. »Es ist so hübsch. Ich möchte einfach nur den ganzen Tag hier sitzen und heiße Schokolade trinken.«

»Umgeben von Schokolade«, füge eine andere hinzu.

Es war schön, dass die jungen Leute es mochten. Emma war stolz.

»Was kann ich euch bringen, Ladys?« Bev war hoch motiviert. Offenbar gefiel es ihr hinter dem Tresen. »Das macht viel mehr Spaß, als in der Arztpraxis zu arbeiten«, sagte sie zu Em.

Holly nahm die Karte vom Tresen und gab sie den Mädchen.

»Oh, ich nehme die heiße Schokolade mit Marshmallows und Sahne, bitte«, sagte Jessica.

»Für mich einen Schokomilchshake.«

»Heiße Schokolade mit allem Drum und Dran auch für mich.«

»Haben Sie noch andere Sorten Milkshake?«

»Ich kann noch Banane oder Erdbeere anbieten«, antwortete Emma (sie hatte vorsichtshalber verschiedene Sorten Sirup gekauft, aber Schokolade würde natürlich am besten sein).

»Dann bitte Banane.«

Es waren die ersten heißen Schokoladen für das Café, die Emma zubereiten musste, weshalb sie sehr großzügig mit der Sahne und den Marshmallows obendrauf war. Sie steckte sogar noch einen Schokosplitter hinein und trug alles schnell nach vorn, ehe es schmelzen konnte. Am Tresen hielt sie kurz an, damit Bev noch einen Minibrownie für jeden dazugeben konnte. Dann eilte sie in die Küche zurück, um zuerst die einfache heiße Schokolade und anschließend den Bananenmilchshake im Mixer zu machen, der mit einer Sahnehaube und Schokosauce obendrauf serviert wurde.

»Die sehen fantastisch aus«, bemerkte Holly, während sie die Getränke an ihre Freundinnen verteilte.

»Besser als die in der Milkshakebar in der Stadt«, meinte ihre Freundin Lily.

Es war schön zu sehen, wie die Mädchen plauderten und ihren Spaß hatten.

Als die Mädchen ausgetrunken hatten und sich wieder auf den Weg machten, setzte sich ein weiteres Paar an einen der Tische. Sie bestellten Kaffee und Schokoladenkekse. Im Nu war es halb fünf, und um fünf sollte das Chocolate Shop Café schließen. Nachdem Emma einem Kunden noch eine Packung

Schokolade verkauft hatte, bedankte sie sich bei Bev und Holly, umarmte beide herzlich und schlug ihnen vor, sie könnten schon nach Hause gehen.

Max würde bald hier sein, und sie war ein wenig nervös deswegen. Bev hatte sie nicht erzählt, dass er heute Abend vorbeikommen würde. Ihre Freundin hätte heute sonst ständig davon angefangen. Emma wollte einfach abwarten, wie sich die Dinge entwickelten, ohne den Druck, dass jeder davon wusste. Bev würde sie sonst gleich morgen früh ausfragen – sie würde es nicht schaffen, sich das zu verkneifen.

»Es hat mir riesigen Spaß gemacht, dir heute zu helfen«, erklärte Bev, während sie ihren Mantel anzog. »Wenn du mal wieder Hilfe brauchst, vielleicht wenn Holly Schule hat«, fügte sie schnell hinzu, um dem jungen Mädchen nicht auf die Zehen zu treten. »Dann helfe ich dir gern mal wieder hier und da ein paar Stunden. Ich arbeite ja nur an zwei Tagen in der Praxis, und Pete ist beruflich oft unterwegs oder spielt Golf. Mir würde es jedenfalls überhaupt nichts ausmachen.«

Hm, das war ein toller Vorschlag. Emma war gar nicht klar gewesen, dass sie irgendwann wegen des Cafés mehr Leute brauchen würde. Nur wollte sie noch niemanden einstellen, ehe sie wusste, wie es wirklich lief und wann am meisten los war. Holly konnte ihr nach wie vor an den Wochenenden helfen und in den Ferien. Doch während der Woche zusätzliche Hilfe zu haben, konnte von unschätzbarem Wert sein, weil Emma dadurch Zeit zum Backen und zur Schokoladenherstellung bekam.

»Ich muss erst mal sehen, wie es sich entwickelt.« Em war momentan auch noch sehr vorsichtig, was die Finanzen und weitere Gehälter anging. »Aber ich bin mir sicher, dass ich noch mehr Hilfe brauchen werde, also danke, das wäre toll. Wir sprechen demnächst darüber. Du scheinst zumindest ein Naturtalent zu sein.«

Bev zwinkerte ihr zu. »In einem Schokoladengeschäft fühle ich mich immer wie zu Hause. Außerdem ist es viel besser als an der Rezeption in der Arztpraxis, wo einen die Leute anhusten und schniefen. Obwohl ich die selbstverständlich nicht hängenlassen würde.«

»Bye, Emma.« Holly umarmte ihre Chefin noch einmal. »Ich freue mich so sehr, dass das Café eröffnet hat und läuft. Es ist wirklich hübsch geworden. Meine Freundinnen waren alle begeistert und werden es bestimmt jedem empfehlen, den sie kennen.«

»Das ist großartig. Dank auch an dich und an Adam und seine Großmutter. Ohne die Hilfe so vieler Leute hätte ich das alles nicht geschafft.«

»Sehr, sehr gern geschehen.«

»Dann sehe ich dich und Adam bei der Eröffnungsparty am Freitag, ja?«

»Die werde ich mir unter gar keinen Umständen entgehen lassen. Wahrscheinlich komme ich vorher auch noch mal vorbei. Diese heißen Schokoladen sahen köstlich aus, die werde ich unbedingt probieren müssen.«

»Na dann, bis bald.«

Holly und Bev waren an der Tür, bereit zum Aufbruch.

»Wiedersehen, Ladys. Ich liebe euch beide. Vielen Dank.« Emma fühlte sich beschwingt.

Nun war sie allein in ihrem Laden. Sie schloss die Tür nicht ab, drehte jedoch das Schild auf die Geschlossen-Seite und betrachtete noch einmal alles in Ruhe. Sie konnte kaum glauben, was sie an einem einzigen Wochenende alles geschafft hatten, mit viel Hilfe von ihrer Familie und ihren Freunden – und vor allem dank Max.

Max, seufzte sie. Wer hätte gedacht, wie sehr sich die Situation zwischen ihnen ändern würde? Nach der letzten Woche hätte sie nicht geglaubt, dass sie ihn überhaupt jemals wiedersehen würde. Und nun würde er gleich vorbeikommen. Trotzdem wollte sie sich davon nicht gleich mitreißen lassen. Ein kleiner Schritt nach dem anderen.

Wieder einmal dachte sie an Luke. Bestimmt wäre er heute stolz auf sie gewesen.

Das Leben war seltsam manchmal. Oft kam es ihr wie die reinste Achterbahnfahrt vor, und sie wollte nur noch aussteigen, zurück zum Anfang, die Chance bekommen, Luke zu heiraten und dieses andere Leben zu führen, das ihnen nicht vergönnt gewesen war.

33. Kapitel

Es war zwanzig nach fünf, als Max draußen vorfuhr. Er steckte den Kopf zur Ladentür herein und grinste breit. »Guten Tag, erstklassige Schokoladenproduzentin. Hey, das sieht gut aus hier.« Er ließ den Blick durch das fertige Chocolate Shop Café schweifen.

Emma verspürte Glücksgefühle im Bauch. »Hi.«

»Wie ist es gelaufen? Haben die Leute Schlange gestanden? War es wie am Black Friday?«

»Nicht ganz.« Sie lächelte. »Aber einige kamen herein, und ich glaube, durch die noch anstehende Eröffnungsparty und die Zeitungsanzeigen werden mehr Menschen davon hören.«

»Ja, das ist eine Menge Publicity. Das bringt ganz sicher etwas. Es wird sich herumsprechen. Wenn du willst, kann ich dir mit einem Flyer helfen. Ich kann ganz gut mit dem Computer umgehen, wenn ich das mal behaupten darf.«

»Ausgezeichnet. Darauf komme ich zurück.«

»Und wie sieht's aus? Bist du fertig?«

»Gib mir noch fünf Minuten. Ich muss noch abschließen und Kasse machen.« Sie hatte das Gefühl, dass die Einnahmen gut waren, obwohl es sich nur um einige Stunden am Nachmittag gehandelt hatte.

Sie ging zur hinteren Tür des Ladens, die in die Wohnung führte, und rief über die Schulter: »Ich ziehe mich schnell um. Was für Sachen brauche ich?« Das könnte ihr einen Hinweis darauf liefern, was er vorhatte. Sie war immer noch neugierig.

»Warm und kuschelig. Dicke Socken. Am besten Mütze, Handschuhe und Mantel.« Er folgte ihr nach hinten.

»A-ha.« Nach einem romantischen Essen im Restaurant oder einem Kinobesuch klang das nicht. Was in aller Welt hatte er denn vor? Nach ihrem hektischen Tag war sie nicht sicher, ob sie noch in der Stimmung für eine Wanderung war. »Wirklich? Du machst keine Scherze?« Sie blieb stehen und drehte sich zu ihm um.

»Nein.« Er grinste schelmisch. »Soll ich mit raufkommen oder hier warten?«

»Komm mit nach oben. Du kannst dich ins Wohnzimmer setzen, während ich meine *warmen* Sachen zusammensuche.« Jetzt war sie richtig neugierig, aber es schien nicht, als würde er ihr weitere Hinweise geben. »Du willst es mir immer noch nicht verraten, oder?«

»Nein.«

Alfie kam aus dem Wohnzimmer und begrüßte sie beide schwanzwedelnd.

Emma kraulte ihm den Kopf.

»Hi, Alfie.« Max kraulte den Spaniel hinter den Ohren, und der Hund ließ sich auf den Rücken fallen, um auch den Bauch gekrault zu bekommen. »Das magst du, was, Kumpel?«

»Wanderstiefel, Gummistiefel oder Turnschuhe?«, fragte Emma auf dem Weg in ihr Schlafzimmer.

»Hm, jetzt, wo du fragst … ich würde sagen, Gummistiefel«, rief Max von der Galerie.

Wieso löste das Unbehagen in ihr aus? »Kann Alfie mitkommen?« Es hörte sich sehr nach einem Spaziergang an, obwohl es bald dunkel werden würde.

»Ja, solange er sich benimmt.«

»Natürlich. Er ist sehr gut erzogen. Wir werden also draußen sein?«

»Hör auf, nach Hinweisen zu angeln. Du wirst es früh genug herausfinden.«

»Ich hasse Überraschungen.«

»Das merke ich!«

Sie ging zurück ins Wohnzimmer, in Jeans, dicken Socken und einem kuscheligen grauen Strickpullover. Den Schal hatte sie auch schon umgebunden. Mantel, Stiefel und Alfies Leine befanden sich unten an der Garderobe.

»Du siehst toll aus.« Max lächelte vom Sofa aus, wo er und Alfie es sich bequem gemacht hatten. »So habe ich dich immer in meinem Kopf: wie du aussahst an dem Tag, an dem ich dir zum ersten Mal begegnet bin.«

»Danke.« Emma begann langsam dahinzuschmelzen.

»Ziemlich schmuselig. Obwohl ich mir nicht mal sicher bin, ob es das Wort überhaupt gibt.« Er stand auf und schloss sie in die Arme, als wollte er seine Bemerkung untermauern. »Ja, sehr schmuselig.«

Es war ein sehr aufregendes Schmusen, mit Aftershave in der Nase, während starke Arme sie umschlossen. Aber leider zu kurz. »Na schön, lass uns gehen. Ich will wissen, auf was ich mich eingelassen habe.«

»Komm Alfie«, rief Max, woraufhin der Hund aufgeregt vom Sofa sprang und ihnen die Treppe hinunter folgte.

»Ich habe den Wagen ein Stück weiter weg geparkt, im eingeschränkten Parkverbot. Ich hoffe, ich darf da abends stehen.«

Die Dorfstraßen waren ziemlich schmal, und die Politesse tagsüber sehr eifrig.

»Ja, eigentlich kein Problem«, erwiderte Emma. »Dann gehen wir also nicht gleich zu Fuß los?« Er ging aus der Seitengasse heraus zu seinem Wagen.

»Nein.« Erneut dieses neckende Grinsen.

Sie erreichen den Jeep, und er öffnete die Heckklappe, damit Alfie hineinspringen konnte.

Emma hatte das Gefühl, genug Fragen gestellt zu haben. Sie stieg auf der Beifahrerseite ein und wartete darauf, dass Max sie dorthin fuhr, wohin auch immer sie unterwegs waren. Zuerst fuhren sie die Hauptstraße entlang Richtung Hafen, wo Max nach links abbog und etwa zweihundert Meter über die Küstenstraße fuhr, um schließlich auf den Dünenparkplatz abzubiegen.

»Das ist es?« Die Worte waren heraus, ehe Emma darauf achten konnte, sie nicht enttäuscht klingen zu lassen. Wozu die Spannung? Sie hätten ohne Weiteres zu Fuß gehen können.

»Ja, wir sind schon da.« Max' Ton war ruhig und kontrolliert.

Alfie winselte ungeduldig im Heck. Er wollte nur schnell hinaus. Jeder Spaziergang war für ihn etwas Gutes.

Emma gab ihr Bestes, begeistert auszusehen.

»Ich muss nur noch ein paar Dinge aus dem Kofferraum holen.« Max ging zum hinteren Teil des Wagens. Emma folgte ihm. Alfie sprang heraus, und Max zog einen großen geflochtenen Korb zu sich heran sowie eine Tasche, aus der zwei hohe Sektgläser herausschauten. Eine weiche karierte Decke klemmte er sich unter den Arm. Emmas Mundwinkel hoben sich.

»Suchen wir uns einen geschützten Platz in den Dünen.«

»Ein Picknick? Ende Oktober?«

»Ja. Was meinst du, weshalb ich dir gesagt habe, du sollst dich warm anziehen?« Er zwinkerte. »Hier, könntest du die Decke nehmen?«

»Klar.« Hm, das war etwas ganz Neues. »Wenn ich das gewusst hätte, hätte ich eine Thermohose angezogen«, scherzte sie.

»Keine Sorge, ich wärme dich.«

Und wieder war da dieses verrückte Kribbeln.

Sie gingen ungefähr zehn Minuten, Max beladen mit Korb und Taschen, bis sie einen einsamen Platz am Fuß der Dünen fanden, vor dem Seewind geschützt, aber dennoch mit Meerblick. Ein paar späte Spaziergänger hielten sich noch am Strand auf – ein Mann, dessen Terrier Alfie freudig begrüßte, außerdem ein Paar mittleren Alters, das sich Hand in Hand in Richtung Dorf bewegte.

»Ist es hier okay?«

»Großartig.«

Max nahm die karierte Decke von ihr entgegen und breitete sie an einer ebenen Stelle auf dem Sand aus, zwischen den mit Dünengras bewachsenen Erhöhungen. Dann holte er die Gläser hervor sowie eine sehr vielversprechend aussehende Flasche mit goldenem Foliensiegel. Er ließ den Champagnerkorken knallen. *Wow!*

»Cheers!«

»Cheers, Max! Ich danke dir.«

Sie stießen mit den Gläsern an, und Emma trank den ersten köstlichen Schluck, der fruchtig auf ihrer Zunge prickelte. Max saß nah neben ihr, und sie sahen aufs Meer hinaus. Es war ein trockener Abend, zum Glück, und obwohl es bewölkt war, sah es nicht nach Regen aus.

»Was befindet sich denn im Korb?« Sie merkte erst jetzt, wie hungrig sie war. Sie hatte nichts mehr gegessen, seit der Scheibe Toast um die Mittagszeit, bevor sie den Laden geöffnet hatte.

»Das werden Sie bald erfahren, Madam. Wir müssen wenigstens bis sechs warten, sonst ist alles vor der Dämmerung schon vorbei.«

»Du meinst, wir bleiben im Dunkeln hier?«

»Na, darum geht's doch gerade. Keine Angst, ich habe Kerzen mitgebracht.«

»Ah.«

Er schien an alles gedacht zu haben.

»Wenn es dringend ist, gebe ich dir ein paar Chips.«

»Ja, bitte.«

Er holte eine Tüte gesalzene Chips hervor, die hervorragend zum Champagner schmeckten. Knusprig und prickelnd, einfach perfekt. Sie beobachteten ein paar Seeschwalben über den Wellen, auf deren Kämmen sich Gischt bildete und deren ewiges Anbranden beruhigend wirkte.

»Hattest du heute auch einen anstrengenden Tag?«, erkundigte sie sich.

»Ja, es gab viel zu tun. Der Gateshead-Auftrag läuft, aber dann habe ich bei einer anderen Baustelle vorbeigeschaut, in der Nähe von Corbridge, der Umbau einer Scheune. Wir warteten auf die Lieferung der Küche und mussten feststellen, dass die Hälfte der Schränke fehlte. Irgendwas ist immer.«

»Und dann hast du das hier alles noch für den Abend vorbereitet …«

»Ach, das ist ja nichts Besonderes. Zum Glück gibt's bei mir in der Nähe einen guten Delikatessenladen.«

»Hört sich gut an.«

»Erzähl mir von deinem Tag. Der erste Tag des Coffeeshops. Haben die neuen Fensterplätze gehalten?« Er lächelte.

»Ja, sie wurden ausgiebig getestet und scheinen gut zu funktionieren. Sehr solide.«

»Es kamen Kunden?«

»Ja, aber ich bezweifle, dass inzwischen jeder weiß, dass wir jetzt auch ein Café haben. Das wird ein bisschen dauern. Oh Max, ich hoffe, es läuft gut.«

Sie hatte das Gefühl, ihm gegenüber ehrlich sein zu können. Er führte selbst ein Unternehmen und kannte die damit verbundenen Probleme nur allzu gut. Wenigstens hatte sie kein ganzes Mitarbeiterteam, das sich auf sie verlassen musste, wie das bei ihm der Fall war. Aber sie würde Holly entlassen müssen, wenn es hart auf hart kam. Hoffentlich bedeutete ihr neues Café eher mehr Arbeitsstunden für ihre wundervolle Mitarbeiterin.

»Tja, ich weiß, wie viel dir daran liegt und wie hart du dafür gearbeitet hast.« Max schenkte ihr nach. »Auf das Chocolate Shop Café. Möge ihm Erfolg beschert sein!« Er klang, als würde er ein Schiff taufen.

Emma grinste und verdrängte ihre Sorgen. Ja, sie sollten den heutigen Tag feiern. »Cheers!« Noch einmal stießen sie an. Es war schön, mit Max hier zu sein und zu feiern. Und es war schön, glücklich zu sein, als gäbe es eine Zukunft …

Max öffnete den Picknickkorb. Es gab Pasteten, Garnelen, eine Quiche, Salat, Minitomaten, Oliven, Trauben und eine Auswahl an Käse, dazu köstlich aussehendes frisches Brot. Es war genug da, um eine achtköpfige Familie zu versorgen, dabei waren sie nur zu zweit.

»Wow, du warst anscheinend noch einkaufen. Es sieht fantastisch aus.«

Er gab ihr einen Porzellanteller, und sie bediente sich.

»Wie ich schon sagte, bedanke dich bei dem Deli, nicht bei mir.« Er grinste.

»Ist mir völlig egal. Ich habe nicht wirklich erwartet, dass du eine Quiche und Pasteten zubereitest heute Morgen, während du unterwegs zur Baustelle bist. Und ich glaube, heute Abend hätte ich nicht mehr die Energie gehabt, etwas zu kochen.«

»Käsetoast kriege ich ganz gut hin. Der Trick besteht darin, ein paar Tropfen Worcestersauce dazuzugeben. Köstlich.« Er machte eine begeisterte Kochgeste, indem er Zeigefinger und Daumen kurz auf die Lippen presste.

Sie aßen gemächlich, während hinter ihnen die Sonne unterging. Da sie sich an der Nordostküste befanden, ging sie über den Hügeln unter, doch die Farben des Sonnenuntergangs breiteten sich am ganzen Himmel aus. In den Horizont auf der Seeseite mischten sich tiefe Pink- und Rottöne. Als die Sonne verschwand, wurde es kühler, und Emma fröstelte. Max rutschte auf der Picknickdecke näher zu ihr heran und legte ihr den Arm um die Schultern. Hier fühlte es sich sehr natürlich an. »Besser?«

»Ja, besser. Danke.«

Sie gab Alfie die Kruste von der Schweinepastete, die er gierig verschlang, um anschließend geduldig dazusitzen. Seine dunklen Augen auf sie beide gerichtet, hoffte er auf weitere Leckerbissen.

Emma erwähnte, wie nah sie ihrem Bruder und dessen Familie stand, und dass Chloe die wunderbaren Kissen für Emma genäht hatte und diese ganz besondere Wimpelgirlande. Max war Einzelkind. Er sagte, er verstehe sich im Prinzip gut mit seinen Eltern, doch es klang ein bisschen, als hätte er gern Geschwister gehabt.

»Keine Familie?« Sie stellte diese Frage einfach. Da er vierzig war, bestand durchaus die Möglichkeit, dass er schon eine Familie gegründet hatte und vielleicht vor Siobhan geschieden worden war. Allerdings hoffte sie sehr, dass er das bereits erwähnt hätte.

»Nein. Keine Kinder. Du weißt ja inzwischen, dass ich eine Weile eine feste Beziehung hatte. Aber es sollte nicht sein. Und du? Kinder?«

Es war hart, an Luke zu denken und daran, dass sie keine gemeinsamen Kinder hatten. Vielleicht war es an der Zeit, ein wenig von ihrem gebrochenen Herzen und ihrer Vergangenheit zu erzählen. Sie zögerte und schaute aufs dunkler werdende Meer hinaus.

Max wartete still die Sekunden ab, die sie brauchte, um die richtigen Worte zu finden.

»Nein, keine Kinder. Ich war verlobt ...«

»Oh, wow.« Max schien sich ein wenig unbehaglich zu fühlen.

Emma sah in den dämmrigen Himmel, an dem die ersten Sterne funkelten. Fast hatte sie Angst vor diesem Thema, es war alles immer noch frisch in ihrem Kopf, diese schrecklichsten Tage.

»Er hieß Luke. Er wurde getötet, fuhr eines Tages mit dem Rad nach Hause … wo er nie ankam.« Tränen stiegen ihr in die Augen, ihre Stimme versagte. Diese Worte hatten nach wie vor die Kraft, ihr Schmerzen zu bereiten, und die Erinnerung brachte sie zurück an den Rand dieses Kummers.

Max drückte sie sanft, und sie fühlte, wie er sie sacht auf den Kopf küsste. »Das tut mir unendlich leid, Emma.«

Sie war sich nicht sicher, wie sie sich fühlte. Um den einen Mann weinen, während sie in den Armen eines anderen lag, kam ihr sehr seltsam vor.

Sie blieben an ihrem Platz in den Dünen, nah beieinander, während sie den dunkler werdenden Himmel beobachteten. Es gab noch Erdbeeren und Schokolade – ein Riegel Dairy Milk, was Emma zum Lachen brachte, obwohl sie zugeben musste, dass ein oder zwei Stücke ihr manchmal sehr gut schmeckten. Max hatte vergeblich versucht, ein paar Teelichter anzuzünden, doch der Wind pustete sie immer wieder aus. Emma machte die Dunkelheit nichts aus, da die Sterne und der Mond leuchteten, während sie und Max, genauso wie Alfie, es auf der Decke bequem hatten. Doch irgendwann wurde es zu kühl, um noch länger zu bleiben, und ein Blick auf die Uhr verriet ihr, dass es schon acht Uhr war.

»Ich glaube, wir sollten uns demnächst auf den Weg machen.«

»Ja, sonst erfrieren wir hier noch. Ich hätte eine Thermoskanne Kaffee mitbringen sollen, zum Aufwärmen.« Max lächelte im Dämmerlicht. »Aber stimmt, ich muss pünktlich nach Hause. Geht wieder früh los morgen.«

Sie fragte sich, wie sein Zuhause wohl aussah – eine Junggesellenbude, eine moderne Wohnung, Doppelhaushälfte, schlampig oder ordentlich? Sie fragte sich, ob sie je die Chance bekommen würde, dieses Zuhause zu sehen. Aber warum dachte sie überhaupt solche Sachen? »Danke, Max. Dieser Abend war wirklich zauberhaft.« Es war ein aufreibender Tag gewesen, und sie fühlte sich immer noch ein wenig aufgewühlt. Sie hatte ihm einen Einblick gewährt in ihr verletztes Herz, und nun war sie sich nicht sicher, wie sie mit ihren Gefühlen umgehen sollte.

»Sehr gern geschehen, Emma.«

Und dann beendeten sie das Picknick mit einem nach Schokolade und Erdbeeren schmeckenden Kuss, der so zärtlich war, dass es sich wie reinste Magie anfühlte.

Nach der kurzen Rückfahrt parkten Emma und Max erneut vor dem Chocolate Shop.

»Möchtest du noch auf einen Kaffee mit hereinkommen?« Sie hatte keine Ahnung, worauf das hinauslaufen würde oder ob sie überhaupt bereit war für den nächsten Schritt. Aber sie wollte nicht, dass dieser Abend schon endete. Die Aussicht, allein in ihr Haus zurückzukehren, kam ihr auf einmal trist und einsam vor – trotz Alfie.

»Das würde ich liebend gern, aber ich muss wirklich sehr früh raus, deshalb ist es wohl besser, wenn ich jetzt aufbreche.«

Sie empfand Enttäuschung. Hatte sie das alles falsch interpretiert? Möglicherweise verschreckte ihn das Wissen um Luke und ihre Vergangenheit. Doch dieser Abend, dieses herbstliche Picknick am Meer, gehörte zu den romantischsten Dingen, die jemals irgendwer für sie arrangiert hatte. Selbst in Anbetracht all der Sachen, die Luke für sie getan hatte.

Und schon war Luke wieder in ihrem Kopf ... jene milde Nacht, in der sie sich im Garten seiner Wohnung unter den Sternen geliebt hatten, als sie dachten, sie würden sich für immer haben und die Welt noch wundervoll war.

Ein Durcheinander an Gefühlen entstand, als Max sich zu ihr herüberlehnte und in die Arme nahm.

»Ein andermal vielleicht?«, fragte er mit einem sanften Lächeln. Seine Bartstoppeln streiften ihre Wange, als er sein Gesicht dem ihren näherte, um sie zu küssen. Sein Kuss ließ sie nicht spüren, dass er Zweifel hatte oder möglichst schnell verschwinden wollte. Sie fühlte, wie sie nach und nach in diesen Kuss hineinschmolz, nachdem sie ihrem Verstand befohlen hatte, den Mund zu halten und alle Gedanken an Luke verdrängte, um ganz im Hier und Jetzt zu sein.

Dann löste sie sich von ihm und sagte: »Danke für diesen Abend, Max. Das war wirklich etwas Besonderes. Ich fand es wundervoll.«

»Gern geschehen«, erwiderte er mit einem Lächeln, das ihr Herz erreichte.

Sie stieg aus dem Wagen und ließ Alfie aus dem Heck. Dann stand sie mit dem Hund neben sich vor der Ladentür und schaute Max hinterher, wie er davonfuhr. Er winkte noch einmal aus dem offenen Fenster und hupte. Emma wurde von einer Welle an Emotionen überrollt, die derart mächtig war, dass sie dort auf dem Gehsteig zu schluchzen begann.

»Komm, Alfie«, sagte sie schniefend, als er leise neben ihr winselte. »Zeit, nach Hause zu gehen.«

34. Kapitel

»Okay, was ist los? Ich habe versucht, dich anzurufen, um zu hören, ob du diese Woche Hilfe im Café brauchst. Aber gestern Abend konnte ich dich überhaupt nicht erreichen. Ich habe es übers Festnetz probiert, aber nichts, und bei deinem Handy war die ganze Zeit der Anrufbeantworter eingeschaltet.«

»Hallo Bev. Es ist mir doch wohl gestattet, ein Privatleben zu führen, oder? Liegst du mir genau damit nicht seit Jahren in den Ohren? Ich war aus. Tja, und unten am Strand hat mein Handy keinen Empfang.«

»Was wolltest du denn am Strand? Es war schon dunkel, als ich dich zu erreichen ... Okay, was verheimlichst du mir?«

»Nichts.«

»Ist alles in Ordnung mit dir, Em? Komm schon, was machst du mit Alfie im Dunkeln am Strand? Wenn dich etwas beschäftigt, weißt du ja, dass du jederzeit mit mir reden kannst.«

»Das weiß ich, und dafür danke ich dir.«

»Man weiß nie, wem man nachts am Strand begegnet.« Bev war immer noch besorgt.

Emma grinste bei der Erinnerung an das romantische Picknick und erwiderte frech: »Wem denn? Einem Seeschwalbenpärchen vielleicht oder einem Kormoran? Das hier ist Northumberland.«

»Sei nicht sarkastisch. Ich mache mir eben Sorgen um dich.«

Emma musste kichern. Sie konnte ihre Freundin ruhig erlösen und wenigstens einen Teil dessen erzählen, was in ihrem Leben vorging. »Ich war nicht allein am Strand.«

»Nein? Dann muss es Max gewesen sein.«

»Stimmt.«

»Siehst du, auch wenn du dich beklagt hast, wusste ich doch gleich, dass es richtig wäre, Kontakt zu ihm aufzunehmen. Und?«

»Ich mag ihn. Wir verstehen uns ziemlich gut. Er hat ein Picknick organisiert.«

»Es ist fast schon Winter! Ist er verrückt?«

»Möglicherweise.« Emma lächelte. »Aber es war wirklich schön ... Oh, Bev, ich habe eine verdammte Angst.« Erst jetzt wurde ihr richtig bewusst, was eigentlich den seltsamen Gefühlsmix gestern Abend ausgelöst hatte.

»Er war doch nicht etwa komisch, oder? Ein Stalkertyp?«

»Nein, das ist es nicht. Ich habe Angst davor, ihn zu sehr zu mögen und davor, was als Nächstes kommt. Angst davor, was Luke darüber denken könnte.«

»Oh, Em, wenn Luke dich sehen könnte und irgendwie in deiner Nähe wäre, würde er dann wollen, dass du unglücklich und allein bist?«

»Ich bin nicht unglücklich. Ich mache einfach mein Ding. Konzentriere mich auf mein Schokoladengeschäft.« Emma begann sich zu rechtfertigen.

»Ja, du hast viel gearbeitet, aber hast du dabei auch mal über dich nachgedacht? Hast du mal an deine Bedürfnisse gedacht?«

»Mir geht's bestens.«

»Em, vielleicht ist es an der Zeit, dass sich etwas ändert. Möglicherweise ist dieser Mann der Beginn von etwas Neuem.«

»Möglich.«

»Ist er über Nacht geblieben?«

»Sag mal, neugierig bist du überhaupt nicht, was?«

»Frag ja nur.«

»Nein.«

»Aha.«

»Es ist noch früh in der Beziehung, und ich fühle mich noch nicht bereit für diesen nächsten Schritt.« Gestern Abend war sie jedoch verdammt nah dran gewesen.

»Na ja, besorg dir für alle Fälle Kondome.«

»Be-ev!«

»Besser, als es hinterher zu bereuen. Vorsicht ist besser als Nachsicht und so.«

»Du hörst dich an wie meine Mutter.«

Aber vielleicht hatte ihre Freundin recht. Wow, sie konnte sich gut den Klatsch vorstellen, wenn sie im Dorfladen ein Weißbrot, Butter, ein halbes Dutzend Eier und eine Packung Kondome einkaufen würde. Dafür würde sie wohl lieber einen Ausflug zum größeren Supermarkt in Alnwick machen.

Aber wie würde es sein mit jemand anderem nach all den Jahren? Wie würde es sich anfühlen, mit jemand anderem als Luke zusammen zu sein? Wie Verrat, körperlich und mental? Oder nur anders?

»Es ist sieben Jahre her, Em.« Bevs Stimme am anderen Ende der Leitung war sanft, aber bestimmt, als könnte sie Emmas Gedanken lesen. »Ich habe Luke nie kennengelernt, aber es klingt, als wäre er ein großartiger Mann gewesen und niemand, der egoistischerweise nicht gewollt hätte, dass du über ihn hinwegkommst.«

Emma seufzte leise. »Ich weiß.«

»Na schön, wann treffen wir uns?« Bev klang jetzt gut gelaunt. »Damit du mir alle Details schildern kannst.«

»Okay, mal sehen.« Es gab Details, die sie definitiv für sich behalten würde. »Komm doch nachher auf einen Kaffee vorbei. Ich öffne den Laden gleich wie üblich.«

»Ja, klar. Ich muss auch zur Arbeit. Soll ich auf dem Heimweg vorbeischauen, gegen drei?«

»Sehr gut. Bis dann. Vielleicht kriegst du sogar einen Brownie.«

»Okay, gut. Ich hoffe, es läuft richtig klasse heute für das Chocolate Shop Café. Ich kann morgen für ein paar Stunden helfen, falls du mich brauchst. Es hat mir Spaß gemacht gestern.«

»Ausgezeichnet. Dann könnte ich mit den Schokoladencanapés für die Eröffnungsfeier weitermachen.«

»Mh, die klingen superlecker. Vielleicht ist diese Coffeeshop-Idee doch nicht so gut – meine Taille wird jeden Tag breiter.«

»Ach – bis später.«

»Freue mich darauf. Bye.«

Es war Mittwochnachmittag, und Bev war gekommen, um zu helfen. Sie hatten sich am Tag zuvor über Gott und die Welt unterhalten – genau fünfzehn Minuten, bis Emma einen neuen Kunden bedienen musste.

Bisher herrschte angenehmer Kundenbetrieb an diesem Tag. Sowohl Jung als auch Alt schauten neugierig herein und blieben auf eine Tasse und eine Schokoladenköstlichkeit. Als es ruhiger wurde gegen halb vier, bot Bev an, allein im Laden zu bleiben, damit Emma in der Küche arbeiten konnte. Zuvor hatten sie Ideen für den Abend der Eröffnungsfeier am Freitag ausgetauscht, zu dem Emma auch die lokale Presse, ein paar Gemeinderatsmitglieder, ihren Vermieter (sie fühlte sich verpflichtet, und es könnte ihn bei Laune halten) sowie ihre Freunde, Familie und die ganze Gemeinde eingeladen hatte. Sie musste also dafür sorgen, dass alles ganz außergewöhnlich aussah und schmeckte.

Em war nun in der Küche und überlegte, welche Formen und Geschmacksrichtungen sie wählen sollte. Einige ihrer auf Hafenthemen bezogenen Schokoladen würden vielleicht gut ankommen – sie hatte Anker- und Bootformen, außerdem Papageientaucherförmchen für Schokolollis, um bei der

Küstenstimmung zu bleiben. Zusätzlich hatte sie aber auch schon Leckereien gemacht, die auf Weihnachten einstimmen sollten, zum Beispiel ihre klassischen Weihnachtspuddingtrüffel, Minischneemänner aus weißer Schokolade, dazu Weihnachtsmänner und Rentiere aus dunkler und heller Schokolade (Lucy und Olivia würden die lieben). Des Weiteren würde sie Whisky-, Brandy- sowie pinkfarbene Champagnertrüffel machen, und natürlich Pralinen, die auf der Zunge zergingen. Das würde eine wundervolle Mischung ergeben, zu der sie vielleicht Prosecco anbieten würde, und nicht unbedingt Champagner – das wäre trotz allem etwas Besonderes.

Sie fing mit den Minischneemännern und den Brandytrüffeln aus weißer Schokolade an, indem sie die Schokoladen-Callets zum Temperieren in die Maschine gab. Dann ging sie nach oben, um die Weihnachtsdekoration für das Schaufenster zu holen.

Nachdem sie fünfzehn Minuten mit Rentieren, Lametta und Christbaumkugeln gekämpft hatte, schaute sie in den Laden, wo Bev gerade begeistert einem Herrn mittleren Alters eine kleine Stempelkanne voll Kaffee servierte. Sie dachte daran, den Minibrownie dazuzulegen und gab Emma ein Daumen-hoch-Zeichen. Emma kehrte in die Küche zurück, um die weiße Schokolade in die Schneemannförmchen zu gießen. Sie hatte bereits eine kleine Linie mit Lebensmittelfarbe in die Förmchen gemalt, damit alle Schneemänner einen roten Schal bekamen.

Der Nachmittag verging wie im Flug, während sie die Füllungen für die Brandytrüffel herstellte, die dann mit weißer Schokolade umhüllt werden sollten. Es war ein gutes Gefühl, für den Freitag schon einiges geschafft zu haben.

Im Laden klingelte das Telefon. Es war Ron, der Tischler, der genesen war und anbot, an diesem Abend vorbeizukommen, um den Kühltresen wie ursprünglich geplant nach hinten zu versetzen. Dadurch würde für den Bereich des Cafés mehr Platz gewonnen. Ausgezeichnete Nachrichten!

Sie räumten auf und waren um fünf fertig. Bev meinte, sie würde am Freitag früher kommen, um bei den Vorbereitungen zu helfen.

Emma hatte sich gerade eine dringend benötigte Tasse Tee gekocht. Sie war den ganzen Tag auf den Beinen gewesen und hatte Alfie in den Garten hinausgelassen. Jetzt brauchte sie ein paar Minuten auf dem Sofa, bevor es weiterging. Ihr Handy meldete sich.

»Hey, anstrengender Tag, Em?« Max.

»Ja, viel zu tun.« Sie unterdrückte ein Gähnen. »Sorry, ich bin einfach geschafft.«

»Kann ich mir vorstellen. Du arbeitest bestimmt seit Tagen durch.«

»Ehrlich gesagt, ja.«

»Na, Kopf hoch, ich wünsch dir weiter viel Glück.«

Es war schön, seine Stimme zu hören, es schien ihr die Anspannung des Tages zu nehmen.

»Ich freue mich darauf, dich am Freitag bei der großen Eröffnungsfeier zu sehen«, fuhr er fort. »Wenn ich irgendetwas tun kann oder mitbringen soll, melde dich.«

»Mach ich. Ich könnte wohl beim Prosecco-Servieren Hilfe gebrauchen, du könntest also mein Kellner sein.«

»Kein Problem, ich kann ein sehr aufmerksamer Kellner sein. Na ja, ich habe Hunger, mein Tag war auch hektisch. Ich mache mich lieber auf den Weg und besorge mir etwas zu essen zum Mitnehmen. Süßsauer ruft nach mir.«

Sie lächelte. »Hört sich an, als seien wir beide ganz schön unter Druck.«

»Ja, ein wenig. Im Baugewerbe ist immer irgendetwas los. So ist das, wenn man ein eigenes Unternehmen führt.«

»Allerdings. Tja, ich werde mir Käse und Cracker gönnen

und dann mit Alfie Gassi gehen, nachdem Ron da war. Er will den Tresen nach hinten versetzen. Und anschließend werde ich ein ausgiebiges Bad nehmen. Morgen muss ich noch zwei Stühle streichen.«

»Hm, hört sich gut an.«

»Was? Das Stühlestreichen? So aufregend ist das nun auch wieder nicht.«

»Nein, die Vorstellung von dir … in der heißen Badewanne.«

Sie spürte, wie die Wärme ihr den Hals hinaufkroch, als ein Bild von ihr *und* ihm in der Badewanne unverhofft in ihrem Kopf auftauchte.

»Äh, ja …«, quietschte sie praktisch.

»Letztlich wird es sich alles auszahlen«, sagte er in normalem Ton. »Wir sehen uns dann am Freitag.«

»Okay.«

»Ich wünsch dir eine gute Woche. Vermisse dich.« Seine letzten Worte klangen warm und süß, und als seien sie sehr aufrichtig gemeint.

»Ich dich auch«, erwiderte sie. »Max … am Freitag … würdest du gern über Nacht bleiben?«

Am anderen Ende herrschte für einen Moment Schweigen, während er ihre Worte verarbeitete.

»Klar … gern.«

Da, jetzt war es gesagt, keine Chance mehr auf einen Rückzieher oder eine Million Gründe, weshalb es besser nicht passieren sollte. Sie wussten beide, worauf das hinauslaufen würde.

Ron tauchte kurz nach dem Telefonat auf, was Emma dabei half, ihre Grübeleien zu beenden. Er hatte seinen Sohn mitgebracht, damit die Arbeit schneller getan war, und Emma hatte den Kühltresen bereits leer geräumt.

Sie ließ die beiden in Ruhe arbeiten und nutzte die Zeit, um noch mehr Brownies zu backen. Eine Dreiviertelstunde später riefen sie sie nach vorn, und Emma sah, dass die Versetzung des Tresens tatsächlich mehr Platz geschaffen hatte.

Die wundervolle Maureen erschien, um zu sehen, wie sie vorankamen, und brachte einen weiteren Schokoladenkuchen mit. Der sah herrlich aus, mit seiner dicken Schokoladenglasur. Emma bedankte sich und fragte, ob sie an einem Dauerauftrag für Kuchen interessiert sei, gegen Bezahlung, mindestens zwei Schokoladenkuchen pro Woche. Maureen schien sich zu freuen, dass ihre Kuchen so beliebt waren, und willigte begeistert ein. Erfolg!

Ron erwähnte, er habe eine Idee gehabt für ein Regal an der Seitenwand des Cafés, um kleine Tüten oder Leckereien als Blickfang für die Gäste zu platzieren.

»Ich habe genau das Richtige im Sinn, Mädchen. Vertraust du mir?« Er hatte ein Funkeln in den Augen, während er sprach, und fing gleich an, den Platz auszumessen. »Ich fertige es morgen in meiner Werkstatt an, dann können wir es morgen Abend anbauen. Ich komme so gegen halb sechs, wenn das okay ist, nachdem du den Laden zugemacht hast. Dann müssen wir deine Kunden nicht mit Hämmern und Staub belästigen.«

»Hört sich interessant an.« Emma war neugierig.

Der Donnerstag rauschte vorbei. Emma war schwer damit beschäftigt, Shop und Café allein zu bewältigen und gleichzeitig ihre Schoko-Canapé-Kreationen für die morgige Eröffnungsfeier zu produzieren. Sie würde Bevs Angebot, ihr regelmäßig zu helfen, definitiv annehmen, sollte weiterhin so viel zu tun sein. Wenigstens hatte sie Holly an den Samstagen, aber Emma musste vorläufig immer noch auf ihre Ausgaben achten.

Sie drehte das Schild an der Ladentür auf »Geschlossen« und lief nach oben, um die Weihnachtsdekoration für ihr Schaufenster zu holen. Als sie ein Klopfen an der Ladentür hörte, machte auf. Ron stand mit einem breiten Grinsen und einem kleinen umgedrehten Boot da – zumindest sah es so aus. Er trug es herein und drehte es richtig herum. Den Minischiffsrumpf zierten schwungvolle Streifen in Weiß und Blau. Es war ein fantastisches Bord, einem Bootsrumpf nachempfunden, mit vier Fächern, die darauf warteten, mit Karamelltüten, Schokolollis und ähnlichen Dingen befüllt zu werden. Absolut perfekt für einen Chocolate Shop in einem Dorf mit Hafen am Meer. Und genau richtig für Emmas Eröffnungsfeier.

»Vielen Dank, Ron. Ich liebe es!« Emma hatte Tränen in den Augen.

»Na ja, ich fühlte mich schrecklich, weil ich dich im Stich gelassen habe am Wochenende, Mädchen. Da war es doch das Mindeste, dass ich dir etwas Besonderes anfertige. Außerdem hat es mir Spaß gemacht. Und wenn es den Leuten gefällt und sie nachfragen, kannst du ihnen sagen, dass ich noch mehr davon machen kann, auch in unterschiedlichen Größen. Siehst du, eigentlich tust du mir einen Gefallen damit, dass du es hier anbringst.«

»Ich weiß nur, dass es fantastisch aussehen wird mit meinen Schokoladen und Karamellköstlichkeiten darin.«

»Stets gern zu Diensten.« Er verbeugte sich scherzhaft. »Nautisch, aber nett«, fügte er mit einem frechen Zwinkern hinzu.

»Gut, dann rechnen wir jetzt mal deine Zeit und Mühe von gestern Abend ab und das wundervolle Regal.«

Ron nannte seinen Preis, der äußerst angemessen schien. Sie war sehr stolz, ihn von den Einnahmen dieser Woche bezahlen zu können und sogar noch etwas für den Prosecco morgen übrig zu haben. Allerdings würde sie auch ihr Darlehen nutzen müssen, damit jeder mindestens ein oder zwei Gläser trinken konnte. Sie hatte keine Ahnung, wie viele Leute kommen würden. Sie hatte mehrere Leute direkt eingeladen und eine allgemeine Einladung an das Schwarze Brett der Gemeinde gepinnt, eine im Laden ausgehängt und im Fisherman's Arms. Außerdem war heute ein Foto von ihr und dem neuen Cafébereich in der Zeitung erschienen.

»Du und Maureen, ihr müsst morgen unbedingt zur Einweihungsparty kommen.«

»Machen wir.«

»Und euer Sohn auch. Hat er eine Freundin? Je mehr, desto besser.« Emma lächelte. Sie wollte einfach allen danken, die geholfen haben. Und natürlich, dass sich ihr neues Café herumsprach.

»Ich werde es ihm ausrichten.«

Plötzlich fragte sie sich, wie eigentlich alle in den kleinen Laden passen sollten – es könnten leicht vierzig Leute oder mehr werden. Bei gutem Wetter konnten sich die Gäste auch im Hof aufhalten oder vorn auf dem Gehsteig. Irgendwie würde es schon funktionieren.

Nachdem Ron fort war, begann Emma, ihr Schaufenster zu gestalten. Sie liebte es, die Jahreszeiten mit ihren Schokoladen thematisch zu untermalen, in der Hoffnung, den Blick eines Vorbeigehenden damit zu erhaschen und zum Betreten des Ladens einzuladen. Sie wählte mit ihrem iPhone die kitschigsten Weihnachtslieder und summte kurz darauf George Michaels »Last Christmas« mit.

An den Fensterbrettern kreierte sie eine Fläche aus künstlichem Schnee und hängte angemalte Sterne aus Holz und silberfarbene Weihnachtskugeln auf halber Höhe ins Fenster, dazu einige selbst gemachte Schokoladensterne, die mit glitzernden Zuckerstreuseln verziert waren.

Ein Gesicht erschien auf der anderen Seite der Scheibe, und Emma zuckte vor Schreck zusammen. Es war Holly, die lachend draußen auf der anderen Seite stand.

Em ging zur Tür. »Mensch, Holly. Du hast mich zu Tode erschreckt. Was machst du hier?«

»Na ja, du hast erwähnt, dass du heute Abend die Schaufensterdekoration für Weihnachten machst, und das liebe ich, deshalb dachte ich, ich komme vorbei und helfe!«

»Ach, danke. Dann komm mal rein.« Emma stellte die Musik lauter und gab Holly Christbaumkugeln und Sterne, damit sie beim Schmücken des Fensters mitwirken konnte.

In einem Fenster stellten sie einen alten roten Spielzeugzug aus Holz auf, der James als Kind gehört hatte, und füllten die Güterwaggons mit bunten Tüten voller Trüffel, Karamell und Mini-Weihnachtspudding-Schokoladen. In das zweite Fenster stellten sie eine Reihe winziger Weihnachtsbäume, zusammen mit Schokoladenfiguren, zu denen ein Weihnachtsmann, ein Schokoladenrentier und Schneemänner gehörten. Es sah aus wie ein festlicher Schokoholiker-Wald.

»Brillant. Ich liebe es«, sagte Holly, als die beiden ihr Werk bewunderten.

»Warte, ich gehe mal nach draußen und schaue es mir von dort an.« Emma ging hinaus und dirigierte Holly, damit diese ein paar Minibäume umstellte. Dann hob sie grinsend den Daumen.

Als sie wieder hereinkam, fand Em zwei rote Weihnachtssocken mit aufgenähten Sternen, die man gut auf jede Seite von Chloes Wimpelgirlande am Tresen aufhängen konnte. Jetzt mussten sie nur noch die weiß funkelnden Lichterketten an den Regalen hinter dem Verkaufstresen aufhängen, dann wäre alles fertig.

»Man bekommt schon ein sehr weihnachtliches Gefühl«, stellte Holly fest, als Emma die hübschen kleinen Lämpchen einschaltete.

Plötzlich sang Mariah Carey aus dem iPhone, und spontan fingen Emma und Holly an, im Laden zu tanzen. Als sie aus voller Kehle »All I want for Christmas is you« sangen, zeigten sie kichernd auf die viele Schokolade.

»Jetzt kann ich es gar nicht mehr erwarten, bis Weihnachten ist.« Holly grinste.

»Geht mir genauso. Ich liebe diese Zeit des Jahres.« Das tat sie wirklich, trotz der schmerzlichen Erinnerung, die Weihnachten manchmal bei ihr auslöste.

»Es wird großartig hier drin aussehen bei der Eröffnungsfeier, Em. Du hast fantastische Arbeit geleistet.«

»Ach, danke, Hols. Und danke für all deine Hilfe heute Abend.«

»Hey, es hat mir riesig Spaß gemacht. Das ist ja überhaupt nicht wie Arbeit.«

»Tja, dann werde ich diese übrig gebliebene Dekoration mal wieder verstauen.« Außerdem musste sie Alfie in den Garten hinauslassen. Eigentlich müsste sie wenigstens einen kurzen Spaziergang mit ihm hinunter zum Hafen und wieder zurück machen. Die frische Luft und die Bewegung würden ihr guttun.

»Ich gehe gleich mit Alfie Gassi, Hols. Soll ich dich ein Stück nach Hause begleiten?«

»Wenn du möchtest. Ja, das wäre schön.«

Kurz darauf brachen sie auf, und während die Frauen sich unterhielten, trottete Alfie an seiner Leine neben ihnen her. Es war nur ein zehnminütiger Fußweg bis zu Hollys Zuhause auf der anderen Seite des Dorfes.

»Gute Nacht, Hols. Noch mal danke.«

»Gute Nacht, Em. Es hat mir wirklich Spaß gemacht heute Abend. Wir sehen uns dann morgen bei der Eröffnungsparty.«

»Ja, das wird aufregend. Ich hoffe, es läuft gut.«

»Das wird es. Es wird toll, das sag ich dir.«

Sie umarmten sich, und Holly ging ins Haus zu ihrer Familie.

Auf dem Rückweg konnte Emma das Stimmengewirr aus dem Fisherman's Arms hören, doch sie wollte sich nicht dazugesellen. Sie stand einfach an das schwarze Metallgeländer des

Hafens gelehnt und betrachtete die sich auf den sanften Wellen spiegelnden Lichter. Alfie wartete geduldig neben ihr und wedelte langsam mit dem Schwanz. Hier herrschte eine friedliche Stimmung. Sie war froh, diesen Ort gefunden zu haben, den sie inzwischen ihr Zuhause nannte.

Als alles sich geändert hatte und ihr Leben zerstört worden war, hatten das besondere Etwas dieser Küste, dieses Hafens und dieser Gemeinde ihr Herz erobert und ihr dabei geholfen, sich zu erholen.

35. Kapitel

Ihr Handy weckte sie. Emma tastete danach auf ihrem Nachttisch. Es war noch stockdunkel im Zimmer. *Max* leuchtete es ihr vom Display entgegen. Wie spät war es eigentlich?

»Hey.«

»Hi! Ist es so früh, wie es sich anfühlt?«

»Ja, ich dachte, du wärst schon wach und würdest dich auf deinen großen Tag der Eröffnung vorbereiten.«

»Nein, noch nicht.« Verschlafen schaute sie auf ihre Uhr. Halb sieben, und ihr Wecker war auf Viertel vor sieben gestellt.

»Hoppla, tut mir leid. Ich wollte gerade los zur Baustelle und schnell noch mit dir sprechen, bevor es hier hektisch wird.«

»Okay.« Sie war immer noch benommen.

»Tja, ich wünsche dir einen erfolgreichen Tag. Bis heute Abend dann.« Keiner von beiden erwähnte, dass Max über Nacht bleiben würde. »Ich werde vorbeikommen, sobald ich hier fertig bin und schnell noch geduscht habe.«

»Großartig. Bis später.«

»Hast du alles organisiert? Soll ich noch etwas tun oder mitbringen?«

»Nein, ich bin gut vorbereitet, danke. Komm einfach vorbei und bring dein Lächeln für deinen Kellnerjob mit.« Jetzt erst wurde sie richtig wach und war glücklich, dass er daran gedacht hatte, sie anzurufen.

»Klar, bis später.« Seine Stimme klang sinnlich.

»Bis später.« Sie war nervös und aufgeregt angesichts der Aussicht, ihm heute Abend noch näherzukommen.

Emma bereitete eine weitere Lage Schokoladen-Canapés zu, aus Angst, nicht genug zu haben. Sie hatte geschmolzene Schokolade vorher in die Formen gegossen und füllte sie nun mit goldgelbem gesalzenem Karamell. Es war erst halb neun, doch sie wollte sicher sein, dass sie für den heutigen Abend vorbereitet war, sollte tagsüber viel Betrieb im Café herrschen.

So viel zu tun, so wenig Zeit. Da freitags für gewöhnlich mehr los war als an anderen Tagen, hatte sie bereits vor dem Öffnen des Ladens die meisten Dinge erledigt, inklusive einiger wichtiger Telefonate. Nun war sie bestmöglich für den Abend vorbereitet.

Ein paar Wanderer kamen herein und erkundigten sich, ob es Kaffee zum Mitnehmen gab. Im Augenblick konnte sie ihnen da nicht weiterhelfen, doch sie versicherte ihnen, dass sie ab nächster Woche Pappbecher zum Mitnehmen vorrätig haben würde – hoffentlich ein weiterer Weg, um Geld zu verdienen. Sie könnte ein Coffee-to-go-Schild ins Schaufenster hängen.

Um die Mittagszeit erschien Adam. Mit einem breiten Grinsen betrat er den Laden. »Hey, Emma. Es sieht ja so klasse aus hier drin.«

»Hallo, Adam. Danke! Unter anderem weil Ihre Gran mir ganz tolle Sitzpolster genäht hat.«

»Ich komme gerade von der Arbeit.«

»War alles in Ordnung für das Hotel? Haben Sie noch genug Minischokoladenpäckchen für die Kopfkissen?«

»Ja, alles bestens. Die sind nach wie vor sehr beliebt … Es ist nur … Ich habe Ihre neue Schaufensterdekoration bemerkt, und die sieht wirklich gut aus. Zufällig weiß ich, dass Gran etwas besitzt, was es noch besser machen könnte.«

»Interessant. Erzählen Sie mehr.«

»Nun, mein Grandad hat gern gewerkelt, darin war er richtig gut. Und einmal hat er mir einen Spielzeugschlitten aus

Holz gebaut. Der war cool. Ich habe ihn geliebt. Gran behielt ihn, und er wurde damals jedes Jahr hervorgeholt, weil er so besonders ist. Sie hat ihn immer noch. Und gestern Abend sah ich Ihre weihnachtliche Schaufensterdekoration mit dem kleinen Zug und musste an diesen Holzschlitten denken. Also sprach ich meine Gran darauf an, und sie würde Ihnen den Schlitten für den Laden überlassen, falls Sie interessiert sind.«

»Das klingt wunderbar.«

»Er sieht so schön altmodisch aus.«

»Der Weihnachtsmann auf seinem Schlitten … hm. Ist hinten drauf Platz für Schokolade?«

»Absolut. Wir könnten ihn an dünnen Drähten über den Wald fliegen lassen, den Sie da aufgebaut haben«, schlug Adam vor.

»Das klingt wirklich toll. Wenn Ihre Großmutter wirklich kein Problem damit hat.«

»Nein, sie meinte, es wäre doch schön, wenn der Schlitten wieder benutzt wird.«

»Ach, dann richten Sie ihr doch bitte meinen Dank aus. Und nehmen Sie ihr als Dankeschön etwas von den Trüffeln mit Coffee- und Orangencreme mit, die sie so liebt. Und bringen Sie sie heute Abend mit.«

»Ich werde ihr die Trüffel bringen, das wird sie freuen. Und ich werde sie an die Eröffnungsparty erinnern. Allerdings geht sie an den dunklen Abenden nicht gern aus dem Haus.«

»Na ja, aber falls sie doch Lust hat … Werden Sie zusammen mit Holly kommen? Wie läuft es zwischen euch beiden?«

»Ja, sehr gut, danke, wir verstehen uns ausgezeichnet. Sie freut sich jetzt schon auf Weihnachten, aber leider habe ich überhaupt keine Idee, was ich ihr schenken könnte. In solchen Dingen bin ich nicht sehr gut.«

»Kommen Sie noch mal vorbei, wenn Weihnachten näher rückt. Uns fällt bestimmt etwas ein.«

»Danke, Em. Okay, ich mache mich lieber wieder auf den Weg. Ich wollte nur schnell etwas Sojamilch aus dem Dorfladen holen – ein Hotelgast ist allergisch oder so etwas. In meiner Mittagspause bringe ich den Schlitten vorbei,«

»Sehr gut. Ich bin sehr gespannt darauf. Hört sich fantastisch an.«

»Bis dann.«

»Bis nachher, Adam, und noch mal danke.« Sie gab ihm eine Tüte Schokoladenspezialitäten und außerdem eine Tüte Whiskytrüffel für ihn selbst mit.

Was soll ich anziehen? Es war zehn nach sechs. Emma hatte ihre Schokoladen-Canapés auf weiße Teller verteilt, um sie herumzureichen. Außerdem lagen rote Papierservietten mit weihnachtlichen Schneeflocken bereit, die zu den Farben der neuen Sitzbereiche passten. Die Kissen waren alle aufgeschüttelt, die Regale voller Leckereien, einschließlich Rons wundervollem Regal in Form eines Bootes. Der Laden sah reizend aus mit seiner Lichterkette hinter dem Tresen und der sanften, auf die Schaufensterdekoration gerichteten Beleuchtung.

Darüber hatte Emma sich selbst ganz vergessen. Sie trug nach wie vor ihre Arbeitskleidung aus schwarzer Hose, weißem T-Shirt und schwarzer Schürze. Hm, wie sollte eine Chocolatière, Café- und Schokoladengeschäftbesitzerin denn aussehen? Sie hatte die Lokalzeitung aus Alnwick eingeladen, ebenso ihren Vermieter und einige Leute aus dem Gemeinderat, daher sollte sie sich schon einigermaßen schick machen. Möglicherweise gab es am Ende Fotos, die gut für die Publicity waren. Andererseits wollte sie auch nicht zu steif und formell aussehen. Sportlich-elegant, das war es, was sie brauchte. Sie warf einen letzten Blick in den Laden, ob auch wirklich alles vorbereitet war, dann lief sie nach oben in ihr Schlafzimmer, wo sie den Kleiderschrank durchsah.

Die schwarze Hose mochte vielleicht noch durchgehen, aber nur, wenn sie sie mit etwas Buntem kombinierte. Sie verwarf einige Pullover sowie ein lässiges Top im Breton-Stil, das schon ein bisschen ausgewaschen wirkte, und fand eine Bluse: dunkelblau, mit einem rot-grünen Rosenmuster darauf. Die könnte passte. Sie war aus weichem Chiffon, und man musste ein Top darunter tragen, weil sie ein wenig durchsichtig war. Aber doch, sie war hübsch, und nachdem Emma sie angezogen hatte, fühlte sie sich gleich wohl darin. Ordentlich.

Sie bürstete ihre langen gewellten roten Haare. Sollte sie sie zurückbinden? Für gewöhnlich trug sie während der Arbeit einen Dutt oder Pferdeschwanz, und wenn sie Schokolade herstellte zusätzlich zur Sicherheit noch eine weiße Schirmmütze, damit keine roten Haare in der Mischung auftauchten. Prompt lachte sie laut: eine Hygienehaube, das wäre doch ein sexy Look! Vielleicht macht es Max ja an, überlegte sie. Nicht dass er auf diesem Gebiet irgendwelche Hilfe bräuchte. Sie verspürte eine leichte kribbelnde Vorfreude bei dem Gedanken daran, dass er in weniger als einer Stunde hier sein würde. Und dann, später an diesem Abend … *okay, konzentriere dich auf die anstehende Aufgabe, Emma.* Sie musste dafür sorgen, dass diese Einweihungsparty gut lief, um ihr Unternehmen bekannter zu machen und auch als herzliches Dankeschön an ihre Gemeinde. Also richtete sie ihre Gedanken wieder dorthin, wo sie sein sollten.

Bev traf als Erste um halb sieben ein. Mehrere Flaschen Prosecco lagen im Kühlschrank bereit, außerdem stand ein Karton mit sechs Flaschen im Garten, wo es auch kühl genug war.

Emma hatte nichts weiter für die Gäste geplant, abgesehen davon, dass sie jedem ein Glas Prosecco anbieten und Servierteller mit Schokolade herumreichen wollte. Sie hoffte, die Leute würden einfach entspannt miteinander plaudern. Emma würde sich unter die Gäste mischen und vorher vermutlich ein paar Dankesworte sprechen müssen, um das Chocolate Shop Café offiziell für eröffnet zu erklären. Die ganze Aufmerksamkeit auf sich zu ziehen gefiel ihr nicht, also würde sie diesen Teil kurz halten.

»Wir sollten Musik haben, findest du nicht, Bev?«

»Ja, ein bisschen sanfte Hintergrundmusik.«

Emma besaß einen kleinen Lautsprecher, an den sie ihr iPhone koppelte. Sie wählte einen Mix aus Adele, Keane, John Legend und Coldplay.

Ihr Blick fiel auf den Schlitten im Schaufenster. Adam hatte das wundervolle Holzspielzeug von seinem Großvater wie versprochen vorbeigebracht. Es hatte nun einen Ehrenplatz im Schaufenster, und Emma hatte den Schlitten mit Minitüten voll Karamell und Schokolade (ideal zum Befüllen von Weihnachtssocken) sowie zwei winzigen goldenen Päckchen mit festlicher roter Schleife beladen. Ein Schokoladenweihnachtsmann in genau der richtigen Größe saß nun ganz vorn auf dem Schlitten. Unten hatte sie ihre Schokoladenrentiere in zwei Reihen zu je einem Quartett aufgestellt und mit einem roten Band mit dem Schlitten verbunden. So sah es aus, als wären die Rentiere gerade im Schnee gelandet. Perfekt. Alles war traumhaft schön.

Pete sollte auch demnächst kommen, doch es gab bis zum Eintreffen der Gäste nicht mehr viel zu tun. Der Erste war Max um fünf vor sieben – mit einem charmanten Lächeln und einer Flasche Champagner. Er gab Emma einen Kuss auf die Wange und sagte: »Herzlichen Glückwunsch!«

Bev beobachtete die beiden neugierig und fragte sich offenbar, was genau eigentlich zwischen ihnen lief. Emma lächelte nur.

Dann kamen mehrere Leute gleichzeitig. James und Chloe mit den Zwillingen, die sich freuten, dass sie lange aufbleiben, Limonade trinken und Schokolade essen durften. Emmas Eltern, die aus Rothbury hergefahren waren, folgten kurz darauf.

Ihre Familie hatte sie so unterstützt, nicht nur mit dem Chocolate Shop, sondern auch in allem anderen seit Lukes Tod. Emma wusste nicht, wie sie es ohne ihre Familie geschafft hätte.

»Hallo, Liebes.« Ihre Mum begrüßte sie mit einer herzlichen Umarmung. »Du meine Güte, es sieht ja wundervoll aus hier drin. Was für eine Veränderung!«

Eine Veränderung, die sie freundlicherweise finanziert hatten, wofür Emma ihnen unendlich dankbar war. »Ja, ich bin sehr zufrieden damit«, sagte sie. »Ich danke euch beiden für eure Hilfe.«

Ihre Mum schaute sich mit gefalteten Händen begeistert um. »Sehr gern geschehen.«

»Hallo Dad.«

Ihr Vater Geoff bildete wie immer das Schlusslicht und hatte eine Flasche Sekt sowie wunderschöne Blumen dabei. »Hallo Liebes.«

»Oh, die sind ja hübsch. Danke. An Blumen habe ich überhaupt nicht gedacht. Die werden toll aussehen auf meinen neuen Tischen.« Sie umarmte ihn mit einem Arm, während er ihr den Strauß überreichte. Dann stellte sie ihren Eltern Max vor (als einen Freund). Sie bemerkte, dass die Brauen ihrer Mutter leicht zuckten, als sie Emma einen unauffälligen Blick zuwarf. Meldete sich bereits die Intuition ihrer Mutter, oder war Emma nur gerade sehr sensibel? Sie ließ sie im Gespräch mit Bev zurück, um eine Vase für die pink- und cremefarbenen Rosen zu suchen.

Lucy und Olivia entdeckten ihre Großeltern, rannten zu ihnen und hielten sie mit ihrem wilden Plappern in Atem.

Als Emma einige Minuten später mit den Blumen in einer Glasvase zurückkam, bot Bev gerade Holly und Adam Prosecco an, die eben eingetroffen waren. Maureen und Ron tauchten auf, unmittelbar gefolgt von Danny aus dem Pub, zusammen mit seiner neuen Freundin, einem hübschen Mädchen mit blonder Mähne, die er als Clara vorstellte.

Schon bald platzte das Chocolate Shop Café aus allen Nähten, als Sheila aus dem Dorfladen eintraf und die alte Mrs. Clark mitbrachte. Emma fand einen Platz für sie in einem der neuen Sitzbereiche am Fenster. Zu diesem Zeitpunkt musste die Ladentür bereits offen bleiben, damit die Gäste sich auch draußen vor dem Laden auf dem Gehsteig aufhalten konnten. Weitere Freunde und Bekannte aus dem Dorf trafen ein, außerdem ein Mann von der Lokalzeitung, mit einer riesigen Kamera um den Hals. Dieser Anblick löste Nervosität in Emma aus – sie hasste es, im Zentrum der Aufmerksamkeit zu stehen, aber sie wusste, dass sie ein paar Worte sagen musste. Darum ging es schließlich an diesem Abend. Also schenkte sie allen nach, einschließlich sich selbst, trank einen großen Schluck und klopfte mit einem Metalllöffel gegen ihr Glas.

In dem Raum wurde es still, und sämtliche Blicke richteten sich auf Emma. Sie versuchte zu lächeln und holte tief Luft. Verdammt, sie wünschte, sie hätte sich ein paar Notizen gemacht. Sie hoffte sehr, keinen Blackout zu haben.

»Hallo ...« Auch die letzten Unterhaltungen verstummten. »Ich danke euch allen herzlich, dass ihr gekommen seid. Ich weiß das wirklich zu schätzen ...« Wie sollte sie in Worte fassen, wie sie für diese wundervolle Gemeinde empfand? »Nun, ich hoffe, euch gefällt das neue Chocolate Shop Café, und ihr werdet regelmäßige Gäste, damit es sich herumspricht. Vor allem aber ...« Sie spürte einen Kloß im Hals. »Ich ... ich möchte jedem von euch danken, für all eure Hilfe, nicht nur bei diesem Projekt, sondern auch dafür, wie ihr mich vor Jahren in Warkton-by-the-Sea aufgenommen habt, als mein Leben gerade schwierig war. Ihr gabt mir das Gefühl, zu Hause zu sein. So viele ganz besondere Menschen haben mir auf meiner Reise geholfen – Mum, Dad, James und Chloe sowie die Mädchen, Bev, Pete, Danny, Holly ... Tut mir leid, ich kann nicht alle aufzählen ... Außerdem ganz neue Freunde.« Sie schaute sich um und entdeckte Max. »Freunde, die mir sehr geholfen haben. Ein dickes Dankeschön auch an euch!«

Sie hob ihr Glas, da sie schon ahnte, dass ihr gleich die Stimme versagen würde, denn die Tränen standen ihr bereits in den Augen. »Cheers!«

»Cheers!«

»Auf Emma!«, rief Bev.

»Auf das Chocolate Shop Café«, rief Adam.

»Auf Freunde und Familie«, brachte Emma noch heraus und stieß anschließend mit so vielen Leuten an, dass sie fürchtete, ihr Glas würde zerbrechen. Eine kleine Träne kullerte ihr aus dem Auge und platschte in ihren Prosecco, eine glückliche, dankbare Träne – sie glaubte nicht, dass irgendwer es bemerkt hatte.

Schokolade wurde herumgereicht – Max und Holly erwiesen sich als sehr geschickt –, und die Servierteller wieder aufgefüllt. Emma stand inmitten des Geschehens, eine Flasche in der Hand, um den Gästen jederzeit nachzuschenken. Sie hielt für einen Moment inne und nahm alles in sich auf – Leute unterhielten sich in Gruppen oder saßen in den neuen Sitzbereichen, genossen ihre Getränke im sanften Schein der Lichterkette, vor dem Hintergrund von Schokoladen und Weihnachtsdekoration. Rons Bootsregal (das viele positive Kommentare ausgelöst hatte) hing an seinem Ehrenplatz. Emma war umgeben von Gelächter und Stimmengewirr. Sie war stolz.

Max fing ihren Blick auf und schenkte ihr ein hinreißendes Lächeln. Er hatte sich mit ihrem Bruder unterhalten, und es sah aus, als verstünden sie sich gut. Sie erwiderte sein Lächeln, atmete langsam ein und machte weiter die Runde.

Der Abend verging wie im Flug. Ihr Vermieter, der Aal, tauchte erst spät auf und trank ein Glas, während er gierig die Neuerungen begutachtete – zweifellos plante er bereits die nächste Mieterhöhung. Es schien, als würden die Leute schon wieder aufbrechen, kaum dass sie eingetroffen waren. In Wirklichkeit waren seit dem Beginn der Feier zwei Stunden vergangen. Emmas Gäste verabschiedeten sich mit Dank, Umarmungen und Küssen, bis schließlich nur noch Bev, Pete und Max da waren. Ganz unvermittelt fühlte Emma sich erschöpft. Sie unterdrückte ein Gähnen.

»Tja, das ist anscheinend fantastisch gelaufen«, verkündete Bev.

»Ja.« Emma schaute auf ihre Uhr. »Wow, kaum zu glauben, dass es schon nach neun ist.«

»Wir helfen dir noch, hier klar Schiff zu machen.« Bev fing an, die größtenteils leeren Servierteller wegzuräumen, wobei sie sich gleich zwei salzige Karamelltrüffel auf einmal in den Mund schob. »Ich räume bloß auf«, erklärte sie grinsend, sobald die Süßigkeiten es zuließen. »Hauptsache, keine Verschwendung …«

Emma grinste, und Max und Pete begannen mit dem Abwasch.

Emma war gerade damit beschäftigt, sämtliche Oberflächen im Laden abzuwischen, als Bev und Pete von hinten aus der Küche kamen.

»Na schön, wir sind fertig«, erklärte Bev.

Auch Max kam aus der Küche nach vorn und stand jetzt nahe dem Tresen. »Ich werde Emma noch beim restlichen Aufräumen helfen«, sagte er gelassen, da er offenbar vorhatte, der Letzte zu sein.

»Dann gute Nacht«, meinte Bev.

Emma fühlte einen sanften Stoß in die Rippen, als ihre Freundin den Karton mit den eingesammelten Sektgläsern hinstellte und ihr einen Gutenachtkuss auf die Wange gab. Dabei flüsterte sie: »Du kleines Luder. Was läuft da eigentlich?«

Emma verweigerte die Antwort, daher stieß Bev ein spitzes Lachen aus. »Na gut, ich rufe dich morgen an! Es war eine großartige Feier. Gut gemacht, Em. Du solltest stolz auf dich sein«

Emma grinste. »Juhu Chocolate Shop Café! Nochmals vielen Dank für alles.«

»Immer gern, meine liebe Freundin. Pass auf dich auf.« Bev warf Max einen durchdringenden Blick zu, als wollte sie ihn warnen, sich gut um Emma zu kümmern, weil er sich andernfalls auf etwas gefasst machen konnte.

»Gute Nacht, Leute.«

»Gute Nacht«, sagte Max, und die beiden Männer schüttelten einander die Hände.

»Ich wünsche euch eine gute Nacht«, meinte Bev, schon halb zur Tür hinaus. Es war sehr offensichtlich, dass sie mit Pete tratschte, als die beiden am Schaufenster vorbeigingen. Emma und Max sahen sich an und mussten laut lachen.

»Gut gemacht, Em. Es lief wirklich sehr gut. Hier drin sah es toll aus, und die viele Schokolade war beeindruckend. Ich habe jede Menge positiver Kommentare gehört.«

»Ach, danke. Ich bin überglücklich. Müde, aber glücklich.«

Plötzlich herrschte Angespanntheit zwischen ihnen. Beiden wurde plötzlich klar, dass der Zeitpunkt für die nächste Stufe zwischen ihnen gekommen war – aber wer würde den ersten Schritt wagen?

Sie entdeckte ein paar Proseccogläser auf dem Tresen, die sie übersehen hatten und wollte sie geschäftig in die Küche bringen. Verzögerungstaktik, du Feigling!, tadelte sie ihre innere Stimme.

Max hatte sie jedoch mit zwei großen Schritten eingeholt, strich ihr die Haare vom Hals weg und küsste sie zärtlich auf diese Stelle, was alle möglichen seltsamen Dinge in ihr auslöste.

Sie wandte sich ihm zu und stand jetzt mit dem Rücken an den Tresen gelehnt. Er presste seinen Körper an ihren, während er sie erneut küsste, ausgiebig und sinnlich, und ihre Zungen fanden sich. *Oh, wow …*

Vergiss den Abwasch. Sie stellte die Gläser wieder neben sich auf den Tresen und umfasste Max' Hinterkopf mit beiden Händen, wo sich seine Haare kurz und ein wenig stachelig anfühlten, während der Kuss mit sinnlicher Intensität weiterging. Sie wussten beide, worauf das hinauslief.

Max löste sich sacht von ihr. Seine tiefgrünen Augen blickten in ihre. »Alles in Ordnung? Und bist du dir sicher, was das angeht?«

»Ja.« Ihre Stimme quietschte. Verdammt, warum war sie so nervös? Sie war eine sechsunddreißigjährige Frau, und es war schließlich nicht so, als hätte sie das noch nie getan. »Ach, es ist nur … ich hatte seit vier Jahren keinen Sex«, gestand sie.

»Vier *Jahre*?«

»Jap.«

»Wow, kein Wunder, dass du nervös bist. Aber hey, ist ja auch überhaupt kein Druck für mich, von wegen, dass es gut wird …« Er grinste auf seine typische hinreißend freche Art und schloss sie wieder in die Arme.

Es wird vielleicht ganz gut. Hoffentlich noch besser. Tatsächlich konnte sie sich niemanden vorstellen, mit dem sie lieber Sex haben würde, und das schloss Ryan Gosling und Gerard Butler mit ein.

Na los, Mädchen! Eine neue Stimme meldete sich in ihrem Kopf. Sie war dreist und sexy, und Emma hatte sie sehr lange nicht gehört.

Sie nahm seine Hand und führte ihn die Treppe hinauf nach oben, wo sie mit ihm zunächst einmal das Wohnzimmer aufsuchte – sie war zu unsicher, um ihn gleich zum Bett zu führen. Sie nötigte ihn sanft, sich zu setzen.

»Du hast eine Schwäche für Sofas, oder?« Er lächelte, was ein warmes Leuchten in seinen Augen erzeugte – in seinen sexy Augen.

Emma setzte sich auf seinen Schoß. Sie war ihm so nah. Nahm sein Gesicht zwischen die Hände und fing an, ihn extrem langsam zu küssen. Das Verlangen zwischen ihnen nahm zu. Sie spürte dieses große, ziemlich beängstigende, überwältigende Gefühl für ihn. Oje, konnte es denn wirklich wieder Liebe sein? Er hatte ihr mehr als ein Lächeln entlockt, ja, sie richtig zum Lachen gebracht, hatte ihre Tränen weggewischt, ihre Hand gehalten – er war sogar für den Tischler eingesprungen, obwohl er selbst genug um die Ohren hatte, damit ihr Chocolate Shop Café Wirklichkeit werden konnte. Und jetzt kam das hier, die letzte wundervolle Hürde.

Sie waren beide noch vollständig bekleidet, doch viel näher konnten sie sich nicht mehr sein. Sie spürte die Hitze aus seiner Jeans, seine Härte unter ihr. Offenbar machte sie es richtig, auch wenn sie ein wenig aus der Übung war.

Sie stieß einen langen tiefen Seufzer aus. »Ich glaube, wir sollten im Schlafzimmer weitermachen.«

Alfie, der ihnen gefolgt war, lag neben dem Sofa, hob ein Augenlid und legte dann den Kopf wieder auf den Boden.

Emma nahm Max' Hand, gleichermaßen erregt und nervös.

Dann war sie mit diesem aufregenden Mann in ihrem Schlafzimmer. Wo Luke sie von der Frisierkommode ansah. Oh nein, sie hatte nicht daran gedacht, sein Foto zu entfernen. Allerdings wäre ihr das auch falsch vorgekommen. Nein, sie durfte jetzt nicht an ihn denken. Doch wie konnte sie nicht, wo er doch nach wie vor ein so großer Teil ihres Lebens war? Dabei wusste sie, dass sie nie mehr mit jemandem schlafen würde, wenn sie es jetzt nicht mit Max tat. *Er ist tot, Emma.* Es ist okay, sagte eine Stimme in ihrem Kopf. Eine stille Träne bildete sich in ihrem Auge. Rasch blinzelte sie, wandte sich zu Max um und verlor sich ganz in seinen Küssen.

Max war zärtlich und behutsam, er ging es langsam an, aber auch nicht zu langsam. Er küsste ihre Schultern, während er ihr die Bluse über den Kopf zog, und streichelte ihren Körper mit sicheren, liebevollen Händen. Sie küsste ihn ihrerseits, berührte ihn, fuhr über seine harten Muskeln. Sein Körper war anders als Lukes schlanke Figur – auf wunderbare Weise neu für sie.

Und dann gab es nur noch Haut an Haut und den langsamen, rhythmischen Tanz der Liebe. Sämtliche Nervenenden kribbelten sinnlich, so lebendig. Er drang tief in sie ein, ohne den Kuss zu unterbrechen. *Oh, wow!*

Sie bewegten sich im Einklang, bis sie in einem warmen, wundervollen Pulsieren um ihn herum kam.

Sie klammerten sich aneinander.

»Wow«, flüsterte Max, noch über ihr.

Wie aus dem Nichts kamen Tränen, gegen die Emma ankämpfte.

»Em, ist alles in Ordnung mit dir? Habe ich dir wehgetan?« Max betrachtete ihr tränenüberströmtes Gesicht.

Sie wischte sich die Tränen mit dem Handrücken weg, während er sich behutsam neben Emma legte.

»Es geht mir gut.« Trotzdem konnte sie ein Schniefen nicht unterdrücken. »Wirklich, es ist alles in Ordnung. Tut mir leid.«

Er hielt sie für einige Augenblicke zärtlich in den Armen. Sie spürte, wie die Menge angestauter Emotionen in ihr sich Bahn brachen.

Sie musste zumindest versuchen, es zu erklären. »Ich habe nicht geglaubt, dass ich jemals wieder auf diese Weise empfinden würde.« Es war so wundervoll, sanft, als hätte er irgendwie ihre Seele erreicht. Es war viel mehr als Sex.

Er lächelte und entspannte sich ein wenig. Während sie weitersprach, betrachtete er ihr Gesicht. »Und es fühlt sich auch eigenartig an. Illoyal gegenüber Luke, weißt du …?«

»Ja, das verstehe ich.«

»Es tut mir leid … Vielleicht hätte ich nichts sagen sollen. Es ist nichts gegen dich.«

Sie lag schweigend da, den Kopf auf seiner Brust, von seinen Armen sanft umschlossen.

»Wenn ich dein Luke wäre«, begann er, »würde ich nicht wollen, dass du traurig oder einsam bist und niemanden hast, der für dich da ist. Es ist jetzt wie lange her, Emma? Sieben Jahre? Ehrlich, ich glaube, er würde sich für dich freuen.« Er strich ihr über die Haare. »Wenn er so oft an dich gedacht hat wie ich, würde er wollen, dass du wieder glücklich bist.«

Sie verstand die Bedeutung seiner Worte … Max empfand anscheinend sehr viel für sie. Würden sie lernen, einander zu lieben? Sie schmiegte sich näher an ihn. Er war noch ein wenig verschwitzt vom Liebesspiel, und das fühlte sich gut an. Obwohl ihr Herz hin- und hergerissen war – ja, so konnte man es wohl nennen.

»Danke.« Sie sprach mit dem Gesicht an seiner Brust.

»Na ja, es wäre schon ganz nett, wenn du nach meinem Tod mindestens *fünf* Jahre warten würdest. Andernfalls würde ich dich als Geist heimsuchen, wenn du dich zu schnell wieder einem Kerl näherst«, scherzte er, um die Stimmung zu heben.

Die Vorstellung, noch jemanden zu verlieren, der ihr so viel bedeutete … nein, das konnte sie sich nicht einmal annähernd ausmalen. Ein Angstschauer überlief sie. »Ich hoffe mal, etwas Derartiges bleibt uns erspart …«

»Ja, ich auch.« Er küsste sie auf den Kopf.

36. Kapitel

»Guten Morgen, meine Schöne.«

Was für eine wundervolle Art, geweckt zu werden. »Guten Morgen«, erwiderte sie.

Emma erinnerte sich vage daran, wie sie mitten in der Nacht wach geworden war und gemerkt hatte, dass ein Mann in ihrem Bett lag. Ein wunderbarer, attraktiver Max-förmiger Mann. Und dann schämte sie sich ein wenig, weil sie sich daran erinnerte, wie sie wegen Luke aus der Fassung geraten war.

Aber Max schien es nicht persönlich genommen zu haben. Dem Klang seiner Worte nach zu urteilen, war alles normal. Er beugte sich zu ihr herüber und gab ihr einen Kuss auf die Wange. Seine Bartstoppeln kitzelten sie.

»Ich fürchte, ich muss aufstehen und mich gleich auf den Weg machen. Um halb neun muss ich auf der Baustelle in Gateshead sein. Dort treffe ich mich mit dem Besitzer des Hauses, an dem wir arbeiten.«

»Ach schade.« Sie kuschelte sich enger an ihn. Ihre nackten Brüste schmiegten sich an seine Brust. Sie wollte wirklich nicht, dass Max schon ihr Bett verließ.

Er schaute herunter und konnte das Verlangen in seinen Augen beim Anblick ihrer vollen Brüste nicht verbergen. »Das ist gemein«, beschwerte er sich im Scherz, »wenn ich keine Zeit habe. Ich muss echt los, Em.« Er klang, als wollte er sich selbst überzeugen, und mit einem entschlossenen Ruck erhob er sich aus dem Bett.

Emma betrachtete seinen festen nackten Rücken, die definierten Muskeln und den süßen Hintern darunter; ein wenig blasser als der Rest von ihm. Hm. Sie lag lächelnd da, doch das Bett fing bereits an, sich kühler anzufühlen ohne ihn.

Allerdings hatte sie selbst auch viel zu tun. Trotzdem konnte sie nicht widerstehen und sprang aus dem Bett, um ihm zu folgen. Diesen Körperkontakt, diese Gefühle hatte sie so sehr vermisst. Sie schlang die Arme von hinten fest um seine Brust und begann, seinen Nacken zu küssen. Er drehte sich zu ihr um, mit seiner perfekt geformten Erektion, und küsste sie provozierend auf den Mund, was sämtliche Nerven in ihr entflammte.

»Ein andermal …« Er grinste und entfernte sich von ihr, um seine Sachen zusammenzusuchen und ins Badezimmer zu gehen. »Ich muss mich wirklich fertig machen und aufbrechen.«

»Möchtest du heute Abend wiederkommen?« Emma hatte Max am frühen Nachmittag angerufen. Innerhalb eines einzigen Wochenendes hatte sie sich von der Eiskönigin in eine heißblütige Liebhaberin verwandelt.

»Bist du dir sicher?«

»Oh ja.«

»Na, dann werde ich eine Lady bestimmt nicht warten lassen. Ich komme nach der Arbeit vorbei.« Er klang belustigt.

»Ich mache uns etwas zu essen. Aber erwarte nicht zu viel, es wird nichts Aufwendiges. Gibt es irgendetwas, was du nicht isst?«

»Eigentlich nicht.«

»Gut. Bis später dann. Ich muss aufhören, weil gerade jemand in den Laden kommt.«

»Bis später, Em.«

Nachdem sie die letzten Reste des vergangenen Abends aufgeräumt, rasch geduscht und neue Schokoladenkekse gemacht hatte (der komplette Doseninhalt wurde aufgegessen), folgte ein weiterer hektischer Tag. Während Holly vorn am Tresen bediente, bereitete Emma hinten die Bestellungen zu: Tee, Kaffee, heiße Schokolade (irgendwann ging ihr die Sprühsahne aus, und sie musste schnell zum Dorfladen laufen). Sie wärmte Stücke von Maureens herrlichem dreilagigem Schokoladenkuchen auf, den sie wahlweise mit einem Klecks Sahne servierte, was sich als äußerst beliebt erwies. Es galt außerdem Milchshakes zuzubereiten und Brownies auf die Größe von Minihäppchen zuzuschneiden. Jede Menge Arbeit. Tatsächlich war vom Öffnen bis zum Schließen des Ladens permanent jemand da, was Emma absolut freute, besonders weil die Kasse unaufhörlich klingelte.

Um zwanzig nach fünf drehte sie endlich das Schild auf »Geschlossen«.

»Was für ein Tag«, bemerkte Holly, während sie die letzten Tassen und Untertassen abräumte. »In der Pommesbude ist nie so viel los. Das ist einfach klasse, Em. Jeder liebt die Coffeeshop-Idee.«

»Ja, ich muss mich immer noch kneifen, damit ich es glaube. Ich kann dir gar nicht genug danken für deine Idee und für all deine Hilfe bei der Verwirklichung.«

»Kein Problem. Ich arbeite immer noch wahnsinnig gern hier, auch wenn meine Füße heute fertig sind.«

»Meine auch.« Emma tat im Grunde alles weh. Die körperlichen und mentalen Anstrengungen der vergangenen Wochen holten sie ein.

Sie bezahlte Holly ihren Lohn in bar und konnte ihrer Assistentin sogar noch einen kleinen Bonus geben. »Ein Dankeschön für deine Hilfe in letzter Zeit.«

»Ach Emma, das musst du nicht.«

»Du hast hart gearbeitet und es dir verdient. Kauf dir was Schönes. Außerdem werde ich dich mindestens bis Weihnachten jeden Samstag den ganzen Tag brauchen. In zwei Wochen bin ich auf einem Weihnachtsmarkt. Das wollte ich mal versuchen. Glaubst du, du schaffst es dann hier allein? Ich könnte

Bev Bescheid sagen, damit sie dir hilft, jetzt, wo ich gesehen habe, was heute los war. Ja, ich glaube, das wäre besser, oder?«

»Ja, es wäre wohl besser, wenn Bev und ich das zusammen machen, solange du weg bist. Aber klar, das passt gut. Das zusätzlich verdiente Geld kann ich gut für Weihnachtsgeschenke gebrauchen. Ich habe nicht die leiseste Ahnung, was ich Adam schenken soll. Es soll etwas Besonderes sein.«

Emma lächelte. Die zwei dachten stets an den anderen. »Dann wirst du dir etwas überlegen müssen. Noch ist ja genügend Zeit.«

»Ja, ich weiß. Noch mal danke für das Extrageld heute.« Holly umarmte ihre Chefin zum Abschied und ging.

Emma sollte sich lieber rasch etwas einfallen lassen, was sie für sich und Max zum Abendessen zubereiten wollte. Lachs wäre nett, falls sie im Dorfladen frisches Filet finden würde. Die könnte sie in der Pfanne in süßer Chilisauce garen – von der hatte sie noch eine Dose da. Na schön, das wäre ein klein wenig geschummelt, nur blieb ihr nicht mehr viel Zeit, und ein großes Budget hatte sie auch nicht. Sie könnte kleine Kartoffeln und Gemüse dazu machen. Zum Dessert könnte sie ein paar Bleche Brownies für morgen für das Café zubereiten und zwei Stücke für heute Abend abzweigen, die sie mit frischen Himbeeren servierte. Hey, fertig war das Menü! Also sauste sie zum Lebensmittelladen – ja, es gab Lachs, außerdem Himbeeren. Und dann gönnte sie sich noch eine Flasche Weißwein.

Max tauchte kurz nach sieben auf, und sofort fielen sie sich in die Arme. Das hatte sie so sehr vermisst, diese Körperlichkeit, wenn man es nicht erwarten kann, jemandem nahe zu sein.

»Guter Tag?«, erkundigte er sich.

»Ja, ziemlich viel zu tun. Ich glaube, das Chocolate Shop Café spricht sich langsam herum.«

»Großartig.«

»Und bei dir?«

»Jap, alles gut. Bin endlich mit dieser Küche vorangekommen, sodass wir mit dem Job weitermachen können.«

»Das ist gut.«

Sie unterhielten sich, aßen zusammen, genossen ein oder zwei Gläser Wein.

Als Emma die Teller zur Spüle trug, stellte Max sich hinter sie, legte seine Arme um ihre Taille und schmiegte sein Gesicht mit einer Vielzahl zärtlicher Küsse an ihren Nacken. Sie drehte sich um und küsste ihn tief und leidenschaftlich. Beide brannten sie darauf, dort weiterzumachen, wo sie heute Morgen abrupt aufgehört hatten.

Dann, nackt in ihrem Doppelbett, massierte Max ihr mit langen festen Bewegungen den Rücken. Junge, tat das gut. Nach dem langen Tag auf den Beinen im Café, nach dem Streichen letzte Woche, dem Aufräumen, Kochen, Schokoladezubereiten tat ihr wirklich alles weh.

Sie spürte, wie die Verspannungen nachließen, ihre Muskeln sich lockerten und auf seine Berührungen reagierten. Mmm, er war ziemlich gut darin. Und es lief in eine wundervolle, glückselige, sinnliche Richtung.

Sie wachte auf. Es wurde hell. Halb acht auf ihrer Armbanduhr. Was zum …?

Emma schlug die Augen auf. Max lag neben ihr, warm, nackt und männlich.

Er musste ihre Bewegung gespürt haben, er öffnete die Augen, merkte, dass sie ihn ansah, lächelte. »Guten Morgen, meine Schöne.«

»Hallo, Schöner.« Allerdings konnte sie sich nicht mehr an das erinnern, was passiert war, bevor sie eingeschlafen war. *Hatten sie?* Die Neugier siegte. »Äh, letzte Nacht … haben wir?« Sie hatte sich so sehr darauf gefreut.

»Nö. Ich habe dir den Rücken massiert, und du bist eingeschlafen.« Er grinste schief.

»Ups.« Wie peinlich.

»Geschnarcht und alles, ich glaube sogar, irgendwann auch gesabbert.«

»Neeiin.« Wie demütigend. »Ich war einfach völlig erledigt.« Sie versteckte sich für einen Moment unter der Decke. Schämte sich. Als sie wieder auftauchte, lachte er.

»Du hast es aber geglaubt, oder?«

»Du Mistkerl.« Sie warf ein Kissen nach ihm.

»Hm, ich muss wohl meine Vorspieltechnik überdenken, wenn das dabei herauskommt.«

»Ha, du brauchst anscheinend einfach mehr Übung.« Sie grinste jetzt zurück. Heute hatten sie Zeit, denn es war Sonntag. Ja, sie musste wie immer Schokolade zubereiten, aber sonntags öffnete der Laden erst am Mittag.

Und Max bekam mehr Übung – diesmal schlief sie nicht einmal annähernd dabei ein. Tatsächlich erweckte er jede kleinste Nervenzelle zum Leben, und es war ziemlich überwältigend.

Max musste um kurz nach neun los, zu einem neuen Bauprojekt in Jesmond. Er ließ das Frühstück aus, mit der Bemerkung, das sei es allemal wert gewesen, dazu ein freches Grinsen. Er meinte, ganz in der Nähe der Baustelle befinde sich ein hübscher kleiner Coffeeshop, in dem es ausgezeichnete Bananenmilchshakes gab, also würde er dort wohl vorbeischauen.

Emma ging mit einem zufriedenen Lächeln hinunter in den Laden, allerdings fragte sie sich bereits, wann sie Max wiedersehen würde. Obendrein verspürte sie eine eigenartige Angst. Es war lange her, seit sie sich jemandem geöffnet hatte. Ja, der Sex war verdammt gut, aber fing sie vielleicht an, diesen Typen zu sehr zu mögen? Hatte sie sich von all dem ein bisschen mitreißen lassen?

Am nächsten Abend saß sie in Bevs Küche, ein Glas Pinot Grigio in der Hand.

»Gutes Wochenende gehabt?«

»Ja.«

»Und …? Komm schon, erzähl mir von dem heißen Typen. Ihr *habt*, oder? Ich wusste es! Wie er dich Freitagabend immer wieder angeschaut hat – ehrlich, ich bin überrascht, dass die ganzen Schokoladen-Canapés nicht geschmolzen sind! Und dann war es dermaßen offensichtlich, dass er nicht gehen wollte …«

Emma lächelte vorsichtig. Sie hatte das Gefühl, dass die Dinge irgendwie eine enorme Eigendynamik entwickelten.

»Was ist das Problem?«

»Ich weiß nicht. Vielleicht haben wir uns zu rasch darauf eingelassen.«

»Was sagst du da?«

»Na ja, er scheint wirklich ein netter Kerl zu sein, und wir verstehen uns gut. Aber wo führt es hin? Wir arbeiten beide sehr viel, haben jeder unser eigenes Unternehmen …« Sie verstummte. Es war, als würde sie sich ihre eigene Ausstiegsklausel zurechtzimmern, für alle Fälle.

»Damit ich das richtig verstehe – weil ihr beide sehr beschäftigte Menschen seid, könnt ihr keine Beziehung führen? Nun, dann kommt der Großteil der menschlichen Population nicht infrage, Em.«

»Möglicherweise bin ich nur ein bisschen vorsichtig.«

»Das ist auch verständlich. Warum geht ihr es nicht langsam an und schaut, wohin es führt?«

»Vielleicht machen wir das.«

Plötzlich fühlte sie sich sehr durcheinander.

37. Kapitel

Trotz ihrer emotionalen Unsicherheit blieb Max auch am darauffolgenden Samstag über Nacht. Nach all den Jahren morgens plötzlich neben jemandem aufzuwachen, war nach wie vor seltsam für Emma. Doch während sie sich früh am Morgen liebten, fühlte sie sich körperlich begehrt, warm und sehr lebendig.

»Irgendwelche Pläne für heute?«, fragte Max später beim Frühstück mit Kaffee und Toast an Emmas Klapptisch oben in ihrer kleinen Küche. »Ich vermute, der Laden hat wie immer heute Nachmittag geöffnet. Nur dass ich diesmal nicht auf der Baustelle erwartet werde. Es ist Sonntag, und ich nehme mir frei. Keine Dramen diese Woche, die Belegschaft ist vollzählig. Perfekt.«

Alfie lag neben ihnen in seinem Körbchen und schaute zu Emma hoch, in der Hoffnung auf ein Stückchen Toast.

»Na ja, Bev kommt vorbei und kümmert sich um den Laden. Adams Gran organisiert einen Weihnachtsmarkt für die Senioren im Gemeindesaal. Sie hat mich gefragt, ob ich nicht einen Stand dort haben möchte. Da gibt es einen Geschenke- und Kartenstand, Tee, Kaffee und Kuchen. Ich glaube, es gibt auch eine Tombola und eine Art Auktion. Es ist vielleicht nicht gerade das, was du dir für deinen freien Tag vorgestellt hast … aber du bist herzlich eingeladen, mich zu begleiten und mir Gesellschaft zu leisten.«

»Warum nicht? Ich habe nichts Besseres zu tun, und auf diese Weise kann ich wenigstens noch etwas Zeit mit dir verbringen. Ja, lass uns diesen Oldiemarkt mal anschauen, dann wissen wir, was auf uns zukommt. Gehhilfen und Pantoffeln.« Er grinste.

Emma war Freitagnacht lange auf gewesen, um möglichst viel Schokolade für diesen Weihnachtsbasar herzustellen, und hatte jetzt alles in Kartons verpackt. Sie musste sie nur noch in ihren Wagen laden und um eins startklar sein.

Holly hatte ihr gesagt, dass mehrere Seniorenwohnheime ihre Bewohner hinfahren würden, einschließlich der Golden Oldies aus Seahouses, damit sie sich an Tee, Kuchen und Gesellschaft erfreuen konnten. Sie hatten sich für diese Veranstaltung an einem Sonntag entschieden, damit auch Dorfbewohner kommen würden und dadurch auch mehr Geld reinkäme.

Emma war fast fertig. Sie hatte eine Holzplatte auf zwei Böcke gelegt und diese mit einer weihnachtlich gemusterten Tischdecke geschmückt, die sie von Adams Großmutter geliehen hatte. Darauf stellte sie einige kleine Sockel, die der hilfsbereite Ron für sie angefertigt hatte, um alles hübsch zu präsentieren. Sie hatte sogar an einen Miniweihnachtsbaum mit winzigen Christbaumkugeln und Lichterketten für die festliche Atmosphäre gedacht.

Nach zwei Gängen zu Max' Jeep war ihr Schokoladenstand fertig – er sah sehr hübsch aus, mit festlichen goldenen und roten Schleifen sowie gekräuselten Geschenkbändern an den sorgfältig eingepackten Päckchen. Sie hatte sich entschieden, ihre traditionellen Lieblinge auf diese Veranstaltung mitzunehmen: Whisky- und Brandytrüffel, Pralinen mit Beerenfruchtfüllungen, weiches Karamell, Pfefferminz sowie ihre weihnachtlichen Puddingtrüffel aus gehackten Rosinen und mit einem Schuss Sherry. Sie hatte Geschenkschachteln mit Schokoladen angefertigt und Päckchen mit Karamell, sowohl in Schokolade getauchte als auch pur, außerdem noch Tüten mit Schokoladenkeksen.

Später würde eine Tombola stattfinden, und für die hatte sie eine Schachtel Schokoleckereien gestiftet. Sie hatte auch noch Details zur geplanten Auktion gehört, bei der Gefälligkeiten versteigert werden sollten – Dinge wie handwerkliche Hilfe, Gartenarbeit, Auto waschen – mit denen den älteren Menschen sehr geholfen wäre. Eine ausgezeichnete Idee.

Emma hoffte, es würde eine erfolgreiche Veranstaltung werden, sowohl für die Gemeinde als auch für ihren Laden, der momentan finanziell besser dastand. Trotzdem musste sie nach wie vor die ruhigeren Monate Januar und Februar ausgleichen, in denen die Miete und sonstige Kosten wie in den anderen Monaten fällig wurden. Sie war ein bisschen nervös und hoffte, dass alles gut lief.

Nach einem langsamen Start strömten dann doch die ersten Leute herein. Emma erkannte ein paar Familien aus dem Ort und Bekannte. Um zwei Uhr trafen zwei Kleinbusse aus dem Seniorenheim im Nachbarort ein. Emmas Schokoladen verkauften sich gut, und sie freute sich darüber, dass sich Mühe und Aufwand offenbar gelohnt hatten. Eine der Organisatorinnen besuchte ihren Stand und meinte, sie suchten noch »Posten« für die Auktion. Sie erklärte genauer, auf was sie dabei hofften. Anscheinend ging es darum, den älteren Menschen irgendwie zu helfen und seine Zeit zur Verfügung zu stellen, und Max, der Gute, bot ein paar Stunden an. Er erwähnte, dass er aus der Baubranche sei und die meisten handwerklichen Arbeiten durchführen könne. Die Organisatorin schien entzückt zu sein und setzte seinen Namen auf die Liste.

Um drei Uhr begann die Auktion. Tische und Stühle wurden in die Mitte des Saals gestellt, damit Leute dort Tee trinken und Kuchen essen konnten. Zwei ältere Damen, die Adams Großmutter kannte, hatten sich an einen Tisch gesetzt, der Emmas Stand am nächsten war, und schienen die Auktion gespannt zu erwarten. Max lächelte ihnen zu und sagte hallo.

Dann wurde er von der Lady, die Tee und Kaffee servierte, beauftragt, ihr zu helfen. Also ging er herum und bot an, aus einer riesigen Kanne nachzuschenken. Emma lächelte, während sie ihn dabei beobachtete. Es passte gut zu ihm, denn er plauderte ganz locker mit den älteren Herrschaften. Auch die Ladys neben Emmas Stand nickten anerkennend. »Was für ein netter junger Mann«, hörte sie eine von ihnen sagen, nachdem er ihren Tisch wieder verlassen hatte.

Die andere Lady erwiderte ziemlich laut: »Ein Bild von einem Mann.«

»Hm, so was haben wir hier seit Jahren nicht gesehen, Dorothy.«

Emma beobachtete amüsiert, wie die beiden älteren Damen sich umschauten und die anderen, noch älteren, weißhaarigen und schon ziemlich faltigen Gentlemen im Saal musterten.

»Noch nie.« Dorothys Augen funkelten übermütig. »Du liebe Güte, zwei Stunden *seiner* Zeit könnte ich jeden Tag in der Woche gebrauchen.«

»Was bietet er denn überhaupt zur Versteigerung an?«

»Zwei Stunden seiner Zeit, wie ich gerade gesagt habe.«

»Ja, aber wofür?«

»Alles, was man will, nehme ich an.«

Shirley, Adams Gran, setzte sich zu ihnen und erklärte: »Er bietet handwerkliche Arbeiten an.«

»An so was habe ich aber nicht gedacht, Thelma.« Dorothy zwinkerte ihrer Freundin zu.

Emma konnte gar nicht anders, als diesem Gespräch zu lauschen.

»Hey, was hältst du davon, wenn wir mitbieten? Wir könnten zusammenschmeißen, Dot. Auf diese Weise können wir mehr bieten.«

Dorothy grinste frech. »Von dem würde ich mir gern was bieten lassen! Stell dir nur mal vor, Thelma, zwei ganze Stunden mit dem. Jeder von uns könnte ein Bein haben, und die Mitte teilen wir uns.« Sie gackerte vor Lachen.

»Ich könnte meine Heizkostenzulage für den Winter bieten.« Jetzt kicherte Thelma. »Mit dem würde es daheim ja ohnehin warm werden.«

Emma errötete, verblüfft über die Wendung des Gesprächs der alten Ladys. Und als Max sich verwirrt umdrehte und wissen wollte, was denn los sei, musste sie auch lachen. Er hatte von dem Dialog nichts mitbekommen.

»Ach, wenn doch nur …«, meinte Dorothy seufzend und sah ihn sich noch einmal ausgiebig an. »Wenn ich zwanzig Jahre jünger wäre …«

»Zwanzig? Wohl eher vierzig, da mach dir mal lieber nichts vor, Dot«, sagte Thelma grinsend.

»Jetzt benehmt euch aber, ihr zwei«, meinte Adams Gran tadelnd, aber sichtlich belustigt, als der Beginn der Auktion verkündet wurde.

Es wurde unter anderem für eine Holzlieferung, einen Gutschein vom Schlachter aus dem Nachbardorf, drei Stunden Gartenarbeit, ein Ferienhaus für ein Wochenende und natürlich für Max' zwei Stunden Handwerkerarbeit geboten.

Thelma und Dorothy flüsterten eifrig, als es zur Versteigerung seiner Dienste kam. Sie legten zusammen, wurden eine Sekunde lang von einer anderen Lady überboten, erhöhten ihr Gebot und bekamen den Zuschlag für 20 Pfund, woraufhin sie in Jubel ausbrachen. Emma fragte sich, ob sie ihn warnen sollte, doch Adams Gran hatte mitbekommen, dass sie zugehört hatte, und meinte, das ginge schon in Ordnung, die zwei würden nur bellen, aber nicht beißen. Die Ladys waren Nachbarinnen in den Seniorenbungalows einen Ort weiter und hofften darauf, je eine Stunde Gelegenheitsarbeiten gemacht zu bekommen – eine Tür abschmirgeln, die klemmte, und sonstige Handwerkertätigkeiten. Am besten, man behelligte ihn gar nicht erst mit ihrem Blödsinn. Ihren strahlenden Gesichtern nach zu urteilen, waren sie glücklich. Ihr Tag war gerettet, wahrscheinlich sogar die Woche. Max erhob sich zum Applaus des Publikums, und Adams Gran zwinkerte ihm zu.

Nach der Tombola näherte die Veranstaltung sich ihrem Ende. Es gab letzte Bestellungen an Emmas Stand, dann wurde es Zeit, die Sachen zusammenzupacken und zu Bev und Holly in den Laden zurückzukehren.

Thelma und Dorothy kamen, bevor sie und Max aufbrachen, um ihm zu danken und zu sagen, wie sehr sie sich freuten, ihn bald wiederzusehen. Emma musste sich bücken, als sie das hörte, und tat, als packe sie einen Karton für den Transport, um ihr Lachen zu verbergen. Max machte unterdessen höfliche Konversation mit den beiden unschuldig aussehenden älteren Damen.

Das war vielleicht eine Veranstaltung gewesen.

Viel zu bald schon musste Max aufbrechen. Er erklärte, er habe seinen Eltern in Morpeth versprochen, auf dem Rückweg vorbeizuschauen.

»Ich danke dir für deine Hilfe heute. Ich hoffe, du hast dich nicht zu sehr verpflichtet gefühlt. Jetzt musst du auch noch Zeit für zusätzliche Aufgaben opfern.«

»Das geht in Ordnung. Mir hat es Spaß gemacht. Es war schön, Leuten eine Freude zu machen. Manche von denen sind bestimmt auch einsam bei sich zu Hause.«

Emma wusste ziemlich genau, wie sich das anfühlte.

»Ja, das glaube ich auch«, stimmte sie ihm zu.

»Ich melde mich nächste Woche bei dir, falls es dir recht ist. Ich habe viel um die Ohren in dieser Woche.«

»Ja, ich auch. Es ist momentan ein bisschen hektisch im Laden.«

»Wäre es okay, wenn ich nächstes Wochenende wiederkomme?«

»Ah, ja, das wäre schön.«

»Alles klar. Ich rufe dich an.«

Und nachdem Max wieder unter der Woche in Hexham arbeitete, merkte Emma, wie sehr sie sich über jede Nachricht von ihm freute, wie sehr sie ihn vermisste ... diese Körperlichkeit mit ihm. Es fing an, sie aufzuwühlen, sich anzufühlen wie eine gefährliche Achterbahnfahrt der Emotionen – eine Achterbahn, in die sie erneut eingestiegen war. Die Frage drängte sich immer wieder auf: Würde es das wert sein?

38. Kapitel

»Emma, hier ist Angela. Wie geht es dir, Liebes?« Es war Lukes Mum, deren Stimme freundlich und vertraut aus dem Hörer klang.

»Oh, wie schön, von dir zu hören. Wie geht es dir? Und wie geht es John?«

»Ihm geht es ganz gut. Im Sommer spielt er immer noch Cricket, allerdings ist er häufiger Schiedsrichter als aktiver Spieler. Die viele Lauferei wird ihm doch zu anstrengend, obwohl er das natürlich nicht zugeben würde.«

Lukes Familie war cricketbegeistert. Emma erinnerte sich, wie sie alle zu den Durham County Cricket Matches gefahren waren, in Chester-Le-Street. Damals hatten sie und Luke in Durham gewohnt. Einmal hatten sie England dort ein 20:20 spielen sehen. Es hatte eine große Ausgelassenheit geherrscht, nicht zuletzt wegen der verrückten Kostüme und der unglaublichen Atmosphäre. Nie zuvor hatte sie ein menschengroßes Gummibärchen zusammen mit den Flintstones und Batman rangeln gesehen. Alles im Scherz natürlich. Das war fast so unterhaltsam wie das Spiel selbst.

»Wie dem auch sei, es geht uns gut, Liebes. Und dir?«

»Ich habe extrem viel zu tun. Ich habe gerade ein Café als Teil des Chocolate Shops eröffnet.«

»Oh, wie wunderbar. Das klingt ja toll. Gefällt es dir immer noch dort?«

»Ja, sehr, danke, Angela. Ich habe hier meine Freunde, und James wohnt in der Nähe mit seiner Familie. Es ist ein reizendes Dorf.«

»Ja, es ist wirklich hübsch. Ich habe dich ja vor einigen Jahren dort besucht.«

Jetzt fragte Emma sich, ob sie die beiden zur Einweihungsparty hätte einladen sollen. Aber sie wohnten außerhalb von Harrogate in Yorkshire, und jede Fahrt hätte über zwei Stunden gedauert. Eigentlich hatte sie Lukes Eltern öfter sehen wollen, doch nach und nach waren sie aus ihrem Leben verschwunden. Sie mochte sie noch sehr, und sie versuchten, sich wenigstens einmal pro Jahr zu treffen. Emma erinnerte sich an ihre Geburtstage und meldete sich zu Weihnachten. Auch an Lukes Geburtstag telefonierten sie immer. Sie teilten den Verlust miteinander.

»Und wie geht es dem Rest der Familie? Nathan?«, erkundigte sie sich. Nathan war Lukes Bruder.

»Er ist seit einer Weile auf Reisen. Im Augenblick hält er sich in Australien auf. Er jobbt überall, bleibt eine Weile irgendwo und zieht dann weiter. Er findet keine Ruhe, seit Luke …« Angela ließ den Satz offen.

»Ja.«

Es hatte Nathan schwer getroffen, dass sein Bruder auf diese Weise gestorben war. Es hatte sie alle hart getroffen.

»Ich weiß, es ist noch eine Weile bis dahin«, begann Angela den Grund ihres Anrufs zu erklären, »aber wir haben ein Ferienhäuschen bei dir in der Gegend für ein langes Wochenende vor Weihnachten gebucht und uns gefragt, ob du nicht Lust hast, an einem der Tage zum Essen zu uns zu kommen.«

»Ach, das wäre schön.«

»Es liegt in der Nähe von Kielder Water. Wir werden dort wandern, solche Sachen. Also, es war nett, mit dir zu plaudern, Liebes. Du hast sicher zu tun. Ich melde mich noch mal, kurz bevor wir kommen, um die Details zu besprechen. Pass gut auf dich auf, Emma.«

»Danke, du auch. Liebe Grüße an euch alle.«

Emma fühlte tief mit ihnen – sie hatten schließlich ihren Sohn verloren. Wie aber würden sie dazu stehen, wenn sie wüssten, dass Emma wieder mit jemandem zusammen war? In den vergangenen Tagen hatte sie auf Wolke sieben geschwebt und diese neue leidenschaftliche Beziehung mit Max mehr als nur genossen. Auf einmal kam ihr das alles falsch vor. Treulos.

39. Kapitel

Es war verdammt kalt. Die Gelenke in ihren Fingern schmerzten von der Kälte. Wenigstens hatte sie daran gedacht, eine Thermoweste und mehrere Schichten unter ihre Steppjacke anzuziehen. Allerdings froren ihre Beine in der Jeans. Wenn sie öfter Wintermärkte besuchen wollte, würde sie in lange Unterhosen investieren müssen. Und Handschuhe hatte sie auch keine mitgenommen, nur die dünnen Latexhandschuhe, die sie aus Hygienegründen trug. Fataler Fehler. Inzwischen konnte sie kaum noch die Finger bewegen, weshalb es schwierig wurde, die Schokolade an die Kunden rauszugeben. In einem schwachen Versuch, wieder Leben in ihre Finger zu bringen, rieb sie ihre Hände aneinander und stieß seufzend eine weiße lauwarme Atemwolke aus.

Emma hatte zum ersten Mal einen Stand auf einem Weihnachtsmarkt in der historischen Altstadt von Alnwick, zwanzig Autominuten von Warkton-by-the-Sea entfernt. Etliche mit Planen bedeckte Tapeziertische waren auf dem Kopfsteinpflaster des Marktplatzes aufgebaut, und nachdem sie eine halbe Stunde zwischen ihrem Wagen und dem Stand hin- und hergelaufen war, empfand sie Stolz über ihren festlich geschmückten Christmas Chocolate Shop. Sie hatte kleine Regale mitgebracht, in die sie sorgfältig Schokoladenrentiere, Schneemänner, Weihnachtsmänner, Tüten und Schachteln mit Karamell, Trüffeln und Schokoriegeln eingeordnet hatte, alle hübsch verziert mit goldenen, silbernen und roten Schleifen. Hinter sich hatte Emma eine funkelnde Lichterkette aufgehängt, einschließlich eines kleinen Lamettaweihnachtsbaumes, den sie mit Schokosternen und essbaren Christbaumkugeln geschmückt hatte.

Alles, was sie jetzt noch brauchte, waren Kunden. Der Markt öffnete um zwölf Uhr mittags, und jetzt war es fast eins. Seither hatte sie lediglich ein halbes Dutzend Leute gesehen und nur eine Tüte Karamell verkauft. Also hatte sie sich bis jetzt zwar den Hintern und die Finger abgefroren, aber kein Geld verdient. Allerdings ging der Markt bis acht, daher würde sie zuversichtlich bleiben. Na schön, jetzt wollte sie erst einmal in die Coffee Cabin gegenüber gehen, um sich ein heißes Getränk zu holen und versuchen, damit ein wenig aufzutauen.

Bei der blonden, ziemlich drallen Lady um die Fünfzig bestellte sie einen Becher Kaffee.

»Nicht viel los«, sagte Emma zu der Dame, die sich schon halb zur Kaffeemaschine umgedreht hatte.

»Stimmt. Aber es wird noch losgehen, keine Sorge. Ihr erstes Jahr hier?« Sie musste Emma an ihrem Stand gesehen und gleich gewusst haben, dass sie ein Neuling war.

»Mein erster Weihnachtsmarkt überhaupt, um ehrlich zu sein. Ich besitze ein Schokoladengeschäft in Warkton-by-the-Sea. Ich wollte mal sehen, wie es für mich wohl auf einem Weihnachtsmarkt läuft.«

»Ach, dieser läuft jedes Mal zäh an, aber dann füllt es sich. Gegen Abend ist für gewöhnlich richtig viel los, wenn die Leute Feierabend haben oder aus der Schule kommen. Sobald es dunkel wird, herrscht eine schöne Stimmung, mit den vielen Lichtern und all dem. Ich glaube, deshalb tauchen die Leute erst später auf.«

»Oh, okay. Nun, gut zu wissen, dass es noch losgeht.«

»Das wird es. Dies ist mein sechstes Jahr.«

»Aha, dann lohnt es sich offensichtlich wiederzukommen.«

Die Frau war damit beschäftigt, Milch für den duftenden

Kaffee aufzuschäumen. Emma konnte es kaum erwarten, ihre Hände um den warmen Becher zu schließen.

»Ganz eindeutig. Ihr Stand sieht übrigens großartig aus, wirklich hübsch. Machen Sie die ganze Schokolade selbst?«

»Allerdings. Normalerweise verkaufe ich sie in meinem Laden. The Chocolaterie am Meer.«

»Ach, das sind Sie. Ich habe neulich in der Zeitung etwas darüber gelesen, glaube ich. Haben Sie nicht gerade ein Café eröffnet?«

»Ja, das bin ich.«

»Läuft es gut?«

»Ziemlich gut. Ist noch zu früh, um es genau zu wissen. Hält mich aber auf Trab. Heute hilft mir jemand im Laden aus.« Holly war da, zusammen mit Bev als Verstärkung. Die zwei hatten Emma versichert, sie würden zurechtkommen, und Emma hoffte, dass sie mehr Kunden gehabt hatten als sie hier auf diesem Weihnachtsmarkt bisher.

Die Frau reichte ihr lächelnd den Kaffee, und Emma zahlte.

»Vielleicht komme ich nachher mal an Ihren Stand und kaufe etwas. Ich liebe Schokolade, und wenn ich den ganzen Tag zu Ihnen hinüberschaue, fange ich noch an zu sabbern.«

Emma lachte. »Ich habe außer Schokolade auch Brownies und Kekse, falls jemand etwas zu seinem Kaffee möchte.« Es sah nicht so aus, als gäbe es in der Coffee Cabin etwas zu essen, sondern nur Getränke. Sie würde die Brownies und die Kekse sichtbarer hinstellen auf ihrem Verkaufstisch. Mit dem Heiße-Getränke-Stand gegenüber verkauften sie sich vielleicht besser. Hoffte sie.

»Ich werde es meinen Kunden sagen.«

»Danke.«

Als Emma wieder bei ihrem Stand war, arrangierte sie sofort ihre Waren um und kehrte mit einem Brownie aus dunkler Schokolade sowie zwei Schokokeksen zu ihrer neuen Freundin in der Coffee Cabin zurück. »Eine kleine Kostprobe für Sie«, erklärte sie.

»Oh, danke. Die sehen ja lecker aus. Wenn Sie später noch etwas trinken wollen, geht das aufs Haus.«

»Danke.«

»Sie haben einen Kunden«, verkündete die Frau gut gelaunt und deutete zu Emmas Stand.

Em drehte sich um und sah eine Frau mit einem Kind, die sich die Minirentiere und Schneemänner ansahen. »Oh, toll.« Und damit sauste sie wieder hinüber und nahm ihren Platz hinter dem Verkaufsstand ein.

»Hallo, kann ich irgendwie helfen?«

»Oh, Mum, sieh doch, Schokoladen-Rudolphs! Die sind so süß! Kann ich einen?«

»Na schön, aber such auch einen für Alex aus.«

»Der schneeige Schneemann.« Das kleine Mädchen zeigte aufgeregt darauf.

Die Mutter nahm beide Teile und gab sie Emma, suchte dann weiter und wählte eine Tüte Karamell und eine Schachtel Weihnachtspralinen. »Die sehen gut aus«, bemerkte sie.

»Die halten sich auch noch bis nach Weihnachten«, versicherte Emma ihr.

»Ausgezeichnet. Nun, in dem Fall nehmen wir auch noch etwas für Daddy und Tante Faye mit.«

Das kleine Mädchen suchte einen großen Schokoriegel mit Honigkruste für ihren Dad und eine Schachtel gesalzenes Karamell für ihre Tante aus.

»Danke.« Emma packte die Süßwaren behutsam ein. Sie hatte einen Stapel verstärkter weißer Papiertüten mit Kordelgriffen mitgebracht. Auf die Süßigkeiten in der Tüte legte sie zusätzlich eine ihrer hübschen neuen Visitenkarten, die sie online für den Shop und das Café selbst entworfen hatte – ein bisschen Werbung konnte nie schaden. Dieser Einkauf brachte ihr mehr als fünfzehn Pfund ein, was Emma freute.

»Es sieht alles so hübsch aus. Danke«, sagte die Frau, als sie die Tüte entgegennahm.

»Darf ich Rudolph jetzt essen?«, fragte das kleine Mädchen ihre Mum hoffnungsvoll.

»Ich wüsste keinen Grund, der dagegenspricht«, erwiderte die Mutter, nahm das Schokoladenrentier wieder heraus und wickelte es für ihre Tochter aus.

Zwei glückliche Kunden! Trotz der bitteren Kälte fühlte Emma ein sanftes Glühen in sich.

Immer mehr Leute liefen auf dem Markt umher, und Emmas Eltern tauchten ebenfalls überraschend auf.

»Oh, wie nett von euch beiden herzukommen.«

»Wie läuft es denn, Schatz? Wir konnten uns doch deinen ersten Weihnachtsmarkt nicht entgehen lassen, oder?« Dad strahlte.

»Ziemlich ruhig bis jetzt, aber man hat mir versichert, dass später mehr los sein wird.«

»Ach, da bin ich mir sicher. Und dann können die Leute an diesem Stand mit seinen wundervollen Süßigkeiten gar nicht vorbeigehen.« Dad war schon immer einer ihrer größten Cheerleader gewesen.

»Es sieht wirklich wundervoll aus«, meinte ihre Mutter während sie die festliche Auslage betrachtete.

Es war eine schöne Überraschung, die zwei zu sehen, vor allem da sie überhaupt nichts von ihrer Absicht hatten durchblicken lassen und immerhin eine halbe Stunde Autofahrt dafür auf sich genommen hatten.

»Können wir irgendwie helfen?«, erkundigte ihre Mum sich.

»Könntet ihr kurz auf den Stand aufpassen, während ich zur Toilette gehe?« Die Realität einer Solobudenbesitzerin zeigte sich.

»Natürlich.«

Während Emmas Abwesenheit verkündete ihr Dad jedem Vorbeigehenden, dass seine Tochter die ganze Schokolade selbst gemacht hatte und schaffte es, einen Gentleman dazu zu bewegen, eine Schachtel Champagnertrüffel für den Geburtstag seiner Frau zu kaufen. Er schien sehr zufrieden mit sich zu sein, als Emma zurückkam. Ihre Mum bezeichnete ihn als Naturtalent.

Die beiden kauften selbst ein paar Geschenke für Freunde in Rothbury sowie ein Rentier für jeden der Zwillinge, da sie auf dem Rückweg James besuchen wollten. Sie verabschiedeten sich mit Umarmungen, Küssen und Glückwünschen. Emma fühlte sich gesegnet, eine Familie zu haben, die sie so unterstützte.

Die Coffee-Cabin-Lady hatte recht behalten. Mit dem Einsetzen der Dunkelheit erwachte der Marktplatz zum Leben, und es entstand eine weihnachtliche Stimmung. Das Kopfsteinpflaster war von leichtem Frost überzogen, und die Lichterketten zwischen den Buden leuchteten festlich. Es gab einen riesigen echten Tannenbaum mit bunten Lichtern, Lametta und glänzenden Christbaumkugeln. Der Duft von Glühwein und Gewürzen erfüllte die Luft, zusammen mit fröhlichem Kindergeplapper und einem Medley bekannter Weihnachtslieder, die aus einem Lautsprecher tönten.

Emma hatte nun mehr zu tun, da mehrere Leute auf einmal vor ihrer Bude standen und viel kaufen wollten. Schokolade, Karamell und Brownies gingen weg wie nichts. In einer kurzen Pause zeigte die Kaffeedame von gegenüber den erhobenen Daumen und grinste. Emma lächelte zurück und hob ebenfalls ihren kalten Daumen.

Sie hörte ihr Handy klingeln, konnte sich jedoch nicht melden, da erneut jemand an ihrem Stand anhielt. Diesmal musste Emma einer älteren Dame eine Geschenkbox füllen. Außerdem wollte die Lady mehrere Tüten Karamell und Florentiner aus dunkler Schokolade – eine neue weihnachtliche Erweiterung des Sortiments. Emma überlegte, ob ein geflochtenes Weihnachtskörbchen, gefüllt mit einer Auswahl an Schokoladen, nicht nett wäre. Heute war es schon ein bisschen spät dafür, aber im Laden in diesen letzten Wochen vor Weihnachten sicher eine gute Idee. Oh ja, die Kunden konnten sich eine eigene Auswahl zusammenstellen – ihren individuellen Schokoladenkorb.

Ein paar weitere Verkäufe später waren ihre Vorräte sichtlich geschrumpft. Sie hatte zusätzliche Ware in Kartons unter dem Verkaufstisch, aus denen sie rasch ihre Auslage auffüllte, ehe sie voller Elan weitermachte, lächelnd und fröhlich plaudernd. Es lief gut, und weil so viel zu tun war, wurden ihre Hände wieder warm, und ihr Körper taute auf.

In einem ruhigeren Moment schaute sie auf ihr Handy. Sie hatte einen Anruf von Max verpasst. Max ... seit dem vergangenen Wochenende hatte sie nur zweimal mit ihm gesprochen. Körperlich lief es großartig zwischen ihnen, doch der Anruf von Lukes Mum hatte sie aufgewühlt. Em hatte keine Ahnung, wie es sein würde, wenn sie ihn wiedersah, deshalb hatte sie beim letzten Mal nur zurückgeschrieben, sie habe furchtbar viel um die Ohren und sich seitdem nicht mehr gemeldet. Sie schob das Telefon wieder in ihre Tasche. Um sie herum herrschte reger Betrieb auf dem Markt. Sie lauschte den angeregten Gesprächen, beobachtete Familien und Paare, dick eingepackt in Mützen, Schals und Wintermäntel. Einige hielten Becher mit heißen Getränken in der Hand. Der Glühwein aus der Coffee Cabin schien sich auch gut zu verkaufen. Der herrliche Duft von Gewürzen und Zimt wehte zu Emmas Stand herüber.

Während des Aufbaus hatte Emma einen Stand mit Kerzen gesehen, einen anderen, der handgefertigte Dekorationen und

Spielzeuge verkaufte, einen Schmuckstand sowie einen, an dem es handgenähte Kissen und Sitzpolster gab. Sie hatte ein richtig süßes Rentierkissen entdeckt, das wunderbar zu den anderen auf ihrem Fensterplatz im Café passen würde – jetzt, wo hier ihre kleine Blechkasse klingelte, konnte sie sich ruhig etwas gönnen. Schließlich würde es für den Laden genutzt und dort zur weihnachtlichen Atmosphäre beitragen. In einem ruhigen Moment fragte sie die Dame am Weihnachtskarten-Stand neben ihrem, ob sie wohl ein oder zwei Minuten auf Emmas Stand aufpassen könne. Sie hoffte, dass das Kissen noch nicht verkauft war. Doch da war er, der süßeste aufgenähte Rudolph mit der roten Nase. Sie kaufte ihn, bevor jemand anderes ihr das Kissen wegschnappen konnte – eine schöne Erinnerung an ihren ersten, und wie es aussah, erfolgreichen Weihnachtsmarkt.

Als sie zu ihrem Stand zurückkam und der Kartenlady dankte, versammelte sich ein Schulchor um die hohe Tanne und sang Weihnachtslieder, angefangen mit »Rudolph, The Red-Nosed Reindeer«, was Emma zum Lächeln brachte. Weihnachtslieder hatten immer etwas Besonderes, sie erzeugten jene magische Vorfreude auf den großen Tag, besonders für die Kleinen. Doch sie wusste auch nur allzu gut, dass es nicht für jeden einfach war. Es war die Zeit, in der man diejenigen vermisste, mit denen man nicht zusammen sein konnte, in der man sich an die Lieben erinnerte, die man verloren hatte. Der Gedanke daran, Lukes Eltern wiederzusehen, verstärkte diese Erinnerungen noch. Tränen des Glücks und der Trauer stiegen ihr in die Augen, als der Chor »Stille Nacht« sang.

Die Kälte wurde wieder beißend in der Abendluft. Man konnte den Atem der Sänger in der Luft dampfen sehen. Emma rieb sich die Hände und schob sie in die Manteltaschen, bis sie den nächsten Kunden bedienen musste. Ein kleiner Junge kam mit seiner Mum und wollte einen Schokoladenweihnachtsmann. Ein Paar mittleren Alters kaufte mit Rum und Rosinen gefüllte Schokolade, außerdem zwei ihrer Schokoriegel in verschiedenen Geschmacksrichtungen, Orange und Pfefferminz. Dann wurde es wieder ruhiger. Vielleicht würde sie sich gegenüber eine heiße Schokolade holen, um sich aufzuwärmen. Sie nahm etwas Kleingeld und machte sich erneut auf den Weg zur Coffee Cabin.

»Läuft jetzt besser, was?«

»Ja, danke, dass Sie mich vorgewarnt haben.«

»Gern geschehen. Was darf es sein?«

»Eine heiße Schokolade, bitte, wenn möglich mit Sahne.«

»Klar ist das möglich. Es ist schön behaglich hier in der Bude, wegen des Wasserkochers und der Kaffeemaschine und so. Ich wette, Sie frieren ganz schön.«

»Kann man wohl sagen. Falls ich das jemals wieder mache, werde ich mir Thermohandschuhe mitbringen.«

»Das glaube ich gern.« Sie rührte die heiße Schokolade an und sprühte Sahne obendrauf, dann reichte sie Emma den Becher. »Geht aufs Haus, hatte ich ja gesagt.«

»Oh, danke. Der sieht lecker aus.« Sie trank gleich den ersten heißen sahnigen Schluck – köstlich – und sah hinüber zu ihrem Stand, dort war alles ruhig. Einen kleinen Moment hatte sie wohl noch Zeit.

»Ich heiße übrigens Lisa.«

»Freut mich, Sie kennenzulernen, Lisa. Ich bin Emma.«

»Nun, Emma, falls Sie noch weitere Weihnachtsmärkte besuchen wollen, werde ich Ihnen die besten empfehlen, besonders für die Weihnachtszeit. Hier.« Sie gab Emma ihre Visitenkarte. »Melden Sie sich, dann gebe ich Ihnen gern einen Tipp.«

»Vielen Dank.«

Als Emma sich diesmal umdrehte, stand jemand neben ihrem Verkaufsstand. Ein Mann, groß, breitschultrig, in einer schwarzen Daunenjacke und Jeans.

»Ups, jemand ist an meinem Stand. Ich gehe lieber. Danke noch mal, Lisa. Ich melde mich.«

Sie näherte sich ihrem Stand und stutzte. Der breite Rücken, die kurzen braunen Haare – trotz der schwarzen Wollmütze kam ihr der Mann sehr vertraut vor. Diesen Nacken hatte sie geküsst. Max.

Er drehte sich um, und sie blieb unvermittelt stehen. Peinlicher Moment voraus.

»Max … hi.«

»Hallo, Fremde.« Er wirkte ein bisschen ernst. »Habe ich dich endlich aufgespürt.«

»Woher wusstest du, dass ich hier bin?« Er kam ihr nicht vor wie der Typ Mann, der allein auf Weihnachtsmärkten umherschlendert.

»Ich war zuerst beim Chocolate Shop. Ganz schöne Tour.« Jetzt gelang ihm ein Lächeln. »Holly sagte mir, du seist hier.«

Sie bezweifelte auch, dass er hergekommen war, um ihre Schokoladenvorräte für den Markt aufzustocken. Sie betrachtete sein Gesicht, seine dunkelgrünen Augen. Er sah gut aus, aber er schien sich irgendwie unbehaglich zu fühlen und strahlte eine gewisse Nervosität aus.

»Em, warum rufst du mich nicht zurück?«

Es hatte mehr als einen Anruf gegeben, auf den sie nicht reagiert hatte. Aber sie hatte so viel zu tun gehabt, mit den Vorbereitungen für den Weihnachtsmarkt, mit dem Laden und dem Café, außerdem ging der Trubel der Vorweihnachtszeit los. Es fiel ihr ganz leicht, in ihrem Kopf Ausreden zu finden. »Ach, entschuldige, es war einfach zu viel los.«

»Dann hättest du ja wenigstens eine kurze SMS schicken können.«

»Ja, vermutlich.« Sie merkte, dass sie rot wurde.

Ein Mann in einem elegantem Businesslook in Begleitung eines schlaksigen Teenagers wurde langsamer vor Emmas Stand.

Der Jugendliche nahm eine Schachtel Champagnertrüffel in die Hand, während der Typ die Auslage begutachtete.

»Okay, ich lass dich einfach weitermachen. Dies ist wahrscheinlich weder der richtige Zeitpunkt noch der richtige Ort«, sagte Max. »Wann bist du hier fertig?«

»Der Markt geht bis acht.« Emma schaute hoch zum alten Uhrenturm des Rathauses. Zehn vor sechs.

»Na gut. Bist du allein hier?«, wollte Max wissen.

»Ja.«

»Soll ich nachher wiederkommen, so gegen Viertel vor acht, um dir beim Einpacken zu helfen?«

»Hm …« Sie war sich nicht sicher, weshalb sie verlegen war und wie sich in den vergangenen Wochen die Dinge verändert hatten. Doch das Telefonat mit Lukes Mutter hatte sie ins Schwanken gebracht. »Äh, klar, gern. Danke.« Seine Hilfe konnte sie schlecht ablehnen.

»Dann bis später.« Max verschwand.

Der Junge sagte zu seinem Vater: »Ich glaube, die würde Mum mögen.« Er hielt noch immer die Trüffel in der Hand.

»Gute Entscheidung, ja. Wir kaufen noch Blumen dazu.«

Wie süß. »Geburtstag?«, überlegte Emma laut.

»Stimmt genau«, bestätigte der Mann.

Sie band eine Schleife um die Pralinenschachtel und steckte sie zusammen mit einer ihrer Visitenkarten in eine Papiertüte. Als die beiden davongingen, schaute sie ihnen gedankenverloren hinterher. Der Junge war eine schmalere Version seines Vaters. Für einen Moment fragte Emma sich, wie es wohl war, eine solche Familie zu haben, zu der man jeden Tag heimkehrte – zu seinem geliebten Menschen, seinem Kind, seinem eigen Fleisch und Blut. Sie hoffte, dass die Frau, wer immer sie war, ihre Männer zu schätzen wusste und nicht als selbstverständlich nahm.

Denn manchmal kamen sie nicht mehr nach Hause …

Genug von dieser Verdrießlichkeit. Vielleicht lag es an den Gedanken an Weihnachten, die das in ihr aufwühlten. Man kam nie richtig über den Verlust eines geliebten Menschen hinweg, man lernte einfach nur, damit zu leben. Sie dachte jeden Tag an Luke, selbst nach sieben Jahren, und obwohl es leichter wurde, meldete sich doch eigenartigerweise die Trauer in all ihrer Heftigkeit zurück, wenn sie am wenigsten damit rechnete.

Gegen halb acht leerte sich der Markt allmählich, der Kundenstrom ließ nach, und einige Stände packten schon zusammen. Emma hatte mindestens drei Viertel dessen verkauft, was sie mitgenommen hatte. Einige Sachen waren sogar komplett ausverkauft. Jedenfalls hatte sie weit mehr verkauft, als es an diesem Tag im Laden der Fall gewesen wäre (obwohl sie dank Bev und Holly diese Einnahmen auch noch zusätzlich hatte). Selbst nach Abzug der Standgebühren und Fahrtkosten sah der Verdienst gut aus. Es war die schmerzenden Füße, den qualvollen Rücken und die angefrorenen Finger wert gewesen.

»Alles okay?« Lisa von der Coffee Cabin lehnte sich heraus und hob ein weiteres Mal die Daumen.

»Ja, bestens«, erwiderte Emma. »Und bei Ihnen?«

»Jap, der Glühwein ist aus. War ein guter Tag. Tja, ich mach dann wohl Feierabend. Ich hole meinen Wagen, um den Anhänger anzukoppeln. Können Sie ein Auge auf meine Bude haben?«

»Na klar, kein Problem.«

Kurz darauf tauchte Max wieder auf.

»Geht es dir gut? Wie ist es gelaufen heute?«

»Es hat sich definitiv gelohnt hierherzukommen. Obwohl ich echt gefroren habe.«

Er nahm ihre Hand. »Wow, du fühlst dich an wie Eis. Lass uns das Zeug hier zusammenpacken und dich irgendwo ins Warme bringen.«

40. Kapitel

Sie saßen am knisternden Feuer in einer Tischnische in Sam's Bistro, in einem alten Stadthaus, nicht weit vom Markt entfernt. Emma taute allmählich auf. Es wäre schön gewesen, sich etwas enger an Max zu kuscheln und seinen warmen Arm um sich zu spüren. Doch sie wahrten einen Höflichkeitsabstand von einigen Zentimetern. Etwas hatte sich seit ihrem letzten gemeinsamen Wochenende vor zwei Wochen verändert.

Ja, sie hätte sich von all dem mitreißen lassen können. Er schien ein netter Kerl zu sein, und der Sex war wirklich gut. Doch es musste mehr geben als Sex. Und waren die Treffen, die Kennenlernphase, das gemeinsame Leben es wert, wenn in der Zukunft alles fürchterlich den Bach runtergehen konnte? Besser, man blieb auf der freundschaftlichen Ebene, dann musste auch niemand verletzt werden.

Max hatte ihr einen heißen Cappuccino mit Milchschaum bestellt. Vor ihm selbst auf dem runden Tisch stand ein Glas Coca-Cola.

»Geht's dir jetzt besser? Ist dir wärmer?«

»Ja, danke. Und danke für all deine Hilfe.«

»Ist alles in Ordnung mit dir, Em? Du scheinst nicht ganz du selbst zu sein.«

Emma schaute sich unbehaglich in dem Raum um. »Alles bestens.«

»Hast du schon etwas gegessen heute Abend?«

Sie schüttelte sanft den Kopf.

»Ich hatte auch noch keine Gelegenheit. Ich könnte uns hier etwas zum Abendessen bestellen«, schlug Max vor.

Obwohl ihr Magen knurrte – das Sandwich mittags war lange her –, fühlte sie sich unbehaglich. »Ach, tut mir leid, Max. Ich bin total erledigt. Ich will nur noch nach Hause und ins Bett fallen.« Sie hoffte, die Botschaft kam an. »Ich habe noch was im Kühlschrank, das ich mir aufwärmen werde.« Komplette Lüge.

»Aha, okay. Na gut.« Er zog die Brauen zusammen und schien ein wenig enttäuscht zu sein. Er trank einen Schluck Cola.

Emma trank von ihrem Kaffee und blickte in die flackernden Flammen im Kamin.

Max rutschte auf seinem Platz hin und her, und dabei berührte die Außenseite seines Oberschenkels versehentlich ihr Bein, was einen sanften Druck auslöste. War dies das letzte Mal, dass sie einander berührten? Plötzlich war sie traurig. Es ist besser so, sagte sie sich. Sie sollte sich auf ihren Laden konzentrieren und ein unkompliziertes, geradliniges Leben führen. Sie zog ihr Knie zurück und stellte den Abstand wieder her. Trank noch einen Schluck von ihrem Kaffee.

»Wie läuft es bei deiner Arbeit?«, erkundigte sie sich.

»Ganz gut. Hektisch. Hab einen tollen Auftrag, den ich bis Weihnachten fertig haben will. Komplettrenovierung eines dreistöckigen Hauses in Jesmond, in der Nähe einer umgebauten Kirche, und dieser großartige Coffeeshop, der in der Nähe des letzten Auftrags lag, ist auch gleich um die Ecke. Hübsches Haus, aber viele Jahre vernachlässigt. Der neue Besitzer möchte eine Grundsanierung und einen Anbau hinten, und zwar bis hinauf zum Dach. Großes Elternschlafzimmer oben, riesige offene Küche und Wohnzimmer unten, von dem aus man hinaus in den Garten gelangt. Das wird fantastisch. Momentan hauen wir allerdings noch Wände weg.« Max machte eine Pause, da ihm klar wurde, dass er den Großteil der Unterhaltung bestritt.

»Dann hast du ja viel zu tun.«

Sie entspannte sich ein wenig. Es war sicheres Terrain, über die Arbeit zu sprechen. Eine Weile plauderten sie noch, bis ihre Getränke fast ausgetrunken waren.

»Emma.« Max' Ton wurde ernster. »Bist du eigentlich daran interessiert, dass es weitergeht? Das mit uns, meine ich.«

»Na ja, also …«

»Okay, ich verstehe. Du versuchst, behutsam mit mir Schluss zu machen. Eigentlich dachte ich, wir kommen gut klar miteinander. Ich hätte es gern gehabt, wenn wir uns noch ein wenig besser kennengelernt hätten.«

Emma wusste nicht, was sie sagen sollte. Ja, es war wirklich gut gewesen. Er schien ein netter Kerl zu sein. Aber …

»Ich mag dich wirklich, Em«, versuchte er es erneut.

Sie lächelte nur verlegen. Sicher, sie mochte ihn auch. Doch wenn sie sich richtig auf die Beziehung einließ und sie anfingen, sich aufeinander zu verlassen, würde irgendwann etwas gründlich schiefgehen. Sie würden merken, dass sie doch nicht so gut zusammenpassten, und dann stünde Emma wieder am Anfang. Beziehungen waren wie Minenfelder. Besser, sie blieb auf dem Weg, den sie kannte. Konzentrierte sich auf die Arbeit, den Laden, ihre Freunde, ihre Familie.

»Max, ich habe einfach das Gefühl, mich im Augenblick auf den Laden konzentrieren zu müssen, das Unternehmen. Ich muss erst mal diese anstrengende Weihnachtszeit hinter mich bringen. Die ist immer der reinste Irrsinn …« Sie verstummte.

»Gut, ich hab's verstanden.« Er hob die Hände mit einem traurigen Lächeln. »Du stehst eben doch nicht so sehr auf mich. Vielleicht habe ich die Signale falsch gedeutet. Aber ich dachte, na ja, es sei mehr als Sex.«

Sie antwortete nicht.

»Na gut, lass uns bezahlen, dann kannst du los.«

War es das? Würde sie es hier enden lassen? Ihn nie näher kennenlernen als jetzt? Aber da waren nun einmal diese unüberhörbaren Warnzeichen in ihrem Kopf. Ein Schritt weiter in dieser Beziehung, dann sie würde schon zu tief darin stecken, wenn es dann doch schiefging.

»Es tut mir leid, Max.« Ihre Stimme klang müde.

»Na schön.« Er seufzte leise. »Lass mich dich noch zum Auto bringen, dann hast du Ruhe vor mir.«

Trotz seiner sichtlichen Enttäuschung wollte er dafür sorgen, dass sie sicher zum Auto kam.

»Danke. Für alles heute und für deine Hilfe mit dem Laden. Daran werde ich immer denken.«

Sie gingen nebeneinander über das Kopfsteinpflaster zu Emmas Auto. Dort blieben sie stehen und sahen sich für einen Moment an. Dann gab Max ihr einen höflichen Kuss auf die Wange, was sich sehr endgültig anfühlte.

Was in aller Welt tust du, Em?, meldete sich eine Stimme in ihrem Kopf. Eine andere jedoch sagte, dass es der richtige Weg und am besten so war. Sie hatten gut zusammengepasst, doch nun war es an der Zeit, wieder loszulassen. Max wandte sich zum Gehen. Sie schaffte es nicht, ihm hinterherzuschauen, deshalb stieg sie schnell ein, erleichtert und traurig zu gleichen Teilen.

41. Kapitel

»Habe ich das richtig verstanden?« Bev saß auf ihrem hohen Ross am anderen Ende der Leitung. »Du hast dir einen Typen geangelt, der aussieht wie eine Mischung aus Gerard Butler und Tom Hardy. Er hat seine eigene Firma, ist handwerklich sehr geschickt – und nicht nur handwerklich, ich habe ihn mir genau angeschaut. Und nett scheint er obendrein auch noch zu sein. Trotzdem hast du mit ihm Schluss gemacht. Bist du nicht ganz bei Trost, du verrücktes Huhn?«

»Ich habe darüber nachgedacht, und es ist das Richtige.«

»Für wen?«

Emma antwortete nicht. Also fing Bev wieder an. »Ah, ich verstehe. War der Sex mies?«

Em musste grinsen. »Nein, der war nicht mies. Ehrlich gesagt, er war sogar ziemlich gut.« Tatsächlich war er mehr als gut gewesen, doch das würde sie ihrer Freundin gerade jetzt nicht auf die Nase binden.

»Was ist dann das Problem?«

»Es hätte einfach zu nichts geführt.«

»Nicht, wenn du der Beziehung keine Chance gibst. Schluss jetzt, wir brauchen Wein, und wir *müssen* reden. Um sieben bei mir. Pete ist unterwegs zu einer Ratsversammlung, um die Weihnachtsbeleuchtung für das Dorf zu organisieren.«

»In Ordnung. Ich mache hier Feierabend, gehe mit Alfie Gassi und komme anschließend zu dir.« Sie wusste sehr wohl, dass es keinen Sinn hatte, zu widersprechen, wenn Bev in dieser Stimmung war.

Emma hatte es sich auf dem Sofa in Bevs Wohnzimmer gemütlich gemacht, mit einem Glas gekühlten Rosé in der Hand. Es war Montag, zwei Tage nach dem Weihnachtsmarkt, und sie hatte den Chocolate Shop den ganzen Tag allein geführt, da Holly in der Schule war und Bev in der Arztpraxis arbeitete. Der Warenbestand war in den letzten Tagen ernstlich geschrumpft. Die geleerten Regale sahen eher trist aus, nicht wie es sich für ein gut gehendes Schokoladengeschäft kurz vor Weihnachten gehörte. Deshalb würde sie morgen früh aufstehen, um neue Süßwaren herzustellen. Momentan fühlte sie sich zerschlagen, einmal vom langen Arbeitstag auf dem Weihnachtsmarkt, aber auch weil in ihr ein Gefühlsdurcheinander herrschte.

Sie und Bev teilten sich eine Tüte Chips und hatten bisher über den Weihnachtsmarkt geplaudert sowie über die vorweihnachtliche Beleuchtung des Dorfes, die nächsten Donnerstagabend, am dreiundzwanzigsten November, angeschaltet werden sollte. Die Gemeinde stellte jedes Jahr eine große Tanne auf die Rasenfläche vor dem Hafen, mit einem Chor, Mince Pie der Landfrauen und Glühwein aus dem Fisherman's Arms. Kurz vor sechs gab es dann einen Countdown, und der Bürgermeister würde den Schalter umlegen, der die Lichterkette zu beiden Seiten der Main Street Warktons und im Hafen zum Leuchten brachte. Das war ein beliebtes Ereignis, und Emma hatte sich einverstanden erklärt, an diesem Abend später noch einmal den Laden zu öffnen. Ihre vielen Weihnachtsleckereien und das neue Café, in dem die Leute bei heißen Getränken auftauen konnten, würden gut zu der Stimmung passen. Dafür musste sie noch mehr Schokolade herstellen, und das bedeutete, dass es eine ganze Woche lang heißen würde: früh aufstehen und spät ins Bett gehen.

Bev trank einen großen Schluck Wein.

»Na schön, Em. Du musst mir alles über den lieben Max erzählen und warum, um alles in der Welt, du beschlossen hast, jetzt schon Schluss zu machen.«

Emma verspürte nicht die geringste Lust, über dieses Thema zu sprechen, aber sie wusste, dass Bev keine Ruhe geben würde. Also trank auch sie einen Schluck Wein und griff in die Chipstüte.

»Empfand Max es genauso wie du? Von Holly hörte ich, er habe dich im Laden gesucht. Nun?«, ließ Bev nicht locker.

»Nein, eigentlich nicht. Er will mich weiterhin sehen.«

»Em!« Ihre Freundin klang verzweifelt. »Ich kann ja verstehen, weshalb du diesen Malteser-Mann nicht wolltest. Aber der hier? Junge, wenn ich nicht verheiratet wäre, würde ich ihn mir selbst schnappen. Was gefällt dir denn an ihm nicht? Vertraust du ihm nicht?«

»Das ist es nicht.«

»Was dann? Vermisst du immer noch Luke?«

»Natürlich vermisse ich Luke noch. Das hört doch nicht einfach auf, nur weil es ein paar Jahre her ist oder weil es da einen anderen gibt. Es ist nur … ich bin mir bei Max einfach nicht sicher. Es fühlt sich nicht richtig an weiterzumachen.« Das kam der Wahrheit so nah, wie es ihr möglich war.

»Du magst den Typen, er mag dich. Trotzdem sagst du nein – *weswegen?*«

»Ich komme gut allein zurecht. Ich weiß, wo ich stehe. Ich habe mein eigenes Leben, den Laden, dich, Alfie, meine Mum und meinen Dad, James. Wieso muss es immer um einen Mann gehen?«

»Muss es nicht, aber wenn ein großartiger Mann sich für dich interessiert, warum es nicht versuchen? Wer weiß, vielleicht macht er dich sogar glücklich.«

»Ich *bin* glücklich. Mir geht's gut.«

»Du willst es also nicht einmal probieren, Em? Du hast Angst, nicht wahr? Ich kann es in deinen Augen sehen.«

»Habe ich überhaupt nicht.« Sie versuchte, überzeugend dreinzublicken.

»Ah, da habe ich wohl voll auf den Punkt getroffen. Du hast Angst davor, wieder verletzt zu werden. Das kann ich verstehen. Und weißt du was? Das bedeutet, dass du den Mann ernsthaft magst.«

Emma zeigte keine Reaktion.

»Was glaubst du? Du lässt ihn jetzt fallen, riskierst nichts und wirst deshalb auch nicht wieder verletzt?«

»Klingt doch ganz vernünftig.«

»Argh!«

»Und was ist mit Luke? Unserer Beziehung?«, konterte Emma. »Ich treffe mich demnächst mit seinen Eltern. Was werden die denken, wenn ich mit jemand anderem zusammen bin?«

»Emma.« Bev legte ihr sanft die Hand auf die Schulter. »Luke kommt nicht mehr zurück, Schätzchen.«

»Das weiß ich. Ich bin nicht blöd.« Ihr Ton war scharf. Allmählich hatte sie die Nase voll davon.

»Entschuldigung.« Bev gab nach. »Ich bin mir sicher, seine Eltern würden es verstehen. Ich bin mir sicher, sie würden nicht wollen, dass du ein Leben ohne einen Partner führst, der dich liebt und dessen Liebe du erwiderst.«

Eine oder zwei Sekunden lang herrschte Schweigen. Dann erklärte Emma ruhig: »Es scheint nur ganz anders zu sein als das mit Luke. All die vielen besonderen Moment, die wir hatten, Luke und ich, und wie es war, als wir uns ineinander verliebten. Das jetzt fühlt sich anders an, einfach nicht richtig.«

»Es sollte auch anders sein, Em. Du lebst jetzt an einem anderen Ort. Du hast so viel durchgemacht. Und Max ist ein anderer Mann. Es braucht Mut, zu vertrauen und eine neue Beziehung zu wagen, wenn noch nichts in Stein gemeißelt ist, und ja, es könnte schiefgehen, du könntest verletzt werden. Aber sich für ein Leben ohne Beziehung entscheiden, ohne diese besondere Art von Liebe, und sich für die nächsten vierzig Jahre hier einigeln? Das ist kein Leben.«

»Bis jetzt war es ganz okay. Ich kann das einfach nicht, Bev. Ich kann es nicht.« Sie fühlte sich sicher in ihrem Dorf, in ihrem Schokoladengeschäft. Ihr Leben hatte jetzt einen festen Anker. »Was, wenn Max etwas zustößt? Was, wenn er krank wird? Allein bei dem Gedanken daran fühle ich mich elend. Ich kann das alles nicht noch einmal durchmachen. Ich könnte das nicht durchstehen.«

»Schon gut, ich verstehe. Aber sei dir sicher. Chancen wie diese bekommt man nicht oft. Er wird nicht auf dich warten.« Bev nahm die Flasche Rosé. »Zeit für ein weiteres Glas, Süße?«

Die Unterhaltung drehte sich danach um unbeschwertere Dinge und wie gern Bev im Chocolate Shop Café arbeitete. Sie holte ein Tablett mit regionalem Käse und Brötchen mit rotem Zwiebel-Chutney, das sie gemacht hatte und absolut köstlich war. Es ging bereits auf elf Uhr zu, als Pete nach Hause kam, weil er sich nach der Gemeinderatssitzung noch zu einigen Pints hatte überreden lassen.

»Tja, dann mache ich mich mal lieber auf den Weg«, verkündete Emma. »Vor mir liegen arbeitsreiche Tage. Wir sehen uns Mittwoch im Laden, Bev.«

»Darauf freue ich mich schon. Pass auf dich auf, Em.«

Es war schön, ihre Freundin als neue Mitarbeiterin zu haben. Emma hoffte nur, sie würde ab jetzt die Verkupplungsversuche aufgeben. Dazu war alles gesagt, und Emma blieb bei ihrer Entscheidung.

42. Kapitel

Im Dorf herrschte schon den ganzen Tag festliche Stimmung. Männer auf Arbeitsbühnen hängten in heiklen Winkeln Lichterketten zwischen den Laternenmasten auf und riefen laut: »Noch ein Stückchen hierher« und »Noch ein Stück in die andere Richtung«, und dann fuhr eine riesige Tanne auf einem Anhänger zum Hafen hinunter.

Emma hatte Tee und Kekse für die Arbeiter mitgebracht. Sie stellte die Sachen auf die Hafenmauer, rief nach ihnen und entdeckte Pete auf einer Leiter, wie er große silberne Christbaumkugeln an den Baum hängte. Als sie eine halbe Stunde später zurückkam, waren von den Keksen nur noch Krümel übrig, also schienen sie ihnen wohl geschmeckt zu haben.

Sie hatte sich einverstanden erklärt, die große Dorfbeleuchtung später am Abend zu besuchen. Das war immer ein schönes Ereignis. Die Landfrauen boten Kuchen an, und der Pub schenkte Glühwein aus. Wenn der große Augenblick gekommen war, legte der Bürgermeister den Schalter für die Weihnachtsbeleuchtung um. Es gab da immer einen kurzen Moment der knisternden Anspannung, ob denn auch wirklich alles funktionierte oder ob es womöglich dunkel bleiben würde. Doch in all den Jahren, in denen Emma dabei gewesen war, hatte es noch nie Probleme gegeben. Daumen gedrückt, dass es heute Abend nicht anders sein würde.

Im Anschluss daran würde Emma ihren Laden zum spätabendlichen Einkaufen öffnen. Das war durchaus sinnvoll angesichts der vielen Leute, und es würde ihr zusätzliche Einnahmen bescheren – sie hatte nach wie vor die finanzielle

Situation des Ladens fest im Blick. Die Dinge hatten sich positiv entwickelt, aber sie musste den Kredit an ihre Eltern noch zurückzahlen, außerdem die Miete und andere Ausgaben. Ihr war bewusst, dass sie noch längst nicht aus dem Gröbsten heraus war. Sie wollte die Lichterzeremonie nicht verpassen und würde daher gleich nach dem Einschalten der Weihnachtsbeleuchtung den Hügel hinauflaufen und den Laden aufmachen. Dort hatte sie eine weitere Lichterkette an ihrem Verkaufstresen angebracht, damit der Chocolate Shop noch festlicher wirkte. Um Viertel vor sechs drehte sie das Schild an der Ladentür auf »Geschlossen«, lief nach oben, um sich einen warmen Pullover anzuziehen und schnappte sich Alfie samt Leine. Sie hüllte sich in Mantel, Schal und Mütze, zog Handschuhe über – sie hatte ihre Lektion auf dem Weihnachtsmarkt gelernt! – und ging schnell den Hügel hinunter, unten war sie mit Bev und Pete verabredet.

Ringsum die hohe Weihnachtstanne hatte sich eine Menschenmenge versammelt, und einige Leute standen auf dem kleinen Hügel, der zum Pub hinaufführte, auch Paare und Familien mit Kindern an den Händen. Spannung und Vorfreude lagen in der Luft, und Emma entdeckte Danny vom Pub, der zwischen den Schaulustigen umherging und Glühwein in Plastikbechern von einem Tablett verteilte. Sie ging auf ihn zu, weil sie Lust auf etwas Warmes und Weihnachtliches hatte. Alfie wedelte glücklich mit seinem Schwanz – er liebte Menschenmengen und Veranstaltungen, weil er da unweigerlich viele Streicheleinheiten bekam. Er hob die braune Nase in die Luft und erschnupperte den köstlichen Kuchenduft, in der Hoffnung, der eine oder andere Brocken würde für ihn abfallen. Emma dankte Danny und erkundigte sich, wie es ihm gehe, während sie einen Becher Wein von ihm entgegennahm.

»Mir geht's bestens. Anscheinend bin ich sehr gefragt heute Abend.« Er zwinkerte ihr zu. »Ich glaube, es liegt leider mehr am Glühwein als an meinem Charme.« Und damit setzte er seinen Weg durch die Menge fort.

Emma entdeckte Holly mit Adam. »Hey.«

»Hi, Em. Alles in Ordnung?«

»Ja, danke, hatte viel zu tun im Laden. Bin gerade noch rechtzeitig weggekommen.«

»Oh, bietest du heute auch noch die verlängerte Ladenöffnungszeit an?«

»Klar.«

»Falls du Hilfe brauchst, komme ich nachher gern vorbei.«

»Das wäre klasse, Hols.« An Adam gewandt fragte sie: »Ist viel los im Hotel?«

»Ja, wir haben zahlreiche Weihnachtsbuchungen. Betriebsausflüge und solche Sachen. Viel zu tun.«

»Na, viel Glück.«

Emma fühlte eine Hand auf ihrer Schulter. Sie drehte sich um und erkannte Bev.

»Hey, du! Ich dachte schon, du schaffst es nicht.«

»Ja, ich auch. Das Café war bis zwanzig vor sechs voll. Aber das bedeutet, mehr Geld, also beklage ich mich nicht.«

»Absolut.«

»Hi, Pete.«

Bevs Ehemann gesellte sich zu der Gruppe.

»Tolle Leistung mit den Lichtern heute«, sagte Emma.

»Tja, das hoffe ich. Das wird sich gleich zeigen.« Er wirkte ein klein wenig nervös.

Der Bürgermeister stieg auf ein kleines Holzpodium, ganz in Schale geworfen und mit schweren Goldketten behängt.

»Herzlich willkommen, ihr alle!« Die Menge verstummte. »Ja, willkommen zur Warkton-by-the-Sea-Weihnachtsbeleuchtung. Ich habe die Ehre, für den magischen Einschaltknopf verantwortlich zu sein.«

Die Kinder in der Menge schauten ehrfürchtig zu ihm hoch.

»Danke an die Landfrauen und das Fisherman's Arms für die ausgezeichnete Bewirtung, in deren Genuss bestimmt die meisten bereits gekommen sind.« Die Menge applaudierte. »Und die Spenden dieses Abends gehen an …« Er hielt inne und schaute verwirrt drein. »Wofür?«, flüsterte er der Frau neben sich zu.

Jemand rief laut: »An das Hospiz.«

»Oh, ja, das North Northumberland Hospiz, eine fabelhafte gemeinnützige Einrichtung. Wenn Sie also spenden wollen, es stehen Spendendosen zur Verfügung, und nachher gibt es noch eine Tombola im Pub, deren Erlös demselben Zweck zugutekommt. Nun, ich denke, es ist an der Zeit für unseren offiziellen Countdown. Los geht's. Fünf. Vier. Drei. Zwei. Eins!« Er drückte den Knopf, und nach einer Sekunde der Verzögerung, in der die Menge den Atem anhielt, folgte ein *ping!* Der wunderschönste Schein weihnachtlicher Lichterketten erstrahlte, an den Hafenmauern und in den oberhalb davon gelegenen Straßen. Zwei der Boote im Hafen waren ebenfalls mit Lichtergirlanden geschmückt, die sie zur gleichen Zeit einschalteten. Am Weihnachtsbaum leuchteten nun eine Vielzahl verschiedenfarbiger Christbaumkugeln, und auf der Spitze saß der funkelnde weiße Stern. Der Effekt war überwältigend. Die Menge applaudierte, und Alfie bellte.

Es war wirklich wunderschön. Emma schaute sich um, von den funkelnden Weihnachtslichtern wieder zu den Leuten, mit denen sie zusammenstand: Adam, Holly, Bev, Pete, die sich pärchenweise gut gelaunt unterhielten. Für einen Moment fragte sie sich, wie es wohl gewesen wäre, Max hier bei sich zu haben. Jemanden zu haben, mit dem man Dinge teilen konnte und mit dem man nach Hause ging. Doch der Moment verflog. Es hatte ja keinen Sinn, jetzt darüber nachzudenken. Sie musste schleunigst den Hügel hinauf und den Chocolate Shop wieder öffnen, sonst würden ihr Kunden entgehen.

»Ach, das war schön. Aber ich muss los. Die werden bald alle heimwärts aufbrechen, statt vorher noch im Laden vorbeizuschauen und bei mir ihre Feiertagsleckereien zu kaufen.«

»Wir kommen sofort nach«, versprach Bev.

»Ich helfe dir gleich«, erklärte Holly.

»Danke, Leute. Bis gleich also. Komm, Alfie.«

Und damit ging Emma die Straße hinauf, die jetzt von hübschen funkelnden Lämpchen erhellt wurde.

Im Chocolate Shop herrschte die nächste Stunde Hochbetrieb. Zum Glück stand Holly bald mit ihr zusammen hinter dem Verkaufstresen und ging ihr zur Hand. Sie kamen mit den Bestellungen von Heißgetränken kaum hinterher: Tee, Kaffee und ein regelrechter Tsunami heißer Schokoladen. Emmas Pappbecher zum Mitnehmen waren an diesem Abend goldrichtig – sie war heilfroh, an eine zusätzliche Bestellung gedacht zu haben. Die Anzahl an Kunden hätte niemals im Laden Platz gefunden, aber sie genossen ihre Getränke auch gern draußen oder auf dem Heimweg. Die Kasse klingelte, die Mikrowelle piepte, und innerhalb einer halben Stunde waren die Brownies ausverkauft.

Viele der Weihnachtsschokoladen waren ebenfalls ausverkauft. Emma sah eine weitere Woche des frühen Arbeitsbeginns und späten Feierabends auf sich zukommen. Aber hey, nach der Angst in diesem Frühjahr, ihren Laden zu verlieren, würde sie sich ganz bestimmt nicht beklagen.

Und dann, so schnell, wie alle hereingeströmt waren, schienen sie auch wieder herauszuströmen. Bev schaute vorbei und blieb eine Weile, um beim Abräumen der gebrauchten Becher, Tassen und Teller zu helfen und den Geschirrspüler einzuräumen. Nachdem der letzte Kunde gegangen war, machten sich auch Holly und Bev auf den Heimweg.

Während Emma die Tische abwischte, registrierte sie draußen vor dem Fenster eine Bewegung und hielt inne. Oh, jetzt schneiten nicht mehr die Kunden herein, nun schneite es wirklich. Der erste Schnee eines Winters hatte stets etwas Besonderes. Sie musste hinausgehen, um einen Moment diesem Ereignis zu widmen. Flocke um Flocke glitzerte im Licht der Straßenlaterne, als würden sie behutsam aus dem Himmel geschüttelt. Sie stand da und spürte die Kristalle sanft auf ihrem Gesicht. Eine oder zwei landeten auf ihren Wimpern.

Sie erinnerte sich an die Schneekugel, die sie als Kind von ihrer Großmutter geschenkt bekommen hatte. Die musste oben noch irgendwo sein. Sie würde mal danach suchen. Darin befand sich ein altmodischer Weihnachtsmann, der auf einem Schaukelstuhl aus Holz saß, und wenn man die Kugel schüttelte, fiel glitzernder Schnee herab und wirbelte um ihn herum. Als Kind wünschte Emma sich jedes Mal etwas dazu. Was würde sie sich heute wünschen?

Sie wusste es. Luke noch einmal zu sehen, seine Arme um sich zu fühlen. Doch sie wusste, wenn sie diesen Augenblick mit ihm bekäme, würde sie nie wieder loslassen wollen.

Die Straße lag leer und still da. »Ich vermisse dich«, sagte sie zum Himmel, dessen Sterne nun hinter den Schneewolken verborgen waren. Wen auch immer sie kennenlernte und wie nett derjenige auch zu sein schien, ihr Herz würde immer Luke gehören.

Aber konnte da jemals auch Platz für jemand anderen sein?

43. Kapitel

»Es ist so schön, dich zu sehen, Emma. Ich bin froh, dass du kommen konntest.« Angela umarmte sie zur Begrüßung.

»Ja, wir wissen, wie viel Arbeit du hast«, fügte John hinzu und begrüßte sie ebenfalls herzlich.

Für einen Moment war Emma benommen; sie hatte vergessen, wie sehr Luke seiner Mutter geähnelt hatte. Wie jedes Mal brachte die Begegnung mit ihnen Erinnerungen zurück an eine gemeinsame Geschichte – und den Kummer.

Nach einer fünfzigminütigen Fahrt über Landstraßen hatte sie den altmodischen Teeladen gefunden, den die beiden empfohlen hatten, einige Meilen von Kielder Water entfernt. Holly kümmerte sich an diesem Sonntag für ein paar Stunden um den Laden.

Emma setzte sich mit ihnen an einen Kiefernholztisch am Fenster, mit Blick auf die sanften grünen Hügel, die Trockensteinmauern und Herden grasender Schafe. Die Landschaft war ganz typisch für Northumberland.

»Wie geht es dir, meine Liebe?«, erkundigte Angela sich.

»Gut, danke. Ich habe inzwischen ein Café eröffnet in meinem Schokoladengeschäft, und damit hatte ich allerhand zu tun.« Seltsamerweise musste sie an Max und seine Hilfe denken, weshalb sie sich sehr unbehaglich fühlte.

»Oh, das ist ja eine reizende Idee. Läuft es gut?«, wollte Angela wissen.

»Ja, es scheint so, und wegen der Vorweihnachtszeit ist ziemlich viel los.«

»Du hast dich mit Leib und Seele diesem Laden verschrieben«, bemerkte John. »Das sagen wir immer, nicht wahr, Angela?«

»In der Tat. Es ist auch ein solch hübsches Dorf, ich erinnere mich.«

»Ja, ich fühle mich dort zu Hause. Ich habe sehr nette Freunde«, bestätigte Emma. Die beiden sollten wissen, dass sie angekommen und sesshaft dort war. Dass ihr Leben in Ordnung war.

»Gut.«

Sie plauderten nett miteinander bei Tee und Kuchen, doch es kam ihr schwieriger vor als sonst, weil Emma nach wie vor in ihrem emotionalen Durcheinander der vergangenen Wochen steckte.

John entschuldigte sich, nachdem er seinen Tee ausgetrunken hatte, und meinte, er müsse mal nach dem Hund im Wagen schauen. Sie hatten einen alten hellen Labrador, Barney, der früher ein echter Freund für Luke gewesen war.

»Oh, ich komme gleich raus und begrüße ihn«, sagte Emma. »Den muss ich unbedingt knuddeln.«

»Hast du Alfie noch?«

»Oh, ja, er ist mein bester Freund. Er liebt es, bei uns am Strand herumzutoben.«

»Das kann ich mir vorstellen. Wir sehen uns noch, bevor du wieder fährst, Emma.« John lächelte freundlich.

Sobald die Frauen unter sich waren, fragte Angela: »Hast du jemanden kennengelernt?« War das mütterliche Intuition, oder kannte sie Emma einfach so gut, dass sie die Veränderung an ihr wahrnahm?

»Also …«

Angela legte ihre Hand sanft auf Emmas, die auf dem Tisch ruhte. »Emma, du darfst bitte niemals glauben, dass wir nicht wollen würden, dass du jemanden kennenlernst. Bitte, bitte glaub nicht, du dürftest nicht darüber hinwegkommen. Wir wissen, wie sehr du Luke geliebt hast.«

»Das tue ich immer noch.«

»Das weiß ich. Liebe stirbt nicht, oder?«

Emma schüttelte den Kopf. Sie wusste nach wie vor nicht recht, was sie sagen sollte. Schließlich war die Beziehung mit Max ohnehin vorbei. Allerdings wollte sie auch nicht lügen. »Es gab da jemanden … kurz. Aber es hat nicht funktioniert.«

»Ah, ich habe mich schon gefragt. Du scheinst … verändert zu sein. John und ich haben uns viel darüber unterhalten. Wir möchten gern glauben, dass du eines Tages jemanden findest. Jemanden, der dich glücklich macht.« Angela lächelte. »Weiß der Himmel, wir hatten alle genügend Kummer. Emma, habe bitte nicht das Gefühl, du dürftest nicht wieder glücklich sein.«

»Danke.« Beiden Frauen standen die Tränen in den Augen. Eine Mutter, eine Verlobte, die denselben jungen Mann so sehr liebten.

Auf dem Parkplatz des Teeshops verabschiedeten sie sich herzlich, nachdem Emma den Hund Barney ausgiebig geknuddelt hatte, der sich, seinem wilden Schwanzwedeln nach zu urteilen, eindeutig noch an sie erinnerte.

»Ich danke dir vielmals dafür, dass du den ganzen Weg hierhergekommen bist, Emma.«

»Gern geschehen. Es war schön, euch beide wiederzusehen.«

»Du musst mal irgendwann vorbeikommen und über Nacht bleiben.«

»Ja, das mache ich. Danke. Passt auf euch auf.«

»Du auch, Liebes.«

»Alles Gute.« John umarmte sie.

»Und vergiss nicht, was ich gesagt habe«, erinnerte Angela sie.

»Werde ich nicht.« Als sie davonfuhr, rollte Emma eine Träne über die Wange. Oh, die zwei waren solch liebenswerte Menschen, die nicht verdient hatten, was das Leben ihnen zumutete.

44. Kapitel

Die ganze Nacht plagte Emma dieses ungute Gefühl, dass sie etwas Besonderes hatte gehen lassen. Sie musste ihn finden.

Ein Anruf würde nicht reichen. Damit könnte sie ihm nicht richtig zeigen, wie sie empfand. Überhaupt, wenn er so genervt von ihr wäre, wie sie es annahm, würde er den Anruf dann überhaupt entgegennehmen?

Es waren lange Arbeitstage im Chocolate Shop gewesen, seit sie sich mit Lukes Eltern getroffen hatte. Ihre Emotionen in dieser Woche waren durch die Müdigkeit gedämpft gewesen. Doch nachdem sie sich einmal ausgeschlafen hatte, war das Gefühl der Einsamkeit zurück. Es lag an Max. Sie vermisste ihn. Und das Einzige, was diesen Zustand lindern konnte, war ein Wiedersehen. Sie musste ihm erklären, wie sie sich fühlte oder es zumindest versuchen. Er hatte ein Bauprojekt in Jesmond erwähnt, in der Nähe einer Kirche oder Kapelle, die zu einem Wohnhaus umgebaut worden war.

Sie war heute allein im Laden, da Montag war. Bev arbeitete in der Arztpraxis, und Holly war in der Schule. Aber wenn sie ein Schild an die Tür klebte, dass sie heute erst um elf aufmachen würde, konnte das doch sicher nicht so schlimm sein, dieses eine Mal. Jetzt war es fast acht, damit blieben ihr drei Stunden. Ein Weg dauerte eine Stunde, also würde sie ein wenig Zeit haben, ihn zu sehen und mit ihm zu reden. Vorausgesetzt natürlich, er würde sie sehen wollen, nachdem sie ziemlich kühl auf dem Weihnachtsmarkt mit ihm Schluss gemacht hatte. Oh, verdammt. Bei dem Gedanken daran krümmte sie sich innerlich zusammen.

Um ehrlich zu sein, sie hatte noch gar keine Ahnung, wie sie es erklären würde – ihre Gefühle waren nach wie vor ziemlich chaotisch. Aber allein schon die Aussicht darauf, in ihren Wagen zu steigen und es wenigstens zu versuchen, hellte ihre Stimmung auf. Genau, das war es. Sie schrieb eine Post-it-Nachricht mit der späteren Öffnungszeit darauf und klebte sie ins Schaufenster. Dann setzte sie Alfie hinten in ihren Wagen, nahm Leine und Wasser für ihn mit und machte sich auf den Weg. *Packen wir's an, Em.*

Am Stadtrand von Newcastle fiel ihr ein, dass »ein dreistöckiges Stadthaus in der Nähe einer umgebauten Kirche« keine adäquate Beschreibung war. Keine Adresse, kein Straßenname, und die Vorortsiedlung Jesmond schien ziemlich groß zu sein. Sicher, sie konnte Max anrufen. Aber was, wenn er die Nase voll von ihr hatte und ihren Anruf gar nicht entgegennahm? Oder noch schlimmer, ihr zu verstehen gab, dass er sie nicht sehen wollte? Wie konnte sie dann einfach dort auftauchen? Es war besser, das Überraschungsmoment auf ihrer Seite zu haben – falls es ihr denn gelänge, das richtige Haus zu finden.

Eine Kirchturmspitze fiel ihr ins Auge. Sehr gut, sie fuhr in diese Richtung. Sie kannte Max' Wagen, und die Kirche schien am anderen Ende dieser Straße zu liegen, also würde sie unterwegs nach Handwerkerfahrzeugen, Kippern oder Baugerüsten Ausschau halten. Aber nichts, auch kein grauer Jeep. Und die Kirche war auch nicht umgebaut, wie die Tafel mit den Gottesdienstzeiten und anderen Informationen bewies.

Fünfzehn Minuten später fuhr sie immer noch herum. Komm schon, Em, dachte sie – gab es nicht noch irgendeine Information aus Gesprächen, die ihr weiterhelfen konnte? Er hatte auch einen Coffeeshop in der Nähe erwähnt. Na gut, also Kirche oder Kapelle, Coffeeshop, dreistöckiges Haus. Das war immer noch alles ziemlich vage. Sie bog in eine andere Richtung ab und fand sich in einer Straße mit einigen Läden wieder – Friseur, Geschenkeladen, kleines Café. Allerdings gab es sicher Dutzende Coffeeshops in Jesmond. Versuche es weiter, bieg links ab, bieg rechts ab – sie könnte ebenso gut eine Münze werfen. Und dann tauchte plötzlich ein hohes Stadthaus mit einem Baugerüst vor ihr auf, mit mehreren davor geparkten Arbeitsfahrzeugen, einschließlich eines dunkelgrauen Jeeps. Wow, das war es!

Sie fand einen Parkplatz ein Stück die Straße hinunter. Dann schaute sie in den Rückspiegel, um Lippenstift aufzutragen und sich mit den Fingern durch die Haare zu fahren, damit sie lebhafter aussahen. Sie holte tief Luft und stieg aus. Als sie auf das Haus mit dem Baugerüst zuging, kam sie an einem Typen vorbei, der neben einem der Vans rauchte. Möglicherweise gehörte er zu Max' Team. Sie lächelte ihm zu.

Ein hoher Wellblechzaun bot Sichtschutz, eines der Panels stand ein Stückchen offen. Als sie durch den Spalt lugte, sah sie einen Mann in gelber Warnweste, der die Vorderseite des Hauses prüfte und sich Notizen auf einem Clipboard machte. Emma ging durch die Zaunlücke, in der Hoffnung, Max irgendwo zu finden. Der Typ in der Warnweste drehte sich um. »Kann ich Ihnen helfen?«, rief er.

»Ah, ich suche Max …« Wie lautete eigentlich sein Nachname? »Max Hardy.«

»Aha, und Sie sind?«

»Emma.« Sie machte einen oder zwei Schritte vorwärts.

»Tut mir leid, Emma, aber niemand darf die abgesperrte Fläche ohne Schutzhelm betreten. Sicherheitsvorschrift.«

Natürlich trug er einen hellgelben Schutzhelm.

»Oh, könnten Sie mir einen geben? Gibt es keine Reservehelme? Oder darf ich mir Ihren für einige Minuten borgen?«

Er sah sie an, als wollte er sagen: »Sie wollen mich wohl auf den Arm nehmen.«

Sie setzte ihr charmantestes Lächeln auf. »Es ist wirklich wichtig, dass ich mit ihm spreche.«

Er gab nach. »Na schön, warten Sie, ich schaue mal nach, ob ich noch einen Helm im Van habe.«

Er ging zu einem schicken dunkelblauen Van, der neben dem Haus geparkt war, und kam mit einem Helm zurück, den er ihr hinhielt. »Ich glaube, er ist hinten. Seien Sie vorsichtig, dort gibt es viele Baugruben und jede Menge Bauschutt.«

»Könnte man ja glatt für eine Baustelle halten«, bemerkte Emma und wurde nervös, weil der Scherz nicht gut angkommen zu sein schien, denn die Miene des Arbeiters verhärtete sich wieder. »Okay«, sagte sie brüsk und machte sich auf den Weg ums Haus herum. Ihre Stiefeletten waren nicht die beste Wahl für dieses Gelände, aber wenigstens trug sie eine Jeans. Es war ein großes Gebäude, mit einem riesigen Garten dahinter. Es würde fraglos imposant aussehen, wenn alles fertig war. Als sie um die Ecke kam, sah sie Max, er hatte einen Helm auf dem Kopf und war in ein Gespräch mit einem der Arbeiter vertieft. Sie sprachen über irgendetwas und schauten dann die hintere Wand des Hauses hinauf, und Max zeigte auf etwas. Emma blieb stehen, und genau in dem Augenblick bemerkte er sie. Er lächelte nicht. Wenn überhaupt, sah er überrascht aus.

Emma las von seinen Lippen, als er zu seinem Kollegen sagte: »Einen Moment bitte, ja?«

Dies war in Filmen die Szene, in der Held und Heldin aufeinander zu rannten und sich in die Arme fielen. Der Held hob die Heldin hoch und wirbelte sie im Kreis, während die Hintergrundmusik zum Crescendo anschwoll.

Emma stand wie angewurzelt da und fühlte sich ein wenig elend, während er in seinen schweren Arbeitsstiefeln auf sie zukam.

»Was in aller Welt machst du hier?« Sein Ton war barsch.

»Also …«

Sie wusste genau, weshalb sie hier war, und sie musste es ihm sagen. »Du hast mir gefehlt.« Sie fühlte sich erleichtert, nachdem die Worte ausgesprochen waren.

»Ich stecke mitten in der Arbeit hier. Aber wenn du fünf oder zehn Minuten warten kannst, mache ich eine Kaffeepause. Wie klingt das?«

»Gut, ich werde im Wagen warten. Der steht ein Stück die Straße hinunter.«

»Ich brauche nicht lange, wirklich. Ich muss nur noch ein paar Anrufe erledigen, um etwas zu klären.«

»Alles klar, kein Problem.« Er wirkte recht kühl ihr gegenüber, weshalb ihr Mut sank. Allerdings hatte sie nichts anderes verdient, nachdem sie im Anschluss an den Weihnachtsmarkt die Beziehung beendet hatte.

»Steht dir übrigens gut«, sagte er mit seinem typischen Grinsen. »Dieses Gelb.« Er deutete auf den Helm und zwinkerte.

»Na ja …« Bestimmt lugten ihre roten Locken wild in alle Richtungen hervor. Es war schön, ihn lächeln zu sehen, und mit diesen Worten schien seine Haltung sich ein wenig zu entspannen.

»Wir sehen uns dann in ein paar Minuten«, sagte er.

»Ja, ich werde warten.«

Sie sah Max durch die Lücke zwischen den Absperrgittern vor dem Haus kommen und stieg aus ihrem Wagen, damit er sah, wo sie geparkt hatte. Sie war absurd nervös, ihr Herz pochte wie wild. Er hatte doch schon gelächelt und schien ihr nicht böse zu sein, rief sie sich ins Gedächtnis.

Er kam auf sie zu. »Tut mir leid, dass ich dich habe warten lassen.«

»Ist schon in Ordnung. Du wusstest ja schließlich nicht, dass ich vorbeikommen würde.«

»Nein, das ist eine Überraschung, muss ich zugeben. Da hinten ist ein kleiner Coffeeshop.« Er zeigte zur nächsten Straße. »Wir könnten zu Fuß hingehen.«

»Ja, den habe ich auf meinem Weg hierher gesehen. Der mit dem super Bananenmilchshake?«

»Genau der – hast du gut behalten.«

»Er hat mich zu dir geführt.«

»Wie ist es dir ergangen?«, erkundigte er sich ernster.

»Ach, ganz gut«, antwortete die. »Nein, eigentlich nicht. Ich habe schwierige Wochen hinter mir.«

»Ich auch.« Sein Blick war vielsagend.

Offenbar hatten sie beide gelitten. Oder erhoffte sie sich da zu viel? Oh Mann, und sie hatte geglaubt, sie würde ihnen beiden so etwas ersparen. Sie wollte seine Nähe spüren, seine Wärme. Sie riskierte es und hakte sich bei ihm unter auf dem Weg in die nächste Straße. Er schaute auf seinen Ellbogen, wo ihr Arm lag, ließ es jedoch geschehen. Keiner von beiden sprach. Manchmal waren Worte einfach überflüssig.

Im Coffeeshop fanden sie einen Tisch am Fenster und bestellten zwei Cappuccino bei der Kellnerin. Emma merkte erst jetzt, dass sie gar kein Frühstück gehabt hatte, aber ihr Magen schlug noch zu viele Purzelbäume, um etwas essen zu können.

»Und«, begann Max die Unterhaltung, die sie immer noch nicht geführt hatten. »Wirst du versuchen, es mir zu erklären? Warum hast du wochenlang nicht auf meine Nachrichten und Anrufe reagiert und dann auf diesem Weihnachtsmarkt mit mir Schluss gemacht? Es schien doch gut zu laufen zwischen uns. Ich habe noch nie jemanden kennengelernt, der mal so heiß und dann wieder so kalt war. Und jetzt tauchst du einfach so hier auf. Ich weiß wirklich nicht, was ich davon halten soll.«

Wow, sie hatte es ziemlich vermurkst.

»Du hast recht, wir haben uns gut verstanden.« Sie sah aus dem Fenster. Wie sollte sie das alles in Worte fassen? Aber sie musste es Max zuliebe versuchen. »Ich glaube, ich hatte Angst, dich zu nah an mich heranzulassen. Max, mein Herz war jahrelang in tausend kleine Stücke zerbrochen, und ich habe mich gerade erst davon erholt … Ich … ich wollte es nicht erneut riskieren.« *Seinen* Namen hatte sie immer noch nicht erwähnt, da sie nicht wusste, wie der in diese Unterhaltung passte.

»Du kannst ruhig über Luke sprechen, wenn du willst. Das macht mir nichts aus. Ich weiß, dass du eine schwere Zeit hinter dir hast, und ich bin darauf vorbereitet, für dich da zu sein. Aber schließ mich nicht aus, Emma. Sei aufrichtig mir gegenüber, und erzähl mir mehr darüber, was mit Luke passiert ist.«

Die Kellnerin brachte die Cappuccino und stellte sie auf den Tisch, zusammen mit Zuckertütchen in einer weißen Porzellanschale.

»Danke«, sagte Max.

Emma nickte der Kellnerin zu, in Gedanken schon weit weg, bei den Ereignissen vor Jahren. »Es … es war zwei Wochen nach meinem Geburtstag vor sieben Jahren. Wie üblich fuhr er mit seinem Fahrrad zur Arbeit. Luke war Lehrer, wir beide waren Lehrer, so haben wir uns auch kennengelernt. Er liebte Fahrradfahren, wollte sich fit halten und etwas für die Umwelt tun. Typisch Luke, er wollte die Welt retten, immer. Nur hat die Welt ihn nicht gerettet …« Sie machte eine Pause und drehte das Zuckerpäckchen zwischen ihren Fingern hin und her.

Max schwieg und wartete darauf, dass Emma fortfuhr.

»Es war ein Lastwagen an der Ampel. Hat ihn nicht gesehen. Bog links ab und überfuhr ihn.« Emma verstummte für einen Moment und hatte aufgehört, mit dem Zuckerpäckchen zu spielen. »Die Polizei meinte, er hatte keine Chance. Wenigstens war er sofort tot und hat nichts mitbekommen, zumindest nicht mehr als diese eine Sekunde.« Wie oft hatte sie sich diese grauenvolle eine Sekunde ausgemalt?

»Em, es tut mir so leid.« Max legte seine Hand sanft auf ihre.

»Er war erst neunundzwanzig.«

Emma schaute aus dem Fenster des Cafés, an dem die Welt vorüberzog, eine Mutter mit einem Kleinkind in einem Buggy, eine alte Frau, langsam, aber entschlossen mit ihrem Gehstock, Autos, ein Van, ein Fahrrad.

»Nicht nur Luke starb an diesem Tag«, nahm Emma den Faden wieder auf. »Obwohl das schon schlimm genug war. Aber mit ihm starb unsere ganze gemeinsame Zukunft. Unsere Hochzeit war für das nächste Frühjahr geplant. Mein Mann, meine Familie – das, wovon ich geglaubt habe, dass es mein Leben sein wird, wurde mir genommen, einfach so. Dieser Lastwagen raubte mir einfach alles.« Tränen standen ihr in den Augen. Sie wischte sich die Nase mit einer Serviette. Die andere Hand hielt nach wie vor Max.

»Das ist ein schwerer Schlag.«

Sie nickte traurig.

»Und wie geht es jetzt weiter?«

Emma atmete tief ein und sah Max in die Augen. »Aufwärts.«

Er ließ sie für einen Moment in Ruhe, während sie beide an ihren Getränken nippten.

»Was hältst du von einem Abendessen nächsten Samstag?«

»Klingt gut.«

»Ich komme zu dir. In Bamburgh gibt es ein richtig gutes Restaurant, in das ich dich gern einladen würde.«

»Hört sich toll an … Oh, Mist!« Emma stand in Panik auf.

»Was ist denn? Schaffst du es nicht?«

»Doch, aber ich habe Alfie völlig vergessen. Er sitzt noch in meinem Auto.« An ihren armen Hund hatte sie gar nicht mehr gedacht. Der musste wahrscheinlich schon dringend.

»Ich zahle hier, geh du ruhig schon vor. Ich hole dich dann ein«, sagte Max.

Ein paar Minuten später joggte Max die Straße entlang, als Emma gerade ihren Wagen erreichte und die Heckklappe öffnete. Alfie schien es gut zu gehen. Er wedelte mit dem Schwanz, also trug er ihr diese kurze Vernachlässigung nicht nach. Er sprang aus dem Kofferraum, pinkelte rasch an eine Mauer und zog an der Leine, um Max zu erreichen.

»Nichts passiert?«, erkundigte Max sich, als er sie erreichte und in die Hocke ging, um dem Spaniel liebevoll den Kopf zu kraulen.

»Nein, es scheint ihm gut zu gehen, dem Himmel sei Dank. Tja, ich muss mich wirklich langsam wieder auf den Weg machen und den Laden öffnen.«

»Und ich werde auf der Baustelle gebraucht. Danke fürs Kommen, Em.« Er legte ihr die Hand auf die Schulter, und es fühlte sich warm und sicher an. »Ich sehe dich am Samstag. Ich werde gegen sieben da sein, wenn dir das passt.«

»Wunderbar.«

Trotz der Wahrscheinlichkeit, dass der Mann in der Sicherheitsweste jeden Augenblick wieder auf der anderen Straßenseite auftauchen konnte, und trotz des Arbeiters auf dem Baugerüst an der Front des Hauses, gab Max ihr einen verheißungsvollen Kuss. Alfie winselte, vermutlich weil er sich ausgeschlossen fühlte, was Max und Emma zum Lachen brachte.

»Bis Samstag.«

45. Kapitel

Die nächsten Tage im Laden hielten Emma auf Trab. Inzwischen war es Dezember, und die Weihnachtsstimmung setzte ein. Das Chocolate Shop Café war durchgehend gut besucht, und ihre Füllungen für die Socken sowie die Geschenkpackungen fingen an, sich gut zu verkaufen. Sie hatte sogar schon ein paar von ihren Weihnachtskörben verkauft, zu 30 Pfund das Stück, was ihre Einnahmen beachtlich erhöhte. Im Laden herrschte stets eine wundervolle Atmosphäre um diese Zeit des Jahres, und dass die Kunden jetzt auf eine heiße Schokolade oder einen aromatischen Kaffee bleiben konnten, erhöhte den Gemütlichkeitsfaktor noch einmal. Sie bekamen die Gelegenheit, entspannt zu plaudern und dabei den Blick über die vielen Leckereien in den Regalen schweifen zu lassen. Das Café hatte eindeutig den Verkauf gesteigert. Der finanzielle Druck hatte nachgelassen, zum Glück, doch war sie sich durchaus bewusst, dass der Wolf – auch bekannt als der Aal – nie weit entfernt von ihrer Tür lauerte. Vorerst aber würde ihr nichts die weihnachtliche Stimmung vermiesen – das Leben war gut.

Bev half am Mittwoch und am Freitag, was eine Erleichterung darstellte, da es Emma die Chance bot, in Ruhe ihre Schokolade herzustellen. Und wenn einmal viel Betrieb herrschte, konnten sie gemeinsam die Gäste bedienen. Es war schön, ihre Freundin dabeizuhaben. In einem ruhigen Moment erzählte sie Bev, wie sie Max besucht hatte, und gab zu, dass Bev recht gehabt hatte: Sie hatte wirklich Angst vor einer neuen Beziehung gehabt. Sie dankte ihrer Freundin dafür, dass sie so aufrichtig gewesen war.

»Hey, kein Problem. Ich will nur das Beste für dich, Em.«

In diesem Moment zottelte Mrs. Clark am Fenster vorbei und kam herein. Die alte Dame war nun noch häufiger im Laden, da sie es mochte, auf einem der Fensterplätze zu sitzen und rauszuschauen, bei einer Tasse Tee und einem Schokoladenkeks. Wenn es im Laden ruhig war, leistete Emma ihr Gesellschaft und erkundigte sich nach ihr. Mrs. Clark hatte kaum noch Familie und sowieso nie Kinder gehabt, doch sie erzählte gern Geschichten von damals im Dorf, von Festen und Tanz und den alten Fischersleuten. Nach wie vor kaufte sie ihre Schokonüsse, obwohl sie sich beklagte, die seien nicht gut für ihre Zähne, weil sie zu knusprig waren. »Harte kleine Scheißer, diese Nüsse darin«, war ihr genauer Wortlaut, doch konnte sie ihnen offenbar nicht widerstehen und hatte nicht vor, sie in nächster Zeit aufzugeben.

Bev ging um drei nach Hause, und Emma blieb vorn im Laden. Bald darauf kam der Schulbus, und Holly schaute herein.

»Hi, Emma, wie geht's?«

»Bestens. Und dir?«

»Cool, danke. Ich würde dich gern um einen Gefallen bitten.« Holly machte ein flehendes Gesicht, als handele es sich um eine große Sache.

»Nur zu«, sagte Emma vorsichtig. »Was ist es denn?«

»Oh, Em, Adam hat gerade erfahren, dass er an diesem Samstag frei hat, und er möchte mit mir zum Weihnachtsmarkt nach Edinburgh. Ich weiß ja, dass ich eigentlich arbeiten sollte und hier wahrscheinlich viel los sein wird, und ich will dich echt nicht hängen lassen, aber ich würde so gern mit Adam fahren.«

»Ach, das kriege ich schon hin.« An einem Samstag um diese Jahreszeit würde es wirklich schwierig sein, allein im Laden zurechtzukommen. Doch Holly bat nie um einen freien Tag, und ihr Gesichtsausdruck verriet Emma, wie wichtig ihr dieser Tag war. Es klang ja auch wirklich wundervoll romantisch. Edinburgh zur Weihnachtszeit – sie hatte Fotos des Marktes gesehen, festlich beleuchtet und voller Menschen, mit alpin aussehenden Buden, einem Christbaumlabyrinth, einem Riesenrad und anderen aufregenden Dingen, aber sie war nie dort gewesen um diese Zeit des Jahres. »Ich werde mal herumtelefonieren und schauen, ob ich Hilfe bekomme. Ich melde mich bei dir, sobald ich etwas weiß.«

»Ah, danke, Emma, das wäre echt toll, wenn es klappt. Ich werde dafür an einem anderen Tag arbeiten oder eine Schicht für dich übernehmen.«

»Guter Vorschlag, ich werde vielleicht darauf zurückkommen.«

Der Samstag würde demnach ein extra anstrengender Tag werden. Ein voller Laden, keine Holly, aber hoffentlich ein Ersatz. Und dann war da noch das Essen mit Max abends, auf das sie sich freute. Als Erstes würde sie Bev anrufen.

Bev konnte nur für zwei Stunden einspringen am Samstagvormittag, da sie Petes Mom versprochen hatte, mit ihr in Newcastle Weihnachtseinkäufe zu erledigen. Seine Mutter fuhr selbst nur noch bis zum Markt hier im Ort, weil der Großstadtverkehr sie nervös machte. Bev konnte ihre Schwiegermutter nicht hängenlassen, und das wollte Emma auch nicht. Na schön, zwei Stunden am Vormittag würden schon helfen, daher nahm sie Bevs Angebot an. Den Rest des Tages würde sie eben Multitasking praktizieren. Nicht nötig, Holly zu enttäuschen.

Sie hörte, dass Holly vor Freude auf und ab hüpfte, als Emma sie später anrief.

»Oh, vielen Dank! Ich liebe dich, Em. Ich kann es nicht erwarten, das Adam zu berichten. Yay!«

Es fühlte sich gut an, jemandem eine Freude zu machen.

Die Zeit war knapp an diesem Samstag, um sich bis sieben für das Essen mit Max fertig zu machen. Das Restaurant hörte sich ziemlich nobel an, daher entschied sie sich für ein rotes Wickelkleid, das sie normalerweise im Sommer trug. Doch sie kombinierte es mit einer Strumpfhose und kniehohen schwarzen Lederstiefeln für den Winterlook. Sie fühlte sich gut darin, denn es war an genau den richtigen Stellen enganliegend. Mit der Bürste bändigte sie ihre roten Locken; sie wollte ihr Haar offen tragen. Im Frisiertischspiegel überprüfte sie ein letztes Mal ihren Lippenstift und nahm dann ein kleines schwarzes Samthandtäschchen, in dem sie ihre Geldbörse, genauso wie den roten Lippenstift verstaute. Dann besprühte sie sich dezent mit Parfüm. Sie war ein wenig nervös. Dies war das erste Date, seit sie Max in Jesmond aufgesucht hatte. Jetzt konnte sie nur hoffen, dass ihre Zweifel und Ängste es zwischen ihnen nicht kaputt gemacht hatte.

Draußen hörte sie einen Motor, und sie schaute aus dem Schlafzimmerfenster nach unten. Sein Jeep parkte vor der Tür. Sie sah ihn aus dem Wagen steigen, elegant in schwarze Chinos und ein hellblaues Hemd gekleidet. Er hielt einen wunderschönen Blumenstrauß in der Hand, eingewickelt in Zellophan. Den hatte er definitiv nicht aus dem Supermarkt. Seine breiten Schultern hoben sich langsam, als er tief einatmete, bevor er an die Ladentür klopfte. Offenbar war er ebenso nervös. Es hatte ein bisschen was von einem Neuanfang zwischen ihnen, und sie wollten es diesmal beide nicht vermasseln.

Sie brachte Alfie in sein Körbchen in der Küche, nahm ihren schicken beigefarbenen Wintermantel und lief schnell die Treppe hinunter, sie wollte Max nicht warten lassen.

»Wow, du siehst wundervoll aus«, sagte er lächelnd und hielt ihr den Blumenstrauß hin, während er sie gleichzeitig zu küssen versuchte.

Er duftete himmlisch, noch besser als die Blumen. »Danke, die sind wunderschön.« Die Blüten der Rosen, Nelken und anderen Blumen, deren Namen Emma nicht kannte, waren weiß, cremefarben und zartrosa, mit Grünzweigen dazwischen, die sie perfekt hervorhoben.

»Ihre Kutsche steht bereit.« Er deutete in Richtung Jeep und brachte sie damit beide wieder auf sanfte Weise in die Wirklichkeit zurück. So wundervoll das alles auch sein mochte, das Wichtigste war, dass sie ganz sie selbst sein konnten.

Die Fahrt nach Norden in das Küstenstädtchen Bamburgh dauerte zwanzig Minuten. Sie kamen durch ein paar Dörfer, ansonsten lag zu beiden Seiten der Landstraße Weideland. Viel war wegen der Dunkelheit jedoch nicht zu erkennen. In Bamburgh kamen sie an der imposanten beleuchteten Steinkirche vorbei, die hoch oben über den Dünen auf den Felsen thronte, die die Stadtgrenze markierten.

Die Häuser, ein Hotel und die Läden in der Main Street wurden von Lichterketten beleuchtet. Im Zentrum des Städtchens befand sich eine Rasenfläche mit alten Bäumen, die ebenfalls mit kleinen weihnachtlichen Lämpchen geschmückt waren. Als sie parkten, entdeckte Emma eine Rentierfamilie aus geflochtenen Weidezweigen, die im Innern kleine Lichter in verschiedenen Größen bargen. Es sah aus wie ein Minimärchenwald.

»Oh, ist das nicht hübsch?«, sagte sie.

»Süß, oder?«

Es war kalt, als sie aus dem Wagen stiegen. Eine dieser Winternächte, in denen es Frost geben würde. Emma kuschelte sich in ihren Mantel und nahm Max' Hand, als sie zum Saltwater Bistro gingen. Max hielt ihr gentlemanlike die Tür auf, eine reizende Geste.

Im Foyer stand ein großer Tannenbaum, geschmückt mit silbernen und blauen Christbaumkugeln sowie silbernem Lametta. Es sah sehr weihnachtlich aus, aber auf maritime Weise, was hervorragend zum Restaurant passte, das in den Farben des

Himmels und der See gehalten war: blau, grau, beige. Ein Kellner kam und nahm Emma den Mantel ab, bevor er sie beide zu einem Tisch für zwei führte und sich nach den Getränkewünschen erkundigte.

»Ich hätte gern einen Gin-Tonic«, sagte Emma. Das schien ihr ein guter Drink für den Anfang zu sein und etwas Besonderes.

»Für mich bitte eine große Cola«, sagte Max, und an Emma gewandt: »Ich muss ja noch fahren. Zum Essen gönne ich mir aber ein Glas Wein.«

Es war nett dort, nicht zu steif. Das Licht war gedämpft, auf den Tischen brannten Kerzen. Man konnte in angenehmer Atmosphäre entspannt plaudern. Der Kellner brachte ihre Getränke und gab ihnen die Speisekarten, stilvoll auf cremefarbenem Karton gedruckt. Sie wählten ihr Essen ganz in Ruhe aus, während Emma von ihrem gekühlten Gin-Tonic trank. Noch nie hatte sie in einem Restaurant derartig viele herrlich klingende Gerichte gelesen.

»Großartig hier, oder?«, meinte Max.

»Warst du schon oft hier?«

»Ein paarmal. Das Essen ist immer gut.«

»Davon bin ich überzeugt.« Sie fragte sich, mit wem er hier gewesen war. Siobhan vielleicht, eine Vorstellung, die sie seltsam eifersüchtig machte. Doch die Vergangenheit musste an diesem Abend bleiben, wo sie war. An diesem Abend ging es darum, nach vorn zu schauen.

Emma bestellte als Vorspeise Jakobsmuscheln und Steinbutt mit Sauce Hollandaise als Hauptgericht. Max wählte einen Krabbencocktail, gefolgt von »Fritto Misto«, panierte Meeresfrüchte kurz frittiert. Während sie sich unterhielten, wurde ihnen frisches Brot serviert, und Max bestellte zwei Gläser Chablis, nachdem er Emma gefragt hatte, ob sie den möge. Sie kannte ihn von ihren Eltern, er war trocken. Sie mochte trockenen Wein, doch in letzter Zeit waren edle Tropfen bei ihr nicht drin gewesen.

Sie unterhielten sich über die Arbeit, die betriebsame Vorweihnachtszeit im Chocolate Shop sowie ihre Pläne für Weihnachten. Emma merkte, dass sie so weit noch gar nicht gedacht hatte. Vielleicht sollte sie James und seine Familie zusammen mit ihren Eltern einladen und einen Truthahn zubereiten. Schließlich hatten die ihr in diesem Jahr alle sehr geholfen. Ja, das wäre schön. Zwei Tage, am ersten und zweiten Weihnachtstag, frei zu haben, wäre wirklich ein Segen.

Max meinte, er würde wahrscheinlich über Weihnachten bei seinen Eltern sein. Die lebten in Morpeth, ungefähr vierzig Minuten von Warkton entfernt. Da er Einzelkind war, freuten sie sich bestimmt darauf, ihn zu verwöhnen. Seine Mutter war eine gute Köchin, die ihn gut füttern und umsorgen würde, sagte er. Es hörte sich an, als ob auch er am Mahlzeiten-für-eine-Person-Syndrom litt – schnelles Essen nach der Arbeit, ohne großen Aufwand.

»Was kochst du dir so, wenn du abends allein bist?« Emma war neugierig. »Oder isst du nur Fertiggerichte oder Essen zum Mitnehmen?«

»Nicht so frech, Süße! Ich kann kochen. Nach einem langen Tag auf der Baustelle fehlt mir bloß manchmal die Motivation. Aber ich koche ein echt gutes Curry, und zwar komplett selbst zubereitet. Ein ganz passables Brathühnchen bekomme ich auch hin. Und Pasta … Bolognese, Carbonara, das schaffe ich auch. Ansonsten gibt's Fertiggerichte oder, ich gestehe, was zum Mitnehmen vom Restaurant nebenan.«

»Das kann ich gut verstehen. Ich koche gern, aber nach einem ganzen Tag des Schokoladezubereitens und -servierens reicht mir abends manchmal Käse mit Crackern oder etwas Schlichtes auf Toast. Der heutige Abend ist also etwas Besonderes.«

Die Vorspeisen wurden serviert, und Emma kostete die exquisitesten, saftigsten Jakobsmuscheln, mit Käse und Sahne verfeinert.

»Wow, das ist definitiv ein Aufstieg von Bohnen auf Toast. Einfach köstlich.«

Max' Krabbencocktail wurde in einem großen v-förmigen Glas serviert, mit einer Krabbenzange und einer großen ungeschälten Garnele, die am Glasrand hing. Es sah toll aus.

Das Essen war einmalig. Emmas Steinbutt wurde mit knackigem Spargel und Kartoffeln mit Kräuterbutter serviert. Auf Max' Teller türmte sich eine Auswahl an Meeresfrüchten, alle in einem feinen Teigmantel. Emma kostete eine der frittierten Köstlichkeiten, die sie noch nie zuvor probiert hatte, aus Angst, sie könnten, ihrem elastischen Aussehen nach zu urteilen, gummiartig schmecken. Doch das war absolut nicht der Fall. Die Konsistenz ähnelte eher dem eines Rings aus weißem Fleisch. Oh, es war gut, neue Dinge auszuprobieren, neue Orte kennenzulernen, neue Erfahrungen zu machen.

»Ich war noch nie in einem so guten Restaurant«, gestand sie.

»Na, du verdienst es. Entspann dich und genieße es. Und heute Abend lade ich dich ein, ja?«

»Mach ich, und danke.« Und damit tauchte sie eine weitere Gabel voll dicken, weißen, zarten Steinbutt in die superbe Sauce Hollandaise und fragte sich jetzt schon, ob sie noch ein Dessert schaffen würde. Wenn es nach ihr ginge, würde dieser Abend nie enden.

»Wie bist du eigentlich auf den Chocolate Shop gekommen?«

Sie hielt inne und trank einen Schluck Wein. »Nach Lukes Tod fuhr ich oft mit Alfie hinauf an die Küste, um rauszukommen. Ich musste weg aus unserem damaligen Zuhause, das kein Zuhause mehr war. Alfie und ich legten jedes Mal mehrere Meilen zurück. Eines Tages fuhr ich weiter als sonst und gelangte nach Warkton. Auf dem Rückweg vom Strand ging ich durch den Ort und entdeckte dieses kleine Haus mit dem Laden in dem vorderen Teil, das zu vermieten war. Zu der Zeit machte ich schon Schokolade, als Hobby und für meine Freunde. Mich auf etwas Handwerkliches zu konzentrieren half mir – und alle schienen das Ergebnis zu lieben. Ich sah das Häuschen und weiß noch, wie ich dieses Gefühl hatte, es gäbe eine Zukunft, als sei es etwas, was ich tun musste. Ich schrieb mir die Telefonnummer auf und meldete mich bei dem Makler, schaute mir das Haus am nächsten Tag auch von innen an und belegte einen Ausbildungskurs zur Chocolatière. Ich hatte ein paar Ersparnisse, mit denen ich die Dinge kaufte, die ich für die Einrichtung des Ladens brauchte. Der Rest ist, wie es so schön heißt, Geschichte.«

»Gut gemacht.«

Sie stießen an.

In diesem Moment wurde ihr klar, dass sich ihr Leben in den vergangenen sechs Jahren ausschließlich um die Arbeit gedreht hatte. Das hatte ihre Tage strukturiert, beschäftigte sie, und sie fühlte sich sicher in dieser täglichen Routine. Doch dieser Abend war einfach wundervoll. Es war schön, einmal Zeit außerhalb ihres Ladens zu verbringen, sosehr sie ihre Arbeit auch liebte. Und plötzlich war ihre Welt wieder voller neuer Möglichkeiten, die nur auf sie warteten. Nach wie vor wusste sie nicht, ob sie ängstlich war oder bloß aufgeregt, aber sie wusste, dass sie es versuchen musste.

46. Kapitel

Es war Freitagabend kurz vor Ladenschluss, als Adam anrief.

»Emma, wir hatten eine Art Notfall hier im Hotel. Ich brauche unbedingt Ihre Hilfe.«

»Okay, was ist passiert?«

»Eine Maus oder eher noch eine ganze Mäusefamilie, so wie es aussieht, ist in den Vorratsraum gelangt und hat sich über die Minipralinenschachteln für die Gästezimmer hergemacht. Diese kleinen Scheißer – verzeihen Sie mir meine Ausdrucksweise, aber die haben wirklich ein Chaos angerichtet – haben die Packungen angenagt und überall hingekackt. Wir mussten eine ganze Menge wegschmeißen, alles in allem über hundert Päckchen. Das war unser Vorrat bis Weihnachten. Rentokil ist gerade hier, damit das Gesundheitsamt nicht auch noch angerückt kommt.«

»Oh, wie schrecklich. Diese kleinen Ungeheuer.« Mäuse liebten Schokolade – kurz nach dem Kauf des Chocolate Shop hatte sie selbst Mäuse gehabt, die sich durch zwei teure Packungen mit Callets genagt hatten. Seitdem achtete sie sehr sorgfältig auf ihre Vorräte und stellte Fallen auf.

Verdammt, Emma hatte sich auf ein paar freie Stunden mit Max gefreut, der wahrscheinlich jetzt, nach seinem Feierabend, schon unterwegs war zu ihr. Es war eine höllisch anstrengende Woche gewesen, und ihre Handgelenke taten weh vom vielen Herstellen der Schokolade. Und nun würde es wohl eine lange Nacht werden. Sie überlegte bereits, ob sie genügend Vorräte hatte, um aus dem Stand zusätzlich etwa zweihundert Schokoladenportionen herzustellen.

»In Ordnung. Überlass das mir, Adam. Ich werde mein Bestes geben. Ich kann euch die, sagen wir, ersten fünfzig Schachteln jetzt liefern, den Rest in den nächsten Tagen, weil ich wahrscheinlich Zutaten nachkaufen muss, und da wir Wochenende haben …« Sie beendete den Satz nicht.

»Ja, ich verstehe, und ich bin Ihnen für jede Hilfe dankbar.«

»Habt ihr noch genug für dieses Wochenende?«

»Das bezweifle ich. Wir können dringend welche gebrauchen, egal wie viele. Die Mäuse haben überall hingekackt, auch wenn sie gar nicht alles angenagt haben.«

»Verstehe. Ich habe Schokolade im Laden, die ich in kleine Schachteln verpacken kann. Würde ein Dutzend fürs Erste reichen?«

»Ja, das wäre toll. Ich möchte die Gäste nicht enttäuschen. Die lieben Ihre Schokolade. Die gehört jetzt einfach zu einem Aufenthalt in unserem Hotel dazu.«

»Ich organisiere das so schnell wie möglich. Wenn Sie in, sagen wir, fünfzehn Minuten zum Laden kommen, werde ich die Schächtelchen fertig haben. Danach fange ich an, die anderen zu machen.«

»Emma, Sie sind ein Schatz. Vielen Dank.«

So viel zu einem ruhigen Abend daheim.

Zehn Uhr, und Emma und Max arbeiteten wie am Fließband. Trüffelfüllungen in die geschmolzene Schokolade tauchen war der nächste Produktionsschritt, und inzwischen hatte Max sogar gelernt, die kleinen alkoholgetränkten Kugeln gleichmäßig rund zu formen, indem er sie zwischen den Handflächen rollte. Das war eine filigrane Arbeit für die großen Hände eines Bauunternehmers, und es brachte Emma zum Lächeln, ihm dabei zuzuschauen. Einmal sägte er Holz und baute Fensterplätze, ein anderes Mal fertigte er geschickt Schokoladentrüffel an. Wohin würde das noch führen? Hoffentlich ins Bett, dachte sie, obwohl das noch in weiter Ferne lag. Sie unterdrückte ein Gähnen.

Die dunkle Schokolade war nun temperiert; es war an der Zeit, die in Whisky getränkten Trüffel mithilfe einer Metallzange hineinzutauchen. Sie mussten schnell arbeiten, solange die geschmolzene Schokolade die richtige Temperatur hatte, und parallel darauf achten, dass der Trüffel gleichmäßig umhüllt wurde. Es war fast ein Kunsthandwerk. Zwar wurden die Trüffel nicht ganz so makellos wie sonst, aber die fünfzig, die sie herstellten, sahen ganz passabel aus. Emma ließ sie in einem Metallregal abkühlen und räumte das übrige Zubehör in die Spülmaschine.

Bevor sie mit der Arbeit begannen, hatten sie ein schnell improvisiertes Abendessen aus Hühnchen und Salat gehabt. Emma hatte zwar das Hühnchen zubereitet, aber es wurde eben nicht das geplante ausgiebige Mahl.

»Sorry, Max, diesen Abend mit dir hatte ich mir anders vorgestellt. Ich glaube, wir haben jetzt genug getan. Vielen Dank für deine Hilfe. Lass uns Schluss machen.«

»Ich hatte keine Ahnung, dass die Herstellung von Schokolade körperlich so anstrengend ist.«

»Tja, wem sagst du das. Ich könnte ein heißes Bad gebrauchen.«

»Ich auch.« Da war wieder dieser freche Ausdruck in seinem Gesicht.

Hm, diese Idee war noch besser, als zu Bett zu gehen. Sie ließ Wasser in die Wanne laufen und goss Schaumbad dazu. Es war nicht die größte Badewanne, doch Emma quetschte sich zwischen Max' muskulöse Beine. Das Wasser schwappte ein wenig über, und der Schaum türmte sich um sie herum auf. Das war verdammt schön. Sie lehnte sich zurück, ihren Kopf gegen seine Brust, und Max begann, den cremigen Schaum auf ihren Brüsten zu verreiben. Er wusch ihren Körper sehr einfühlsam, bis ihr ein Seufzen über die Lippen kam. Seine Hand glitt daraufhin verlockend zwischen ihre Beine, und sie spürte seine Bereitschaft an ihrem Rücken. Wenn sie sich nur ein wenig nach dorthin bewegte … und dann hierhin – oh, ja! Umgeben vom warmen Wasser nahm sie ihn in sich auf. Es war schwierig, sich überhaupt zu bewegen, doch es gelang ihr, sich gerade genug in einem sanften Rhythmus zu wiegen. Sie fühlte, wie seine Hände auf ihrer Taille fester zupackten, als er sich nicht länger beherrschen konnte und sich mit tiefen, harten Stößen unter ihr aufbäumte. Kurz darauf drehte sie ihm das Gesicht zu, um ihn zu küssen. Sie legte ihre Stirn an seine, schloss die Augen und genoss einfach nur den Moment.

Wieder einmal musste Max früh los. Er sagte Emma, sie solle liegen bleiben und Schlaf nachholen, und dass er Sonntagabend wiederkommen würde, gegen sechs. Vage registrierte sie, wie er sie auf die Stirn küsste, und kurz darauf hörte sie seinen Jeep wegfahren. Dann rollte sie sich für eine weitere Stunde unter der Decke ein.

Als sie später in die Küche kam, um nach den Trüffeln von gestern Abend zu schauen, lagen sie verändert da. Sie schaltete das Licht ein. Die Schokoladentrüffel schienen Buchstaben zu bilden, Worte, um genau zu sein. Träumte sie etwa noch? Sie blinzelte. Nein, tatsächlich, sie waren zu Worten zusammengelegt worden. Emma stellte ihre verschlafenen Augen scharf und las »Ich liebe dich«, geschrieben mit Whiskypralinen. Daneben lag eine handgeschriebene Nachricht: »Keine Sorge, ich habe die Hygienehandschuhe benutzt!« Max hatte anscheinend darauf geachtet, die harte Arbeit des gestrigen Abends nicht zu ruinieren.

Wie süß war das? Sie stand mit einem gerührten Lächeln da und machte ein Erinnerungsfoto mit ihrem iPhone, weil sie die Trüffel gleich einpacken musste fürs Hotel. Oh Max. Dem

Himmel sei Dank, dass sie ihn doch nicht hatte gehen lassen. Er war sexy und lieb und ebenso liebevoll. Sie konnte es nicht erwarten, ihn am Sonntag wiederzusehen. Bis dahin aber lag noch eine Menge Arbeit vor ihr. Adams Hotelbestellung musste vervollständigt werden.

Es war Samstagnachmittag, und normalerweise hätte Max sie schon angerufen oder zumindest eine SMS geschrieben, vor allem da sie gerade die Nacht miteinander verbracht hatten. Als könnten sie nicht aufhören, aneinander zu denken. Sie wollte ihm für die Ich-liebe-dich-Schokoladenbotschaft danken und versuchte mehrmals, ihn auf seinem Handy zu erreichen. Es schien, als wäre es tot, der Akku alle oder so etwas. Wahrscheinlich hatte er viel zu tun. Sie würde bald genug mit ihm sprechen. So leicht konnte ihre glückliche Liebesblase nicht zerplatzen.

47. Kapitel

»Hallo, ist da Emma? Max meinte, Sie seien eine Freundin.«

Es war später Nachmittag an diesem Samstag.

Die Stimme gehörte einer Frau mittleren Alters, die sich offenbar gewählt auszudrücken verstand. Es klang zu normal, und aus irgendeinem Grund stellten sich Emma die Nackenhärchen auf. Ein Schauer überlief sie.

»Ja, hier spricht Emma. Ist alles in Ordnung?« Sie bemerkte, dass ihre Hände zitterten

»Es gab einen Unfall auf der Baustelle.« Die Frau machte eine Pause und schien sich zu sammeln. »Sein Zustand ist ernst, aber stabil. Er liegt im Krankenhaus in Newcastle. Es muss eine CT gemacht werden, bevor man mehr weiß. Er bat mich, Sie anzurufen und zu informieren.«

Lieber Gott, nein. »Was ist passiert?«

»Er ist heute Morgen vom Gerüst gefallen. Einer der Kollegen fand ihn etwa eine Stunde später in ziemlich üblem Zustand. Wir sind uns nicht sicher. Der Arzt meint, er hat sich das Schlüsselbein gebrochen und ein paar Rippen angeknackst. Aber sie müssen sein Gehirn untersuchen …« In der Leitung wurde es für einige Sekunden still, dann hörte Emma ein gedämpftes Schluchzen, gefolgt von einem tiefen Einatmen. »Sie glauben, er hat sich den Kopf angeschlagen, obwohl er zum Glück seinen Schutzhelm trug.«

Dem Himmel sei Dank für diese gelben Helme.

»Oh …« Emmas Kehle war wie zugeschnürt angesichts ihrer eigenen drohenden Tränen. Kalte Angst beschlich sie. *Bitte, lieber Gott, nicht schon wieder!* »Kann ich ihn sehen?«

»Ich halte es für das Beste, die Ärzte heute erst einmal ihre Arbeit tun zu lassen. Im Augenblick dürfen ohnehin nur die engsten Familienangehörigen zu ihm. Tut mir leid … Ich bin übrigens seine Mutter, Christine. Wollen wir morgen noch einmal telefonieren, Emma? Vielleicht können Sie kommen, sobald wir mehr wissen.«

»Natürlich. Danke, dass Sie mich informiert haben.«

»Gern geschehen, meine Liebe.«

»Können Sie ihm bitte ausrichten, dass ich an ihn denke und er schnell wieder gesund werden soll?« Emma schaffte es noch, sich bis zum Ende des Gesprächs zusammenzunehmen.

»Ja. Ich halte Sie auf dem Laufenden.«

Sobald sie das Telefon ausgeschaltet hatte, sackte Emma auf dem Wohnzimmerfußboden zusammen, und die Tränen liefen ihr in Strömen die Wangen hinunter.

Eine Nacht der Sorge und des Betens um ihn folgte, doch verlor sie nie die Hoffnung, dass die Vergangenheit sich nicht wiederholte. Am liebsten wäre sie auf direktem Weg dorthin gefahren, obwohl sie nicht einmal wusste, in welchem Krankenhaus er lag. Sie wollte an sein Krankenbett eilen und ihn fest in die Arme schließen. Stattdessen musste sie hier tatenlos herumsitzen und warten. Am späten Abend hatte sie Bev angerufen, da sie einfach mit jemandem sprechen musste, denn ihre Freundin wusste mehr als die meisten von den Zusammenhängen.

»Soll ich vorbeikommen, Em? Möchtest du Gesellschaft?«

»Nein, ich bin viel zu unruhig, kann mich auf nichts richtig konzentrieren, obwohl ich jede Menge zu tun habe. Sprich nur eine Minute mit mir. Ich gehe ohnehin bald ins Bett. Ich sollte wirklich versuchen, ein wenig Schlaf zu bekommen.«

Also plauderten sie über alles mögliche Belanglose. Es war zu schwer, sich der Wahrheit zu nähern. Was passierte in diesem Krankenhaus, das eine Stunde Fahrtzeit entfernt lag? Sie konnten nichts tun und mussten einfach auf Neuigkeiten warten, mit denen Emma nicht vor morgen rechnete, wenn die CT gemacht worden war.

»Er wird sicher wieder gesund, Em, da bin ich mir ganz sicher«, versuchte Bev sie zu beruhigen. »Ich rufe morgen früh wieder an. Falls du etwas brauchst, und sei es mitten in der Nacht, melde dich einfach.«

»Danke.«

Emma hatte Christines Telefonnummer gespeichert, doch wollte sie die Familie an diesem Abend lieber nicht behelligen. Bis zum heutigen Tag hatten sie ja nicht einmal von ihr gewusst. Nach dem Gespräch mit Bev hielt sie das Telefon immer noch in der Hand und betrachtete das Foto von Max' mit Schokolade geschriebener Nachricht. Eine Träne tropfte auf ihr Handgelenk.

Sie hatte einen mehrmals unterbrochenen, traumintensiven Schlaf. Immer wieder wachte sie mit Erinnerungen an Lukes Tod auf, ehe sie erneut ruhelos einschlief. Sie musste fit sein für die Arbeit morgen früh. Es gab nach wie vor viel zu tun. Das würde sie wenigstens ablenken. Bis Weihnachten war es nur noch eine Woche.

Es war zwanzig vor elf am nächsten Vormittag, als ihr Handy klingelte: Christine. Emma gefror das Blut in den Adern. Sie fürchtete sich, den Anruf entgegenzunehmen.

»Entschuldigen Sie mich bitte für einen Moment«, wandte sie sich an den Gentleman, der sich gerade im Laden umschaute. »Ich muss diesen Anruf unbedingt entgegennehmen.«

»Kein Problem.« Er fuhr fort, die Auswahl im Regalboot zu begutachten.

Emma ging zur Tür, die zum hinteren Flur führte, und drückte die grüne Taste auf dem Display ihres Handys.

»Christine? Wie geht es ihm?« Sie wagte kaum zu atmen.

»Sie haben ihn gleich heute Morgen gescannt, und es ist alles in Ordnung.«

»Oh, das ist wunderbar!« Es kümmerte sie nicht, dass der Mann im Laden ihre Tränen der Erleichterung laufen sah.

»Sie behalten ihn heute nur noch zur Beobachtung da. Bei dem Sturz hat er sich die Schulter ausgerenkt, und die wurde wieder eingerenkt. Das gebrochene Schlüsselbein wird durch eine Armschlinge gestützt. Es muss nicht operiert werden, allerdings muss er später zur Physiotherapie.«

»Oh, der arme Max! Aber es hätte ja auch viel schlimmer kommen können.«

»Er hat Glück gehabt.«

»Vielen Dank, dass Sie mich informiert haben. Kann ich kommen und ihn sehen?«

»Wir wissen noch nicht genau, wann man ihn aus dem Krankenhaus entlassen wird, möglicherweise am späten Nachmittag. Soll ich Sie anrufen? Sie könnten dann heute Abend zu uns kommen. Wir werden ihn für eine Weile bei uns haben, damit er sich erholen kann. Auf diese Weise kann ich aufpassen, dass er den Arm nicht zu viel belastet. Ich kenne ihn ja.« Ihre Worte waren sehr liebevoll.

Emma musste lächeln. »Ja. Gut, ich werde gleich nach der Arbeit vorbeikommen, wenn Ihnen das recht ist.«

»Das passt. Ich melde mich nachher, sobald er aus dem Krankenhaus entlassen wurde.«

»Nochmals danke, Christine, dass Sie mich informiert haben. Richten Sie ihm bitte liebe Grüße aus. Oh, ich bin so froh, dass er wieder gesund wird.«

»Auch wir sind alle sehr erleichtert. Ich melde mich bald, Emma. Bye.«

»Bye.« Emma legte auf.

»Oh, tut mir leid.« Erst jetzt wurde ihr klar, dass der Kunde immer noch dastand, mit einem Riegel Orangenschokolade und einen mit Pfefferminzfüllung, bereit zu bezahlen.

»Kein Problem«, versicherte er ihr und lächelte erneut milde.

»Er wird wieder gesund«, platzte sie heraus, während die Tränen weiterliefen. Sie kannte diesen Mann nicht einmal, doch er musste wohl den Großteil des Gespräches mitgehört haben.

»Das sind gute Neuigkeiten.« Er hielt noch immer die beiden Schokoriegel in der Hand.

»Oh, das macht vier Pfund achtundneunzig bitte.« Sie tat die Schokolade in eine Papiertüte.

Er gab ihr eine Fünf-Pfund-Note. »Danke und ein frohes Weihnachtsfest.«

»Ihnen auch frohe Weihnachten.«

Die Worte des Kunden ließen erneut die Emotionen in ihr aufwallen. Sie musste sich dringend ein Taschentuch holen, sonst würde sie noch die ganze Schokolade vollheulen.

Emma fand die Adresse an der dreispurigen Straße in Morpeth, die Christine ihr genannt hatte. Es war ein großes rotes Backsteinhaus. Sie hielt davor und war ein bisschen nervös. Sie würde nicht nur Max völlig ramponiert sehen, sondern auch zum ersten Mal seinen Eltern begegnen.

Sie drückte auf die Türklingel und wartete ungeduldig. Am liebsten wäre sie ins Haus gestürmt und hätte Max *behutsam*, aber innig umarmt.

Eine große, elegant aussehende Dame öffnete. Sie war sehr schlank, mit frisierten kurzen grauen Haaren, in einer dunkelblauen Hose, weißen Bluse und einem blau gemusterten Schal um den Hals. Sie hatte freundliche blaugraue Augen, die jedoch müde aussahen.

»Hallo, Sie müssen Emma sein. Freut mich sehr, Sie kennenzulernen.« Sie streckte zur Begrüßung die Hand aus. »Kommen Sie herein.«

Es machte alles einen sehr formellen Eindruck.

»Sie möchten bestimmt Max sehen. Ich werde Sie hinführen … wir haben ihm ein Bett ins Esszimmer gestellt, das erspart uns die Treppe«, erklärte sie. »Die Rippen scheinen ihm noch zu schaffen zu machen.«

»Hey.« Max versuchte sich aufzurichten und verzog dabei das Gesicht. Seine Eltern hatten ein Schlafsofa für ihn aufgestellt. Emma bemerkte die große grünschwarze Prellung an der einen Wange.

»Hi. Was hast du bloß angestellt?«

»Ich habe akrobatische Kunststücke auf dem Baugerüst ausprobiert. Hab dabei leider das Sicherheitsnetz vergessen.« Er versuchte zu lächeln.

»Ich werde mal Tee kochen«, sagte Christine und ließ die beiden höflich allein.

Ah, verdammt, die Tränen flossen schon wieder.

»Hey, komm her. Es geht mir gut, Em.«

Max wusste genau, weshalb das so schwer für sie war. Er streckte den gesunden Arm aus, und sie fand Geborgenheit in seiner halben unbeholfenen Umarmung. Wieder zuckte er zusammen.

»Sorry.« Sie löste sich ein wenig, aus Angst, ihm wehzutun.

»Ist schon gut, bleib. So geht es.« Er bedeutete ihr, sich an die unverletzte Seite seiner Brust zu schmiegen.

Es fühlte sich so gut an, ihn unter ihrem Kopf zu spüren, die Wärme seiner Haut durch sein T-Shirt hindurch zu fühlen, sein Herz pochen zu hören.

»Max …« Sie hob den Kopf nicht, sondern sprach die Worte laut und klar aus: »Um dir auf deine Schokoladenbotschaft zu antworten: Ich liebe dich auch.«

Eine Weile später brachte Christine Tee und Gebäck auf einem Tablett, und erkundigte sich bei Emma nach ihrem Schokoladengeschäft und dem Dorf. Emma stand vom Bett auf, da es sie in Gegenwart seiner Mutter verlegen machte, Max so nah zu sein – nicht dass Christine auch nur mit der Wimper gezuckt hätte, als sie wieder hereinkam. Trotzdem stellte Emma einen Esszimmerstuhl neben das Bett. Max' Vater, Trevor, steckte den Kopf ins Zimmer und sagte freundlich hallo. Offenbar war er gewarnt worden, den beiden etwas Zeit für sich zu geben. Er schien ein netter Mann zu sein, eine dünnere Version von Max, ohne Stoppelbart.

Am Ende blieb Emma für zwei Stunden, und zum Abschied küssten sie und Max sich zärtlich. Sie versprach, ihn morgen nach der Arbeit wieder zu besuchen, obwohl es eine vierzigminütige Fahrt nach einem langen Arbeitstag war. Aber schlimmer wäre es, ihn nicht zu sehen. Es war schon hart genug, ihn hier zu lassen, nachdem sie sich endlich wieder hatten. Als sie den Raum verließ, vermisste sie bereits den Kontakt und seine Nähe. Wenigstens konnte sie in der Gewissheit fahren, dass seine Familie sich gut um ihn kümmern würde.

48. Kapitel

»Emma, du musst mir helfen. Die haben vor, mich am ersten Weihnachtstag zu Onkel George zu bringen«, flüsterte Max am Telefon. Es war vier Tage später. »Das wurde schon vor dem Unfall arrangiert. Ein *Familien*-Weihnachtstag, und die haben mir nichts davon gesagt. Ehrlich, der ist völlig irre, seine Frau kann kaum kochen, und sie haben drei Katzen, die mich alle hassen. Die fahren ständig ihre Krallen aus. Kannst du herkommen und mich retten?«

»Bist du denn schon in der Lage hierherzukommen?«

»Ja, es tut zwar noch alles weh, aber es geht mir schon viel besser. Außerdem wäre ich gern bei dir.«

»Na ja, ich habe James und seine Familie zum Abendessen hier, aber klar, kein Problem, du kannst auch hier sein. Das wäre schön.«

»Nur bin ich hier gefangen. Fahren kann ich noch nicht, und Mum meint, sie lässt mich nicht allein zu Hause. Davon will sie nichts hören. Besteht die Möglichkeit, dass du herkommst und mich holst? Tut mir leid, ich weiß, dass es schwierig ist, weil du im Laden so viel zu tun haben wirst.«

»Oh, nach der Arbeit morgen, Heiligabend, könnte ich dich holen. Aber du solltest es vorher mit deiner Mutter klären. Ich will nicht in ein Familiendrama geraten, wenn ich da bin.«

»Mach ich, aber es wird in Ordnung für sie sein, solange ich nicht allein bin und versorgt werde. Sie will bloß nicht, dass ich allein bin. Sie ist großartig, meine Mum, versteh mich da nicht falsch, aber in dieser Woche habe ich mich wieder wie ein Achtjähriger gefühlt. Gestern hat sie mir sogar mein Abendessen klein geschnitten. Sie konnte sich gerade noch bremsen, mich mit dem Löffel zu füttern.«

Emma lachte in sich hinein. »Sie versucht doch nur, sich um dich zu kümmern. Ich wette, du liegst da die ganze Zeit griesgrämig herum. Na schön, ich komme vorbei und rette dich. Aber klär das zuerst mit deiner Familie. Ruf mich anschließend zurück, dann versuche ich, gegen sechs bei dir zu sein.«

Endlich kam Heiligabend. Holly half, und Bev sollte etwas später kommen. Um elf Uhr vormittags herrschte bereits Hochbetrieb, jede Menge Geschenkkäufe und Füllungen für Weihnachtssocken auf den letzten Drücker, außerdem gestresst aussehende Leute auf dem Rückweg vom Lebensmittelladen oder von Familienbesuchen, die einen Kaffee zur Aufmunterung brauchten. Dann waren da noch die Glücklichen, die schon frei hatten und Urlaub machten in ihren Häuschen oder Bed & Breakfasts am Meer, während die anderen sich ins Zeug legten, emsig wie die Ameisen, um heiße Schokolade und Tee für sie zu kochen.

Emma war müde, aber sie liebte diese Jahreszeit. Ja, es war viel zu tun, seit Wochen schon, aber es war auch etwas Besonderes. Sie hatte ihre Weihnachtsbeleuchtung eingeschaltet, Weihnachtslieder und festliche Popmusik liefen, und sie trug ihren alten verlässlichen Rentierpullover, der jedes Jahr aufs Neue zum Einsatz kam, dazu ihre roten Christbaumkugelohrringe. Bev würde in Kürze in ihrem Weihnachtselfenkostüm auftauchen (sie hatten entschieden, dass ein Weihnachtsoutfit ein Muss war), und Holly war als Weihnachtsmann verkleidet, in einem roten Filzmantel und mit weißem Bart. Allerdings bereitete ihr der lange Bart Probleme, weil er ständig in die heiße Schokolade tauchte! Oh ja, weniger als vierundzwanzig Stunden bis zum großen Tag, und sie waren in voller Weihnachtsstimmung.

Ein bisschen freute Emma sich jedoch auch darauf, den Laden hinter dem letzten Kunden abzuschließen, die Schuhe wegzukicken und drei Tage frei zu haben. Sie hatte beschlossen, auch den Tag nach dem zweiten Weihnachtstag freizunehmen – die Leute würden über Weihnachten genug Schokolade gehabt haben und so schnell keine neue wollen. Außerdem war es nötig, dass sie sich eine kleine Auszeit nahm.

Heute würde sie gleich nach der Arbeit nach Morpeth fahren, um Max abzuholen, also würde sie das Schuhewegkicken noch eine Weile aufschieben müssen. Allerdings freute sie sich darauf, ihn und ihre Familie hier zu haben.

An einem der beiden Fenstertische saßen noch sechs Gäste, die bedient werden wollten, als Hollys Handy klingelte. Emma nickte ihr zu, um sie wissen zu lassen, dass es in Ordnung war, wenn sie den Anruf entgegennahm. Ihre Assistentin verschwand in der Küche, um ungestört telefonieren zu können.

Ein wenig aufgebracht kehrte sie kurz darauf zurück

»Alles in Ordnung?«, erkundigte Emma sich.

»Eigentlich nicht. Adams Gran hat Grippe. Wir waren für morgen bei ihr zum Abendessen eingeladen. Sie wollte für uns kochen, es sollte unser erstes gemeinsames Weihnachten sein. Meine Mum und mein Dad sind im Süden und besuchen dort meinen Bruder. Adams Mutter starb, als er noch klein war, deshalb steht er seiner Gran so nahe, und sein Dad muss arbeiten. Der ist Koch, und jemand muss ja all die vielen Weihnachtsessen zubereiten. Also können wir nirgendwohin.«

Zwei mehr wären auch nicht so schlimm, fand Emma. Sie hatte einen Truthahn, von dem eine zwölfköpfige Familie satt werden würde. Sie würde eben ein bisschen mehr Gemüse vorbereiten müssen. »Warum kommt ihr beiden nicht einfach hierher? Das passt, keine Sorge. Ich habe James und seine Familie hier, und Max jetzt auch noch. Er erholt sich von seinem Unfall.«

»Oh, ich bin froh wegen Max! Das sind gute Neuigkeiten, Em.«

»Zwei Leute mehr sind kein Problem. Ihr könnt sogar noch etwas vom Truthahn für Adams Gran mitnehmen. Ihr könnt sie besuchen und schauen, wie es ihr geht, dann ist sie Weihnachten nicht die ganze Zeit allein. Was meinst du?«

»Das wäre großartig.« Sie umarmte Emma. »Ich rufe gleich Adam an. Bist du dir wirklich sicher?«

»Absolut. Je mehr, desto lustiger.« Die Kocherei den ganzen Tag würde anstrengend werden, aber es würden auch zahlreiche Helfer da sein. Und ging es Weihnachten denn nicht genau darum?

49. Kapitel

»Frohe Weihnachten!« Max saß neben Emma und grinste sie breit an. Es war ihm gelungen, sich auf den Kissen aufzurichten.

»Fröhliche Weihnachten, Max.« Sie lächelte und beugte sich vorsichtig herüber, um ihn auf die Wange zu küssen.

Es war also real, kein imaginärer Weihnachtswunsch, der ihr im Kopf herumspukte. Er war wirklich hier, den Arm in der Schlinge, und abgesehen vom gebrochenen Schlüsselbein und den angeknacksten Rippen ging es ihm gut. Natürlich tat ihm nach wie vor alles weh.

Die Nacht war interessant gewesen. Sie hatte angeboten, auf dem Sofa zu schlafen, damit er mehr Platz hatte und sein Schlaf nicht gestört wurde. Doch er bestand darauf, dass sie bei ihm war und es gehen würde. Emma befürchtete, sie könnte in der Nacht zu ihm hinüberrollen oder sich hin und her wälzen und gegen ihn stoßen, deshalb blieb sie strikt auf ihrer Seite des Bettes.

Heute war der erste Weihnachtstag. Sie musste einen Truthahn zubereiten und Geschenke für James und seine Familie einpacken. Das hatte sie eigentlich gestern Abend machen wollen, doch da musste sie nach Morpeth fahren. Das Problem war, dass alle schon bald auftauchen würden. Holly, Adam, James, Chloe, die Zwillinge – alle wollten verpflegt und unterhalten werden. Sie hatte auch ihre Eltern eingeladen, aber die hatten sich schon mit engen Freunden zum Essen verabredet. Sie wollten am zweiten Weihnachtstag spätnachmittags zu Besuch kommen. Aber hey, es würde schon alles klappen, bloß keine

Hektik. Jetzt wollte sie erst einmal ein paar ruhige Augenblicke mit diesem aufregenden Mann neben sich verbringen.

»Überraschung!«, rief Max über ihrem Kopf.

Oder vielleicht auch nicht so ruhig.

»Mist, ich komme nicht ran«, erklärte er, »aber da ist ein Geschenk für dich unter meiner Seite des Bettes. Würde es dir etwas ausmachen, es für mich zu holen?«

Emma setzte sich auf und stieg aus dem Bett. Sie wollte sich gerade unter das Bett bücken, als ihr einfiel, dass sie vollkommen nackt war. Sie überlegte es sich anders, da diese Position möglicherweise nicht sehr elegant aussehen würde. Also schlüpfte sie rasch in ihren seidenen Morgenmantel.

»Spielverderberin.« Er grinste aus seinem Kissennest heraus.

Als sie auf Händen und Knien war, entdeckte sie ein Päckchen, das professionell in Goldfolie, mit Schleifen in Gold und Silber, verpackt war. Sie nahm es und legte sich damit wieder ins Bett. Max beobachtete sie genau, während sie es auspackte. Sie war nicht der Typ, der das Geschenkpapier aufriss. Sie zelebrierte das Auspacken. Darin fand sie eine schwarze samtene Juwelierbox, die sie vorsichtig öffnete. Darin kam eine wunderschöne silberne Halskette mit einem filigranen Herzanhänger zum Vorschein.

»Oh, ich liebe es! Vielen Dank.« Sie berührte das Herz und sah ihn lächelnd an. In den vergangenen Wochen hatte sie sich gefühlt, als hätte er ihr ein Stück ihres Herzens zurückgegeben. Sie küsste ihn schnell auf die Lippen und legte sofort die Kette um ihren Hals, wobei sie die langen Haare über die Schulter warf, um den Verschluss leichter zuzubekommen.

»Puh, bin ich froh, dass sie dir gefällt. Ich fand, das Herz passt gut – zumindest hatte ich das gehofft. Es ist übrigens aus Weißgold.«

»Danke. Jetzt habe ich allerdings die Befürchtung, dass mein Geschenk eher eine Enttäuschung sein wird.«

»Niemals. Allein schon dass ich Weihnachten hier bei dir sein kann, ist verdammt gut.«

Emma hatte Max' Geschenk vor einigen Tagen eingepackt und in ihren Nachtschrank gelegt.

Er öffnete ihn und fand eine Flasche Armani-Aftershave, außerdem einen neuen Schal, der ihn auf der Baustelle warmhalten sollte. Emma war das ganz passend erschienen, da es immerhin ein Schal gewesen war, der sie überhaupt zusammengebracht hatte.

Er fummelte einhändig an dem Geschenkpapier und der Verpackung herum, dann sprühte er sich mit dem Aftershave ein. »Hm, ja, das hatte ich schon mal. Das mag ich wirklich.«

Emma atmete den Duft ein. Oh ja, an ihm duftete es noch besser als im Laden.

»Und ein Schal – das ist großartig. Den kann ich mir um den Hals wickeln und an dich denken.« Er lächelte liebevoll, als würde er sich wirklich freuen.

Es handelte sich um einen schönen Barbour-Schal mit grauem Karomuster. Sie hatte ihm etwas Hübsches schenken wollen, nur konnte sie eben nicht viel Geld ausgeben. Sie hatte noch eine Schachtel Whiskytrüffel dazugelegt, seine Lieblingstrüffel.

»Nicht zu langweilig, hoffe ich.«

»Genau das Richtige, danke.« Und dann küsste er sie.

Eine Stunde später waren sie unten in der Küche. Max bot an, ihr bei dem vielen Gemüse zu helfen, das zur Verarbeitung bereit lag: Kartoffeln, Rosenkohl, Karotten und Pastinaken. Emma sah ihn an, dann seinen Arm in der Schlinge.

»Danke, aber vielleicht könntest du den Tisch decken? Das wäre klasse.«

»Ah ...« Max verstand. »Ja, natürlich.«

»Ich möchte im Chocolate Shop essen, an dem großen runden Tisch in der neuen Fensternische, die ein wunderbarer

Handwerker geschaffen hat, den ich zufällig kennengelernt habe.« Sie grinste. »Mit zusätzlichen Stühlen müssten wir zu acht an den Tisch passen.«

»Ja, das klingt ideal. Und den Typen, diesen Handwerker, kenne ich auch. Der ist in Ordnung. Ist bestimmt ein guter Fang.« Er zwinkerte ihr zu.

»Gut, ich muss nur meine Weihnachtstischdecke holen. Das Besteck findest du in der Schublade dort.« Sie zeigte darauf.

Die Tischdecke hatte sie von ihrer Mum. Die war früher jedes Jahr zu Weihnachten auf den Tisch gekommen, als Emma und James noch Kinder waren. Sie war aus cremefarbenem Leinen, mit von Hand gestickten silbernen und goldenen Sternen, die durch einen glitzernden Faden stets funkelten und sie wunderhübsch machten. Irgendwann hatte ihre Mutter eine Veränderung haben wollen, da war Emma Studentin gewesen. Sie hatte sich eine neue Cath-Kidston-Tischdecke mit Stechpalmen darauf gekauft, und Emma hatte gefragt, ob sie die alte haben könnte. Seither verwendete sie diese Tischdecke jedes Jahr. Sie war inzwischen fester Bestandteil ihres Weihnachtsfestes geworden. Komisch, wie viel einem Dinge bedeuten konnten, besonders zu dieser Zeit des Jahres. Traditionen, Erinnerungen … sie und Luke hatten diese Tischdecke bei ihrem ersten gemeinsamen Weihnachtsessen benutzt. Ihr Herz zog sich ein wenig zusammen.

Emma hatte Lukes Eltern und seinem jüngeren Bruder Nathan eine Karte geschickt, zusammen mit selbst gemachter Schokolade und einer Flasche Prosecco. Es würde auch für sie ein schwieriger Tag werden, denn da war immer dieses Gefühl, dass jemand fehlte …

Zeit, an heute zu denken, Em, ermahnte sie sich im Stillen, während sie Max dabei beobachtete, wie er sein Bestes gab, Messer und Gabeln mit nur einer Hand aufzudecken. Das

Tischdecken würde langsam vonstatten gehen, aber sie wusste, dass er unbedingt helfen wollte. Während Max mit dem Besteck zu tun hatte, machte sie sich daran, den Berg Gemüse zu schälen.

Der Truthahn war bereits im Ofen, und Adams Gran hatte ihre selbst gemachte Füllung und Würstchen im Schlafrock geschickt, da sie selbst nicht kochen konnte diesmal und alles nicht wegwerfen wollte.

Max' Mutter hatte ihnen gestern Abend auch noch einen Haufen Lebensmittel mitgegeben, damit sie »versorgt« waren: einen ganzen geräucherten Schinken, verschiedene Käsesorten, eine Packung Cracker, Chutneys, Trauben und Mince Pie. Sie hatte Emma angelächelt und gesagt, sie wisse, wie viel er esse. Für ein spätes Abendessen war also genug vorhanden – falls dann noch etwas hineinpasste. Zumindest bestand keine Notwendigkeit, morgen zu kochen. Emma stellte den riesigen Kochtopf mit den Kartoffeln auf den Herd und ging nach vorn in den Laden, um zu sehen, wie Max vorankam.

Für das Dessert hatte sie bereits einen riesigen Schokoladen-Orangen-Weihnachtspudding zubereitet statt der traditionellen Fruchtversion, da sie wusste, dass James' Mädchen den lieber mochten – wer nicht, schließlich war er aus Schokolade! Und zwar aus sehr gehaltvoller dunkler belgischer Schokolade, mit einer weichen Schokoladen-Orangencreme-Füllung in der Mitte. Im Café war er als festliche Spezialität in den vergangenen zwei Wochen sehr gut angekommen, serviert mit einem Klecks Sahne. Gestern hatte Emma zusätzlich einen für ihr gemeinsames Fest zubereitet.

James und Chloe wollten eine Vorspeise aus geräuchertem Lachs mitbringen, außerdem Wein und Champagner. Es war also wirklich ein festliches Beisammensein, an dem sich jeder beteiligte.

Max hatte ebenfalls eine Flasche Champagner kalt gestellt, um sie beim Eintreffen der ersten Gäste zu öffnen.

Holly und Adam kamen zuerst, kurz darauf folgten James und seine Familie. Der Chocolate Shop sah besonders feierlich aus mit dem für das Weihnachtsessen gedeckten Tisch. Es gab Christmas-Cracker und mit Sternen dekorierte Servietten, dazu die Schokoladengeschenke, die Emma für alle Gäste extra zusammengestellt hatte. Zwei für jeden, in mit Stechpalmen bedrucktes Zellophan verpackt und mit einer goldenen Schleife kunstvoll verschlossen. Die Mädchen hatten ein Schokoladenrentier und einen Schneemann bekommen, James zwei Whiskytrüffel, Chloe einen Bailey-Trüffel aus weißer Schokolade und einen Champagnertrüffel aus Milchschokolade, Holly ein salziges Karamell und einen Himbeercremetrüffel, Adam einen Minischokoriegel mit Rosinen und Rum, Max einen Whisky- und einen Brandytrüffel.

Max hatte zu kämpfen, schaffte es dann doch, die Champagnerflasche aufzubekommen, damit sie alle ein Glas trinken konnten. Die Mädchen bekamen Limonade aus Sektgläsern, und alle riefen beim Anstoßen »Fröhliche Weihnachten!«. Geschenke wurden ausgetauscht, mit Dankesworten und Umarmungen und aufgeregtem Geplapper. Alfie durfte ausnahmsweise bei allen im Laden sein und trug ein rot kariertes Halstuch. Er hatte einen Mordsspaß dabei, einen ziemlich laut quietschenden Spielzeugtruthahn zu attackieren, den die Zwillinge ihm geschenkt hatten. Das machte ihn im Augenblick glücklich.

Der Tag war einfach wundervoll – trubelig, laut, mit Geschenken, Liebe und Lachen.

Adam und Holly hatten sich mit Umarmungen, Küssen und großem Dankeschön auf den Weg gemacht, um Adams Großmutter das Essen zu bringen. Sie versprachen, später noch einmal vorbeizukommen. Emmas Familie beschloss, einen Spaziergang am Strand zu machen, um mal an die frische Luft zu kommen und den Truthahn zu verdauen. Sie nahmen Alfie mit. Max verzichtete gern. Emma vermutete, dass er nach wie vor Schmerzen hatte und die anderen bei ihrem Strandspaziergang nicht aufhalten wollte.

Unten am Strand rannten die Mädchen kichernd mit Alfie umher. Über ihnen flogen die Möwen, und die schaumigen Winterwellen des Meeres brandeten ans Ufer. Chloe und James gingen Hand in Hand, offenbar glücklich in ihrer eigenen Welt; ein schöner Anblick.

Es gab eine Minikrise, als Lucy zu nah ans Wasser lief und eine große Welle in ihre Stiefel schwappte. Tränen flossen, bis Chloe sie auf den Arm nahm, ihr einen Stiefel nach dem anderen auszog und das Salzwasser auskippte. »Schon wieder erledigt.«

James holte Emma ein, und sie gingen gemeinsam in gemächlichem Tempo. »Max scheint ein netter Kerl zu sein«, bemerkte er.

»Ja.« Emma lächelte. Sie wollte nicht zu viel preisgeben.

»Läuft es gut zwischen euch?« Ihr kleiner Bruder wollte lediglich wissen, ob es ihr gut ging, aus reinem Beschützerinstinkt. Gleichzeitig hoffte er, dass sich die Dinge für sie gut entwickelten.

»Ich denke schon ... es ist allerdings noch ein bisschen früh.« Sie gewöhnte sich erst ganz allmählich daran, wieder eine Beziehung zu haben, und war sich nicht sicher, ob sie an diesem Punkt schon darüber sprechen wollte.

»Na, ich hoffe, er macht dich glücklich, Em. Er scheint jedenfalls in Ordnung zu sein.«

»Ja, ich glaube, das ist er.«

Er legte ihr den Arm um die Schultern und drückte sie brüderlich.

Die Mädchen kamen angesaust und wollten ebenfalls Umarmungen. Sie wurden hochgehoben und schwungvoll von einem Erwachsenen zum nächsten weitergereicht, Emma bildete die goldene Mitte. Die Zwillinge kreischten vor Vergnügen, während sie hin und her geschwungen wurden, und riefen: »Mehr, mehr!«, bis allen die Arme wehtaten.

Innerhalb der nächsten fünf Minuten zogen sich am Himmel graue Wolken zusammen, und feuchter, nebliger Niesel umhüllte die Spaziergänger. Es war schön gewesen rauszukommen, doch inzwischen war es nach vier, und bald würde es dunkel werden. Also machten sie sich auf den Rückweg, um daheim ausgiebig zu entspannen, besonders Emma. Im Fernsehen würde irgendein Film laufen, etwas Weihnachtliches, was sie zweifellos schon gesehen hatte, und alle würden auf dem Sofa oder auf dem Fußboden in ihrem Wohnzimmer liegen. Vielleicht schaffte sie es sogar, einen Mince Pie mit einem Glas Baileys zu genießen oder einfach einer guten alten Tasse Tee.

Darum ging es doch an Weihnachten: Familie, Freunde, die Liebsten. Das Leben war etwas Besonderes und Kostbares, und als Emma später tatsächlich auf einem Kissen in ihrem Häuschen saß, zusammen mit ihrer Familie, Max, Holly und Adam, war sie voller Dankbarkeit für das, was sie hatte, trotz des Kummers in der Vergangenheit.

James und seine Familie gingen kurz nach sieben, da die Kinder gegen Ende des Films schon eingenickt waren. Lucy mochte Max und hatte sich neben ihn auf das Sofa gekuschelt, an seine gesunde Seite. Sie plapperte sich in den Schlaf und fragte ihn nach dem blauen Bandagending aus, und ob man seinen Arm abschneiden müsse und ob es wehgetan habe. Für alle war es ein langer Tag gewesen. Offenbar waren die Mädchen vor Aufregung und überschüssiger Energie bereits um fünf aufgestanden. Sie wollten unbedingt herausfinden, ob der Weihnachtsmann da gewesen war. Natürlich war er das.

Emmas Bruder und seine Familie verabschiedeten sich mit Umarmungen und Küssen und großem Dankeschön sowie einer Einladung für Emma und Max, sie doch bald besuchen zu kommen. James schüttelte Max fest die Hand, und Emma bemerkte, dass ihr Bruder ihm dabei wohlwollend auf die unverletzte Schulter klopfte.

Holly und Adam gingen kurz danach. Gran war überglücklich gewesen über das Weihnachtsessen ebenso wie den Besuch der beiden; freudig berichteten sie, dass es ihr schon ein wenig besser ging.

Max und Emma blieb also ein gemütlicher Abend zu Hause. Alfie gelang es, einen Platz auf dem Sofa zu ergattern und es sich zwischen ihnen bequem zu machen, nachdem er eine Schüssel voll Truthahn mit Beilagen verputzt hatte. Nun, es war schließlich Weihnachten. Emma war müde, aber auf zufriedene, glückliche Weise. Tatsächlich war es das beste Weihnachtsfest seit Jahren für sie gewesen.

Dann war es Zeit, zu Bett zu gehen, und nachdem Emma Max beim Ausziehen geholfen hatte, kuschelten sie sich unter der Doppeldecke in ihrem Schlafzimmer aneinander. Inzwischen fürchtete sie nicht mehr, an seine verletzte Schulter zu stoßen. Tatsächlich war es erstaunlich, wie man sexuelle Techniken mit Rücksicht auf ein gebrochenes Schlüsselbein praktizieren konnte, und obwohl sie müde war, war sie doch nicht *zu* müde. Allerdings gab es einen Punkt, an dem sie nicht sicher war, ob sein Stöhnen über ihr, Ausdruck der Lust oder des Schmerzes war, daher schaute sie rasch unter der Bettdecke hervor, um sich zu vergewissern.

»He, wieso hörst du auf?«, beschwerte Max sich frustriert.

»Ich wollte nur sichergehen, dass ich dir nicht wehtue.«

»Das war Lust, nicht Schmerz«, erklärte er grinsend und mit einem flehenden Bitte-jetzt-nicht-aufhören-Ausdruck in den Augen.

»Tut mir leid«, murmelte Emma und machte sich daran, zu beenden, was sie begonnen hatte.

Nachdem sie miteinander geschlafen hatten, sehr vorsichtig, lag sie neben ihm. Sie empfand ein Gefühl, das sie sehr lange nicht mehr verspürt hatte. Sie schmiegte sich an seine gute Seite und genoss die Berührung seiner Haut, seine Wärme, die Nähe seines Körpers, und schon bald waren sie eingeschlafen.

50. Kapitel

Es war der zweite Weihnachtstag, und in diesem Jahr war Emma nicht allein. Sie wachte neben einem wundervollen, sehr lebendigen – wenn auch ein wenig ramponierten – Mann in ihrem Bett auf. Ein Mann, der ihr geholfen hatte, den Chocolate Shop wieder auf die richtige Bahn zu bringen und sich verdammt viel Mühe dabei gab, ihr gebrochenes Herz zu heilen.

»Guten Morgen, meine Schöne.« Er sah vom anderen Kissen zu ihr herüber.

»Guten Morgen, mein hinreißender Verletzter.«

Trotz seiner angeknacksten Rippen und der lädierten Schulter schaffte sie es, sich ein bisschen enger an ihn zu schmiegen.

Der erste Weihnachtstag war auf wundervolle Weise betriebsam gewesen durch den Besuch der Familie und Freunde. Später wollten Emmas Eltern vorbeikommen, doch jetzt gehörte der Tag ihnen. Es bestand keine Notwendigkeit zur Eile. Sie mussten nirgendwohin, und Emma wollte diese gemeinsame Zeit bewusst genießen.

Am späten Vormittag fuhren sie hinunter zum Strand, um frische Luft zu schnappen und Alfie Bewegung zu verschaffen. Emma hielt auf dem Parkplatz in den Dünen, und dann gingen sie langsam, Max' Verletzungen stets im Blick, den Pfad zum Strand entlang. Sein Zustand machte ihm immer noch zu schaffen, deshalb wollte er sich für eine Weile auf einen Felsen setzen und zuschauen, wie Emma mit Alfie ans Wasser lief. Das gleichmäßige Geräusch der Brandung wirkte entspannend. Alfie hatte Spaß mit einem Stock, den sie für ihn in die Wellen warf und den er wieder und wieder mit ungebrochener Spaniel-Energie zurückbrachte.

Emma schaute aufs Meer hinaus und dachte an Luke und daran, wie willkürlich und rau das Leben sein konnte – und wie schön. Sie drehte sich zu Max um, der ihr von seinem Platz auf dem Felsen aus zuwinkte. Dieser geduldige, liebe, sexy Mann, von dem sie glaubte, dass er auch in ihrer Zukunft noch eine Rolle spielen würde.

Sie ging zu ihm zurück, Alfie stets an ihren Fersen.

»Alles in Ordnung?«

»Absolut«, antwortete er. »Ich genieße die Aussicht.« Er lächelte. »Verrückt, Sie hier wieder zu treffen. Sind wir uns hier nicht schon einmal begegnet?«

»Möglich.« Sie grinste. Und beide erinnerten sich an jenen schicksalhaften Tag vor exakt einem Jahr zurück, als der Schal sie zusammenbrachte.

Gott sei Dank war es damals ein windiger Tag gewesen, sonst hätten sie sich wohl nicht kennengelernt. Wer konnte schon wissen, was das Leben als Nächstes bereithielt?

Max stand auf und verzog das Gesicht. »Die Rippen.« Er deutete mit seinem Finger auf seinen Oberkörper.

Gemächlichen Schrittes gingen sie Hand in Hand zurück zum Wagen und standen dann oben auf den Dünen, mehr oder weniger genau an der Stelle, wo sie sich letztes Jahr am zweiten Weihnachtstag geküsst hatten. Emma beugte sich nach vorn, wobei sie darauf achtete, nicht gegen seine lädierte Schulter zu stoßen, und küsste ihn zärtlich auf die Lippen. Mit dem gesunden Arm zog er sie näher an sich, und der Kuss wurde sinnlicher, voller Zärtlichkeit, Leidenschaft, Verlangen und Hoffnung.

Als sie sich nach einer Weile wieder voneinander lösten, lächelte Emma.

In ihrem ramponierten Herzen war vielleicht doch noch Platz.

– ENDE –

Danksagungen

Während der Entstehung des Buches musste ich viel über Schokolade recherchieren – und sie natürlich auch kosten! Mein Dank geht an die wundervolle Louise Frederique, Chocolatière-Pâtissière in ihrem herrlichen Schokoladengeschäft und Café »Cabosse« in Warkworth. Außerdem danke ich der reizenden June Carruthers, die mich nicht nur bei sich zu Hause willkommen hieß, sondern mir zeigte, wie man Trüffel und Schokolade selbst von Hand herstellt und die erstaunlichsten Dinge damit kreiert – die Schokoladenhutschachtel-Idee war ganz allein ihre.

Bev Stephenson danke ich für ein großartiges Telefongespräch über die Höhen und Tiefen der Schokoladenherstellung und für die Beantwortung meiner zahlreichen Fragen.

Wie immer danke ich auch meiner Familie: Richard, Amie und Harry sowie deren Partner Toby und Rowan. Dieses Buch wurde inmitten von Heiratsplänen geschrieben, Junggesellinnenabschied inklusive. Zwischen all den Feiern musste ich gelegentlich Winterschlaf halten. Alles Liebe und Glück den Frischvermählten!

Mum und Dad danke ich für all ihre Unterstützung im Lauf der Jahre, ein ebenso dickes Dankeschön natürlich auch an die restliche Familie. Meiner Schwester Debbie wünsche ich viel Glück – du bist so nah dran, deine Träume zu verwirklichen. Mach weiter! Danke an alle meine Freunde – der Spaß mit euch, das gemeinsame Lachen und die Proseccomomente haben mich immer wieder motiviert.

Weiterhin möchte ich meinen Freunden von der Romantic

Novelists' Association für ihre Unterstützung und ihren Rat über die Jahre danken.

Auch bei meiner Heimat Northumberland möchte ich mich für die erneute Inspiration bedanken. Warkton-by-the-Sea ist eine Mischung aus Warkworth und Craster sowie meiner Fantasie. Diese Kombination hat mir geholfen, den idealen Schauplatz für dieses Buch zu finden und die Schönheit der Küste Northumberlands beschreiben zu können.

Ich danke meiner wunderbaren Lektorin Charlotte Brabbin für ihre Hilfe, dieses Buch zu etwas Besonderem zu machen, und dem ganzen Team bei HarperImpulse und HarperCollins. Meiner tollen Agentin Hannah Ferguson und allen bei Hardman & Swainson: danke!

Zu guter Letzt danke ich meinen LeserInnen und den BloggerInnen, dass ihr mein Buch gelesen und Besprechungen gepostet habt, und dafür, dass ihr euch die Zeit genommen habt, mir eure wundervollen Kommentare zu schicken. Ohne eure Unterstützung hätte ich niemals diesen Erfolg gehabt. Es dauerte über zehn Jahre bis zu meiner ersten Veröffentlichung, und ich muss mich heute noch kneifen, wenn ich meine Bücher online oder in einem Buchgeschäft sehe.

Nun denn, ich hoffe, auch ihr habt es euch während des Lesens mit ein bisschen Schokolade gemütlich gemacht. Und falls ihr gerade erst anfangt – viel Spaß!

Alles Liebe,
Caroline x

Der Schokoladenzauber endet hier noch nicht!

Blättert um und entdeckt
Emmas Lieblingsweihnachtsrezepte

Weihnachtliche Orangenschokoladentrüffel

(Ergibt etwa 36 Stck.)

Zutaten:

250 g dunkle Schokolade von guter Qualität (mindestens 70%)
125 ml frischer Orangensaft (selbst gepresst wäre am besten)
150 g Puderzucker
Abrieb einer Orangenschale
150 g dunkle Schokolade zur Dekoration

Zubereitung:

1. Hackt die dunkle Schokolade sehr fein, und gebt sie in eine Schüssel.
2. Bringt den Orangensaft, die geriebene Orangenschale und den Puderzucker zum Köcheln, und rührt, bis der Zucker sich aufgelöst hat.
3. Gießt die Mischung auf die Schokolade, und rührt erneut, bis sie geschmolzen ist.
4. Stellt alles in den Kühlschrank, bis es fest ist (ungefähr 4 Stunden).
5. Nehmt einen Teelöffel voll von der Mischung, und rollt eine Kugel daraus; legt sie auf ein Blech mit Backpapier; wiederholt das Ganze.
6. Lasst die zur Dekoration gedachte Schokolade sanft in einer Schüssel im heißen Wasserbad schmelzen. Benutzt eine Gabel oder einen Zahnstocher, um die Trüffelkugeln in die

geschmolzene Schokolade zu tauchen. Die geschmolzene Schokolade muss weich sein, aber nicht zu flüssig, damit die Trüffel gut umhüllt werden; sollte sie herunterlaufen, müsst ihr sie weiter abkühlen.

7. Legt sie auf das Backpapier, damit der Schokoladenmantel fest wird.

Emmas Schnapstrüffel

(Ergibt etwa 36 Stck.)

Zutaten:

125 ml Sahne
250 g dunkle Schokolade von guter Qualität (mindestens 70%), fein gehackt
2 Esslöffel Whisky, Irish Cream, Brandy oder Rum
150 g dunkle, weiße Schokolade oder Milchschokolade zur Dekoration

Zubereitung:

1. Bringt die Sahne in einem kleinen Topf zum Köcheln. Nehmt den Topf von der Platte, und rührt die Schokolade hinein, bis sie geschmolzen und der Mix dickflüssig und weich ist.
2. Rührt die Spirituose eurer Wahl hinein. Gießt alles in eine Schüssel, und lasst es abkühlen, bis es fest ist (im Kühlschrank ungefähr 4 Stunden).
3. Nehmt einen Teelöffel voll von dem Mix, und rollt einen Ball daraus, den ihr auf ein Blech mit Backpapier legt; wiederholt das Ganze.
4. Lasst die zur Dekoration gedachte Schokolade in einer Schüssel im heißen Wasserbad schmelzen. (Weiße Schokolade passt gut zu Baileys Irish Cream, dunkle zu Whisky, aber entscheidet je nach Geschmack.) Benutzt eine Gabel oder einen Zahnstocher, um die Trüffel in die geschmolzene

Schokolade zu tauchen. Sollte sie vom Trüffelkern herunterlaufen, lasst sie weiter abkühlen, damit sie fester wird.
5. Legt sie auf das Backpapier, damit die Ummantelung fest wird.

Da diese Schnapstrüffel mit Sahne gemacht sind, bewahrt sie besser im Kühlschrank auf, und esst sie innerhalb einer Woche.

Ich hoffe, ihr genießt diese Trüffel! Idealerweise mit Freunden und der Familie oder zum Verschenken.

Frohe Weihnachten!

Caroline Roberts
Rosen, Tee und Kandiszucker
€ 9,99, Taschenbuch
ISBN 978-3-95649-662-2

Für Ellie geht ein Traum in Erfüllung: Diesen Sommer wird sie die Teestube im wunderschönen Claverham Castle mit Leben und dem Duft nach Tee und frischem Kuchen füllen. Sie hat so viele Ideen und Pläne. Aber hat sie sich vielleicht doch zu viel vorgenommen? Sie muss es einfach schaffen und sich in das Herz des alten Hausherrn backen, der sich gegen jede Veränderung sträubt – und vielleicht sogar in das des gut aussehenden Verwalters Joe ...

www.mira-taschenbuch.de